Lift

Linwood Barclay bij Boekerij:

Zonder een woord
Dicht bij huis
Vrees het ergste
Kijk niet weg
Het ongeluk
Geloof je ogen
Een tik op het raam
Geen veilige plek
Onhoudbaar
Niemand hoort het
Lift

www.boekerij.nl

Linwood Barclay

Lift

BOEKERIJ

ISBN 978-90-225-8936-6
ISBN 978-94-023-0134-2 (e-book)
NUR 330

Oorspronkelijke titel: *Elevator Pitch*
Vertaling: Waldemar Noë
Omslagontwerp: DPS Design & Prepress Studio
Omslagbeeld: © Martin Adolfsson, GalleryStock
Zetwerk: Mat-Zet bv, Huizen

Voor Neetha

5

4

3

2

1 MAANDAG

Proloog

Zo had Stuart Bland het bedacht: als hij zich vlak bij de liften ophield, zou hij Sherry D'Agostino onmogelijk kunnen missen.

Hij wist dat ze elke ochtend tussen half negen en kwart voor negen bij Cromwell Entertainment arriveerde, dat op de tweeëndertigste etage van de Lansing Tower – op Third tussen Fifty-Ninth en Sixtieth – was gevestigd. Ze werd er door een auto van de zaak vanaf haar huis in Brooklyn Heights heen gereden. Geen taxi of metro voor Sherry D'Agostino, de adjunct-directeur van Cromwells afdeling Creatieve Ontwikkeling.

Stuart keek nerveus om zich heen. Hij was door de beveiliging gekomen met een identiteitspasje van FedEx dat hij jaren geleden achterover had gedrukt toen hij bij een stomerij werkte. En dan had hij ook nog een kartonnen FedEx-envelop die hij tegen zich aan gedrukt hield, en droeg hij een FedEx-overhemd met bijpassende pet dat hij online had gekocht. Hij had de klep diep over zijn ogen getrokken. Het was zeer aannemelijk dat de beveiliging een foto van hem bezat om naar hem uit te kijken. D'Agostino – geen familie van de New Yorkse supermarktketen – kende zijn naam, en een foto van hem was zó van zijn Facebook-pagina geplukt.

Maar hij had ook echt iets te bezorgen. In de envelop zat het scenario van *Een man van de klok.*

Stuart had al deze moeite niet hoeven nemen als hij niet eerder zijn hand had overspeeld door naar Sherry D'Agostino's huis te gaan. Hij had herhaaldelijk aangebeld en op de deur geklopt, tot er een klein meisje opendeed dat niet ouder dan vijf kon zijn. Hij was langs haar heen naar binnen gelopen. Waarop Sherry verscheen, die gilde dat hij uit de buurt van haar dochter moest blijven, en dat ze de politie zou bellen als hij haar huis niet zou verlaten.

Ze had hem een stalker genoemd. Dat deed pijn.

Oké, dat had hij misschien niet zo slim aangepakt. Hij had niet naar binnen moeten lopen, oké, dat was een fout geweest. Maar ze kon het ook zichzelf aanrekenen. Als ze ook maar één van zijn telefoontjes had aangenomen, al was het er maar één, zodat hij zijn idee kon lanceren en iets over zijn scenario kon vertellen, dan had hij haar thuis niet lastig hoeven te vallen, toch? Ze had geen idee hoe hard hij eraan had gewerkt, geen idee dat hij tien maanden geleden zijn baan in de keuken van een pizzeria had opgezegd – in tegenstelling tot de stomerij was dit zijn eigen beslissing geweest – om zich volledig aan de perfectionering van zijn scenario te kunnen wijden. Stuart was achtendertig, hij had het gevoel dat de tijd begon te dringen. Als hij het wilde maken als scenarioschrijver, dan moest hij zich er nu voor inzetten.

Maar het hele systeem was zo verschrikkelijk oneerlijk. Waarom zou iemand als hij niet de kans krijgen om in vijf minuten zijn pitch te maken? Waarom waren het altijd alleen maar de gevestigde schrijvers, die klootzakken in Hollywood met hun flitsende auto's, hun zwembaden en hun agenten met de postcode van Beverly Hills? Wie zei er dat hun ideeën beter waren dan de zijne?

Dus hij volgde haar een paar dagen om haar dagelijkse gang te leren kennen. Zo wist hij dat ze binnen een paar minuten in een van de vier liften zou stappen. Nee, in een van de twéé liften: de linker twee gingen tot de twintigste etage, de twee liften rechts gingen naar de eenentwintigste tot en met de veertigste etage.

Stuart leunde met een gebogen hoofd tegen de marmeren wand tegenover de liften, hij probeerde niet op te vallen en hield alles in de gaten. Het was een constante stroom mensen, Sherry zou er makkelijk ongemerkt tussen kunnen zitten. Maar het goede nieuws was dat ze van felle kleuren hield. Geel, roze, turkoois. Nooit zwart of donkerblauw. Ze viel op. En ze was blond, met zo'n opgebold kapsel dat je bij sommige vrouwen zag, alsof er elke ochtend een fietspomp onder werd gezet. Ze zou midden in een orkaan kunnen staan, en terwijl al haar kleren door de wind van haar lijf werden gerukt zou er geen haar van zijn plaats raken. Zolang hij maar goed bleef opletten, zou hij haar niet kunnen missen. En zodra ze de lift instapte zou hij dat ook doen.

Shit, daar was ze.

Met rasse schreden liep ze door de lobby, op hakken die minstens zeven centimeter aan haar lengte toevoegden. Stuart schatte dat ze zo'n een meter zestig op kousenvoeten moest zijn, maar hoe klein ze ook was, je kon niet om haar heen. De kin geheven, de blik vooruit. Hij had haar gegevens gecheckt en wist dat ze bijna veertig was. Ze zag er goed uit en was nog geen twee jaar ouder dan hij. Stel je voor dat je met haar aan je arm de Gramercy Tavern zou binnenwandelen.

Ja, alsof dat ooit zou gebeuren.

Hij had online gelezen dat ze als prille twintiger als scriptsupervisor was begonnen en al snel carrière maakte. Ze werkte bij de omroep HBO, daarna bij Showtime, en werd toen door Cromwell binnengehaald om nieuwe projecten te ontwikkelen. Stuart zag haar als zijn ticket om als succesvolle nieuwe scenarioschrijver de entertainmentwereld te betreden.

Sherry D'Agostino stond tussen de twee rechterliftdeuren. Er stonden nog twee mensen te wachten. Een zestiger in een donkergrijs pak, het prototype zakenman, en een jonge vrouw – begin twintig – in sneakers die ze ongetwijfeld voor ander schoeisel zou verwisselen als ze eenmaal achter haar bureau zat. Ze leek een anonieme en ijverige medewerker, het sneakermeisje. Hij ging achter het drietal staan om op de eerstvolgende lift te wachten. Hij keek op naar de cijfers. Een smalle digitale display boven elke liftdeur toonde waar de lift zich bevond. De rechter zat op de achtenveertigste etage, de linker op de eenendertigste, en toen de dertigste.

Hij kwam eraan.

Sherry en de andere twee verschoven enigszins naar de linkerlift om ruimte te maken voor de mensen die er zo uit moesten.

De deuren gleden open en er stapten vijf mensen uit. Sherry, de zakenman, het sneakermeisje en Stuart stapten in. Terwijl iedereen zich omdraaide om naar de deuren toe te staan wist hij zich achter Sherry te positioneren.

De deuren gleden dicht.

Sherry drukte op 32, het sneakermeisje op 33 en de zakenman op 36.

Toen Stuart geen aanstalten maakte om een knop in te drukken wierp de zakenman, die het dichtst bij het paneel stond, hem een korte blik toe – het stilzwijgende aanbod om een knop voor hem in te drukken.

'Het is goed, hoor,' zei Stuart.

De lift ging geluidloos omhoog. Sherry en het sneakermeisje keken op om het laatste nieuws te lezen. De lift was uitgerust met een klein videoscherm waar een tekststrook met de laatste nieuwskoppen over liep.

HET WEER IN NEW YORK, MAX. 18 – MIN. 11, OVERWEGEND ZONNIG.

Stuart deed een stap naar voren, zodat zijn schouders bijna die van Sherry aanraakten. 'Hoe maakt u het, mevrouw D'Agostino?'

Ze draaide haar hoofd naar hem toe en zei: 'Goed, dank...'

En toen zag ze wie hij was. Er flikkerde angst in haar ogen op. Haar bovenlichaam deinsde achteruit.

Stuart hield de FedEx-envelop op. 'Ik wilde u dit geven. Dat is alles. Ik zou graag willen dat u dit hebt.'

Ze nam de envelop niet aan en zei: 'Ik had je gezegd uit mijn buurt te blijven.'

De zakenman en het sneakermeisje draaiden hun hoofd naar hen toe.

'Niets aan de hand,' zei Stuart glimlachend. 'Alles is oké.' Hij hield nog steeds de envelop naar Sherry op. 'Neem het aan. U zult het geweldig vinden.'

'Sorry, maar...'

'Oké, oké, wacht. Laat me er dan iets over vertéllen. Als u eenmaal hoort waar het over gaat, dan weet ik zeker dat u het wilt lezen.'

De lift maakte een zacht gonzend geluid toen hij de twintigste etage had bereikt.

Sherry keek op welke etage ze waren en las LAATSTE WERKLOOSHEIDSCIJFERS LATEN EEN DALING VAN 0,2 PROCENT ZIEN op het videoschermpje. Ze zuchtte en staakte haar verzet. 'Je hebt vijftien seconden,' zei ze. 'En ik bel de beveiliging als je me volgt.'

Stuart straalde. 'Oké! Goed, je hebt dus een man, hij is zo in de dertig en hij werkt in een...'

'Tien seconden,' onderbrak ze hem. 'Zeg het in één zin.'

Stuart werd door paniek bevangen, hij knipperde een paar keer met zijn ogen. Zijn gedachten buitelden over elkaar heen om zijn briljante scenario in één zin te vangen, om het terug te brengen tot de essentie. 'Eh...'

'Vijf seconden.' De lift was bijna bij de tweeëndertigste etage.

'Een man werkt in een fabriek die klokken maakt en dan blijkt er één eigenlijk een tijdmachine te zijn!' flapte hij eruit. Hij zuchtte en haalde meteen daarna diep adem.

'Is dat alles?' zei ze.

'Nee! Er is nog veel meer! Maar laat het me uitleggen in...'

'Wat nou?' zei Sherry, maar het was niet tegen hem gericht.

De lift was haar etage voorbijgeschoten en passeerde nu de drieëndertigste etage.

'Shit,' zei het sneakermeisje. 'Dat is mijn etage.'

De twee vrouwen staken tegelijkertijd hun hand uit om nog eens op de knop van hun etage te drukken, hun wijsvingers kruisten elkaar als twee sabels.

'Sorry,' zei Sherry, die als eerste de gewenste knop indrukte en zich weer terugboog.

MILITANTE GROEPERING FLYOVERS HOOFDVERDACHTE BOMAANSLAG SEATTLE, 2 DODEN.

Toen de lift onverminderd naar boven bleef gaan trok de zakenman een gezicht en zei: 'Ik doe met jullie mee.' Hij drukte de knop van de zesendertigste etage in.

'Iemand daarboven moet de knop hebben ingedrukt,' zei het sneakermeisje.

Ze leek gelijk te hebben. De lift stopte niet voordat hij de veertigste etage had bereikt.

Maar de deuren gleden niet open.

'God, wat heb ik toch een pesthekel aan liften,' zei ze.

Stuart deelde haar ongenoegen niet. Hij grinnikte erom. Het gedoe met de lift gaf hem alleen maar extra tijd om zijn pitch bij Sherry af te leveren. 'Ik weet dat er al veel met het onderwerp tijdreizen is gedaan, maar dit scenario is anders. Mijn held reist niet eeuwen terug of vooruit. Hij kan alleen maar vijf minuten terug of vooruit in de tijd, dus hij...'

'Ik neem de trappen wel,' zei de zakenman. Hij drukte op de knop om de deuren te openen, maar er gebeurde niets. 'Jezus,' mompelde hij.

'We moeten iemand bellen,' zei Sherry. Ze wees op de knop waar het symbool van een telefoon op stond.

'Er is nog geen minuut verstreken,' zei Stuart. 'Het zal zich zo vanzelf wel oplossen, en...'

Na een lichte schok kwam de lift weer in beweging.

'Eindelijk,' zei het sneakermeisje.

STORM OVER VK BEREIKT ORKAANSTATUS.

'En dit is de interessante invalshoek,' vervolgde Stuart onverstoorbaar, 'als hij vijf minuten terug in het verleden of vooruit in de toekomst kan gaan, wat gaat hij daar dan mee doen? Welke voordelen kan het iemand bieden?'

Sherry keek hem laatdunkend aan. 'Nou, ik zou deze lift vijf minuten eerder dan jij hebben genomen.'

Stuart reageerde stekelig. 'U hoeft me niet te beledigen.'

'Wat een kloteding,' zei de zakenman.

De dalende lift was alweer zijn etage voorbij. Hij drukte nog een keer op de knop met 36 erop.

De lift ging ook voorbij de etages van de dames en stopte op de achtentwintigste etage.

'Kom op,' zei de man. 'Dit is belachelijk.' Hij drukte op de knop met de telefoon. Hij wachtte even op een reactie en zei toen: 'Hallo? Is daar iemand? Hallo?'

'Hier word ik gek van,' zei het sneakermeisje en ze pakte haar telefoon uit haar handtas. Ze tikte erop en hield hem tegen haar oor. 'Ja, Steve? Paula hier. Ik ben wat later, want ik zit vast in die rotlift en...'

Er klonk een hard geluid van boven, alsof het grootste elastiek ter wereld zojuist was geknapt. Er ging een trilling door de lift. Iedereen keek ontzet op. Zelfs Stuart, die even vergeten was om Sherry D'Agostino voor zijn scenario te interesseren.

'Shit!' zei het sneakermeisje.

'Wat was dat in godsnaam?' zei Sherry.

Bijna instinctief drukten ze zich alle vier tegen de liftwanden aan en ze grepen de koperen stang vast die op heuphoogte was bevestigd, er stond niemand meer in het midden. 'Waarschijnlijk is het niets,' zei Stuart. 'Een storing en meer niet.'

'Hallo?' riep de zakenman nog een keer. 'Is daar iemand, in jezusnaam? Deze lift spoort voor geen meter!'

Sherry ontdekte de alarmknop en drukte erop. Het bleef stil.

'Zouden we nu niet iets moeten horen?' zei ze.

'Misschien dat er nu ergens een alarm afgaat,' zei de man, 'zodat er iemand zal komen. Beneden bij de beveiliging waarschijnlijk.'

Er werd even niets gezegd. Het was doodstil in de lift. Iedereen probeerde rustig te blijven.

GEMIDDELDE LEVENSVERWACHTING VS NADERT 80.

Stuart doorbrak de stilte. 'Er zal vast wel iemand komen.' Hij knikte zonder overtuiging en zond Sherry een zenuwachtig glimlachje toe. 'Misschien dat ik híér een scenario van zou moeten...'

De lift begon te zakken.

Binnen een paar seconden was zijn snelheid groter dan ooit.

Stuart, Sherry en de andere twee voelden dat hun voeten van de vloer werden gelicht.

De lift was in vrije val.

Tot hij de grond raakte.

1

Barbara Matheson was onder de indruk van de opkomst. Weliswaar de gebruikelijke hap, maar het feit dat ze er waren betekende dat haar column zijn uitwerking niet had gemist.

Dit was in feite een tv-evenement. Laat de burgemeester uit het stadhuis komen, vuur een paar vragen op hem af en film hoe hij alles ontkent. De *Times*, *Daily News* en *Post* konden hun stukken schrijven zonder hier te zijn. Maar er stonden cameraploegen van NY1 en de lokale ABC, CBS en NBC te wachten tot Richard Wilson Headley zich zou vertonen. Hij zou door de achteruitgang naar buiten kunnen sluipen, of hij zou in een limo kunnen vertrekken met zulke donkergetinte ramen dat je niet kon zien of hij erin zat. Maar dan zouden ze op het avondnieuws zeggen dat hij de media ontvluchtte, wat inhield dat hij een lafaard was, en Headley wilde nooit als een lafaard overkomen.

Terwijl hij dat soms wel degelijk kon zijn.

Barbara was hier vanwege de kleine kans dat er iets zou gebeuren. En ja, ze genoot van de bagger die ze naar boven had gekregen. Ze had met haar primeur dit mediacircus veroorzaakt. Misschien dat Headley naar iemand zou uithalen die een camera voor zijn neus duwde, hoewel dat onwaarschijnlijk was. Daar was hij te slim voor. De tv-zenders waren hier voor commentaar, maar dat had ze al gekregen en in haar column gezet.

'Dat is fucking bullshit,' had Headley gezegd toen Barbara hem de beschuldigingen voorlegde. De redactie van *Manhattan Today* had de reactie integraal geplaatst – dus zonder sterretjes om de schuttingtaal te verhullen – maar dat was tegenwoordig niet meer zo gewaagd. De *Times* vermeed nog steeds schuttingtaal, behalve als het echt niet anders kon, maar zelfs een gevestigd instituut als *The New Yorker* had er geen moeite mee het f-woord te gebruiken, en dat was al jaren zo.

'Je hebt hem goed bij zijn ballen deze keer.'

Ze draaide zich om. Het was Matt Timmins, makkelijk te herkennen aan zijn warrige zwarte haardos en zijn bril met jampotglazen. Hij werkte voor een site die stadsnieuws bracht, maar ze kende hem uit de tijd dat hij voor NBC werkte, waar hij later ontslagen werd. Hij hield zijn telefoon in de aanslag om zo dadelijk een filmpje te kunnen maken voor de politieke blog die hij schreef.

'Hé, Matt,' zei Barbara.

'Heb je je kogelvrije vest aangetrokken?'

Ze haalde haar schouders op. Ze mocht Matt, en ze kon zich nog vaag herinneren dat ze al bijna tien jaar geleden een keer met elkaar naar bed waren geweest, toen ze nog begin dertig waren. Ze bivakkeerden indertijd voor de woning van een Congreslid dat in een omkoopschandaal was verwikkeld. Barbara en Matt deelden een auto, ze wachtten op de komst van een aanhoudingsteam van de FBI en probeerden ondertussen warm te blijven. Na afloop waren ze de kroeg in gedoken, hadden te veel gedronken en waren uiteindelijk bij hem thuis beland. Het was allemaal nogal mistig. Barbara was er zeker van dat Matt nu een getrouwd man was, waarschijnlijk met een kind, misschien wel twee.

'Headley zal me niet neerschieten,' zei ze. 'Hij zou iemand kunnen ínhuren om me neer te schieten, maar hij zal het niet zelf doen.'

Een vrouw met een microfoon in de ene hand en een telefoon in de andere was iets op haar schermpje aan het lezen. Ze keek op en zei tegen de cameraman naast haar: 'Dickhead komt eraan.' Het was luid genoeg om een bescheiden geroezemoes bij de verzamelde pers te veroorzaken. De burgemeester was in aantocht.

Natuurlijk liet burgemeester Richard Wilson Headley zich consequent 'Richard', of ook wel 'Rich' noemen, en nooit 'Dick'. Maar dat had zijn critici er nooit van weerhouden hem zo te noemen. Een van de tabloids, een die hem net zo het leven zuur maakte als *Manhattan Today*, zette zo vaak als ze konden HEADLEY op de voorpagina met DICK er licht overheen gedrukt, meestal met de meest onflatteuze foto erbij die ze konden vinden.

Headley wist dat het vechten tegen de bierkaai was, dus soms omarmde hij zelfs het vermaledijde woord, vooral als hij het over de verschillende vakbonden had. 'Denken jullie dat ik een enorme *dickhead* voor ze ben met deze nieuwe overeenkomst?' had hij laatst nog gezegd. 'Reken daar maar op.'

'Daar gaan we dan,' zei iemand.

De burgemeester verscheen voor de ingang van het stadhuis in het gezelschap van Glover Headley – zijn vijfentwintigjarige zoon en adviseur – perschef Valerie Langdon en een lange, kale man die Barbara nog nooit eerder dacht te hebben gezien. Ze liepen de brede trappen af naar een gereedstaande limo. Ze werden meteen ingesloten door het persvolk en iedereen kwam tot stilstand, wat Headley een provisorisch podium gaf omdat hij twee treden boven de menigte stond.

Maar het was Glover die sprak. 'Hé, mensen, we zijn op weg naar de ambtswoning en hebben op dit moment geen tijd om vragen te...'

Headley wierp een misprijzende blik op zijn zoon en hief zijn hand op. 'Nee, nee. Ik wil er graag een paar beantwoorden.'

Barbara, die achteraan stond, wist een glimlach te onderdrukken. Dit was Headley ten voeten uit. Schuif je directe medewerkers aan de kant, verschuil je niet achter hen. Doe alsof je graag met de pers wil praten. Ze hadden de hele situatie waarschijnlijk al van tevoren doorgenomen. Valerie legde haar hand op de arm van de burgemeester, als een gebaar om hem tot terughoudendheid te manen. Hij schudde hem van zich af.

Een leuke toevoeging, dacht Barbara.

Hoewel de kale man achter de burgemeester stond en probeerde niet op te vallen, nam Barbara hem in zich op. Verzorgd, langer dan een meter tachtig en met een karamelkleurige huid. Hij was de stijlvolste van de drie mannen die daar voor de verzamelde pers stonden. Een lange jas over zijn pak en leren handschoenen, hoewel het niet eens zo koud was. Hij kon zo op het omslag van GQ.

Een stuk.

Ze dacht aan mensen die ze kende in het stadhuis, degenen die haar regelmatig informatie doorspeelden. Misschien dat een van hen haar kon vertellen wie deze man was en waarvoor de burgemeester hem had aangenomen.

Maar goed, ze kon er ook op afgaan, zich aan hem voorstellen en vragen wie hij was. Maar dat kwam later wel. De verslaggever van NY1 beet de spits af, een man van wie Barbara wist dat hij in de vijftig was maar die zo voor een late dertiger zou kunnen doorgaan.

'Wat is uw reactie op de beschuldigingen dat u Bouw- en Woningtoezicht hebt gemanipuleerd om grootschalige herstelwerkzaamheden aan het metronet uit te besteden aan een zelfstandig bouwbedrijf dat het eigendom is van een van uw grootste politieke donateurs?'

Headley schudde treurig zijn hoofd en grijnsde, alsof hij dit voor de honderdste keer moest aanhoren. 'Er klopt absoluut niets van die beschuldiging,' zei hij. 'Het is volledig uit de lucht gegrepen. Zo'n uitbesteding wordt op een hele lijst van gronden gedaan. Ervaring en deskundigheid om zo'n project op de rails te krijgen, vergeef me mijn woordspeling, dan hebben we het kostenplaatje en...'

De NY1-verslaggever was nog niet klaar. 'Maar gisteren drukte *Manhattan Today* een e-mail af waarin u Bouw- en Woningtoezicht opdroeg om het aan Steelways uit te besteden, wat een bedrijf is van Arnett Steel, die in het verleden uitgebreide fondswervende activiteiten heeft ontplooid voor uw...'

Headley hief gebiedend zijn hand op. 'Wacht even nu, luister. Om te beginnen is de echtheid van deze e-mail nooit bewezen.'

Barbara sloot kort haar ogen, zodat niemand kon zien dat ze met haar ogen rolde.

'Ik zie *Manhattan Today* er wel voor aan dat ze zoiets zelf in elkaar flansen. Maar zelfs als de e-mail authentiek zal blijken te zijn kun je de inhoud moeilijk als een instructie beschouwen. Het komt meer in de buurt van een suggestie.'

In haar hoofd was Barbara al bezig haar volgende stuk te schrijven.

Headley beweert dat de e-mail die Manhattan Today *in haar bezit heeft gekregen nep zou kunnen zijn, maar dekt zich alvast goed in. Mocht hij wel echt zijn, aldus onze burgemeester, dan dient men de tekst niet al te letterlijk te nemen.*

Met andere woorden, hij is niet voor één gat te vangen.

'Iedereen weet dat *Manhattan Today* me altijd moet hebben,' vervolgde

Headley, die een beschuldigende vinger in Barbara's richting zwaaide.

Hij heeft me gespot, dacht ze. Of een van zijn medewerkers heeft hem op me gewezen.

Headleys stem zwol aan. 'Vanaf dag één zijn ze daar bezig met een onafgebroken lastercampagne. En die campagne wordt door één persoon geleid... Maar ik zal haar naam hier niet uitspreken, die voldoening gun ik haar niet.'

'U bedoelt Barbara Matheson?' riep de aanwezige CBS-verslaggever.

Headley trok een gezicht. Dat was een slim opzetje, dacht Barbara.

'Jullie weten wie ik bedoel,' zei hij onaangedaan. 'En ook al wordt deze vendetta door één individu geleid, je kunt ervan uitgaan dat deze karaktermoord door haar superieuren wordt goedgekeurd. Misschien dat de opinies van deze journalist, zoals ze zichzelf noemt, zo tendentieus zijn omdat het haar van bovenaf wordt opgedragen.'

Barbara gaapte.

'En daarom kan ik jullie vandaag melden dat ik een aanklacht wegens smaad tegen *Manhattan Today* zal indienen.'

Nounou.

Typisch Headley. Met een kort geding dreigen, maar het nooit ten uitvoer brengen. Volledig uit je dak gaan om weer op de voorpagina te staan. Op een gegeven moment had hij zo ongeveer alle kranten wel gehad als het op het dreigen met een rechtszaak aankwam. Het was dezelfde tactiek die hij als zakenman gebruikte voordat hij de politiek in ging.

'En verder,' zei hij, 'zal ik...'

Headley merkte dat Valerie haar telefoon voor het gezicht van Glover hield, die zichtbaar aangedaan reageerde. De burgemeester boog zich naar hen toe, waarna ze hem ook de telefoon voorhield. Terwijl hij het bericht las ontstond er beroering in de kleine menigte, blijkbaar waren er meer mensen die iets binnen hadden gekregen. De man van NY1 en zijn cameraman liepen al weg van de stadhuistrappen.

'Sorry, mensen,' zei Headley. 'We maken hier een einde aan. Waarschijnlijk hebben jullie hetzelfde nieuws vernomen als ik.'

En met deze mededeling liep hij de laatste twee trappen af met Valerie, Glover en de kale man in zijn kielzog. Ze stapten achter in de wachtende limo, die slechts op een meter afstand van Barbara stond. Maar haar blik was op het scherm van haar telefoon gericht, omdat ze erachter probeerde te komen wat alle anderen blijkbaar al wisten. Ze was zich vaag bewust van het zoemende geluid van een portierraam dat zakte.

'Barbara.'

Ze keek op van haar telefoon en zag Glover bij het raam.

'De burgemeester biedt je een lift aan,' zei hij.

Ze had opeens een droge keel. Ze keek snel van links naar rechts om te zien of niemand het aanbod had opgemerkt.

Links van haar stond een grijnzende Matt. 'Ik zal me je altijd herinneren,' zei hij.

Barbara had haar besluit genomen en zuchtte. 'Dat is aardig van hem,' zei ze tegen Glover.

Ze deed net alsof ze haar telefoon uitzette, maar drukte in plaats daarvan de opnamefunctie in voordat ze hem in haar zak stopte.

Glover duwde het portier open, stapte uit, liet Barbara erin en schoof toen naast haar. De limo reed al voordat hij het portier had dichtgetrokken.

2

Het trappenhuis op West Twenty-Ninth Street dat naar de High Line leidde was met politielint afgesloten, er stond een geüniformeerde agent van het NYPD bij die de wacht hield.

Rechercheur Jerry Bourque parkeerde zijn auto direct onder het hoger liggende, lineaire park dat eens een zijlijn van de New York Central Railroad was geweest. Hij stapte uit zijn auto en keek omhoog. Het was een voormalig treinspoor van zo'n drie kilometer, maar het trok jaarlijks miljoenen bezoekers, zowel New Yorkers als toeristen. Met zijn tuinen, bankjes en interessante architectonische toevoegingen was het al snel een van Bourques favoriete plekken in de stad geworden. Het liep dwars door het centrum van Manhattans West Side, en toch was het een uitgerekte oase die alle drukte en chaos onder zich liet. Toen het park net was geopend jogde Bourque er nog wel eens.

Maar dat was toen.

Er stond een zestal patrouillewagens over de straat verspreid, sommige nog met hun zwaailichten aan. Toen Bourque het trappenhuis naderde herkende hij de agent die er stond.

'Hallo,' zei Bourque.

'Ze wachten op je,' zei de agent, die het politielint voor hem omhooghield.

Bourque moest nog steeds vooroverbuigen, en het lint streek langs zijn korte, stekelige en vroegtijdig grijze haar. Onder deze omstandigheden was hij tien centimeter korter, maar als hij zich volledig oprichtte mat hij bijna twee meter. Hij begon aan de trappen. Ergens halverwege hield hij even stil en wachtte tot de angstgolf zijn lijf had verlaten. Hij had er nog steeds last van, een onheilspellend gevoel voordat hij de plaats delict van een moord bereikte. Zo was het niet altijd geweest. Hij voelde in zijn zak, op zoek naar iets bekends, iets vertrouwds, en toen hij het had gevonden liep hij het laatste stuk naar boven.

Toen hij het wandelpad van de High Line had bereikt keek hij naar links, naar het noorden. Het pad boog enigszins af in westelijke richting, waar de High Line over West Twenty-Ninth Street liep. Links van het wandelpad stond een fraai gewelfde bank met struikgewas erachter dat doorliep tot aan de rand van het park.

En dat was waar iedereen – politie, de patholoog-anatoom, de officials van de High Line – bij elkaar stond.

Bourque liep er rustig naartoe, zijn hoofd vooruitgestoken, alsof hij een geur volgde. Er was geen reden tot haast. Het slachtoffer zou nog steeds dood zijn als hij ter plekke was. Hij was drie maanden geleden veertig geworden, maar met zijn getekende en verweerde gezicht kon hij makkelijk doorgaan voor iemand die vijf of tien jaar ouder was. Een vrouw had hem eens gezegd dat hij haar aan een van die bomen op de rotskust van Newfoundland deed denken. Door de meedogenloze winden die van de oceaan kwamen waren ze scheefgegroeid, waarbij alle takken in dezelfde richting wezen. Bourque, had de vrouw gezegd, leek op iemand die verweerd was door de wind.

Toen hij dichterbij kwam werd hij door rechercheur Lois Delgado opgemerkt, die naar hem toe liep. Zijn angst zakte enigszins toen hij haar zag. Ze waren meer dan partners. Ze waren vrienden, en hij kende niemand die hij meer vertrouwde dan Delgado.

En toch vertelde hij haar niet alles.

Ze had een ovaal gezicht, dit was omdat ze een lok van haar korte donkere haar over haar linkerwang liet vallen om een wijnvlek ter grootte van een *quarter* te verhullen. Bourque begreep waarom ze het deed, maar hij vond het juist een schoonheidsvlek. De lok rechts streek ze altijd achter haar oor, waardoor haar gezicht geen enkele symmetrie leek te hebben. Ze was een jaar ouder dan Bourque, maar in tegenstelling tot hem zag ze er jonger uit dan ze was.

‘En?’ zei hij.

'Een mannelijk slachtoffer,' zei ze. 'Geen identificatie op het lichaam. Ik zou zo zeggen dat hij achter in de veertig of begin vijftig is. Een vroege jogger zag iets achter de hoek van de bank uitsteken, wat een voet bleek te zijn.'

Bourque keek om zich heen. De High Line liep langs talloze appartementencomplexen. 'Iemand zal toch iets moeten hebben gezien,' zei hij.

'Nou, links van de bank bevindt zich een nagenoeg raamloze muur, aan de rechterkant is niets, en dan ligt daar de rolschaatsbaan, dus...' Ze haalde haar schouders op en vervolgde: 'Het moet ergens in het midden van de nacht zijn gebeurd, toen er niemand in de buurt was. Overdag struikel je hier over de wandelaars, er komen duizenden mensen voorbij.'

'Hoe laat sluit de High Line? Tien uur, elf uur?'

'Zoiets,' zei Delgado. 'Dan gaan de hekken bij de ingangen naar beneden, om zeven uur 's morgens gaan ze weer open. Het lichaam is niet lang daarna ontdekt. Je kunt iemand niet zoiets aandoen tijdens de openingsuren.'

Bourque keek haar aan. 'Iemand wát aandoen?'

'Misschien moet je zelf maar even gaan kijken.'

Hij haalde diep adem. *Het gaat me lukken.*

Toen ze de bank naderden, zag hij de vuile witte zool van de schoen die de jogger was opgevallen.

'We denken dat hij het hoge gras in is gesleept en dat het daar is gebeurd.' Delgado wees naar de vegetatie langs het pad, die het zo'n populaire wandelroute had gemaakt. 'Vlak voordat de High Line sluit en de beveiliging z'n laatste inspectieronde doet, denk ik. Je kunt je in het gras verbergen zonder gezien te worden.'

Een paar agenten maakten plaats voor de rechercheurs, die het hoge gras aan de linkerkant van het pad in stapten.

Bourque knielde bij het lichaam neer. 'Jezus.'

'Ja,' zei Delgado.

'Zijn gezicht is volkomen tot moes geslagen.'

'Als een hamburger.'

'Ja,' zei Bourque, die een druk op zijn borst voelde.

'Kijk naar de vingers. Dat wil zeggen, wat ervan over is.'

Hij keek. 'Mijn god.'

De vingertoppen van beide handen ontbraken.

'Allemaal eraf,' zei Bourque. 'Wat zou je daarvoor nodig hebben? Een kleine snoeischaar? Zo een die je in de tuin gebruikt? Wie loopt er met zoiets op zak, tenzij het iemand is die hier het onderhoud doet?'

'Ik denk niet dat hij een snoeischaar heeft gebruikt.' Ze duwde wat van het gras opzij om hem een verroeste stalen rail te tonen, een van de oude sporen waarover de treinwagons naar het centrum van Manhattan reden. 'Zie je het bloed?'

Hij knikte langzaam. 'Hij houdt de vingers van de man op de rail, die hij als snijplank gebruikt. Hij zou het met een ordinair zakmes kunnen hebben gedaan, hoewel het dan nog een hele klus is om door het bot te komen.'

'Ons slachtoffer moet toen al dood zijn geweest, Jer.'

'Dat zal het wel iets makkelijker hebben gemaakt.' Hij haalde diep adem. 'Als je tien vingertoppen eraf snijdt, moet je er niet op rekenen dat je alle medewerking krijgt.'

Ze keken van de bebloede rail naar het lichaam.

'Maar waarom?' vroeg Delgado.

'Hmm?'

'Ik heb afgesneden vingers gezien als een manier om de aandacht op iets te vestigen, of om iemand aan het praten te krijgen, of om iemand te straffen, maar waarom alle vingers eraf snijden nadat iemand dood is?'

'Identifi...'

'Natuurlijk. Zodat we geen vingerafdrukken kunnen nemen. En dat tot moes geslagen gezicht zal ons daar ook niet bij helpen.'

'Misschien dat de moordenaar nog nooit van DNA heeft gehoord,' zei Bourque, die nog eens diep ademhaalde.

'Gaat het wel? Heb je iets onder de leden?'

Hij schudde zijn hoofd.

'Het vergelijken van DNA kost tijd,' zei ze. 'Misschien dat degene die dit heeft gedaan het onderzoek wil vertragen. Of het zou ook kunnen dat het slachtoffer niet in de database staat.'

'Het zou kunnen.'

'Waarom niet gewoon de handen eraf gesneden? Waarom álle vingers? Waarom tien in plaats van twee?'

Hij dacht hierover na. 'Misschien had hij alleen maar een simpel mes, en dan is het makkelijker om de vingers eraf te snijden, en niet de polsen.'

Delgado knikte. 'Ja, dat zou kunnen.'

Bourque keek boven de bank uit en liet zijn blik over het voetpad gaan. 'Als je je uit de voeten maakt met tien vingertoppen, laat je misschien een bloedspoor achter.'

'Het regende om vijf uur 's morgens.'

Hij zuchtte, en keek nog eens naar het lichaam. Hij pakte zijn telefoon en begon foto's te maken. Zijn blik gleed over het lichaam omlaag. Een pijp van zijn kakibroek was genoeg opgekropen om zijn sok te onthullen.

'Kijk nou eens,' zei Bourque bijna fluisterend.

Het waren sokken met verschillende nostalgische afbeeldingen van de haai uit *Jaws* erop.

'*Daa-duh, daa-duh,*' begon Delgado meteen te zingen.

Bourque fotografeerde ze van dichtbij. 'Ik heb die wel eens ergens in een winkel gezien.'

'Er zijn genoeg winkels die dit soort sokken verkopen.'

Ze stonden op. Bourque keek de High Line af, van links naar rechts. 'Dus hoe is de moordenaar na sluitingstijd weggekomen als alles hier was afgesloten?'

'Voordat je hier was heb ik even rondgekeken. Je moet het wel durven, maar ik heb een of twee plekken gezien waar je de sprong naar een naburig dak zou kunnen wagen. Ik zag geschikte daken. Spring erop, neem de brandtrap en je bent beneden.'

'Zoals Bruce Willis in *Die Hard*,' zei Bourque, eigenlijk in zichzelf.

'Wat?'

Hij herhaalde het, deze keer iets luider.

'Ja, ik denk het wel,' zei Delgado. 'Als je in goede conditie bent.'

Bourque kuchte en schraapte zijn keel. 'Ik kan me geen enkele moord op de High Line herinneren. Er is hier nog nooit zoiets gebeurd.'

'De plek heeft zijn maagdelijkheid verloren.'

Hij greep naar zijn borstzak om aan te geven dat er een telefoontje of bericht binnenkwam. 'Wacht even.'

Hij haalde het ding tevoorschijn, keek naar het scherm en drukte het tegen zijn oor terwijl hij de High Line op liep, nog steeds binnen het gebied dat door het politielint was afgeschermd, maar ver genoeg van de andere aanwezigen.

Hij knikte een paar keer terwijl hij zich verwijderde, alsof hij reageerde op wat de beller hem zei. Maar er was geen telefoontje, of bericht.

En Bourque praatte niet. Hij hapte naar adem. Zijn luchtpijp begon steeds meer samen te knijpen sinds hij de vingers met de ontbrekende topjes had gezien.

Toen hij het idee had dat hij ver genoeg uit het zicht van de plaats delict was zocht hij in zijn zak naar de bekende vorm.

Hij haalde de inhaler tevoorschijn, zette hem op zijn mond en inhaleerde vol overgave terwijl hij het schuifje boven op het ding indrukte. Een nauwelijks traceerbare vleug van het medicijn drong zijn longen binnen. Hij hield zo'n vijftien seconden zijn adem in, ademde uit en herhaalde de handeling.

Bourque stopte de inhaler terug in zijn zak. Hij ademde een paar keer door zijn neus en wachtte tot hij weer genoeg adem had.

Hij draaide zich om en liep terug om nog eens naar de man zonder vingertoppen te kijken.

3

Barbara zonk weg in een leren bank tegenover de burgemeester en Valerie. Glover en de knappe kale man hadden ruimte voor haar gemaakt in het midden, waar ze met de richel van de versnellingsbak tussen haar benen zat. Hoewel het een ruime auto was zat ze met haar schouders tussen de twee mannen in geklemd. Ze rook de goedkope aftershavelucht van Glover. Van de kale man kwam een subtielere geur af, bijna koffieachtig. Barbara vroeg zich af of het werkelijk een aftershave was, of dat hij te lang in Starbucks had gezeten. Hoe dan ook, het rook niet onaangenaam.

Ze draaide haar hoofd en keek de kale man aan. 'Jij bent nieuw.'

Hij glimlachte.

'Ik ben Barbara Matheson, maar dat wist je waarschijnlijk al.' Toen hij bleef zwijgen wendde ze zich tot Headley. 'Kan hij ook praten? Of stampt hij met zijn voeten: één keer is ja, twee keer is nee?'

'Dat is Chris Vallins,' zei Valerie. 'Zeg eens hallo, Chris.'

'Hallo,' zei Chris. Een diepe stem. Zo zou bruin fluweel klinken als het geluid kon maken, dacht Barbara. 'Aangenaam.' Met enig kunst- en vliegwerk wist hij Barbara zijn bedekte hand aan te bieden in de krappe ruimte.

'Insgelijks,' zei Barbara, die hem schudde. 'En wat doe je voor Zijne Koninklijke Hoogheid?'

'Ik zit in het stafteam. Alles wat me maar wordt gevraagd.'

Haar nieuwe vriend leek nu niet bepaald een kletskous, dus ze richtte haar aandacht weer op de twee die tegenover haar zaten. Het viel Barbara op dat het Valerie was die naast de burgemeester zat. Hoewel hun voeten elkaar niet raakten probeerde Barbara hun lichaamstaal te lezen. Valerie zou zich tegen het portier aan moeten drukken als ze haar baas zo onaantrekkelijk vond als je zou denken, maar haar schouder leunde licht op die van Headley.

Misschien dat ze er te veel achter zocht. En wat deed het er trouwens toe? Als Headley zijn medewerker wilde naaien, en zijn medewerker vond dat best, wat ging het haar dan verder aan? Valerie was een volwassen vrouw die verstandige keuzes kon maken. En natuurlijk kende ze Headleys verleden, hoe waardeloos hij zijn overleden vrouw Felicia had behandeld. Iedereen wist dat hij de nacht dat Felicia na een jarenlange strijd tegen kanker stierf een van haar verzorgsters lag te naaien in een kamer van het Plaza. Het was de jonge Glover die vanuit hun statige huis 911 had gebeld nadat zijn moeder haar laatste adem had uitgeblazen.

Headley was toen al een van de bekendste, zo niet beruchtste zakenmannen in de stad, dus toen de media van de noodoproep vanaf het bekende adres hoorden, reden er meteen een aantal satellietbusjes heen. Wat er uiteindelijk in het nieuws terechtkwam was het beeld van een huilende Glover terwijl zijn vader elders verkeerde en onbereikbaar was. Headley beweerde later dat hij zijn telefoon had uitgezet omdat hij een bespreking had met een mogelijke investeerder wiens naam hij helaas niet kon onthullen. Niemand die er ook maar iets van geloofde.

Barbara vroeg zich af of dat niet het moment was geweest waarop de relatie met zijn zoon verzuurde. De jongen had hem vernederd. Onbedoeld, maar het was gebeurd. Headley stond op het punt om zich voor het burgemeesterschap verkiesbaar te stellen, maar stelde dat toen uit, in de hoop dat zijn reputatie weer wat opgevijzeld kon worden. Toen hij uiteindelijk zijn kandidatuur bekendmaakte had hij voor zichzelf de mythe geschapen van de treurende weduwnaar die in zijn eentje zijn tienerzoon opvoedde.

Felicia was een schoonheid geweest, een voormalig model dat het tot hoofdredacteur bij Condé Nast had geschopt. Valerie had enkele van Felicia's kenmerken, in elk geval een paar die de burgemeester waardeerde. Ze was achter in de dertig en meer dan tien jaar jonger dan hij. Langbenig, rondborstig – zonder er te veel mee te pronken – en met donker haar tot op haar schouders. Waarschijnlijk kocht ze al haar kleren bij Saks, en frequenteerde ze trendy kapsalons als Fringe of Pickthorn. Dit alles in tegenstelling tot Barbara, wier kapsalon zich in de badkamer bevond, die behendig haar garderobe bij Target wist te vergaren, en die een make-upbudget had dat niet in verhouding stond met wat ze aan pinot grigio uitgaf.

Meer dan eens had Barbara bij politieke bijeenkomsten gezien hoe de burgemeester, als Valerie de andere kant op keek, naar de kont van zijn perschef keek alsof die een mystiek geheim bevatte. Niet dat die van haar de enige was die zijn aandacht had.

Maar nu, achter in de limo, had Headley een geheel andere uitdrukking op zijn gezicht toen hij Barbara monsterde. Het was een dreigende blik, alsof ze een tienerdochter was die voor de vijfde nacht op rij niet op tijd thuis was gekomen.

'En, wat is er daarginds gebeurd?' vroeg Barbara terwijl ze uit het raam keek. De chauffeur was van het stadhuis naar FDR Drive gereden en koerste in noordelijke richting.

'Een ongeluk met een lift,' zei Glover.

Barbara was niet onder de indruk. Een ongeluk met een lift, een omgevallen kraan, een brand in de metro. Wat dan ook. Er was altijd wel iets aan de hand in een grote stad als deze. Het zou pas nieuws zijn als er eens níéts gebeurde. Het moest ernstiger zijn dan de dagelijkse ongelukken als Headley er ter plaatse wilde zijn, maar toch. Hij hield ervan om op rampplekken te worden gezien. Om een paar woorden voor het avondnieuws te zeggen en meelevend zijn bezorgdheid te tonen.

Dat moest Barbara hem wel nageven. Het was iets wat elke slimme burgemeester zou doen. Een burgemeester die onzichtbaar bleef als de bevolking van New York een tragische gebeurtenis meemaakte zou aan de schandpaal worden genageld. Rudy Giuliani had het voorbeeld gegeven toen hij op 11 september 2001 met een zakdoek voor zijn mond door de puinhopen liep. Wat voor streken hij sindsdien ook had uitgehaald, niets dan lof voor de dienstbaarheid die hij indertijd tentoonspreidde.

Barbara betwijfelde of Headley het in zich had om zo'n soort burgemeester te zijn. Ze hoopte alleen maar dat hij – en zijn stad – nooit meer op zo'n manier op de proef zou worden gesteld.

'Ze zeggen dat er vier doden zijn,' zei Valerie.

Barbara knikte. Het was niet zo dat het haar niets kon schelen. Maar industriële rampen, auto-ongelukken, schietpartijen, huisbranden... het was gewoon haar ding niet. Zij hield zich bezig met de gemeentepolitiek. Laat jongere journalisten maar achter ambulances aan rijden. Ze had haar portie gehad en het waren nuttige ervaringen geweest, maar ze was er niet in blijven hangen.

'Fijn dat je me een lift geeft, maar dit is niet de weg naar mijn huis,' zei Barbara tegen Headley, die haar nog steeds met samengeknepen ogen aankeek. 'Wat nu? Krijg ik huisarrest? Word ik zonder eten naar bed gestuurd?'

'Barbara, Barbara, Barbara,' zei Headley, die er tegelijkertijd vermoeid en teleurgesteld uitzag. 'Wanneer houdt het nu eens een keer op?'

'Wat? Jouw liefde voor vriendendiensten, of mijn liefde om erover te schrijven?'

'Je waagt je in het hol van de leeuw. Maar je bent niet onkwetsbaar.'

Onkwetsbaar, dacht ze. Interessante woordkeuze.

'Nou, je hebt net iedereen verteld dat je mij en mijn krant een proces gaat aandoen, dus ik neem aan dat ik niet onkwetsbaar ben. Maar nu we het er toch over hebben, hoe gaat het met je kort geding tegen de *Times*? Omdat ze het vreemd vonden dat je in drie landelijke kiesdistricten stond geregistreerd? En hoe lang is het niet geleden dat je de actrice die zei dat je impotent was met gerechtelijke stappen dreigde?'

Valerie wierp Barbara een blik toe, maar zei niets.

Headley glimlachte krampachtig. 'Nou, we weten natuurlijk welke beschuldiging het belachelijkst was.' Zijn glimlach verdween. 'Hoe dan ook, het duurt altijd even voordat zulke zaken dienen.'

Barbara maakte het zich comfortabel op de leren bank en liet haar hoofd in de steun rusten. Laat je niet opfokken, dacht ze. Ja, ze waren met zijn vieren, de chauffeur niet meegerekend, die nu Forty-Second insloeg en in oostelijke richting reed. Degene over wie Barbara echt meer wilde weten was die Chris naast haar, hij zou zo de bodyguard van de schurk in een Bondfilm kunnen spelen als hij dit baantje kwijtraakte. En dat was niet beledigend bedoeld, het was een knappe gast. En dat ze te midden van dit gezelschap zat ervoer ze niet als bedreigend. Wisten ze wel dat ze dit eigenlijk heerlijk vond? Als Headley en zijn bende haar negeerden, als ze haar niet liet merken hoe irritant ze haar vonden... nou, dát zou pas verontrustend zijn.

'Ik begrijp echt niet wat je tegen me hebt,' vervolgde Headley. 'Waarom ben je zo kwaad?'

'Ik ben niet kwaad. Ik heb alleen maar iets tegen hypocrisie.'

'Hou toch op. Hypocrisie is de motor die de wereld draaiende houdt. Ik heb een vraag voor je. En wees eerlijk. Heb je ooit een bron gehad die niet zuiver op de graat was, iets waar je over zou kunnen schrijven, iets wat je zou kunnen onthullen... Maar dat je de andere kant op hebt gekeken omdat hij je informatie verschafte die je verhaal alleen maar beter zou maken? Iets wat je een primeur gaf? Ga je me nu vertellen dat je zoiets nog nooit hebt gedaan?'

'Er zijn veel overwegingen als je aan een artikel werkt.'

Headley grijnsde. 'Zo'n ontwijkend antwoord zou ik ook hebben kunnen geven. We verschillen echt niet zo veel van elkaar. Het is allemaal maar een spel, toch? Politici en de media? Het is vaak heerlijk, dat ontken ik niet. Maar soms,' en zijn blik werd nu hard, 'kan het behoorlijk irritant worden.'

'Irriteer ik je?' vroeg Barbara bijna hoopvol.

Hij hield zijn duim en wijsvinger een fractie uit elkaar. 'Zo'n klein beetje. Maar,' zei hij langzaam, 'we willen je graag de kans geven om daarvan af te komen.'

Ze keek hem argwanend aan. 'Wat bedoel je daarmee?'

Headley wierp Glover een blik toe en gaf hem een hoofdknikje.

'Er zijn zeker verschillen tussen jou en de burgemeester,' begon Glover, 'maar hij ziet ook je journalistieke vaardigheden, dat je een begaafd schrijver bent. En daar heeft hij respect voor.'

Headley keek door het raam naar de voorbijglijdende stad, ze reden nu in noordelijke richting over Third.

'Ik hoef je natuurlijk niet te zeggen dat de burgemeester en wij van het team vinden dat je ook wel eens aandacht zou kunnen besteden aan de dingen die we voor elkaar krijgen,' vervolgde Glover. 'Die metrogeschiedenis waarin je je hebt vastgebeten, dat is in feite goed nieuws. Maar in plaats daarvan schrijf jij er alleen maar negatieve dingen over. Het huidige signaalsysteem stamt uit de jaren dertig van de vorige eeuw en is dringend aan vernieuwing toe. En dan hebben we nog de omschakeling naar elektrische auto's. De burgemeester streeft ernaar dat elk gemeentelijk voertuig in deze stad binnen zijn eerste termijn elektrisch zal rijden. Binnenkort zul je groene stickers zien op alle wagens die...'

'Glover, hou het kort,' zei Headley tegen zijn zoon. Hij keek nog steeds uit het raam en er klonk enige irritatie in zijn stem door.

'We hebben nog niets aangekondigd,' zei Glover, 'maar de burgemeester zou zijn verhaal graag aan een groter publiek willen vertellen, zodat de kiezers een beter idee van hem hebben. Dat er meer is dan goedkope schandaaltjes en ranzige krantenkoppen. Dat hij iemand is die het verschil wil maken, maar dan op een breder vlak.'

'Ah,' zei Barbara terwijl ze Headley aankeek. 'Je wilt hogerop komen in de politieke voedselketen. Na het burgemeesterschap van New York rest alleen nog maar het gouverneurschap of het presidentschap. Of je wordt stafchef, om eindeloos op tv te komen om een corrupte president goed te praten. Hoe weet je dat iemand de ambitie heeft om leider van de vrije wereld te worden? Hij komt opeens met een boek, alsof de wereld op zijn levensverhaal zit te wachten. Het boek verschijnt, er worden wat exemplaren van verkocht, dan komen de voorverkiezingen, iemand anders wordt genomineerd en het boek eindigt op de uitverkooptafels van Barnes & Noble, en dan is de voorraad nog niet op. Uiteindelijk worden de exemplaren van zijn levensverhaal vernietigd.'

Glover wachtte tot ze klaar was. Toen Barbara niets meer zei, vervolgde hij: 'Zoals ik al zei, we zijn op zoek naar iemand die de burgemeester kan helpen met het vertellen van zijn verhaal.'

Barbara knikte. 'Een ghostwriter.'

Glover glimlachte. 'Bronnen hebben me verteld dat je niet onbekend bent met zulk werk.'

Dat was waar. Barbara had door de jaren heen een drietal memoires geschreven. Een voor een Broadway-actrice, een voor een beroemde sporter die na een auto-ongeluk beide benen had verloren en een voor een popster die eens de hitlijsten aanvoerde, maar die nu blij mocht zijn als hij eens in een nachtclub in SoHo mocht zingen. Met geen van deze opdrachten kwam ze in aanmerking voor de Pulitzer, maar zo konden de rekeningen tenminste worden betaald.

Toen Barbara zijn opmerking noch ontkende, noch bevestigde, vervolgde Glover: 'We hebben al uitgevers benaderd. Later op de dag hebben we een gesprek met Simon & Schuster. Ze zoeken een schrijver die met pa... ik bedoel de burgemeester zou kunnen samenwerken, maar wij hebben het laatste woord erover en kunnen ook zelf met suggesties komen. We denken dat jij de beste kandidaat bent.'

'Dat meen je niet...'

Headley schraapte zijn keel, liet de voorbijglijdende stad voor wat ze was en keek haar direct aan. 'We hebben het idee dat het de geloofwaardigheid van het boek ten goede zou komen als we iemand vragen die altijd tegenover me heeft gestaan. Zodat het niet op een schoonwasactie zal lijken.'

'Nou, het lijkt me nogal geloofwaardig als je iemand voor je laat werken en tegelijkertijd een rechtszaak tegen haar begint.'

Headley trok een gezicht. 'Ik denk dat we dat dan maar laten vallen. En dan is er nog steeds genoeg animositeit over.'

Barbara knikte langzaam. 'En jij hebt natuurlijk het laatste woord over het manuscript.'

'Ja,' zei Valerie, die zich voor het eerst in het gesprek mengde, 'natuurlijk, maar we willen een eerlijk en evenwichtig portret. Met alle oneffenheden. De burgemeester wil open kaart spelen. Amerika begint gewend te raken aan kandidaten die niet perfect zijn. Het publiek moet zich in je kunnen herkennen als je voor het Witte Huis gaat.'

'Met alle oneffenheden,' zei Barbara langzaam. 'Weten jullie dat wel zeker?'

'En dan heb ik het nog niet eens over het belangrijkste gehad,' zei Glover. 'Je kunt aan een half miljoen denken als honorarium. Met mogelijke bonussen als het boek voor een langere periode in de bestsellerlijst blijft staan.' Hij grijnsde. 'Of als iemand het wil verfilmen. Je weet wel, een biopic. Je kunt nog zo kritisch zijn, maar het zou kunnen gebeuren.'

De burgemeester had het fatsoen om te blozen. Barbara zag dat zelfs hij dit overdreven vond. Ze drukte haar tong tegen de binnenkant van haar wang. 'Jee. Dat is me nogal wat.'

Headley boog zich naar voren en keek haar ingespannen aan. 'Ik denk dat we, ondanks onze verschillen, goed zouden kunnen samenwerken,' zei hij met gedempte stem, alsof ze de enige twee in de limo waren.

Barbara leek het aanbod in overweging te nemen terwijl de burgemeester weer achteroverleunde. 'Ik denk dat ik wel iets van mijn bezigheden bij *Manhattan Today* kan afsnoepen.' Ze trok een wenkbrauw op. 'Misschien de weekenden?'

'O,' zei Glover, die net op zijn telefoon aan het kijken was. 'Dit boek zal een volledige dagtaak worden. In elk geval voor de duur van het project, wat volgens mij de rest van dit jaar zal zijn. Denk je ook niet, Valerie?'

'Ik denk het wel,' zei ze.

'Jezus.' Het was de chauffeur. Ze keken allemaal door de voorruit naar Third – Barbara, Glover en Chris moesten zich omdraaien – om te zien dat het verkeer ter hoogte van Fifty-Eighth stopte. Politieauto's blokkeerden de weg. De chauffeur wist de limo nog om enkele taxi's heen te manoeuvreren, tot hij voor de provisorische barricade van patrouillewagens stilstond. Hij liet zijn zijraam zakken toen er een agent naderde.

'U kunt niet...'

'Ik heb de burgemeester hier,' zei de chauffeur.

De agent boog voorover en tuurde achterin om er zeker van te zijn, knikte toen en gebaarde dat ze konden doorrijden. Wat dus onmogelijk was, omdat patrouillewagens de straat blokkeerden.

Glover hield zijn telefoon op en zei: 'Het laatste nieuws is drie doden, niet vier. De lift heeft een val van minstens twintig etages gemaakt. Nog geen woord over de toestand van de overlevende.'

Headley knikte ernstig.

'We lopen wel vanaf hier, David,' zei Valerie tegen de chauffeur.

Hij stapte uit en hield het portier open voor de burgemeester.

Chris Vallins opende het portier aan zijn kant. Toen hij buiten stond bood hij Barbara zijn hand aan om haar eruit te helpen. Haar eerste neiging was om die te weigeren. *Ik kom er zelf wel uit, dank je wel.* Maar dat werd verdrongen door een primitiever gevoel, en ze accepteerde de geste. Zijn greep was sterk, zijn arm gespannen.

'Dank je,' zei ze.

Vallins knikte.

Glover was aan de andere kant uitgestapt en liep om de limo heen naar

Barbara. 'Het was mijn idee,' zei hij op gedempte toon.

'Sorry?'

'Van dat boek. Om te kijken of je geïnteresseerd zou zijn. Ik heb mijn vader moeten overhalen, maar ik denk dat je er perfect voor zou zijn.'

'Hou niet alleen je vrienden, maar ook je vijanden in de buurt,' zei Barbara.

'Nee, dat is het niet. Je bent er geknipt voor.' Hij begon nog zachter te praten. 'Ik heb het pa nooit verteld, maar ik ben al jaren een bewonderaar van je stukken.'

Ze wist niet goed wat ze hiervan moest denken.

Ze voegden zich bij de rest van het groepje en liepen naar de kantoortoren waarin zo te zien het ongeluk had plaatsgevonden.

'Krijg nou wat,' zei Headley, meer in zichzelf dan tegen iemand anders.

'Wat?' vroeg Valerie.

'Het is het gebouw van Morris Lansing.'

Valerie keek haar baas met een lege blik aan, het was duidelijk dat ze deze naam niet meteen kon thuisbrengen.

'Meen je dat nou? Weet je niet wie dat is?' zei hij.

Een cameraploeg van CBS ontdekte de burgemeester en omsingelde hem.

'Meneer de burgemeester!' riep iemand. 'Weet u wanneer deze lift voor het laatst is geïnspecteerd?' Er werd een camera voor zijn gezicht gehouden.

Headley had de passende grimmige uitdrukking op zijn gezicht. 'Luister, ik ben er pas net en ik heb nog geen briefing gehad. Maar ik verzeker jullie dat ik alle betrokken partijen zal spreken en alle krachten in het stadhuis zal bundelen om...'

Barbara glipte langs het mediavolk en liep naar de hoofdingang. Net op dat moment werd er een brancard met een bebloede vrouw erop naar buiten gereden.

'Aan de kant!' riep iemand van het ambulancepersoneel. De menigte week uiteen zodat de brancard de openstaande deuren van de ambulance kon bereiken.

De brancard reed vlak langs Barbara, die eerst de sneakers van de vrouw zag, en daarna haar gezicht.

Het was niet meer dan een glimp. Twee seconden, op zijn hoogst. Maar dat was lang genoeg.

'Paula,' fluisterde Barbara.

4

De rechercheurs Jerry Bourque en Lois Delgado hadden besloten de taken te verdelen.

Delgado ging de beveiligingsvideo's van gisternacht bekijken. Er hingen camera's op de High Line, en ongetwijfeld ook aan de aangrenzende gebouwen. Daarnaast ging ze de gemeentewerkers opzoeken die de High Line gisteren aan het eind van de dag hadden afgesloten om hun te vragen of ze achteraf niet iets hadden gezien wat belangrijk zou kunnen zijn.

Bourque ging de meldingen van vermiste personen checken en kijken of er geen signalement tussen zat dat met het slachtoffer overeenkwam. En hij had ook een idee waar hij informatie over de *Jaws*-sokken kon inwinnen.

Het lichaam zou naar het forensische pathologiecentrum van Manhattan worden vervoerd nadat de patholoog-anatoom op de plaats delict was gearriveerd, alwaar men zou beginnen met het nemen van een DNA-monster. Als het genetische ID van het slachtoffer in de databank zat, zouden ze met zekerheid weten wie hij was. Het enige probleem was dat het soms weken kon duren voor er resultaten waren. Met vingerafdrukken ging het sneller, maar dat was duidelijk geen optie deze keer.

De autopsie zou hun meer kunnen vertellen over de manier waarop de vingertoppen waren verwijderd, en hoe deze man precies was overleden. Waarschijnlijk waren het de slagen op zijn hoofd geweest, dacht Bourque. Nadat ze klaar waren met de autopsie van het lichaam zouden de kleren van de man onderzocht en geanalyseerd worden.

Zo'n achthonderd meter van de High Line bleef voor de rest van de dag afgesloten, zodat het forensische team het grondig kon uitkammen. Als de regen niet alles had weggespoeld zou het kunnen dat ze een voetafdruk met een druppel bloed erop vonden. De trapleuningen van de dichtstbijzijnde ingangen ten noorden en zuiden van de plaats delict werden onderzocht op bloedsporen en vingerafdrukken, al hoefde je daar gezien de duizenden bezoekers op een dag niet veel van te verwachten.

Agenten werden erop uitgestuurd om aan te bellen bij elk appartement langs de High Line dat uitzicht op de gewelfde bank had. Bij de appartementen waar niemand thuis was moesten ze 's avonds opnieuw langs. Bourque wilde ook dat er vanaf middernacht iemand op de plaats delict was om te zien in welke appartementen het licht tot 's morgens vroeg brandde. Het was immers mogelijk dat een van deze nachtbrakers precies op het goede moment door het raam naar buiten had gekeken.

Het gaat goed, dacht hij. Ik heb dit goed doorstaan. Zolang ik er maar niet aan denk, dan...

En natuurlijk begon hij er op dat moment aan te denken.

Die druppels. Bloeddruppels. Als een rode regen vielen ze op de lippen van die...

'Jerry?' zei Delgado.

'Ja.'

'Moet je niet eens gaan?'

'Ja, ik bel je later.' Het was alsof zijn keel werd dichtgeknepen.

Hij liep naar zijn auto. Toen hij achter het stuur zat bracht hij de inhaler naar zijn mond en zoog. Hij hield zijn adem tien seconden in terwijl hij het apparaatje terug in zijn zak stopte en vervolgens een blik op zijn horloge wierp.

Hij was zijn partner vergeten te zeggen dat hij om tien uur een afspraak had, maar hij had nog net genoeg tijd om achter één ding aan te gaan. Hij startte de motor, keerde zijn auto en reed in oostelijke richting. Hij had die sokken in de Strand Bookstore gezien. Dat betekende niet dat hun slachtoffer ze daar had gekocht, maar hij kon navragen door welk bedrijf ze werden gedistribueerd, en op welke schaal.

Hij zocht vooral een excuus om de boekwinkel te bezoeken.

Hij reed naar de hoek van Broadway en Twelfth en parkeerde zijn auto half op het trottoir en half op de straat. Dat was een van de weinige voordelen die je als agent had, je hoefde nooit op zoek te gaan naar een parkeerplek. Hij liep de winkel in, passeerde de toonbank en de tafels met nieuwe uitgaven om linksaf de klerenafdeling te betreden. Niet dat je hier een complete garderobe kon aanschaffen, maar ze verkochten hippe T-shirts, petten en extravagante sokken.

Een paar maanden terug had hij een date hiernaartoe meegesleept. Ze heette Wendy. Een serveerster van een cafetaria op Lexington. Ze had een paar sokken met over de hele lengte een print van een ouderwets uitleenbriefje van een bibliotheek uitgezocht, compleet met een stempel waar de inleverdatum op stond. Ze hingen naast de sokken met de haaien erop. Bourque had er weinig aandacht aan besteed, hij was meteen doorgelopen naar de afdeling architectuurboeken. Hij had bij de kassa aangeboden om de sokken te betalen, ze kostten tien dollar, en ze vond het goed. 'Omdat je dat hebt gedaan,' fluisterde ze in zijn oor toen ze over Broadway liepen, 'zal ik ze straks voor je showen.' Een speels glimlachje. 'Alléén de sokken.'

En dat had ze gedaan.

Bourque was niet blijven slapen. Hij moest vroeg op, zij ook. De volgende ochtend bezocht hij een andere cafetaria. Hij had haar sindsdien niet meer gezien.

Maar tijdens dit bezoek aan de boekwinkel was hij zeer geïnteresseerd in het sokkenrek en hij vond al snel de *Jaws*-sokken. Hij nam er een paar af en vergeleek het met de foto van de sokken van de dode man. Het waren dezelfde. Bourque liep ermee naar de kassa, waar een jonge man met kroezend haar glimlachend naar hem opkeek. 'Ja?'

'Ik kreeg een e-mail dat mijn bestelling er is,' zei Bourque.

'Wat is uw naam?'

'Bourque.'

'En het boek?'

'*Changing New York*, van Berenice Abbott.'

'Een momentje. En u wilt ook nog deze sokken?'

'Kunt u eerst even naar het boek kijken?'

De winkelbediende liep naar achteren. Bourque leunde tegen de toonbank en doodde de tijd door op zijn telefoon te kijken.

De jongen kwam terug en legde het boek op de toonbank, zodat Bourque het kon inspecteren. Het was een kunstboek op kwartoformaat, bijna twee centimeter dik, met een contrastrijke zwart-witfoto van downtown New York op het omslag. 'Tweedehands, maar in goede conditie. Een paar bladzijden die enigszins gevouwen zijn.'

'Dat is niet erg,' zei Bourque, die er snel door bladerde en foto's van het New York uit de jaren dertig zag voorbijkomen. 'Het is prachtig, ik neem het.'

'Hebt u het boek *Top of the Park* gezien? Het is vorige week verschenen. Misschien dat het iets voor u is.' Hij wees naar een van de tafels met nieuwe uitgaven. 'Het ligt daar.'

Bourque liep erheen en zag het boek liggen. Ook weer een groot boek, met een schilderij van een glinsterende wolkenkrabber die boven een park uitstak op het omslag. 'Ik wist niet dat hier ook een boek over is gemaakt,' zei hij terwijl hij erdoorheen bladerde. Hij zag architectonische tekeningen, plattegronden, vergelijkingen met andere gebouwen in de wereld die net zo hoog waren. Er waren er niet veel van. Hij nam het mee naar de toonbank.

'Mooi boek, hè? Het is uitgebreid gedocumenteerd, van het eerste concept tot de finale versie. Met een biografie van de architect.'

Bourque knikte langzaam. 'Ja, ook weer een prachtig boek.' Hij draaide het om en zag wat het kostte. 'Jezus.'

'Ja,' zei de jongen. 'Maar dat andere boek kunt u voor vijftien dollar meenemen. En van die veertig dollar kan ik er vijf af halen.'

Terwijl Bourque hierover nadacht klopte de jongen op het duurdere boek en zei: 'Ik geloof dat het deze week officieel wordt geopend. Ze zeggen dat het de hoogste woontoren ter wereld is, of alleen van de VS, dat weet ik niet zeker. Wat ik wel zeker weet is dat ik er nooit in zal gaan. Ik heb hoogtevrees. Ik ben zelfs nog nooit boven in het Empire State geweest.'

Bourque had een besluit genomen. 'Ik neem ze alle twee.'

'En de sokken?'

'Ik heb er een vraagje over. Op hoeveel andere plekken in de stad worden deze verkocht?'

De jongen haalde zijn schouders op. 'Genoeg plekken, denk ik. Hoezo? Wilt u dat ik kijk hoe duur ze bij anderen zijn?'

Bourque schudde zijn hoofd. Hij liet zijn penning zien en stopte die weer weg. 'Kun je je een man herinneren die ze hier heeft gekocht?'

De jongen knipperde met zijn ogen. 'Dat meent u toch niet? We verkopen er massa's van. En er staan verschillende mensen achter de kassa.'

Bourque liet zich niet uit het veld slaan. 'Elk item in deze winkel heeft toch een unieke barcode met een nummer?'

De jongen haalde zijn schouders op. 'Ja, natuurlijk.'

'Dus alle aankopen van dit specifieke paar sokken zullen tevoorschijn komen als je het nummer invoert. En als er niet contant is betaald, kun je erachter komen wie het heeft gekocht.'

'Misschien, ja.'

Bourque glimlachte. 'Nou, dan mag je dat voor me gaan doen.'

De jongen grijnsde. 'Dus als ik het goed begrijp bent u op zoek naar iemand die zo'n paar sokken heeft gekocht.'

'Precies.'

'Als ik de sokken heb verkocht, zou ik die persoon misschien wel herkennen. Hebt u een foto?'

'Nee,' zei de rechercheur.

'Oké. Maar daar moet ik eerst de goedkeuring van een van onze managers voor krijgen. Maar goed, ik heb uw e-mailadres al.'

Bourque reikte hem zijn kaartje aan. 'En dan heb je er nu ook nog een telefoonnummer bij.'

'Ik heb niet veel tijd,' zei de rechercheur nadat hij op de plastic stoel in de kleine spreekkamer was neergeploft. 'Ik wil graag een nieuw recept hebben.'

De dokter – een kleine, ronde man van midden in de zestig met een bril die op zijn voorhoofd rustte – zat achter een klein bureau waar een computer op stond. Hij liet de bril zakken om iets op het scherm te kunnen lezen. Hij typte iets op het toetsenbord, langzaam, met twee vingers. 'Ik haat die klotecomputers. De hele kliniek is erdoor veranderd.'

'Schrijf er dan een uit op de ouderwetse manier. Gewoon op een papiertje, Bert. In dat onleesbare handschrift van je.'

'Zo werkt het helaas niet meer, Jerry,' zei Bert, die naar het beeldscherm tuurde. Hij zweeg even. 'Hmm.'

'Wat, hmm?'

'Je jaagt die inhalers er wel in een rap tempo doorheen.'

'Kom op.'

Bert duwde de bril weer terug op zijn voorhoofd en draaide zich op zijn kruk om zijn patiënt te kunnen aankijken. 'Inhalers zijn niet de oplossing.'

'Ze werken,' zei de rechercheur.

De dokter knikte vermoeid. 'Op korte termijn, ja. Maar je zou eigenlijk eens moeten praten met een...'

'Ik weet dat je dat vindt.'

'Er is geen fysieke oorzaak voor je benauwdheidsaanvallen. Je hebt godzijdank geen longkanker of een emfyseem. Er zijn geen aanwijzingen dat het een allergische reactie is. Het is geen bronchitis. Je hebt duidelijk aangetoond waar we de oorzaak moeten zoeken.'

'Maar als het niets fysieks is, waarom werken die inhalers dan?'

'Omdat ze ongeacht de symptomen je luchtwegen openen. Heb je er nu meer of minder last van?'

Bourque zweeg even. 'Het is hetzelfde gebleven.' Hij zweeg weer. 'Vanmorgen had ik er weer een. Ik moest naar een plaats delict toe, niets aan de hand, maar toen kreeg ik die... flashback... zo zou je het kunnen noemen. En toen zat mijn keel weer dicht.'

'En het is altijd die ene herinnering die het teweegbrengt? Die met die druppels...'

Bourque hief zijn hand op om aan te geven dat de dokter zijn geheugen niet hoefde op te frissen. 'Ja, dus. Maar er zijn ook momenten van stress die het triggeren. Of dat een gespannen situatie de herinnering terugbrengt, en dan komt het weer terug.' Hij zweeg even. 'Er hoeft niet altijd een directe aanleiding te zijn.'

Bert knikte meelevend. 'En er is niemand op het bureau met wie je kunt praten?'

'Ik hoef niet met iemand op het bureau te praten. Ik heb jou.'

'Ik ben geen psychiater.'

'Ik heb geen behoefte aan een psychiater.'

'Misschien zou dat beter zijn. Of je moet met iemand praten, of...'

'Of wat?'

'Ik weet het niet.' De dokter gooide zijn handen in de lucht. 'Misschien dat je net als Jimmy Stewart in die Hitchcock-film bent. Hij krijgt last van duizelingen na een trauma, en na een volgend trauma is hij ervan verlost.'

Bourque liet zijn blik langs de muur gaan, langs de verschillende medische certificaten die er hingen.

'Waar kijk je naar?'

'Naar iets van de theaterschool. Volgens mij heb je daar je diploma's gehaald.'

Bert negeerde de sneer. 'Het is acht maanden geleden. Je moet met iemand praten die je meer te bieden heeft dan ik.'

'Ik ga mijn zielenroerselen niet aan iemand op het bureau toevertrouwen.'

Bert zuchtte weer. 'Misschien is het bureau ook wel het probleem.'

Bourque keek hem aan, wachtend op een verklaring.

'Misschien dat je wel het verkeerde werk hebt. Hou je van je baan?'

Het duurde een paar seconden voordat Bourque antwoordde. 'Zeker wel.'

'Dat klonk overtuigend.'

Bourque keek van hem weg. 'Het bevalt me goed, het is geen slechte baan.'

'Ik ken je al vanaf de tijd dat je een korte broek droeg. Ik weet dat het niet je eerste keuze was.'

'Oké, ik werd niet tot de studie bouwkunde toegelaten. Daar ben ik overheen gekomen. Pa was agent. Zijn twee broers waren agent. Dus ik ben in een familiebedrijf gestapt. En ze wilden het ook graag, trouwens.'

Bert richtte zich weer op zijn computer, zijn vingers boven het toetsenbord. Maar hij had een ingeving en verschoof weer op zijn kruk om Bourque te kunnen aankijken.

'Heb je die oefening ooit geprobeerd die ik je had gegeven? Die je moest doen als het begon, als je het benauwd begon te krijgen?'

'Vertel het me nog een keer.'

'Als het begint, probeer het dan te negeren. Focus je op iets anders. Denk bijvoorbeeld, wat zijn de vijf dingen die ik voor me zie? Wat zijn de vijf geluiden die ik hoor? Wat zijn de verjaardagen van mensen in mijn familie? Maak een lijst van de Mets in alfabetische volgorde. De tien meest gezochte misdadigers. O, dit is een goeie voor je: tien prominente historische gebouwen in New York. Of die het populairste zijn bij toeristen. Of de hoogste, wat dan ook. Dat lijkt me wel wat voor jou.'

Bourque keek hem argwanend aan. 'Serieus?'

'Probeer het gewoon.'

Nu was het Bourques beurt om te zuchten. 'Het zit alleen maar in mijn hoofd, het is niet dat ik er dood aan ga. Toch? Mocht ik mijn inhaler kwijtraken, dan is het niet zo slecht met me dat ik helemaal geen adem meer heb. Het is niet dat ik dood zal gaan.'

Bert schudde langzaam zijn hoofd, en keek toen weer naar zijn beeldscherm. 'Ik geef je nog één keer een recept,' zei hij.

5

Voor zover Barbara wist had Paula Chatsworth geen familie in de stad wonen. Ze kwam uit Montpelier, was naar NYU gegaan om journalistiek te studeren en nooit meer teruggekeerd. Barbara had Paula drie jaar geleden leren kennen toen ze stage liep bij *Manhattan Today*. Ze had veel van zichzelf herkend in de jonge vrouw. Een gulzigheid om te leren die gepaard ging met een gezonde afkeer van autoriteiten. En ze vloekte veel. Op de een of andere manier verwachtte Barbara dat niet van een meisje uit Vermont, maar ze vond het amusant. Paula had Barbara verzekerd dat Vermontse meisjes zich konden meten met de besten van het land als het op vloeken aankwam.

Paula kreeg geen vaste baan bij *Manhattan Today*, en Barbara was haar uit het oog verloren. Ze was haar een keer tegen het lijf gelopen in de Grand Central Market, toen ze een taco nam bij Ana Maria. Ze kletsten even, lang genoeg om te horen dat Paula geen baan in haar vakgebied had gevonden, maar dat ze als copywriter werkte voor een bedrijf dat een aantal websites beheerde. 'Het zit vlak bij Bloomingdale's,' zei ze. 'Dus ik hoef niet ver te lopen om mijn maandsalaris erdoorheen te jagen.'

De jonge vrouw had haar niets gezegd over een relatie, maar het was een korte ontmoeting, dus waarom zou ze ook. Paula leek bewusteloos te zijn toen ze naar de ambulance werd gereden, maar de politie zou waarschijnlijk naar de contacten in haar telefoon kijken, als die tenminste niet met een wachtwoord was vergrendeld. Of ze zouden met haar collega's praten om te vragen of er familie was.

Barbara dacht dat ze zich wel nuttig kon maken.

Ze vertrok nadat ze had vernomen naar welk ziekenhuis Paula was gebracht. Terwijl ze in de wachtruimte van de Spoedeisende Hulp zat spoorde ze Paula's ouders in Montpelier op. Ze hoopte dat iemand, misschien wel van haar werk – ze had het ongeluk per slot van rekening in het gebouw van haar werk gekregen – al contact had opgenomen, maar ze bleek de eerste te zijn die belde.

'Ik begrijp het niet,' zei Paula's moeder, Sandy, met gebroken stem. 'Hoe kan een lift nu zomaar vallen?'

'Dat zullen ze gaan onderzoeken,' zei Barbara. 'Ik neem aan dat er iets vreemds moet zijn gebeurd.'

'We hebben ons altijd zo veel zorgen over haar vertrek naar New York gemaakt,' zei Sandy. 'Alle dingen die er kunnen gebeuren. Berovingen, schietpartijen... Ik heb haar nog gezegd dat ze het niet in haar hoofd moest halen om er te gaan fietsen. Ze rijden als gekken in zo'n stad, je wordt zo van je sokken gereden. Maar een líft?'

'Ik weet het.' Barbara wist niet goed wat ze verder moest zeggen. Troostrijke woorden waren nooit haar sterke kant geweest. *Shit happens*, was haar levensmotto. Maar toch had ze met de vrouw te doen. Ze vroeg haar of er iemand in New York was die ze moest bellen. Sandy zei haar dat zij en haar man niet wisten of hun dochter een relatie had.

'We hebben al weken niets meer van haar gehoord,' zei Sandy. Barbara hoorde haar snikken. 'Het zou kunnen dat... We hebben gezegd dat...'

Barbara wachtte.

'Paula heeft zichzelf ontdekt,' zei Sandy zacht. 'Als u begrijpt wat ik bedoel. Het is moeilijk voor Ken en mij om dat... te accepteren.'

Barbara herinnerde zich dat Paula tijdens haar stage een keer vertelde dat ze in het weekend naar de Cubbyhole, een bekende lesbische bar, zou gaan. Ze kwam openlijk voor haar seksuele identiteit uit, dus Barbara begreep waar Sandy op doelde. Misschien waren het haar ouders wel die hadden ontdekt wie ze was, meer dan Paula zelf.

'Natuurlijk,' zei Barbara. 'Ik begrijp het.'

Paula's vader, Ken, kwam aan de lijn. 'Ik ben nog nooit naar Manhattan gereden,' zei hij. 'Wat is de beste route?'

Hij was een en al zakelijkheid, alsof hij door het focussen op reisinformatie het beeld van zijn zwaargewonde dochter uit zijn hoofd kon zetten.

'Daar ben ik niet zo goed in. Ik heb geen auto. Ik heb niet eens een rijbewijs.'

'Zijn er ook tolwegen? Moet ik veel kleingeld meenemen? Kan ik makkelijk parkeren bij het ziekenhuis?' Hij zei dat ze binnen een uur zouden vertrekken.

Barbara suggereerde dat de trein misschien niet zo'n gek idee zou zijn. Of nog beter, ze zouden een vlucht vanaf Burlington kunnen nemen.

Ken zei dat vliegen een verstandige optie was, hij zou er meteen na het telefoongesprek naar kijken. Barbara beloofde dat ze zou bellen zodra er nieuws was en gaf hem zowel het nummer van het ziekenhuis als dat van haar mobiel. Ken gaf haar op zijn beurt zijn mobiele nummer zodat ze hen onderweg op de hoogte kon houden.

Nadat ze had opgehangen voelde Barbara zich emotioneel uitgeput. Paula's moeder had gelijk toen ze zei dat het laatste waar je je zorgen over maakte als je dochter in de grote stad woonde wel een liftongeluk was. Aangereden worden op het zebrapad, botulisme of een ontvoering door een ufo zou hoger op de lijst staan. Hoeveel liftongelukken had New York in een jaar? Eén? Twee, misschien?

Barbara ging op zoek naar een kop koffie, hoewel ze eigenlijk meer behoefte had aan iets sterkers. Toen ze terug was bij de Spoedeisende Hulp vroeg ze de vrouw achter de balie hoe het met Paula was, en of ze al in een kamer lag.

De vrouw, wier blik strak op een beeldscherm was gericht, zei dat ze zou kijken zodra ze klaar was met haar bezigheden.

'Ik heb het nummer van haar ouders,' bood Barbara aan.

De vrouw bleef naar haar scherm turen en hamerde op het toetsenbord.

Zoek het maar uit, dacht Barbara.

Ze liep door naar de behandelzaal, waar dichtgetrokken gordijnen aangaven dat er iemand achter moest liggen, en ging op zoek naar Paula.

Ze had haar al snel gevonden.

Paula lag in een bed en was met snoeren en slangen aan apparaten gekoppeld, waaronder een piepende hartmonitor. Haar gezicht zat onder de blauwe en paarse bloeduitstortingen en haar lichaam was geïmmobiliseerd. Barbara nam aan dat ze talloze fracturen had. Als ze stond toen de lift de grond raakte zou de klap door haar hele lichaam zijn geslagen en botten hebben gebroken, in het bijzonder die van haar benen, en haar ingewanden hebben samengeperst. Het was als een sprong van een hoog gebouw.

God, hoe moet het zijn in een neerstortende lift? Terwijl je weet wat er gaat komen? Terwijl je weet dat je er niets aan kunt doen?

Barbara hoopte dat er een dokter of een verpleegkundige zou komen die haar iets over Paula's toestand kon vertellen. Ze kon zeggen dat haar nicht of veel jongere zusje daar lag als ze haar zouden vragen of ze familie was.

Toen ze nog een stap dichterbij deed realiseerde ze zich dat Paula ongeveer even oud moest zijn als Arla, haar dochter. Paula was ergens begin twintig, Arla werd dit jaar vijfentwintig.

Ik moet haar bellen, dacht ze.

Paula bewoog licht, haar hoofd verschoof iets op het kussen.

'Hé,' zei Barbara zacht.

Paula's ogen bleven gesloten.

'Ik weet niet of je me kunt horen, maar ik ben Barbara. Barbara Matheson van *Manhattan Today*. Waar je stage hebt gelopen?'

Niets.

Paula's rechteroog leek even een heel klein beetje open te gaan, toen sloot het weer.

'Ik heb je ouders gebeld. In Montpelier. Ik hoop dat dat goed is. Ik dacht dat je wilde dat ze het zouden weten. Ze zijn onderweg.'

Paula's lippen weken uiteen, sloten zich en weken weer uiteen.

'Wil je me iets zeggen?' vroeg Barbara.

Haar lippen openden zich weer. Haar tong bewoog licht.

'Doe geen moeite. Het is goed. Spaar je krachten.'

Maar toen kwam er een woord uit Paula's mond, licht en zacht, als een veertje.

'Wat zei je?' zei Barbara, die zich vooroverboog en haar oor vlak bij Paula's mond hield.

Ze fluisterde het woord nog een keer, het was net luid genoeg. 'Zweven.'

'Zweven?' zei Barbara.

'Het is als zweven.'

Barbara trok haar hoofd terug en knikte. 'Dat kan ik me voorstellen. Je bevond je in vrije val. Je moet je gewichtloos hebben gevoeld en...'

De piepjes van de hartmonitor veranderden in een lange, alarmerende toon.

'Wat is...'

Barbara keek naar de machine en zag de horizontale lijn over het scherm gaan. 'O, shit.'

Ze trok het gordijn open en riep: 'Hé! *Hé!* Ik heb hulp nodig!'

Vanaf de andere kant van de behandelzaal kwam een verpleegkundige aangesneld.

Later, toen het voorbij was, en toen ze Paula's ouders had gebeld om ze te zeggen dat ze zich niet meer hoefden te haasten, liep ze een bar op Third in en bestelde een scotch, puur.

Ze was aan haar vierde glas begonnen toen het haar inviel dat 'zweven' niet aan het neerstorten van de lift refereerde. Ze vroeg zich af of Paula het niet metaforisch had bedoeld terwijl ze haar laatste adem uitblies. In de korte periode dat ze bij *Manhattan Today* werkte, had Paula een goed taalgevoel aan de dag gelegd.

6

Aan het eind van de middag was alles over het ongeluk met de lift in de Lansing Tower wel zo'n beetje bekend. Dat wil zeggen, alles, maar niemand die wist hóé het had kunnen gebeuren.

Verschillende nieuwsbronnen hadden er korte profielen van de slachtoffers bij geleverd. Het waren:

Paula Chatsworth, tweeëntwintig, single. Woonachtig in Tribeca, oorspronkelijk uit Vermont, werkzaam bij Webwrite, een bedrijf dat content verzorgde voor websites van klanten. Paula had aanvankelijk het ongeluk overleefd, maar overleed kort daarna in het ziekenhuis.

Stuart Bland, achtendertig. Woonde bij zijn moeder in Bushwick. Had verschillende onbeduidende baantjes gehad, nooit lang, waaronder een bij een stomerij. De politie ging er voorlopig van uit dat hij zo aan zijn FedEx-pasje was gekomen. Het koeriersbedrijf verklaarde dat hij geen geregistreerde werknemer was en dat nooit was geweest, waardoor de politie zich afvroeg wat voor intenties hij had gehad. Op de vloer van de lift was een scenario aangetroffen waar zijn naam op stond. Men dacht dat Bland naar een persoon in het gebouw onderweg was om het project te bespreken, maar er was geen enkel bewijs gevonden dat hij een afspraak met iemand had.

Sherry D'Agostino, negenendertig. Adjunct-directeur Creatieve Ontwikkeling van Cromwell Entertainment. Getrouwd met Wall Street-effectenhandelaar Elliot Milne. Moeder van twee kinderen: een dochter van vijf en een zoon van acht. Woonachtig in Brooklyn Heights. 'Een onnoemelijk verlies,' zei directeur Jason Cromwell, 'zowel persoonlijk als zakelijk. Ze had een scherp oog voor talent op vele gebieden en was niet alleen een belangrijk lid van ons team, maar ook een dierbare vriendin. We zijn er kapot van.'

Barton Fieldgate, vierenzestig. Notaris bij Templeton Flynn and Fieldgate. Veertig jaar getrouwd, vader van vijf kinderen. Woonachtig op West Ninety-Fifth, in een kast van een huis dat zo'n acht miljoen waard was. Michael Templeton: 'Dat zoiets als dit in ons eigen gebouw heeft kunnen gebeuren is onvoorstelbaar. Barton was een buitengewoon goede vriend en collega. We zullen hem missen.' Er werd ook nog vermeld dat het kantoor bezig was juridische stappen tegen de eigenaar van de Lansing Tower te ondernemen voor achterstallig onderhoud van de liften.

De oorzaak van het ongeluk werd door verschillende instanties onderzocht, waaronder de brandweer en de gemeentelijke dienst die toezicht hield op de licenties en het functioneren van de liften in de stad. New York, zo werd gemeld, had negenendertig inspecteurs, die gezamenlijk zo'n zeventigduizend liften onder hun hoede hadden.

Richard Headley lag onderuitgezakt op de bank in zijn kantoor in Gracie Mansion, de officiële burgemeesterswoning van New York. Hij had zijn colbert uit, zijn stropdas los, de afstandsbediening in zijn hand en zijn voeten op de salontafel – hij had niet de moeite genomen zijn schoenen uit te trekken. Hij keek naar het grote beeldscherm aan de muur en zapte heen en weer tussen de nieuwsuitzendingen van zes uur. Hij besloot om hem voorlopig op NY1 te laten staan.

Hij zag een paar seconden lang zijn aankomst bij de Lansing Tower, toen een moment waarop hij kort in gesprek was met Morris Lansing, een van de grootste projectontwikkelaars van New York – een oude vriend van de burgemeester en eigenaar van de wolkenkrabber.

De deur ging open en Valerie Langdon kwam binnen, ze haastte zich langs het scherm om zijn zicht niet te belemmeren.

'Zorg dat ik Morris aan de lijn krijg,' zei hij terwijl hij het geluid uitzette en haar zijn telefoon aanreikte. 'Ik wil weten hoe het daar gaat.' Hij wierp een blik op zijn medewerker. 'Weet je nu wél wie hij is?'

'Ik weet dat hij indertijd een half miljoen aan je campagne heeft gedoneerd,' zei Valerie. 'Het was me vanochtend even ontschoten,' voegde ze eraan toe, 'je hebt ook zo veel donateurs.'

Valerie tikte op het scherm van zijn telefoon en hield hem bij haar oor. Ze kreeg contact en zei dat ze de burgemeester aan de lijn had voor Lansing. Ze keek Headley aan en zei: 'Hij komt eraan.'

Headley bleef naar het nieuws kijken terwijl hij wachtte. Er was nieuws uit Boston. Een verslaggever stond voor een gebouw dat Headley als Faneuil Hall herkende. Toen hij het woord BOM op de tekststrook voorbij zag komen zette hij het geluid weer aan.

'... vier gewonden nadat een nog onbekend explosief in de markthal afging. Een van de gewonden verkeert in kritieke toestand. De politie heeft het vermoeden dat het explosief in een rugzak zat die in een van de vuilcontainers bij het eetgedeelte is achtergelaten. Het incident roept herinneringen op aan de verschrikkelijke bomaanslag bij de marathon van Boston in 2013, waarbij drie mensen om het leven kwamen en honderden gewond raakten. Als het recente incident tijdens de drukke lunchuren had plaatsgevonden, zouden er waarschijnlijk meer slachtoffers zijn gevallen. De Marathon Bombers waren twee islamitische broers die geradicaliseerd waren, maar de inspiratie voor deze aanslag is mogelijk dichter bij huis te zoeken. Hoewel het officieel nog niet is bevestigd, vertoont hij overeenkomsten met eerdere acties van een extremistische groepering die als de Flyovers bekendstaat, en er zijn enkele tweets verschenen waarin de verantwoordelijkheid zou zijn opgeëist, wat...'

'Richard,' zei Valerie.

Hij zette het geluid uit terwijl ze hem de telefoon aanreikte.

'Morris?' zei hij.

'Hallo, Richard.'

'We hebben niet lang met elkaar kunnen praten vandaag. Ik wilde even weten hoe het met je is, en of er verder nog nieuws is.'

'Het is verschrikkelijk. Nog erger dan dat. Sherry was een goede vriendin. We zijn drie weken geleden nog bij haar weekendhuis op Long Island langs geweest. En Barton was een prima vent. Ik heb geen idee wie die andere twee waren. Al is het wel verdacht dat die man zich als FedEx-koerier voordeed. Er gaan koppen rollen bij de beveiliging, dat kan ik je verzekeren.'

'Als iemand zo makkelijk in het gebouw kan komen, ja, dan wil je daar nog wel eens even goed naar kijken. Maar is er iets wat die man aan het neerstorten van de lift linkt?'

'Op het moment nog niet,' zei Morris Lansing. 'Ze hebben geen flauw idee hoe dit heeft kunnen gebeuren. Die dingen hebben zo veel ingebouwde beveiligingsmechanismen, maar zo heel af en toe laten ze het afweten.'

'Ik wilde je alleen maar zeggen dat je vooral moet bellen als je ons nodig hebt. Het stadhuis is er om je te helpen.'

Het bleef even stil aan de andere kant van de lijn.

'Morris?'

'Ja, nu we het er toch over hebben,' zei Lansing. 'Hier gaan natuurlijk rechtszaken van komen. Fieldgates kantoor is al aanstalten aan het maken. Maar wij moeten ons eigen hachje redden en gaan ons vizier op de gemeente richten.'

'Jezus, Morris.'

'Het is niets persoonlijks, maar verdomme. Ik vind niet dat ik hiervoor moet opdraaien. De gemeente is hier nu eenmaal aansprakelijk voor. Wat er ook mis was met die lift, de gemeentelijke inspecteurs hadden het gezien moeten hebben.'

Nu was het Lansings beurt om te luisteren. 'O, maar zo werkt het niet,' zei Headley knarsetandend. 'Denk je soms dat onze inspecteurs in het onderhoud tekort zijn geschoten? Nou, dan zal ik iedere klote-inspecteur jouw kant op sturen. Of het nu voor de horeca, de luchtkwaliteit of ongedierte is, ik zal ze je gebouw van onder tot boven laten inspecteren. En niet alleen de Lansing Tower, maar ook al je andere gebouwen in deze stad. Want dat schijn je zo graag te willen.'

'Richard, jezus nog aan toe...'

'Meneer de burgemeester graag, eikel die je d'r bent.'

'Nu begrijp ik waarom iedereen je Dick noemt,' zei Morris.

Headley beëindigde het gesprek en gooide de telefoon op de salontafel. Valerie keek hem afwachtend aan, maar hij praatte haar niet bij.

Er werd licht op de deur geklopt, Valerie opende de deur. Chris Vallins liep de kamer in met een tablet in zijn linkerhand, de rechter hield hij losjes in zijn broekzak.

Headley keek op, maar zei niets.

'Meneer de burgemeester, ik heb hier iets wat u misschien wel wilt zien,' zei Chris, die hem de tablet aanreikte. 'De nieuwste column van Matheson is net verschenen.'

Headley graaide zijn leesbril van de salontafel en zette hem op. Alleen al de kop, EEN RITJE IN DE LIMO VAN HEADLEY, bezorgde hem de koude rillingen.

'Jezus christus,' riep hij uit. Hij smeet de tablet in de richting van de salontafel, maar miste deze. Chris wachtte niet tot de burgemeester hem zou oppakken. Hij boog zich voorover en deed het zelf.

'Vertel me wat erin staat,' zei Headley.

'Ze schrijft over het aanbod,' zei Chris. 'Het aanbod om uw biografie te schrijven. Dat ze er een half miljoen voor zou krijgen. Dat het niet te combineren viel met haar werk bij *Manhattan Today*, waarna ze suggereert dat dit uw manier is om te verhinderen dat ze nog langer kritische stukken over u schrijft. Dat u haar wilde afkopen. Of, beter gezegd, omkopen.'

'We ontkennen alles,' zei Headley. 'Het zijn pure verzinsels.'

Chris schudde langzaam zijn hoofd. 'Ze citeert het hele gesprek in de auto zo perfect dat ik durf te wedden dat ze het heeft opgenomen.'

'Shit,' zei Valerie. 'Ik weet nog dat ze iets op haar telefoon deed voordat ze instapte. Ik dacht dat ze hem alleen maar uitzette.'

Headley zakte verder onderuit op de bank. 'Glover,' sprak hij zacht voor zich uit.

Noch Valerie, noch Chris zei iets.

De burgemeester vervolgde op gespeeld vrolijke toon: 'Betrek haar erbij, zei Glover. Zorg dat ze aan onze kant staat. Bied haar zo'n bedrag aan dat ze voor de verleiding bezwijkt.' Headley schudde zijn hoofd en glimlachte wrang. 'Ik neem aan dat ze de klus dus niet aanneemt.'

'Niets tegen Glover,' zei Valerie, 'maar je weet dat ik dit van het begin af aan geen goed idee vond.'

'Ik weet het,' zei Headley, die een gezicht trok.

'In Mathesons stuk wordt ook de vraag opgeworpen waaróm je zo graag wil dat er een boek komt. Het voedt de speculaties dat je je, behalve voor je herverkiezing als burgemeester, ook nog voor iets anders kandidaat zou willen stellen. En dat nog vóór je het zelf bekend hebt gemaakt. Dat was de andere reden waarom ik dat gedoe met Matheson niet zag zitten.'

'Ik had niet naar hem moeten luisteren,' zei Headley. 'Ik had beter moeten weten.'

'Ik wil je niet op je ziel trappen,' zei Valerie aarzelend, 'maar ik weet niet zeker of Glover genoeg ervaring heeft om je bij dit soort zaken te adviseren. Hij kent je natuurlijk beter dan ieder van ons, maar zijn kracht ligt in het spitten in data. Het analyseren van trends, het toezicht houden.' Ze haalde haar schouders op. 'Er is waarschijnlijk niemand op het stadhuis die me zo goed bij een computerprobleem kan helpen als hij. Maar als het gaat om adviezen op het gebied van...'

Headley hief gebiedend zijn hand op en Valerie zweeg.

'Er stond ook nog iets aan het eind van haar column,' zei Chris.

Headley keek hem gepijnigd aan en wachtte op het volgende onheilsbericht.

'Nee, het gaat niet over u,' zei hij. 'Ze noemt iemand die bij het liftongeluk om het leven is gekomen.'

De opluchting op Headleys gezicht maakte plaats voor enige zorgelijkheid. 'Sherry D'Agostino natuurlijk. Iedereen kende Sherry.' Hij grijnsde wrang. 'Ik ben vroeger nog wel eens met haar uit geweest.'

Valerie keek enigszins getroffen; alleen Headley kon opscheppen over zijn avontuurtjes met een pas overledene.

'Nee,' zei Chris. 'Ene Paula-nog-iets. Ze had ooit stage gelopen bij *Manhattan Today*.'

'O,' zei Headley. Meer had hij er niet over te zeggen. Hij keek Valerie aan, verschoof toen zijn blik naar Chris en eindigde weer bij zijn perschef. 'Kun je ons even alleen laten?' vroeg hij haar.

Ze leek uit het veld geslagen, maar liep toen naar de deur en sloot hem achter zich.

'Ga zitten, Chris,' zei de burgemeester.

De man ging zitten.

'Je hebt je een waardevolle kracht getoond sinds je hier werkt. Je bent bodyguard, detective én politiek strateeg.' Hij grinnikte. 'En als Glover er niet is weet je ook nog eens mijn printer aan de praat te krijgen.'

Chris glimlachte. 'Dank u, sir.'

'Je bent goed in het uitzoeken van dingen. Je hebt bewezen dat niet alle hackers pubers zijn die vanuit de kelder van het ouderlijk huis opereren. Je bent zeer nuttig geweest voor een man in mijn positie.'

'Natuurlijk.'

'Zonder jou had ik hier niet gezeten.'

'Daar ben ik niet zo zeker van, burgemeester.'

'Niet zo bescheiden. Jíj hebt die jonge vrouw gevonden en haar zover gekregen dat ze haar verhaal aan *Daily News* wilde vertellen. Dat mijn opponent zich aan haar had opgedrongen toen ze veertien was, en hij veertig. Je hebt zelfs de allesonthullende e-mails aan zijn advocaat boven water weten te krijgen.'

Chris glimlachte slechts.

Headley grijnsde. 'Het is maar goed dat je niet in mijn verleden hebt gegraven.'

Chris schudde ontkennend zijn hoofd. 'Als je maar goed genoeg bij iemand zoekt vallen er altijd wel lijken uit de kast.'

'Nou, bij mij is dat een inloopkast. Maar je weet wie ik ben, en dat ik het verschil wil maken. Ik ben vroeger een enorme klootzak geweest, Chris, maar ik hoop dat het me enigszins lukt om dat goed te maken.'

Chris knikte en wachtte.

Headleys gezicht werd donker. 'Ik maak me zorgen over een paar dingen.'

'Ja... sir?'

'Het eerste is... Glover.'

'Hij wil u graag helpen en hij heeft de beste bedoelingen. Hij hunkert naar uw goedkeuring, sir.'

'Ja, goed, dat zal wel. Maar zijn politieke instinct... zodra je hem iets ongelooflijk stoms ziet doen laat je me het weten, goed?'

'Natuurlijk. Nog iets anders?'

'Barbara.'

Chris knikte langzaam.

'Laten we wel wezen. Ze is goed in wat ze doet. Mensen vertellen haar dingen. Ze heeft goede bronnen, ook in het stadhuis, lui die niet loyaal aan me zijn. Ze is een pitbull. Ga er maar van uit dat je je been kwijt bent als zij erin bijt.'

'Ik begrijp uw frustratie,' zei Chris.

'Als er een manier was om van haar af te komen, een manier om haar te neutraliseren...'

Chris zweeg een moment lang. 'Ik begrijp niet goed wat u bedoelt, sir,' zei hij uiteindelijk.

Headley keek hem aan – eerst verbluft, toen geschokt. 'Jezus, je denkt toch niet dat ik bedoelde dat...'

Chris gaf geen krimp. 'Natuurlijk niet.'

'Mijn god, nee.' Hij schudde zijn hoofd. 'Nee, ik dacht meer aan... die lijken in de kast. Misschien dat er een manier is om haar op de een of andere manier in diskrediet te brengen.' De burgemeester legde zijn hand op de achterkant van zijn nek en probeerde de spanning te verlichten, het was alsof hij een spons uitkneep.

'Ik zal eens kijken.'

'Mooi, dat is goed,' zei de burgemeester. 'Je liet me wel even schrikken, zeg.'

Chris Vallins hield zijn hoofd scheef, alsof hij wilde zeggen: *O ja?*

'Dat je ook maar één moment gedacht zou hebben dat ik suggereerde dat we die vrouw maar uit het raam moesten duwen of iets dergelijks.'

'Sorry. Ik weet dat u nog geen vlieg kwaad zou doen.'

7

Jerry Bourques eerste stop op weg naar huis was een winkel voor kunstenaarsbenodigdheden in Canal Street. Daarna bezocht hij een buurtsuper waar ze ook warme maaltijden verkochten. Hij vulde een plastic bakje met wat gestoomde groenten, lasagne, een schep aardappelpuree, twee kipvingers en wat *chow mein* met garnalen. Het feit dat sommige items niet echt met elkaar combineerden maakte Bourque niets uit. De prijs van het bakje werd door het gewicht bepaald, dus je kon erin gooien wat je maar wilde.

Toen hij zijn driekamerappartement op de vierde etage in de Lower East Side betrad gooide hij zijn sleutelbos in een kom die op een tafeltje in de hal stond en liep daarna de keuken in. Hij nam zijn telefoon uit zijn jaszak en legde hem naast de zak met het bakje avondeten op het aanrecht.

Hij zette de tas van de winkel voor kunstenaarsbenodigdheden op de rommelige keukentafel en haalde er tien dunne, witte kartonnen platen uit met een formaat van vijftig bij vijfenzeventig centimeter. Hij legde ze keurig opgestapeld aan één kant van de tafel, naast een aantal potjes verf, een verzameling afbreekmessen, een metalen liniaal, wat penselen en potloden, enkele strips balsahout van een meter lang, een lijmpistool en een grote papiersnijder met een arm die zwaar genoeg was om de kartonnen platen te doorklieven. Of zijn vingers, als hij niet oppaste.

Vingers.

Hij legde zijn jas en het boek met de oude architectuurfoto's van New York in de slaapkamer. Het andere boek, over de pas voltooide wolkenkrabber in Manhattan, legde hij op het aanrecht. Toen nam hij zijn avondeten uit de zak, trok de deksel eraf en pakte een vork uit de besteklade. En tot slot pakte hij de afstandsbediening om een kleine tv die onder de keukenkastjes aan de muur hing aan te zetten.

Hij zapte tot hij een lokale nieuwszender had gevonden, pakte een flesje bier uit de koelkast en begon staand tegen het aanrecht geleund te eten. Er was een vrachtwagen gekanteld op Van Wyck, waardoor er twee rijstroken bezaaid lagen met bananen. Vier doden bij een ongeluk met een lift. De burgemeester ontkende de beschuldigingen dat hij een van zijn vriendjes een bouwproject zou hebben toegeschoven.

'Alsof dat nieuws is,' zei Bourque met een mond vol chow mein.

De een of andere idioot had een bomaanslag in Boston gepleegd. Engeland werd nog steeds door een storm geteisterd.

Hij at het eten op, gooide het met voedselresten besmeurde bakje in de prullenbak onder de gootsteen en zette de vork in de vaatwasser bij de drie andere vorken – er stond verder niets in. Daarna keek hij voor zo'n vijf minuten naar de foto's in het boek over de nieuwe wolkenkrabber.

'Wauw,' zei hij verschillende keren in zichzelf.

Toen liep hij de slaapkamer in. Hij knoopte zijn stropdas los en kleedde zich uit. Het overhemd ging in een tas die hij aan het eind van de week bij de stomerij zou afleveren. Hij hing zijn broek aan een klerenhanger die hij uit de kast had gepakt en gooide zijn sokken in de wasmand. Op zondagochtend zou hij met zijn zakken vol kleingeld naar het washok in de kelder afdalen om een was te draaien.

Hij liep in boxer en T-shirt naar de keuken terug en ging aan tafel zitten. Naast de potjes verf lag een metalen liniaal van dertig centimeter die hij gebruikte om rechte lijnen op de kartonnen platen te trekken tot er een rij rechthoeken was ontstaan.

Hij ging staan om de grote papiersnijder te bedienen, en gebruikte daarna het afbreekmes om bepaalde lijnen half in te snijden langs de lijnen. Zo kon hij het karton in de juiste hoek buigen terwijl de vlakken nog wel aan elkaar zaten. Hij ging weer zitten, sneed de strip balsahout in de juiste stukken en spoot er voorzichtig de hete substantie uit het lijmpistool op – hier zou hij de hoeken van het karton mee versterken. Hij morste wat hete lijm op de top van zijn wijsvinger.

'Shit!' zei hij. Hij pelde de gestolde lijm van zijn vinger en zoog er even op.

Het volgende uur bracht hij door met het in elkaar zetten van drie verschillende rechthoekige vormen die hij in grijstinten schilderde. Hij tekende er ramen in en een gedetailleerde ingang. Hij deed dit allemaal zonder schetsen of schema's. Wat hij voor zijn geestesoog zag werd in drie dimensies vertaald.

Een van de redenen van deze bezigheid, naast het feit dat hij het leuk vond om te doen, was om de gebeurtenissen van de dag uit zijn hoofd te kunnen zetten. Op sommige avonden werkte het, op andere niet.

Dit was een van die avonden waarop het niet werkte.

Zijn gedachten bleven terugkeren naar het lichaam met het tot moes geslagen gezicht op de High Line. Na zijn afspraak met Bert hadden Delgado en hij het mortuarium bezocht. Het naakte lichaam zonder vingertoppen had één ding onthuld dat tot een mogelijke identificatie zou kunnen leiden. De dode man had een vijf centimeter lange tatoeage van een kronkelende cobra op zijn rechterschouder.

Er was een DNA-monster genomen. Het onderzoek van zijn kleding had niets opgeleverd. In zijn zakken was geen creditcard gevonden of een bonnetje van een tankstation met een tijdsaanduiding erop. Zijn spijkerbroek en shirt waren goedkope confectie-items van Old Navy.

Bourque had nog eens goed naar de sokken gekeken. Ze leken hem relatief nieuw, er zaten geen slijtplekken bij de tenen, terwijl zijn teennagels wel eens geknipt hadden kunnen worden. Bourque was teruggebeld door de boekwinkel, hij had vernomen dat de sokken ergens in het buitenland werden gemaakt en dat ze in talloze winkels, maar ook online werden verkocht. En als hij het nog steeds wilde weten: ze hadden er de laatste maand twaalf paar van verkocht, waarvan er zes met een creditcard, en zes contant waren betaald. Bourque had nu de creditcardnummers.

De enige prettige herinnering die hij aan het mortuarium had was dat hij zo vlak naast Delgado stond dat hij haar haren rook. Welke shampoo ze ook gebruikte, de geur – mango? – was sterk genoeg om de lucht van bleek en antiseptische middelen enig tegenwicht te geven.

Bourque dwong zichzelf om niet aan het onderzoek te denken terwijl hij het eerste voltooide gebouw van deze avond op ooghoogte hield. Hij bekeek het van alle kanten en bewonderde het. Als er een plekje was waar de verf dunner was, dan zou hij het nog even bijwerken.

'Oké,' zei hij tegen zichzelf. 'Tijd voor de installatie.'

Hij stond op van de keukentafel en opende de deur van de tweede slaapkamer. Maar er stond geen bed of kast in, zelfs geen stoel. Er stonden vier vierkante metalen tafels die samen weer een vierkant van ongeveer twee bij twee meter vormden. Het vlak was bijna volledig bedekt met dezelfde maquettes als het bouwwerk dat Bourque vanavond had gefabriceerd. Ze stonden in rijen, met ruimtes ertussen om straten na te bootsen.

Bourque zette zijn recentste poging op het vlak. Hij verschoof enkele oudere creaties om ruimte te maken. Hij bekeek zijn werk vanuit verschillende hoeken. Sommige bouwwerken waren hoger dan een meter vijftig, andere slechts veertig centimeter. Vele waren herkenbaar. Er stonden ruwe interpretaties van het Chrysler Building, het Empire State Building, het Flatiron Building, 30 Rockefeller Plaza en het Waldorf Astoria Hotel.

De modelstad probeerde niet de werkelijkheid na te bootsen. De beroemde gebouwen die hij recreëerde stonden in zijn versie naast elkaar, en niet over de stad verspreid. Het was geen replica, maar een interpretatie van New York.

Bourque leunde tegen de muur, sloeg zijn armen over elkaar en bewonderde zijn werk. Hij nam het project eerst in zijn geheel in zich op, maar al snel werd zijn blik naar één plek aan de rand ervan getrokken.

Hij deed een stap naar voren en knielde neer zodat het straatniveau van zijn modelstad op ooghoogte was. Hij keek naar de straat die zich voor zijn herschepping van het Waldorf Astoria bevond.

Het was alsof zijn keel werd dichtgeknepen.

Als ik me niet had bewogen. Als ik niet was weggedoken.

De druppels.

Hij ademde in, en toen weer uit. Hij hoorde het gepiep.

Hij had niet verwacht dat het nu zou gebeuren. Nu hij hier thuis aan zijn project werkte. Weg van mensen met tot moes geslagen gezichten en ontbrekende vingertoppen. Maar toen moest hij zo nodig naar de straat voor het Waldorf Astoria kijken.

Het eerste waar Bourque aan dacht was om de inhaler uit zijn sportjack te pakken, maar toen herinnerde hij zich wat zijn dokter had gezegd.

'Oké, Bert, we gaan het proberen.' Hij sloot zijn ogen en concentreerde zich.

Kies een categorie uit.

Hebbes. De hoogste gebouwen van de stad, te beginnen met het hoogste.

Hij noemde ze hardop: 'Het One World Trade Center, Top of the Park, 432 Park Avenue, 30 Hudson Yards, Empire State Building...' Hij stokte.

Kon hij Top of the Park wel meerekenen? De luxeappartemententoren op Central Park North, het onderwerp van zijn pas aangeschafte boek, werd pas over een paar dagen officieel geopend. Gebouwd tussen de Malcolm X Boulevard, ook wel bekend als Lenox Avenue, en de Adam Clayton Powell Jr. Boulevard, oftewel Seventh Avenue, was met zijn achtennegentig verdiepingen twee etages hoger dan het geweldige, en ook vrij nieuwe 432 Park Avenue, dat als een monolithisch, verticaal verwarmingselement boven Central Park uitrees.

Maakte het iets uit voor de redenen van deze oefening? Het piepen was niet opgehouden. Hij ging verder met zijn lijstje.

'Eh, de Bank of America Tower, 3 World Trade Center, eh, 53 West Fifty-Third, New York Times. Nee, wacht. Het Chrysler Building, dan het New York Times Building.'

De druk op zijn borst was er nog steeds.

'Shit,' zei hij.

Hij liep naar de andere slaapkamer, pakte zijn jack en stak zijn hand in de linkerbinnenzak.

De inhaler was er niet.

'Wát?'

Hij stopte het ding altijd daar. Maar misschien dat hij...

De inhaler zat ook niet in zijn rechterbinnenzak. En ook niet in de andere zakken.

Bourque voelde zijn longen vechten om lucht te krijgen. Het piepen werd doordringender.

'Shit, shit, shit,' fluisterde hij.

Had hij de inhaler al uit zijn zak gehaald toen hij thuiskwam? Hij liep snel naar de keuken. Hij lag niet op de keukentafel, en ook niet op het aanrecht. Bourque liep weer terug naar de slaapkamer, misschien dat hij eruit was gevallen toen hij zijn jack op het bed had gegooid.

Hij ging op handen en knieën zitten en voelde onder het bed naar iets wat hij niet kon zien.

'Kom op,' zei hij met piepende stem.

Hij vond niets.

In gedachten zag hij hoe een slang zich om zijn luchtpijp wond. Als de tatoeage van de cobra op de schouder van het lijk.

Het werd steeds moeilijker om adem te krijgen. Als hij niet snel de inhaler vond, zou hij zijn laatste adem moeten sparen om 911 te kunnen bellen.

En dat áls hij zijn telefoon vond. Waar had hij het ding in godsnaam gelaten? Het zat niet in zijn binnenzakken toen hij de inhaler zocht. Had hij hem ergens in de keuken laten liggen?

Toen hij zijn hoofd optilde zag hij iets op ooghoogte liggen. Iets kleins en donkers, net onder de rand van het hoofdkussen.

Hij greep naar de inhaler en wipte de dop eraf. Hij ademde zwakjes uit, zette het ding tegen zijn mond, kneep erin en haalde diep adem. Hield hem tien seconden in. Hij ademde uit, en maakte zich op voor de tweede teug.

Hij bracht de inhaler weer naar zijn mond. Kneep erin. En begon weer te tellen.

Zijn telefoon ging. Ergens in de keuken. Hij liep erheen, toen hij bij vier was had hij de telefoon in zijn hand.

De naam DELGADO stond op het scherm. Lois Delgado.

Vijf, zes, zeven...

Delgado liet hem niet in de steek. Bourque hield zijn wijsvinger klaar om het gesprek aan te nemen.

Acht, negen, tien.

Bourque ademde uit en tikte op het scherm. 'Hé, hallo,' zei hij terwijl hij in zijn ene hand de inhaler hield en in de andere de telefoon.

'Met mij,' zei Delgado. 'Alles goed? Ik kan je nauwelijks horen.'

Hij had nu wat meer lucht. 'Ja, alles goed hier.'

'Oké. Sorry trouwens dat ik je zo laat bel.'

'Geen probleem, hoor. Zeg het eens.'

'We hebben een vingertopje. Onze man is er een kwijtgeraakt.'

8

Bucky had al over de bomaanslag in Boston gehoord toen hij het nieuws die avond in zijn goedkope hotelkamer op tv zag. Meneer Clement had het hem 's middags verteld, en hij leek niet erg onder de indruk van de gebeurtenissen.

Vier gewonden, van wie een ernstig.

'Het is een wonder dat het nog het nieuws heeft gehaald,' zei meneer Clement tijdens hun korte ontmoeting in de Central Park Zoo, waar ze schouder aan schouder als twee dagjesmensen bij de pinguïns stonden. Ze spraken zacht, en letten erop niet om te draaien en elkaar aan te kijken tijdens het gesprek dat ze hadden terwijl de pinguïns met veel gespetter zwommen of waggelden.

Meneer Clement maakte duidelijk dat Bucky er niets aan kon doen dat de aanslag in Boston zo'n fiasco was geworden. Het was niet Bucky's opdracht geweest. Hij wist niet aan wie Clement Boston had toegewezen, maar hij durfde te wedden dat dit de laatste klus was die deze persoon voor de Flyovers had opgeknapt.

Bucky stond daarentegen in een goed blaadje bij de oude man. Hij had een week eerder de bomaanslag in het koffiehuis in Seattle geregeld, wat twee doden had opgeleverd. Kijk, met zoiets haalde je de voorpagina's, dat was zeker.

'New York is speciaal,' had meneer Clement gezegd. 'Daarom zullen we hier wat ambitieuzer te werk moeten gaan, Bucky. Geen simpele aanslag op een koffiehuis.'

'Ik snap het.'

Zijn echte naam was Garnet – achternaam Wooler – maar hij had als kind de bijnaam Bucky gekregen, dat was voordat zijn ouders genoeg geld bij elkaar hadden geschraapt om hem een beugel te laten aanmeten. Maar de naam was blijven hangen, en daarbij, Garnet was ook niet echt een topper. Als iemand hem in deze dagen ernaar vroeg, zei hij dat hij vernoemd was naar het maatje van Captain America, Bucky Barnes. Er waren mensen die vonden dat de naam hem dom maakte, als een boerenkinkel. Maar meneer Clement zou niet zo veel vertrouwen in hem hebben als hij echt zo'n slome duikelaar was, zeker weten.

Bucky mocht hem graag, en hoewel hij achter in de dertig was keek hij op tegen meneer Clement. Hij zag de bijna zeventigjarige man als een vaderfiguur. Zijn eigen vader was overleden toen hij zeventien was, en hij miste iemand die ouder en wijzer was om hem te leiden en hem goede raad te geven. Een rol die tot op zekere hoogte door meneer Clement werd vervuld.

'We praten morgen verder,' zei meneer Clement. 'Zodat ik op de hoogte blijf.'

'Natuurlijk. Hebt u het naar uw zin hier?'

'Zeker,' antwoordde meneer Clement zonder te knikken. 'Estelle is nog nooit eerder in New York geweest. Het ligt nu eenmaal niet om de hoek als je in Denver woont. Dus we bezoeken alle bezienswaardigheden. Misschien dat we nog wel naar een voorstelling gaan.'

Bucky grinnikte. 'Nou, een voorstelling zal het zeker worden.'

Meneer Clement wist te glimlachen. 'En fijn dat ik op de eerste rang zit. Ik ben niet naar Seattle, Portland of Boston afgereisd, en dat is maar goed ook. Dan zou ik moeten uitleggen waarom ik precies op die momenten in die steden was. Maar New York? Deze trip is al maanden geleden gepland. We zijn hier voor het vieren van onze trouwdag.'

'Dat wist ik niet. Gefeliciteerd.'

'Dank je, Bucky. Heb een fijne avond.'

'U ook, meneer Clement.'

'Het lijkt me het slimste als je hier nog vijf minuten blijft nadat ik vertrokken ben.'

'Zeker.'

De oudere man vertrok.

Bucky bleef niet vijf minuten wachten. Hij bleef er nog wel twintig minuten staan. Zo leuk was het namelijk om naar de pinguïns te kijken. Zijn kop eraf als het niet de grappigste beesten waren die hij ooit had gezien.

9

Barbara had zich nog een vinger scotch ingeschonken en nam het glas mee naar de slaapkamer. Voordat ze het licht uitdeed besloot ze om nog een laatste keer naar de online reacties op haar column te kijken. Er viel wat voor te zeggen om de mogelijkheid tot reageren op websites af te schaffen. Waarschijnlijk deed het de maatschappij geen goed dat iedere anonieme mafkees op deze planeet een podium had om haat te zaaien en idiote complottheorieën te verkondigen. Ze dacht wel eens vol weemoed terug aan de dagen waarin je je adres en telefoonnummer moest vermelden als je een ingezonden brief naar een krant stuurde. Voordat je reactie werd geplaatst controleerde men of je werkelijk degene was die je beweerde te zijn.

Het was een wonderlijke tijd. De dagen vóór de trollen, bots en de mensen met aluhoedjes.

Niet elk online commentaar werd door een idioot geschreven, maar het waren er genoeg, waardoor je wel twee keer nadacht voordat je je erin mengde. De kans was groot dat je behoefde aan een douche kreeg nadat je er een paar had doorgewerkt.

En toch kon Barbara het niet laten.

Ze ging rechtop in bed zitten, klapte de laptop open die op haar bovenbenen rustte en zocht de site van *Manhattan Today* op.

Het kwam wel voor dat mensen die de pest aan burgemeester Richard Headley hadden haar column prezen, maar meestal wilden ze de man zelf uitschelden. *Wat een rattenneuker*, schreef ene BoroughBob. Nou, dacht ze, dat was voor een stad als New York in elk geval gepaster dan *geitenneuker*. En het was, naar huidige maatstaven, nog tamelijk mild. SuzieQ vond de burgemeester *een spermavlek op de reputasie van onze stad*. Barbara vroeg zich af op welke school SuzieQ had gezeten.

En dan waren er nog de Headley-aanhangers die tegen Barbara tekeergingen. *Wanneer was het voor het laatst dat je werkelijk iets voor deze stad hebt gedaan, jij kutjood?* vroeg PatriotPaul. Was het de moeite waard om PatriotPaul te antwoorden, terwijl ze protestants was opgevoed, en tegenwoordig geen deel meer uitmaakte van welke georganiseerde religie dan ook? Waarschijnlijk niet. En de numerieke alias c67363 vroeg: *Hoe kunnen we ooit iets in deze stad voor elkaar krijgen als mensen als jij alleen maar over alles zitten te zeiken?* Het was echt een opluchting als iemand zijn mening gaf zonder grof te zijn.

Ze scrolde verder. Zo heel af en toe zat er iemand met een nuttige bijdrage tussen, iemand die haar een idee gaf voor de volgende column. Maar dat leek er vanavond niet in te zitten.

En toen las ze het volgende:

Wat naar van je vriendin. Het is vaak zo dat onschuldigen het moeten ontgelden voor een hoger doel.

Ze knipperde met haar ogen en las het nog eens. Het refereerde, natuurlijk, aan haar laatste regels over Paula Chatsworth. Dat ze kort bij *Manhattan Today* had gewerkt, dat ze zo beloftevol was geweest, en dat er een einde aan haar leven was gekomen terwijl ze nog zo veel te bieden had.

Het was voor Barbara een emotioneel schrijfmoment geweest, en haar verdriet over de dood van de jonge vrouw was oprecht. Mensen kwamen naar New York om een droom na te jagen, niet om bij een bizar ongeluk om het leven te komen.

Ze las de reactie nog eens.

Wat naar van je vriendin. Het is vaak zo dat onschuldigen het moeten ontgelden voor een hoger doel.

Wat werd hier in godsnaam mee bedoeld?

Over welk 'hoger doel' had deze schrijver het?

De schrijver gebruikte het alias GoingDown.

'Hoe grappig,' zei ze hoofdschuddend in zichzelf. Maar toen bedacht ze dat het misschien wel helemaal geen toespeling op de lift was. De schrijver kon net zo goed een fan van orale seks zijn.

Ze wilde de laptop net uitzetten toen er een geluid klonk. Een binnenkomend bericht.

Van Arla.

Barbara kon zich niet meer herinneren wanneer ze voor het laatst iets van haar dochter had gehoord. Het was minstens een paar weken geleden. Misschien wel een maand?

Ze klikte op de e-mail.

Hé, schreef Arla. Niet 'lieve mam'. Dat zou te veel gevraagd zijn, wist Barbara.

Het ging verder: *Ik heb nieuws, zullen we morgen ergens koffiedrinken?*

Nieuws? Wat voor soort nieuws zou Arla kunnen hebben? Ze had geen relatie, voor zover Barbara wist. Maar Arla was er nooit zo happig op om de details van haar privéleven met haar moeder te delen. Het moest toch echt iets opzienbarends zijn als ze haar moeder voorstelde om iets af te spreken.

Misschien dat ze nu wel een relatie had. Misschien was Arla wel verloofd.

Verwachtte ze misschien dat haar moeder aan de bruiloft ging meebetalen? Hoeveel had Headley haar ook alweer aangeboden voor het schrijven van zijn bio? Een half miljoen?

Nee. Vergeet het maar. Arla zou een levensreddende operatie nodig moeten hebben voordat Barbara zo laag zou zinken.

Misschien dat Arla zwanger was.

In dat geval zou de geschiedenis zich herhalen.

Alles was mogelijk.

Barbara klikte op 'Reply' en begon te typen.

Natuurlijk, schreef ze. *Hoe laat en waar?*

10

De jongen tikt de vrouw in de stoel voorzichtig op haar arm. Hij denkt dat ze slaapt, maar hij wil het zeker weten. Ze ziet er niet goed uit. Haar voorhoofd glinstert van het zweet.

'Mam? Mam, gaat het wel?'

Ze opent haar ogen langzaam en ziet dan de jongen. 'Ik... was even weggedommeld, geloof ik.'

'Je zweet als een otter. Het leek net even alsof je niet ademde.'

Haar blik dwaalt van hem weg. 'O, god. Ik heb de boodschappen niet uit de tas gehaald. Het ijs zal gesmolten zijn.'

De jongen geeft een kneepje in haar arm. 'Ik heb alles al opgeborgen. Je had mij naar de winkel moeten sturen.'

'Doe niet zo gek. Ik red me prima. Een beetje extra beweging kan geen kwaad.' Het lukt haar te glimlachen. 'Waarom haal je niet wat ijs voor ons? Het is chocola. Ik blijf hier zitten, mijn benen doen zo'n zeer.'

Hij pakt twee kommen, haalt het ijs uit de vriezer en lepelt er twee porties uit. Hij reikt zijn moeder een kom aan en gaat dan op de leuning van haar stoel zitten om aan zijn ijs te beginnen. Ze eet het hare tergend langzaam, alsof deze simpele handeling haar moeite kost.

Chocola is zijn favoriete smaak. Maar hij is te bezorgd om ervan te kunnen genieten. Hij vraagt zich af hoe lang dit nog zo kan doorgaan.

5

4

3

2 DINSDAG

1

11

De vier liften van de Sycamore Residences, een dertig etages tellende woontoren aan York Avenue – net onder Sixty-Third, waren constant in gebruik. Kinderen die naar school gingen. Mannen en vrouwen op weg naar hun werk. Kindermeisjes die arriveerden om op peuters te passen. Schoonmakers die naar de bovenste etage togen om de hal te dweilen, om van daaraf naar beneden te werken tot ze de begane grond hadden bereikt.

New Yorkers die vanuit hun huis over de hele stad uitzwermden. Sommigen werkten op de nabijgelegen Rockefeller University. Verschillende appartementen in de toren waren gereserveerd voor professors en wetenschappers van over de hele wereld die op de universiteit werkzaam waren.

Hoewel het precieze aantal niet bekend was omdat bewoners verhuisden, anderen gasten hadden, en weer anderen hun appartement onderverhuurden zonder het management in te lichten, werd er aangenomen dat er zo'n negenhonderd mensen in de Sycamore Residences woonden. Net als vele andere in New York was het gebouw een kleine stad op zich.

Slechts twee van deze negenhonderd bevonden zich in lift 2 toen het gebeurde.

De negenenveertigjarige Vanya Petrov, een wetenschapper uit Rusland met een buitenlandse werkperiode, stond in de hal van de achtentwintigste etage. Ze wachtte al bijna vijf minuten, en de lift was nog steeds niet gearriveerd. Met groeiend ongeduld volgde ze de digitale display boven de deuren die aangaf waar de liften zich bevonden. Ze hoorde ze in de schachten op weg naar boven langs haar etage suizen. Vaak passeerde een dalende lift op onverklaarbare wijze zonder te stoppen. Zou er iemand van het onderhoudsteam zijn die de boel manipuleerde?

Ze was nu drie weken in New York en was tot de conclusie gekomen dat het magnifieke uitzicht over de East River en de Queensboro Bridge dat haar eerst zo had geïmponeerd niet opwoog tegen de trage liften in het gebouw. Ze was net zo blij geweest met een verblijf op de eerste of tweede etage. Dan maar geen uitzicht. Ze wist inmiddels dat ze er tien minuten bij moest rekenen als ze op tijd voor haar afspraken op de universiteit wilde zijn. Ze kon de trap nemen, maar serieus, moest ze nu werkelijk op zo'n manier beneden zien te komen? Het was niet bijzonder uitputtend – ze had het een paar keer gedaan – maar het was tijdverslindend. En natuurlijk, precies op het moment dat ze in het trappenhuis stond gleden de liftdeuren open.

Het kwam door de kinderen. En hun ouders.

Er waren zeer veel jeugdigen in de woontoren, en ze vergaten altijd wel iets. Gister nog, toen ze eindelijk eens het geluk had dat de lift er vrijwel meteen was, stopte de lift op de negentiende etage voor een vader en zijn tienjarige zoon. Toen de deuren dichtgleden, riep het jongetje: 'Ik ben mijn lunchpakket vergeten!'

'Jezus,' zei zijn vader, die zijn arm tussen de deuren stak om de lift vast te houden. 'Snel dan!'

Het jongetje schoot de lift uit, liep door de hal naar hun appartement, zocht in zijn zakken, keek om en zei: 'Ik heb geen sleutels bij me!'

Vanya had haar ogen gesloten en zei in zichzelf: *Zoiets geloof je toch niet.* Nou, dat niet precies, maar het Russische equivalent ervan. Ze sprak vloeiend Engels, maar zulke uitingen van frustratie had ze niet paraat.

De vader viste zijn sleutels uit zijn zak en riep: 'Hier!' Hij gooide zijn sleutels met een boog naar de jongen toe, die ze natuurlijk niet wist te vangen.

Vast een toekomstige wetenschapper, dacht Vanya.

'Sorry,' mompelde de vader in haar richting.

Iemand met enig gevoel voor beleefdheid zou nu de lift uit stappen zodat het ding zijn weg kon vervolgen. Maar nee.

Het jongetje had eindelijk de voordeur open, rende naar binnen, deed er een goede twee minuten over om zijn lunchpakket te vinden, verscheen weer en bereikte de lift.

Terwijl ze vandaag stond te wachten probeerde Vanya Petrov zich te concentreren op de dingen die ze binnen een uur zou zeggen. Ze was in haar vakgebied gespecialiseerd in de zogeheten 'ontbrekende erfelijkheidsfactoren', eigenschappen die van generatie tot generatie worden doorgegeven, maar die niet in het genoom worden teruggevonden. Men dacht aanvankelijk dat het DNA-profiel alles onthulde, maar er bleken nog steeds bepaalde ziektes, gedragspatronen en ontelbare andere dingen te zijn die er niet in waren terug te vinden, zelfs wanneer er bewijs was dat deze karakteristieken overerfelijk waren.

Dat was het onderwerp van het college dat ze straks zou geven, maar Vanya was ook nog een expert op andere onderzoeksgebieden. Zoals bacteriële virussen, en hoe deze zich binnen een bevolkingsgroep konden verspreiden. Oftewel: hoe ze als wapen konden worden ingezet. Ze wist aardig wat af van een van de meest gevreesde zaken op aarde: bioterrorisme.

Het was wat ze in Rusland grondig had bestudeerd.

Haar expertise op het gebied van ontbrekende erfelijkheidsfactoren had haar de uitnodiging opgeleverd om haar onderzoek voor een werkperiode in New York voort te zetten, maar het was haar kennis van bacteriële virussen die dit verblijf wel eens permanent zou kunnen maken.

Vanya Petrov wilde niet terug naar Rusland.

Vanya Petrov wilde in Amerika blijven.

Het was niet iets wat ze aan haar superieuren in haar moederland had gemeld. Maar ze had het wel op discrete wijze met een collega-professor op Rockefeller besproken, een man die connecties op het ministerie van Buitenlandse Zaken had. Een paar dagen later bereikte haar het bericht dat men er positief tegenaan keek. Als ze asiel in de Verenigde Staten aanvroeg, zou haar verzoek worden ingewilligd – maar natuurlijk wel onder de voorwaarde dat ze al haar kennis van het Russische onderzoek naar bacteriële virussen zou delen.

Daar ging ze mee akkoord.

Maar Vanya Petrov was sindsdien zeer, zéér bang geworden. Wat als haar superieuren haar verraad ontdekten? Zouden ze haar terugroepen voordat haar asielaanvraag was afgewikkeld? Zou ze in een auto worden gegooid, en daarna op een vliegtuig worden gezet voordat iemand haar vermissing had opgemerkt? En wat zou er gebeuren als ze terug was?

Daar wilde ze maar liever niet aan denken.

De zorgen hierover namen haar zo in beslag dat ze schrok toen er een gongachtig geluid klonk om aan te geven dat de lift was gearriveerd. Ze slaakte een zucht van verlichting en betrad de lege cabine nadat de deuren waren opengegleden.

Ze drukte op B en de deuren sloten zich weer.

De afdaling begon.

'Alsjeblieft, geen stop,' zei ze binnensmonds in het Russisch. 'Geen stop, geen stop, geen stop.'

Maar toen stopte de lift. Op de negentiende etage.

Nee.

Elke keer als de lift stopte, of als er op de deur werd geklopt, of als er iemand langskwam op haar kamer in Rockefeller, was ze bang dat het iemand van de FSB – Poetins moderne versie van de KGB – zou zijn.

Dus Vanya was aanvankelijk opgelucht toen de deuren uiteenweken en er geen Russische gangster stond. Maar haar opluchting maakte al snel plaats voor irritatie toen ze zag dat het de vader en zoon waren die laatst voor zo veel vertraging hadden gezorgd. Ze kreeg er een hartverzakking van. Nu maar hopen dat ze niets vergeten waren, dacht ze.

De vader wierp een blik op het bedieningspaneel om te zien dat B al was ingedrukt. Toen de deuren dicht begonnen te glijden, keek hij zijn zoon aan en zei: 'Heb je je huiswerk bij je?'

Het jongetje werd door paniek overvallen. 'Shit!' riep hij uit.

Amerikaanse kinderen, dacht Vanya. Zo grof in de mond.

Er zat nog een ruimte van zo'n tien centimeter tussen de dichtglijdende deuren. Maar de arm van de vader schoot als een bliksemschicht naar voren, en hij wist zijn hand er nog horizontaal tussen te krijgen. De rubberen randen botsten tegen beide kanten van zijn pols aan en de deuren weken weer uiteen.

'Alstublieft,' zei Vanya. 'Ik heb haast.'

Hij ving haar blik op en knikte. Ze nam aan dat het inhield dat zowel de vader als de zoon uit de lift zou stappen, ze het vergeten huiswerk zouden ophalen en de volgende lift namen.

Maar de vader bleek een ander plan te hebben.

'Hou jij de lift vast,' zei hij tegen het jongetje, 'dan ga ik wel. Het ligt op de keukentafel, toch?'

Het jongetje knikte en drukte de knop in waar HOLD op stond.

Vanya zuchtte hoorbaar, maar de vader hoorde het niet, want hij rende al door de hal met de sleutels in zijn hand.

De jongen keek de professor schaapachtig aan. 'Sorry.'

Ze zei niets. Ze sloeg haar armen over elkaar en leunde tegen de achterwand van de lift. Ze had uitzicht op de hal en zag de man het appartement in gaan.

Vijf seconden, tien seconden, vijftien seconden.

Ze voelde haar angst groeien. Ze wilde niet voor langere tijd op één plek zijn, waar dan ook. Ze voelde zich blootgesteld, kwetsbaar.

De appartementen in de woontoren waren niet bijster groot. Hoeveel tijd kostte het iemand om naar binnen te lopen, iets van de keukentafel te pakken en weer terug te komen?

'Je moet je huiswerk niet vergeten,' zei Vanya streng. 'Want als het zover is, geeft de leraar je een één. En dan zal je wél weten waar je het hebt gelaten.'

Het jongetje keek haar aan. Maar opeens sperde hij zijn ogen open. 'Kunt u die knop ingedrukt houden?'

'Wat?'

'Hou hem ingedrukt!'

Ze deed een stap naar voren en zette haar vinger naast die van hem op knop. De jongen schudde zijn rugzak af, liet hem op de vloer vallen en knielde neer om hem open te ritsen. Hij ritste door wat papieren die erin zaten en zei: 'Hier is het.'

Vanya zuchtte nog een keer.

Het jongetje stond op en ging voor de open liftdeuren staan. 'Pap!' riep hij de hal in. 'Ik heb het gevonden!'

Geen reactie.

Deze keer schreeuwde hij: 'Pááááp!'

De vader stak zijn hoofd de gang in. 'Wat?'

'Ik heb het gevonden!'

De man liep de hal in.

Vanya dacht dat alles nu geregeld was en liet haar vinger van de knop los.

De deuren gleden dicht.

'Hé!' riep de jongen uit.

Maar hij was minder moedig dan zijn vader en stak zijn hand niet in de opening om de deuren te stoppen. En Vanya was dat zeker niet van plan. Ze had er genoeg van.

'Hé! Wacht even! Hou die...'

De deuren sloten zich. De lift kwam in beweging. De jongen keek Vanya beschuldigend aan en zei: 'Je had die knop ingedrukt moeten houden.'

Ze haalde haar schouders op. 'Mijn vinger schoot eraf. Het is goed zo. Je kunt beneden op je vader wachten.'

De jongen slingerde de rugzak om zijn schouder en trok zich terug in de hoek, zo ver mogelijk van de vrouw vandaan.

Nadat ze drie of vier etages waren gedaald stopte de lift.

Dit was Vanya's dag niet.

Maar de deuren gingen niet open. De lift bleef hangen. Op de display stond dat ze op de zestiende etage waren.

'Wat is er aan de hand?' vroeg Vanya. Ze keek de jongen beschuldigend aan. 'Heeft je vader de lift laten stoppen?'

Er gebeurde vijftien seconden lang niets. Vanya begon te ijsberen in de krappe ruimte.

Zij zijn het. Ze weten het. Ik zit in de val.

'Ik moet naar mijn werk,' zei ze. 'Ik moet hieruit. Ik moet zo een college geven. Ik kan niet te laat komen.'

Het jongetje zette zijn rugzak weer op de vloer, zocht erin, haalde er zijn telefoon uit en begon erop te typen.

'Wat ben je aan het doen?' vroeg Vanya, die nu stilstond.

'Ik app mijn vader.'

'Vraag hem of hij soms de lift...'

'Ik heb hem gezegd dat we vastzitten.' Hij keek een moment naar het scherm en zei: 'Hij gaat hulp zoeken.'

'O.' Ze wilde de jongen vragen of hij bij zijn vader kon informeren of hij geen vreemd volk had gezien. Mannen die hier niet thuishoorden. Mannen met een Russisch accent. Maar ze hield zich in. 'Waarom denk je dat we vastzitten?'

Het jongetje haalde zijn schouders op.

'Waarom gaan de deuren niet open?'

'Omdat we waarschijnlijk tussen twee etages in zitten,' zei de jongen.

Ze keek hem aan, en voor de eerste keer voelde ze enige verwantschap. Ze zaten tenslotte in hetzelfde schuitje. 'Hoe heet je?'

'Colin,' zei hij.

'Hallo, Colin. Ik heet Vanya.'

'Hoi.'

Blijf met hem praten, zei ze tegen zichzelf. Het helpt tegen de paranoia.

'Waar ging je huiswerk over?'

'Breuken.'

'Ah. Ik was dol op breuken toen ik klein was.'

'Ik haat ze.'

Vanya wist een nerveus glimlachje te produceren. 'Ik denk dat we iets moeten doen om hieruit te komen. We kunnen hier niet blijven. Dat lijkt me geen goed idee.'

'Mijn vader komt zo met hulp.'

'Dat kan nog lang duren. We moeten nú iets doen. Wil je niet naar school om te laten zien hoe goed je je breukenhuiswerk hebt gemaakt?'

Colin knikte.

'En ik moet naar de universiteit. Dus laten we het eens bekijken.' Ze bestudeerde de naad van de twee deuren en wist een vinger tussen het rubber te krijgen. 'Volgens mij kunnen we ze wel open krijgen.'

'Eh, ik denk niet dat we dat mogen doen.'

'Misschien zitten we niet tussen twee etages. Misschien dat de hal hier meteen achter zit en dat we alleen maar uit hoeven te stappen.'

'Misschien,' zei Colin onzeker.

Ze stak er al haar vingers tussen en probeerde de rechterdeur open te trekken. Er zat geen beweging in.

'Ook al ben je nog klein, je lijkt me een sterke jongen,' zei Vanya. 'Trek jij aan de andere kant.'

Colin zei niets, maar deed wat hem werd gezegd. Hij kreeg zijn vingers tussen de naad, die ietsje breder was geworden, en trok hard aan de linkerdeur. Ze trokken allebei, maar het resultaat was een spleet van nog geen centimeter.

'Oké, oké, stop,' zei Vanya. Ze trokken beiden hun vingers terug en deden een stap terug. 'Dit gaat niet werken, geloof ik.'

En toen, als bij toverslag, gleden de deuren een stukje open. Vanya en de jongen deinsden verbijsterd achteruit.

'Kijk nou eens,' zei ze.

De jongen en de vrouw zagen een muur van betonblokken met een opening erboven.

Vanaf de vloer van de cabine liep de grijze, betonnen wand van de liftschacht tot iets meer dan een meter door. Vanya en Colin keken uit over de hal van de zestiende etage.

'Yes!' riep ze uit.

Ze was niet alleen opgelucht omdat de deuren zich hadden geopend, maar ook omdat ze niet werd opgewacht door mannen in zwarte pakken.

'Daar ga ik niet doorheen,' zei Colin nerveus. Hij deinsde nog verder achteruit.

Vanya glimlachte. 'We moeten het snel doen.'

'Mij niet gezien.'

Ze glimlachte hem vriendelijk toe. 'Zie het als een breuk. Hoe ver zijn de deuren open?'

De jongen keek haar aan. 'Half?'

'Heel goed. Dus ze zijn halfopen en halfdicht. Halfopen is genoeg voor ons om hieruit te komen. Ik zal het eerst proberen.' Ze grijnsde. 'Ik zal wel snel moeten zijn.'

Ze zette haar handtas op de vloer. 'Ik heb geturnd in Rusland,' zei ze. 'Toen ik een meisje was, maar toch, sommige dingen vergeet je niet. Het kan niet moeilijk zijn om daarop te klimmen.'

Vanya plaatste haar handen op de gelijnde metalen strip van de halvloer en duwde zich ver genoeg op om haar knie erop te zetten, vervolgens wurmde ze zich door de opening. Hoewel haar voeten nog in de liftcabine hingen bevond ze zich op handen en knieën in de hal. Ze stond triomfantelijk op.

‘Wat ga je nu doen?’ vroeg Colin, die naar haar opkeek. ‘Laat je me hier zitten?’

Shit. Dat kon ze natuurlijk niet maken. Ze was eruit en kon nu naar de universiteit vertrekken, maar hoe zou dat overkomen? RUSSISCHE WETENSCHAPPER LAAT KIND ACHTER IN LIFTCABINE. Zou zo’n harteloze actie Buitenlandse Zaken niet doen besluiten haar asielaanvraag af te wijzen?

‘Nee,’ zei ze. ‘Ik zal je daar niet laten zitten. Ze keek naar beneden. Wat stom, ze had haar handtas op de vloer laten liggen. Het zou logischer zijn geweest om hem eerst op de vloer van de hal te gooien, voordat ze omhoogklom.

‘Colin,’ zei ze terwijl ze naar de tas wees. ‘Gooi me mijn handtas toe. Daarna zullen we zien hoe ik je ook hier kan krijgen.’

Terwijl Colin zich bukte om hem te pakken, ging Vanya weer op handen en knieën zitten om hem te kunnen aanpakken.

Ze leunde voorover in het gat. De kleine jongen pakte de handtas en hield hem omhoog. Vanya schoof op haar knieën iets naar voren.

De lift kwam plotseling in beweging.

Hij daalde.

Het plafond van de cabine kwam naar Vanya’s nek toe. Ze hoefde niet naar boven te kijken om te zien dat hij eraan kwam, ze zag de liftvloer naar beneden zakken. Hoewel natuurkunde niet haar vakgebied was, kon ze dat nog wel bedenken. Als de vloer zakte, zou het plafond zeker meekomen.

Zonder na te denken trok ze haar hoofd terug en begon zich terug de hal in te wurmen.

Ze was niet snel genoeg.

De lift vervolgde zijn weg naar beneden op normale snelheid. Toen de deuren even later opengleden werden de enkele wachtenden – die inmiddels al zeer ongeduldig waren – geconfronteerd met de aanblik van de bijna catatonisch starende Colin, die zich in een hoek had gedrukt om zo ver mogelijk verwijderd te zijn van Vanya Petrovs arm en hand, die nog steeds de handtas vasthield, en haar afgehakte hoofd.

12

Barbara arriveerde bij het Morning Star Café op Second Avenue, vlak voor Fiftieth, voordat haar dochter Arla er was. Ze nam een tafel bij het raam, met uitzicht op de straat, en bestelde een kop koffie toen er een ober langskwam. Ze wierp een blik op het menu om de tijd te doden, maar ze wist eigenlijk al dat ze een omelet met Virginia-ham en cheddar zou nemen. Ze durfde te wedden dat Arla alleen maar koffie wilde.

Barbara wierp een blik op de foto's aan de muur. Morning Star was de afgelopen jaren door veel beroemdheden bezocht. Er hingen verschillende portretten van Kurt Vonnegut Jr.; ze was er zeker van dat hij voor zijn dood in 2007 in deze buurt had gewoond. Ze had hem een keer gezien, een paar straten verderop, maar hoewel ze een fan was had ze niets gezegd. Je zag wel vaker beroemde mensen in New York, en je werd geacht je daar niet druk over te maken.

Ze had het menu gelezen en de muren bekeken. Ze was onrustig. Haar telefoon tevoorschijn halen was nu de volgende logische stap. Barbara had gemengde gevoelens over deze ontmoeting met haar dochter. Ze had de indruk dat Arla de laatste tijd in therapie was, maar toen ze ernaar had gevraagd kreeg ze nul op het rekest. Ze wist dat Arla genoeg problemen had om te verwerken. Ze had een tijdje een eetstoornis gehad, maar dat leek nu onder controle. Als puber had Arla een periode gehad waarin ze zichzelf sneed en haar armen met scheermesjes bewerkte. Barbara had er veel zorgen over gehad, maar ook dat was voorbijgegaan.

Wat het probleem ook was, Arla had de neiging om het altijd naar haar moeder te herleiden, dat wist Barbara maar al te goed. Ze was immers, op de keper beschouwd, de oorzaak van al Arla's problemen.

Nou, jammer dan, dacht ze. Ik wás namelijk ook geen June Cleaver.

Barbara maakte al carrière in de journalistiek toen ze op haar achttiende ontdekte dat ze zwanger was. Als kind keek ze naar herhalingen van *The Mary Tyler Moore Show* (ze was niet oud genoeg om de oorspronkelijke uitzendingen te hebben gezien) en ze wilde niets liever dan de heldin van de serie, Mary Richards, zijn. Ze wilde ook bij het nieuws werken. En Mary liet zien hoe een onafhankelijke vrouw succesvol kon zijn.

Barbara was nog maar net zeventien toen ze als verslaggever voor de *Staten Island Advance* kon werken. Ze had de redactie voor zich weten te winnen door dag in, dag uit met ongevraagde artikelen over interessante mensen uit de buurt aan te komen. Het waren goede stukken. En ze zagen dat deze meid productie kon maken. Ondanks haar prille leeftijd en het ontbreken van journalistieke diploma's werd ze in dienst genomen.

Wie had er nu een papiertje nodig om in te lijsten en aan de muur te laten prijken? Je ging op pad, je stelde vragen, je observeerde en schreef het op. Als iemand je niet wilde vertellen wat je wilde weten, vond je wel een ander die het wel deed. Je bleef doorvragen tot je een antwoord had. Hoe moeilijk was dat? Moest je een studie van vier jaar doen om dat te kunnen?

Barbara stortte zich vanaf het begin volledig op haar werk. De spreekwoordelijke drukinkt stroomde door haar aders. Ze versloeg moorden en bendeoorlogen en vliegtuigrampen en politieke schandalen toen ze de leeftijd van een eerstejaarsstudent journalistiek had.

Ze had de tijd van haar leven.

Tot ze ontdekte dat ze zwanger was.

Het was absoluut niet de bedoeling dat ze met jong zou worden geschopt. Ze ontkende het eerst. Ze kon niet geloven dat het was gebeurd. De zwangerschapstest zat ernaast. Dus ze deed niets en vertelde het aan niemand.

Maar er komt een pijnlijk moment waarop je niet langer blind kunt zijn voor iets.

Dus toen de lichtste zwelling in haar buik verscheen verzamelde ze haar moed om op zoek te gaan naar de man die haar zwanger had gemaakt. Hij had het recht het te weten, toch? Barbara bedacht dat hij het zelfs graag wilde weten. Oké, dat was misschien iets te hoopvol. De jongen zou zich ongetwijfeld doodschrikken. Vooral als je in aanmerking nam dat ze elkaar niet eens kenden voordat ze seks hadden, en sindsdien niet echt een klef stel waren geweest.

Ze hadden elkaar sinds die nacht niet eens meer gezíén.

Ze gaf het ruiterlijk toe, het was een nacht vol domme beslissingen geweest. Het begon met een feest van een oude schoolvriendin, die, in tegenstelling tot Barbara, wél was gaan studeren. Daarna stapelden de domme beslissingen zich op. Ze rookte iets te veel wiet, en dronk iets te veel gin. En toen de beslissing om met die oudere jongen in de hoek te gaan kletsen, dat was de domste geweest.

Hij was al een paar jaar afgestudeerd en was met een meisje meegekomen dat de oude schoolvriendin kende.

Dus waarom stond hij daar zo eenzaam in de hoek?

Hij haalde zijn schouders op. Er was een jongen geweest die moest vertrekken omdat hij in een band speelde die ergens in SoHo nog een laat optreden had. Zijn afspraakje was met de jongen meegegaan.

'Wat een trut,' zei Barbara.

Naderhand was het haar niet helemaal duidelijk meer hoe de gebeurtenissen elkaar hadden opgevolgd. Ze hadden nog meer gedronken. Het zou kunnen dat er een wandeling was geweest. En toen eindigden ze in een studentenhuis. Op een bed. Barbara kon zich wat gefrunnik met een condoom herinneren, maar had er verder niets bij gedacht toen de jongen op een gegeven moment 'Oeps' zei.

Een paar weken later had ze daar wel haar gedachten over.

Hoewel de meeste gebeurtenissen van die nacht in mist waren gehuld, wist Barbara zeker dat er niemand anders in aanmerking kwam om de vader van haar kind te zijn. Natuurlijk, ze was ook met andere jongens naar bed geweest. Maar de laatste keer dat ze vóór die bewuste nacht seks had gehad was een goede (of slechte, het lag er maar aan hoe je ertegenaan keek) zes maanden eerder geweest.

Andere dingen waar ze zeker van was? Hoe hij eruitzag en wat zijn voornaam was. Ze vroeg aan de vriendin die het feest had gegeven of ze ook wist hoe hij van achteren heette. Gewoon, had ze gezegd. Dat ze er wel benieuwd naar was.

Ze vond hem.

En vertelde hem het nieuws.

'Ik heb geen idee wie je bent,' zei hij.

Als je hem hoorde, zou je bijna zeggen dat hij de waarheid sprak. Ze friste zijn geheugen op met elk detail dat ze zich kon herinneren.

'Sorry,' zei de jongen. 'Ik zweer het bij God, maar ik kan me niet herinneren dat ik je ooit heb ontmoet. Hoe lang geleden was het? Ik kan me niet eens herinneren dat ik op dat feest ben geweest.'

'Ja, nou, we waren alle twee behoorlijk beneveld.'

'Jij misschien,' zei hij. 'Ik niet.'

Ze kon niet besluiten wat ze moest doen. Hem op zijn huid zitten? Een bloedtest eisen?

En dan was er natuurlijk nog die andere optie.

Maar Barbara bleef verlamd door besluiteloosheid en ondernam niets. Tegen de tijd dat ze genoeg moed had verzameld om het haar ouders te vertellen, was het te laat om de zwangerschap te beëindigen. Haar vader en moeder – heiligen, dat waren het – veroordeelden haar niet. Natuurlijk wilden ze weten wie die jongen was. Barbara zei dat ze met hem had gepraat, dat hij weigerde zijn verantwoordelijkheid te nemen, en dat hij naar Colorado of Wyoming was verhuisd en makelaar was geworden. Ze zei dat het de moeite niet waard was om achter hem aan te gaan.

Oké, zeiden ze, zulke dingen kunnen gebeuren. Het heeft geen zin om hier ruzie over te maken. Gedane zaken nemen geen keer. Laten we kijken wat we kunnen doen.

We kunnen het kind laten adopteren, besloot Barbara. Ik ben geen geschikte moeder.

Ja, oké, dat is een mogelijkheid, zei haar moeder. Maar je hebt het hier wél over mijn toekomstige kleinkind. Als je absoluut vastbesloten bent dat je het kind niet wil opvoeden, nou, je vader en ik gaan nog wel wat jaartjes mee, en we hebben het erover gehad, en we waren het erover eens dat wíj het wel willen doen – als jij dat ook goedvindt, tenminste.

Geen sprake van, dacht Barbara eerst. Maar toen het kind in haar groeide kon ze steeds meer begrip opbrengen voor haar moeders denkwijze. Dit zou best eens kunnen werken. De wereld was aan het veranderen. Het alternatieve ouderschap was in de mode. Natuurlijk, sommigen zouden er hun neus voor ophalen, maar had ze zich ooit druk gemaakt om andermans mening?

Ze wist dat haar moeder erop rekende dat Barbara van gedachten zou veranderen als de baby er was. Dat ze haar kind zou zien en zou besluiten het zelf op te voeden, zelfs als er geen naam van de vader was om op de geboorteakte te zetten. Dat de moeder-kindband zich zou manifesteren.

Arla kwam.

De band manifesteerde zich niet.

Het kwelde Barbara dat dit niet gebeurde. Ze werd door schuld verteerd dat ze het meisje niet wilde opvoeden. Hield ze van haar? Natuurlijk, dat stond buiten kijf. Maar ze was bang dat ze het moeder-gen niet bezat.

Dus Barbara's ouders hielden zich aan hun woord en namen Arla in huis. Barbara bleef in tweestrijd over de gang van zaken. Het hielp enigszins dat ze haar kind aan haar ouders, en niet aan vreemden had meegegeven. Maar elke keer als ze er was en zag hoe haar moeder en vader zich met Arla bezighielden, kwam het schuldgevoel weer naar boven. Het was een pijn die nooit zou verdwijnen.

Elke keer als ze Arla zag werd ze eraan herinnerd dat ze zich aan haar verantwoordelijkheid had onttrokken. Ze vroeg zich op zulke momenten af of adoptie geen betere keuze was geweest. Uit het oog, uit het hart.

De gedachte alleen al was onverdraaglijk.

Barbara maakte elke maand een flinke portie van haar salaris naar haar ouders over. Bijna elke week kwam ze op bezoek. Ze hield van Arla. Ze hield meer van haar dan van wat dan ook ter wereld. En Barbara bleef altijd haar moeder. Arla werd niet opgevoed met het idee dat Barbara een bezoekende tante was. Nee, Barbara was mama. En haar ouders waren opa en oma.

Geen leugens. Geen pogingen tot misleiding. Niet op dat gebied, tenminste.

Het leek allemaal te werken.

Opa stierf toen Arla twaalf was. Leverkanker. Oma voedde haar kleindochter nu alleen op. Barbara kwam nog steeds langs. Arla begon te puberen, en toen de periode aanbrak dat ze zich net als zo veel tienermeiden als een onmogelijk wicht gedroeg, moest Barbara diep vanbinnen toegeven dat ze blij was dat deze dagelijkse ellende haar bespaard werd.

Barbara's moeder was dertien maanden geleden aan een hartaanval overleden.

'Weet je hoe ik het zie?' had Arla haar de laatste keer gezegd. 'Dat je me bij hen hebt achtergelaten heeft hun dood bespoedigd. Ik was een enorme bitch, zeker, maar ik had jóúw enorme bitch moeten zijn, en niet die van hen.'

'Ik kan het niet meer terugdraaien,' had Barbara geantwoord.

'Ja, maar je hebt er geen probleem mee om over anderen te schrijven die er een puinhoop van hebben gemaakt,' vervolgde ze. 'Slechte dingen die ze hebben gedaan, verkeerde beslissingen die ze hebben genomen, dat is helemaal jouw ding. Maar het is moeilijker om in de spiegel te kijken.'

Barbara had niet geweten wat ze moest zeggen. Tegen de waarheid kon je niet opboksen.

Ze hadden een half jaar eerder een stevige botsing gehad. Arla wilde naar het westen afreizen om haar vader te vinden. Barbara deed er alles aan om haar te ontmoedigen, en bood haar geen enkel aanknopingspunt. 'Die man is het niet waard,' zei ze. Arla was woedend geworden.

Barbara zei iets waar ze meteen spijt van kreeg. 'Misschien dat je gelukkiger was geweest als ik je had laten adopteren en je door vreemden was opgevoed.'

'Jíj bent de vreemde,' sloeg Arla terug. 'Dat ben je altijd al geweest.'

En toen was Arla met de genadeslag gekomen. 'Ik heb een vriendin die binnenkort gaat trouwen, en ze zei dat ze gek werd van haar moeder, die over elk detail van haar bruiloft iets te zeggen wil hebben. Ik trek het niet meer, zei ze en ik zei: hé, ze is in elk geval geïnteresseerd!'

Er was dus genoeg reden om deze ontmoeting met enige spanning tegemoet te zien. Wat zou Barbara nu weer verweten worden? Welke verdrongen herinnering aan haar moeder – of het gebrek daaraan – zou Arla deze week met haar therapeut hebben besproken?

Ze had gezegd dat ze nieuws had.

Jezus, misschien gaat het wel over haar vader.

Voor zover Barbara wist had Arla het idee laten varen om hem in het westen te gaan zoeken. Misschien dat ze van gedachten was veranderd.

Arla was er nog steeds niet – het onveranderlijk te laat komen op afspraken met haar moeder was waarschijnlijk ook zo'n bescheiden wraakactie – en Barbara begon door haar Twitter-account te scrollen. Ze had haar telefoon bijna de hele dag paraat. Door de beschikking over deze technologie was ze bijna nooit meer alleen met haar gedachten. Als ze niet schreef, las of een gesprek met iemand voerde, was ze op haar telefoon bezig. Ze volgde politici, ontelbare betweters, verschillende nieuwsbronnen en zelfs de bulletins van het NYPD. En niemand hoefde te weten dat ze ook iemand volgde die elke dag nieuwe foto's van schattige puppy's twitterde.

Ja, lach me maar uit.

Ze scrolde verder, zag een glimp van iets en ging weer terug. Het was een tweet van het NYPD.

Er had wéér een liftongeluk plaatsgevonden, deze keer in een woontoren op York Avenue. Het was net bekend geworden en er waren nog geen details.

'Shit,' fluisterde ze.

'Ik neem aan dat je het niet tegen mij hebt.'

Ze keek op en zag Arla voor zich staan.

'O, hé, hallo.' Ze stond op om haar dochter te omhelzen. Hoe kwaad Arla ook op haar kon zijn, ze stond altijd toe dat haar moeder dat deed. En Arla sloeg op haar beurt een arm om haar schouder, hoewel ze Barbara niet tegen zich aan drukte.

'Je ziet er goed uit,' zei Barbara nadat ze tegenover elkaar waren gaan zitten.

Dat was waar. Arla zag er altijd goed uit. Ze was lang en slank, met steil zwart haar dat tot over haar schouders hing. Ze droeg een zwarte nauwsluitende jurk met een brede zwarte lakleren riem erop. Voor één oog hing een lok, die ze achter haar oor streek.

'Dank je. Heb je al iets besteld?'

'Alleen koffie. Ik wilde zo een omelet nemen. Wat wil jij?'

'Een koffie is goed.'

'Toe, neem iets. Ik betaal.'

Arla schudde haar hoofd. 'Nee, het is goed zo.'

De ober kwam. Als Arla niets wilde eten, was dat haar zaak. Ze bestelde twee koffie en een omelet.

'En, hoe gaat het?' vroeg Arla.

'Goed,' zei Barbara, maar toen fronste ze. Ze vertelde haar dochter in korte bewoordingen over het ongeluk van gisteren waarbij een jonge vrouw die stage bij de krant had gelopen om het leven was gekomen. Terwijl ze Arla het verhaal vertelde vroeg ze zich af waarom ze dit eigenlijk deed. Hoopte ze alvast wat sympathie te kunnen binnenhalen, zodat dit kon opwegen tegen Arla's komende grieven?

'Dat is verschrikkelijk,' zei Arla met oprecht medeleven. 'Zijn haar ouders al gearriveerd?'

'Zou kunnen. En nu,' vervolgde ze terwijl ze haar telefoon ophield, 'is er een nieuw ongeluk.'

'Ook weer met een lift?'

Barbara knikte.

'Het angstzweet breekt me altijd uit in die dingen. Het is niet dat ik bang ben dat ze naar beneden zullen storten of zoiets. Het is meer dat je geen kant op kunt als die deuren dichtgaan. Als je daar opgesloten zit met een gek, wil je er zo snel mogelijk weer uit.' Ze schudde haar hoofd. 'Twee in twee dagen. Ze zeggen dat alles in drieën komt.'

Barbara glimlachte. 'Dat sloeg geloof ik op dode beroemdheden. Zo,' zei ze met een langgerekte 'o', 'wat was het nieuws dat je voor me had?'

Arla haalde diep adem door haar neus. De komst van haar koffie gaf haar de gelegenheid zich voor te bereiden op iets wat Barbara een belangrijke aankondiging leek. Ze pakte een zakje zoetstof, scheurde het open en goot de helft in haar koffie.

Die is zwanger, dacht Barbara. De geschiedenis herhaalt zich.

'Nou...' zei Arla, 'ik heb een baan.'

Barbara knipperde met haar ogen. 'Je hebt een baan. Je bedoelt een níeuwe baan?'

'Ja, precies.'

'Dat is mooi. Gefeliciteerd. Was je niet meer tevreden met je oude werk?'

'Nee, dat was oké. En ik heb er veel geleerd wat ik op mijn nieuwe werkplek kan gebruiken.'

'En waar is dat?'

'Nou, je weet dat ik met van die statistieken werkte. Het duiden van data-analyses, dat soort dingen allemaal.'

'Ja. Al die dingen die bij marketing horen.'

'Tegenwoordig kijkt iedereen eerst naar de data voordat hij iets onderneemt. Niemand doet zaken vanuit zijn intuïtie.'

'Ik heb altijd mijn intuïtie laten spreken,' zei Barbara. 'Ik begrijp niets van die dingen waar jij het over hebt.'

'Het is hoe de wereld werkt. Ik bedoel, ook al weet je zeker dat je instinct klopt, je doet niets voordat de data het hebben bevestigd.'

'En laat me eens raden. Soms vertellen de data je wát de mensen willen, dus dat geef ze je, zelfs als dat niet is wat je hart je ingeeft.'

Arla haalde haar schouders op. 'Zo ongeveer, ja. Je ziet waar de mensen naar hunkeren, en dat geef je ze.' Ze schudde haar hoofd. 'God, wie gebruikt dat woord tegenwoordig nog, "hunkeren"?'

Barbara grinnikte.

'Hoe dan ook,' vervolgde Arla, 'je wilt weten of je boodschap overkomt, en als dat zo is, of hij je doelgroep bereikt. Dat soort dingen dus. Het is fascinerend. Het bedrijf dat ik net heb verlaten deed veel dingen voor de entertainmentindustrie. Welke films mensen leuk vinden en waarom, datagegevens van voorvertoningen. Het gekke is, ook al heb je een film waarvan je denkt dat het een hit zal worden, dan nog kan het een enorme flop worden.'

'Zeker.'

'Maar ik dacht, wat als ik deze kennis kan toepassen op een manier die wat dieper gaat? Weet je, je kunt de zoveelste leeghoofdige popster nog populairder maken dan hij al is, maar wat als je het publiek bereikt met zaken die ertoe doen en het daar bewust van maakt?'

'Dat klinkt goed,' zei Barbara. 'Voor wie ga je dan werken? Planned Parenthood? Het ACLU? Red de Walvissen?'

'Geen van alle. Maar toch, een plek waar ik goed werk kan verrichten.'

'Oké, vertel,' zei haar moeder.

'Beloof me dat je niet boos zult worden.'

Barbara leunde achterover in haar stoel. O, nee, dacht ze. Ze is naar de vijand overgelopen. Ze gaat voor Facebook werken.

De ober bracht de omelet met ham en cheddar, maar Barbara keek er niet eens naar. 'Vertel het me maar gewoon.'

'Ik heb een baan op het kantoor van de burgemeester gekregen,' zei Arla.

Barbara was met stomheid geslagen.

'Gaaf, toch?'

Barbara vond haar spraak terug en zei: 'Déze burgemeester? De burgemeester van New York?'

Arla knikte en glimlachte. 'Ik heb hem nog niet ontmoet, misschien zal dat ook wel nooit gebeuren. Je kunt voor iemand werken en hem nooit zien. Je bent een van de loonslaven, toch? Maar je weet het nooit.' Ze leunde voorover en fluisterde op samenzweerderige toon: 'Ik heb geruchten gehoord dat hij voor een plaats in de Senaat wil gaan, of misschien nog wel iets hogers dan dat. Stel je voor dat ik er dan nog werk.'

Het was duidelijk dat ze Barbara's laatste column met dat gerucht erin niet had gelezen.

Barbara schoof haar bord opzij en leunde nu ook voorover, zodat hun voorhoofden elkaar bijna raakten. 'Ik snap het.'

'Je snapt wát?'

'Je bent creatief, dat moet ik je nageven.'

'Ik weet niet waar je het over hebt,' zei Arla, die weer rechtop ging zitten.

'Doe niet zo bijdehand, Arla.'

'Echt, ik weet niet waar je het over hebt, *moeder*.'

'Had je het zo bedacht van tevoren? Dat het geweldig zou zijn om voor de man te werken die ik sinds hij dit ambt bekleedt onderuit probeer te halen? Die man is volkomen corrupt, moet je weten. Hij schuift zijn vriendjes van alles toe. Of heeft zijn kantoor jóú benaderd?' Barbara glimlachte gemaakt. 'Ik kan het zo voor me zien.'

'Niet alles gaat over jou.'

'Headley komt achter je bestaan en biedt je een baan aan om mij te kunnen pakken. Ben je door een headhuntersbureau benaderd? Misschien denkt hij dat ik in zal binden als ik weet dat je voor hem werkt. Of dat ik zijn aanbod zal aannemen.'

'Welk aanbod?'

'Laat maar.'

'Ik zag de vacature online staan,' zei Arla, 'en ik heb gereageerd. Ik werd voor een sollicitatiegesprek uitgenodigd en ik kreeg de baan. Als je denkt dat ze me hebben genomen om jou dwars te zitten, nou, je wordt bedankt. Ik ben goed in wat ik doe. Ik ben aangenomen omdat ik ze iets te bieden heb.'

'Je hebt het gedaan om me te zieken.'

'Je luistert niet eens naar wat ik zeg.'

'Je wilt het me inwrijven.'

Arla keek haar moeder medelijdend aan. 'Ik had gedacht dat jij als schrijver wat minder afgezaagd zou reageren.'

'Waarschijnlijk ontslaan ze je als ze erachter komen dat je mijn dochter bent.'

'Ik zal nergens last van hebben, tenzij je van plan bent om het ze te vertellen.'

Arla's achternaam was Silbert, net als die van Barbara. Matheson was eigenlijk Barbara's tweede naam, ze had die gekregen om de moederskant van haar familie te gedenken. Het was al lang geleden dat ze onder deze naam begon te schrijven, dus de kans was klein dat ze er op die manier achter zouden komen.

'Weet je, het zou leuk zijn als je eens voor één keer erkende dat ik iets in m'n eentje voor elkaar kan krijgen. Je zou me zelfs kunnen feliciteren.'

Barbara zei niets.

Arla zuchtte gelaten en keek op haar horloge. 'Shit, ik moet opschieten. Ik wil niet te laat komen op m'n eerste dag.' Ze stond op en glimlachte kort. 'Bedankt voor de koffie. Het is altijd leuk om even bij te praten.'

Ze draaide zich om en liep naar buiten. Ze bereikte het trottoir, sloeg rechts af en liep langs het raam.

Barbara wierp een blik op haar omelet. Het was jammer dat ze jaren geleden was gestopt met roken. Het zou heerlijk zijn om er een sigaret in uit te drukken.

13

Jerry Bourque zat achter zijn bureau. Lois Delgado kwam tegenover hem zitten met een kartonnen beker koffie.

'Hoe is het?' vroeg hij.

'Een ziek kind. Alles is eruit gekomen vanochtend.'

Delgado was al tien jaar getrouwd met een brandweerman die Albert heette. Ze hadden een dochter van zeven, Abigail. Roepnaam Abby.

'Al heeft een late dienst, dus met een beetje geluk ben ik thuis voordat hij vertrekt. Zo niet, dan laten we zijn moeder overkomen.'

'Dat zou fijn zijn,' zei hij.

Ze wierp hem over twee bureaus een blik toe. 'Breek me de bek niet open.'

'Ik heb niets gezegd.'

'Onzin.' Delgado rolde met haar ogen. 'Ze snuffelt altijd rond. De laatste keer had ze in het medicijnkastje zitten neuzen.'

'Hoe weet je dat dan?'

'Door de receptetiketjes. Ik had ze allemaal precies half omgedraaid zodat je alleen de rechterkant ervan zag. Ik bedoel, je kon net "gado" lezen, snap je 'm?'

'Ik snap het.'

'Dus ik keek eens nadat ze was vertrokken, en ze waren allemaal alle kanten op gedraaid. Ze stonden nog wel op dezelfde plek, zo slim is ze nog wel, maar niet zoals ik ze achter had gelaten. En ik heb zo'n minikluisje, zoals ze die ook in hotels hebben? Die staat in de slaapkamerkast. Op een dag zegt ze dat ze het was tegengekomen omdat Abby zo graag mijn schoenen aan wilde trekken. O, zegt ze, hebben jullie een kluis? Waar heb je die voor nodig dan? Helemaal gek van nieuwsgierigheid. Het punt is, het is de enige plek in huis waar ik iets kan bewaren zonder dat zij het ziet. Financiele papieren, dat soort dingen. Ik heb haar gezegd dat ik er mijn pistool in bewaarde.'

'En geloofde ze dat?'

'Ze weet dat ik daar al een afsluitbaar kistje voor heb. Ik zou haar het idee kunnen geven dat ik een arsenaal aan het opbouwen ben. Waarschijnlijk denkt ze dat al.'

'Ik geef Albert weinig kans als hij ooit besluit een affaire te hebben.'

'Geen enkele kans,' zei ze. 'Ik heb hem gezegd, ik maak je af als je ooit vreemdgaat, en ik weet hoe ik mijn sporen uit moet wissen.'

Bourque geloofde dat ze daar zeker de vaardigheden voor had, en dat ze het nog zou doen ook. 'En als jíj ooit besluit een affaire te hebben,' zei hij, 'dan weet je hoe je ermee weg kunt komen.'

Ze glimlachte. 'Albert zal er nooit achter komen dat ik iets met Ryan heb.'

Bourque grijnsde. Delgado was helemaal gek van de acteur Ryan Gosling. Ze had al zijn films meerdere keren gezien. Tijdens een vakantie in Canada was ze zelfs langs zijn middelbare school in Burlington gereden. Ze had een uit een tijdschrift geknipte foto van hem op de zijkant van haar computermonitor geplakt.

'Ik denk dat die foto daar een aanwijzing zou kunnen zijn.'

Delgado schudde haar hoofd. 'Juist niet. Als we iets hadden met elkaar, zou zo'n foto wel het laatste zijn wat ik zou doen. Nu denkt niemand er iets van.'

'Briljant.'

'Heb je al iets over dat DNA gehoord?'

'Laat me niet lachen. Hoe zit het met dat vingertopje? Hebben ze er een afdruk van kunnen nemen?'

'Nog even afwachten,' zei Delgado. 'Het zag eruit als een pink. Ze hebben het gevonden op zo'n twintig meter van de bank waarachter het lichaam was gedumpt, aan de rand van het pad in een bloembed. Als ze een vingerafdruk hebben en het DNA hebben gecheckt, weten we of onze man in het systeem zit. Hij had eeltige handen, alsof hij fysiek werk verrichte.'

'En de sokken zijn een dood spoor. Tot nu toe.'

Delgado zei dat het bekijken van de beveiligingsvideo's van de High Line tot nu toe niets had opgeleverd. 'Maar in elk geval hebben we dit.' Ze wees naar haar monitor. 'Ik stuur het naar je door.'

Hij logde in en haalde het document op. Het was een foto van de cobratatoeage uit het autopsierapport. 'Die tatoeage zou wel eens het beste kunnen zijn wat we op dit moment hebben.'

Ze knikte. 'Het is tenminste iets. We kunnen de tatoeagesalons afgaan. Misschien dat het tijd wordt voor een signalement. Witte man, ergens tussen de veertig en vijftig, de foto van de tatoeage erbij, en een van die sokken.'

'Ik zal Vermiste Personen nog eens bellen,' zei Bourque. 'Misschien dat iemand bezorgd is omdat papa niet thuis is gekomen.'

'Je doet je best maar.'

Hij zocht eerst de Twitter-account van het NYPD's Vermiste Personen op, daarna de website. De meeste vermissingen konden gecategoriseerd worden als zogeheten *silver alerts*, bejaarden die aan alzheimer of een andere vorm van dementie leden. Ze waren weggelopen van huis, of uit een instelling, en in de meeste gevallen kwam het weer goed. Veel van de andere gevallen waren kinderen die niet thuis waren gekomen. Maar de kans dat het hier om kinderontvoeringen ging was klein. Het waren jongeren die ruzie met hun ouders hadden, of bij een vriend bleven slapen zonder te bedenken dat het misschien wel een goed idee was om naar huis te bellen. Als een kind was verdwenen, betrof het vaak een ouderlijke ontvoering en had het te maken met een uit de hand gelopen vechtscheiding. Wat het niet minder ernstig maakte. Sommige ouderlijke ontvoeringen eindigden ellendig, bijvoorbeeld met moord en zelfmoord. Zo had de andere ouder zijn of haar lesje geleerd.

Wie vaak niet op de lijst van vermiste personen voorkwamen waren mannen en vrouwen zonder strafblad of verstandelijke handicaps.

Hij zag geen recente meldingen die als het High Line-slachtoffer klonken. Hij kwam wat mannen tegen die al enkele maanden vermist waren, en die als 'bekenden van de politie' werden omschreven. Zulke personen zouden net zo makkelijk op de bodem van de East River kunnen liggen, maar de man die Bourque hoopte te kunnen identificeren was pas recentelijk dood.

Hij belde het bureau Vermiste Personen op en vroeg of ze ook meldingen hadden van een witte man van middelbare leeftijd die ze nog niet op de website hadden gezet.

'Grappig dat je daarover begint,' werd er gezegd.

Het huis bevond zich in Thirty-Second Street, tussen Broadway in het zuiden en Thirty-First Avenue in het noorden, in het gedeelte van Queens dat Astoria wordt genoemd. Het was een halfvrijstaande woning met een verdieping en een oprit waar een hekwerk omheen was opgericht om een tien jaar oude Ford Explorer voor diefstal te behoeden. Hij stond op een betonnen strook geparkeerd die omlaag liep naar een garagedeur.

Lois Delgado parkeerde hun Ford Crown Vic voor het huis. Een onopvallende wagen, hoewel iedereen die er iets van wist hem onmiddellijk als politieauto zou herkennen vanwege de simpele kleine wieldoppen, de lampen achter de grille en de antenne op de achterklep.

Bourque stapte aan de passagierskant uit, hij wachtte tot Delgado om de auto heen was gelopen zodat ze gezamenlijk naar de voordeur konden lopen. Ze nam het voortouw en belde aan.

Even later werd het gordijn een paar centimeter opengeschoven. Er tuurde een vrouw door het raam. Voordat ze opendeed hoorden ze dat de deur van het nachtslot ging en de ketting eraf werd gehaald.

'Mevrouw Petrenko?' zei Delgado. 'Eileen Petrenko?'

De vrouw was ergens in de veertig, ongeveer een meter vijfenzestig lang, mollig en met bruin haar dat strak achterover in een knot zat. Ze keek hen met een verwachtingsvolle blik aan.

'Mevrouw Petrenko, ik ben rechercheur Delgado en dit is rechercheur Bourque.'

'O, mijn god,' zei ze. 'Hebben jullie hem gevonden? Zeg me dat jullie hem hebben gevonden.'

'Kunnen we binnenkomen?' vroeg Delgado.

'Ja, ja, natuurlijk,' zei ze terwijl ze de deur openhield.

Ze betraden een kleine woonkamer die vol lag met kranten en tijdschriften en waarin aan één kant verhuisdozen tegen de muur waren gestapeld.

'Ik weet niet meer hoe ik het heb,' zei Eileen, die nerveus haar handen in elkaar wrong. 'Hebben jullie hem gevonden? Waar is hij? Is hij terug naar Cleveland gegaan? Hij haat het hier, dat weet ik, maar ik kan niet geloven dat hij zonder iets te zeggen terug is gegaan. Ik heb zijn zus gebeld, maar die heeft hem niet gezien, en hij zou contact met haar hebben opgenomen als hij terugging. Dat zou hij zeker hebben gedaan.'

'Mogen we gaan zitten?' vroeg Bourque.

Eileen nam de kranten van de bank zodat de rechercheurs konden zitten. Ze nam plaats in een stoel tegenover hen. Op een tafeltje naast haar stond een ingelijste foto van haar en een man met een rond gezicht en grijzend, borstelig haar.

'Is dat meneer Petrenko?' vroeg Delgado.

De vrouw nam de foto van het tafeltje en keek er smartelijk naar. 'Ik heb al twee dagen nauwelijks kunnen slapen.'

Bourque haalde zijn opschrijfboekje tevoorschijn. 'Ik weet dat u het er gisterochtend al met onze agenten over hebt gehad, maar ik hoop dat u het nog een keer met ons zou willen doornemen.'

De vrouw hield de ingelijste foto op haar schoot en knikte.

'Wat is de volledige naam van uw man?'

'Otto Mikhail Petrenko.'

'Kunt u dat voor me spellen?'

Dat deed ze.

'Zijn geboortedatum?'

'Eh, 3 februari 1975.'

'Waar is meneer Petrenko geboren?' vroeg Delgado. 'Wat voor soort naam is dat?'

'Het is Russisch,' zei zijn vrouw. 'Behalve Otto dan. Dat is Duits. Hij was naar een oom in Duitsland genoemd. Mikhail was de naam van zijn vader. Hij is in Voronezj geboren, maar vlak na zijn geboorte vluchtten zijn ouders naar Finland, en vandaar vertrokken ze naar Amerika. Otto was toen vier. Ze vestigden zich in Ohio, waar Otto opgroeide en waar we elkaar in Cleveland hebben ontmoet.'

'En hoe lang zijn jullie getrouwd, mevrouw Petrenko?' vroeg Delgado op zachte toon en vol medeleven.

'Zeventien jaar.'

'Hebben jullie ook kinderen? Of wonen jullie hier met z'n tweeën?'

'Met z'n tweeën,' zei ze en ze keek ongemakkelijk. 'Otto had verwanten, maar...' Haar stem stierf weg.

'En u bent de eigenaars van dit huis?'

Ze schudde haar hoofd. 'We huren het. Otto wilde niet kopen. Hij wist niet of hij hier wel wilde blijven.'

'In Queens?' vroeg Bourque.

'In New York. Waar dan ook in deze stad.'

'U bent van Cleveland hierheen verhuisd?'

'Drie jaar geleden.' Ze wierp een blik op de muur met de stapel verhuisdozen. 'We hebben nog steeds niet alles uitgepakt, als u dat kunt geloven. Niet dat er zulke belangrijke dingen in zitten. We zouden ze in de kelder moeten zetten, maar het is daar zo schimmelig.'

'En de garage dan?'

'Daar hebben we meubels in opgeslagen,' zei ze. 'Ons huis in Cleveland was groter, en er waren allemaal spullen die we niet kwijt konden, dus die hebben we daar maar neergezet. Is dit belangrijk?'

'Sorry,' zei Delgado met een verontschuldigende glimlach. 'We zijn ietwat afgedwaald. Wanneer hebt u Otto voor het laatst gezien?'

'Twee dagen geleden. Op zondagavond.'

'Hoe laat was dat ongeveer?'

Ze dacht even na. 'Zo rond achten? Ik weet nog dat het na *60 Minutes* was. Het programma was net afgelopen toen Otto zei dat hij even weg was. Hij is gisteren niet op zijn werk verschenen, en vandaag ook niet.'

'Heeft hij gezegd waar hij heen ging op die zondagavond?'

Eileen Petrenko schudde haar hoofd. 'Ik dacht dat hij misschien iets ging drinken ergens.'

'Ik zag een bar die The Icon heette toen we hiernaartoe reden,' zei Bourque.

Ze schudde haar hoofd weer, maar nu resoluter. 'Hij zou nooit naar zo'n bar gaan.'

Bourque wierp Delgado een blik toe. 'Ik denk dat het een gay bar is,' zei ze.

'O,' zei hij. 'Weet u nog een andere bar waar hij heen zou kunnen zijn gegaan?'

'Je hebt The Break, dat is een biljartcafé. Daar komt hij wel eens. Hij kijkt meestal toe, want hij is er niet zo goed in. Maar toen het elf uur was geworden ben ik erheen gegaan, en hij was er niet. Ze hadden hem niet gezien die avond. Toen dacht ik dat hij misschien wel naar een bioscoop was gegaan. Ik hou niet van films, dus hij gaat soms alleen.'

'Houdt hij van films?' vroeg Bourque.

Eileen knikte in de richting van de verhuisdozen tegen de muur. 'De helft ervan zit vol dvd's. Hij is dol op verzamelen. Er zit zelfs nog VHS tussen. Die grote cassettes, weet u wel? Terwijl we niet eens meer een videospeler hebben. Die is al jaren geleden de deur uit gegaan.'

'Wat is zijn favoriete film?' vroeg Bourque.

Ze moest even nadenken. 'Hij houdt van avonturenfilms. Zoals die met Indiana Jones, of die met John Wick, dat soort films. Actiefilms. Films waarin gevochten wordt, met kungfu of hoe het ook mag heten. Ik hou er niet van.'

'Een van mijn favorieten,' zei Bourque peinzend, 'is die ene met die haai? Dat ze alle stranden sluiten?'

Ze klaarde op. 'O, ja, *Jaws*. Dat is een van Otto's favorieten.' Ze trok haar wenkbrauwen op. 'Ik heb online zelfs sokken voor hem gekocht met zo'n haai erop. Voor z'n verjaardag.'

Bourque keek Delgado even aan. 'Ja, dat is een geweldige film.'

'Maar als hij naar de film was, zou hij voor middernacht thuis zijn gekomen.' Ze trok een tissue uit een doos op het tafeltje en droogde haar ogen.

'Denkt u dat hij met iemand had afgesproken?' vroeg Delgado.

'Daar had hij niets over gezegd.'

Delgado boog zich naar haar toe, haar ellebogen steunden op haar knieen. 'Dit is een moeilijke vraag, mevrouw Petrenko, maar zou het kunnen dat uw man iets heeft met iemand?'

'U bedoelt... een vrouw?' Ze keek verbluft. 'Een affaire?'

Delgado knikte.

'O, nee, dat is... Nee, dat denk ik niet.' Ze leek zich af te sluiten en sloeg haar armen strak over elkaar. 'Nee, zo is hij niet. Volgens mij niet, tenminste.'

Het bleef even stil in de kamer, de rechercheurs lieten Eileen nog wat langer nadenken over deze vraag. Uiteindelijk vroeg Delgado: 'Waarom zei u dat hij naar Cleveland zou kunnen zijn gegaan?'

Ze haalde haar schouders op. 'Hij heeft het hier niet naar zijn zin. Hij houdt niet van New York. Hij houdt niet van de grote steden. In elk geval niet de grote steden die aan de oceaan liggen.' Ze snoof, en bracht de tissue naar haar neus.

'De oceaan?' zei Bourque. 'Houdt hij niet van zwemmen? Heeft hij een hekel aan boten?'

'Nee, nee, dat is het niet. Je hebt de steden aan de kust en dan heb je de rest van het land.'

'Ik kan u niet volgen,' zei Delgado.

'Otto zegt dat er op een dag een nieuwe burgeroorlog zal komen, maar deze keer zal het niet tussen het Noorden en het Zuiden zijn. Het zal tussen de snobs, u weet wel, de elite, en de echte Amerikanen zijn.'

'Dus de mensen die in New York en een stad als Los Angeles wonen zijn geen echte Amerikanen?' vroeg Delgado.

'Ze koesteren de Amerikaanse waarden niet,' zei Eileen Petrenko. 'Otto zegt dat ze niets anders dan abortus willen en hun kinderen in homoseksuelen veranderen, dat soort dingen. Maar het ergste is dat ze op de rest van het land neerkijken.' Ze haalde haar schouders op, en probeerde door haar ingehouden tranen heen te glimlachen. 'Maar ik ben niet zo. Ik hou van mensen en probeer met ze om te gaan. Ik mag de mensen hier. Ik kan het goed vinden met mijn buren. Het zijn aardige mensen.'

'De denkbeelden van uw echtgenoot,' zei Bourque langzaam, 'klinken als het gedachtegoed van de Flyovers.'

Eileen knikte. 'Het kan best zijn dat Otto het daarover heeft gehad, maar als hij over dit soort zaken begint laat ik hem maar praten. Wat zijn die Flyovers eigenlijk precies?'

'Het is een alt-right-groepering die zegt dat de echte Amerikanen degenen zijn waar de elite overheen vliegt als ze van de ene naar de andere kust reizen.'

Eileen keek verward. 'Het kunnen niet dezelfde zijn als waar Otto het over had. Ik heb gisteren naar het nieuws gekeken, om te kijken of Otto misschien niet bij een auto-ongeluk betrokken was, en toen was er iets over een bomaanslag in Boston waarbij die groep genoemd werd. Maar Otto zou niets met zulke mensen te maken willen hebben.'

'Brengt Otto veel tijd op internet door?'

Eileens gezicht werd donker. 'Misschien. Maar hij is geen viezerik als u dat bedoelt. Hij bezoekt geen pornosites. En hij zit ook niet met vreemde vrouwen te chatten. Otto niet.'

Bourque wierp een blik op Delgado, die ongetwijfeld hetzelfde dacht als wat hij dacht. Als Otto hun man was, en daar leek het wel naar uit te zien, dan zouden ze straks zijn computer meenemen.

'Mevrouw Petrenko,' zei Bourque, 'weet u of uw echtgenoot misschien een meningsverschil met iemand had? Persoonlijk of beroepsmatig? Zou er iemand kunnen zijn die een wrok jegens hem koestert?'

'Nee. Otto is een goede man.'

'Is hij ooit in de problemen gekomen?'

'Problemen?'

'Met de politie? Is hij ooit gearresteerd?'

Ze beet op haar lip. 'Het is al lang geleden.'

'Wanneer?' vroeg Delgado.

'Tien, elf jaar geleden? Het was een misverstand. Otto en een vriend moesten voor het werk ergens buiten de stad zijn, na afloop dronken ze te veel en leefden zich uit op het meubilair van een motel. De politie werd gebeld. Maar Otto en die vriend waren bereid om de schade te vergoeden en de aanklacht werd ingetrokken.'

Bourque knikte langzaam. 'Dus als hij toen is gearresteerd hebben ze waarschijnlijk vingerafdrukken van hem genomen.'

Eileen schudde haar hoofd. 'Het is lang geleden. Hij heeft het goed afgehandeld. Hij heeft ze betaald.'

Delgado glimlachte. 'Natuurlijk, maar laten we verdergaan. Kunt u zijn gedrag van de laatste weken beschrijven? Gedroeg hij zich anders? Leek hij zich ergens zorgen over te maken?'

Eileen dacht hierover na. 'Misschien een beetje.' Ze wachtten af. Ze hield haar hand tegen haar voorhoofd en nam hem toen weer weg, alsof ze haar temperatuur opnam. 'Hij had contact met zijn familie opgenomen.'

'Is dat vreemd?' vroeg Bourque.

Ze haalde haar schouders op. 'Met de kerst belt hij zijn broer altijd, dan vraagt hij hoe het met de kinderen is. Of hij belt zijn zus op haar verjaardag. Maar in de laatste weken belde hij ze om alleen maar hallo te zeggen, of hij stuurde ze een e-mail. Ik bedoel, hij houdt van ze, het is zijn familie, maar hij heeft nog nooit eerder zo veel interesse getoond.'

'Heeft hij ook gezegd waarom hij dat deed?' vroeg hij.

Ze schudde langzaam haar hoofd. 'Het was… Het was alsof hij zich zorgen over hen maakte. Ik hoorde hem tegen zijn zus zeggen dat ze een alarmsysteem moest nemen. En ik hoorde hem aan zijn broer vragen of hij had gemerkt dat iemand zijn huis in de gaten hield. Toen hij had opgehangen vroeg ik Otto ernaar, en hij zei dat we in tijden leven waarin je maar beter voorzichtig kunt zijn. Dat was alles.'

'Waar wonen zijn broer en zus?' vroeg Delgado.

'Zijn broer is altijd in Cleveland gebleven. Hij woonde bij ons om de hoek. En zijn zus woont in Las Vegas. Ze is croupier.'

'Hebt u ze gesproken sinds uw man wordt vermist?'

Eileen Petrenko schudde haar hoofd. 'Ik wilde niemand alarmeren. En… als Otto iets stoms heeft gedaan, wil ik het niet later aan hen hoeven uitleggen.'

'Wat bedoelt u met "iets stoms"?' vroeg Bourque.

'Ik weet niet. Mannen doen soms stomme dingen. Ze drinken te veel, of ze hebben… een midlifecrisis of zoiets.' Ze probeerde te lachen. 'Misschien dat hij wel een motor heeft gekocht om het land te doorkruisen.' Maar haar lach werd meteen door tranen gevolgd. 'Hij zou nooit zoiets doen. Zo… Zo is hij niet.'

Bourque sloeg zijn aantekenboekje open. 'Kunt u me de namen en adressen van uw zwager en schoonzus geven?'

'Anatoly Petrenko en Misha Jackson. Dat is de achternaam van haar man.'

Ze verliet kort de kamer en kwam terug met een mobiele telefoon. Ze ging weer zitten, opende haar contacten en zei twee telefoonnummers op.

De twee rechercheurs wisselden een subtiele blik met elkaar. Het was tijd.

‘Mevrouw Petrenko,’ zei Delgado, ‘toen u de politie sprak hebt u hun een foto en een algemene beschrijving van uw man gegeven.’

‘Dat klopt.’

‘Ik vroeg me af of u ons wat specifiekere kenmerken kon geven. Persoonlijke kenmerken.’

‘Persoonlijke kenmerken? Zoals...’

‘U weet wel,’ zei Bourque. ‘Grote moedervlekken, een litteken, een tatoeage misschien.’

‘O,’ zei ze. ‘Otto heeft een tatoeage.’

‘Kijk eens aan,’ zei Delgado. ‘Kunt u die beschrijven?’

‘Ik weet nog wel iets beters,’ zei ze terwijl ze de telefoon oppakte. Ze tikte op ‘Foto’s’.

‘We zijn afgelopen zomer een paar dagen bij mijn nicht en haar man in Cape Cod geweest.’ Ze scrolde tot ze de foto vond die ze zocht. ‘Daar heb je hem.’

Ze reikte Delgado de telefoon aan, die zich naar Bourque toe boog zodat ze de foto samen konden bekijken.

Otto stond op het strand met de oceaan achter zich, zijn handen op zijn heupen. Hij was in zijn blote bast en droeg alleen een zwarte zwembroek, waar zijn buik over hing.

Zijn schouder was duidelijk te zien op de foto, en ook de kronkelende cobra die erop was getatoeëerd.

‘Ah,’ zei Delgado. ‘Dat is zeker specifiek. Wat is het verhaal erachter?’

‘Hij heeft hem laten zetten toen hij begin twintig was en nog niet beter wist,’ zei ze. ‘Hij was met die domme vrienden van hem in een bar waar ze een cobra in een grote kooi hielden, wie vijf minuten in de kooi durfde te blijven mocht de hele avond gratis drinken.’

‘Jezus,’ zei Bourque.

‘Otto was de enige die het vijf minuten volhield, en als herinnering kreeg hij ook nog de tatoeage erbij.’ Ze vervolgde op gedempte toon, alsof er werd meegeluisterd: ‘Ik durf te wedden dat de giftanden eruit waren gehaald. Zo’n bar kan natuurlijk niet het risico lopen dat hun klanten worden vergiftigd.’

‘Ik denk dat u daarin gelijk hebt,’ zei Bourque.

Hij keek de vrouw aan. Hij haatte dit gedeelte, dat was altijd zo geweest. Iemand vertellen dat een geliefde dood was. Het was het vervelendste onderdeel van deze baan. Hij voelde dat zijn luchtpijp enigszins werd samengeknepen. 'Waarom zijn jullie eigenlijk uit Cleveland weggegaan als uw man zo de pest heeft aan New York?' vroeg hij.

'Het bedrijf waar hij voor werkte stopte ermee. Hij heeft overal sollicitaties naartoe gestuurd, maar het enige bedrijf dat hem wel wilde hebben zat in New York. Hoewel hij dus niet wilde vertrekken hadden we niet veel keus.' Ze glimlachte triest. 'De schoorsteen moet roken, weet u. Ik werk ook. Ik heb een baan als serveerster, maar sinds Otto is verdwenen heb ik me daar niet meer gemeld.'

'Goed,' zei Delgado. 'U zei daarnet dat hij vandaag en gisteren niet op zijn werk is verschenen?'

Ze knikte bezorgd.

'We zouden graag de naam van dat bedrijf willen hebben,' zei Bourque.

'Natuurlijk.'

'Wat voor soort werk doet uw man trouwens?' vroeg Delgado.

'Hij repareert liften. Otto is liftmonteur.'

14

Burgemeester Richard Headley was vroeg in het stadhuis gearriveerd en had Valerie en de rest van de staf duidelijk te kennen gegeven dat – tenzij het Vrijheidsbeeld haar mantel optilde en naar Jersey City waadde – hij niet gestoord wilde worden. Hij zette zijn telefoon uit en liet een speech op het beeldscherm verschijnen die hij volgende week bij de New York Conservation Authority moest houden. Headley had hier schrijvers voor, maar hij was niet tevreden met hun resultaten en wilde zelf een poging wagen. De speech was de volgende in een reeks toespraken die de burgemeester voor verschillende groeperingen had gehouden over de wens om het broeikaseffect in de stad te reduceren. Het plan omhelsde van alles, van het plaatsen van meer laadstations voor elektrische auto's in alle vijf stadsdelen tot het honderd procent elektrisch maken van alle gemeentelijke voertuigen. Het was makkelijker gezegd dan gedaan, maar het groener maken van de stad was een van de speerpunten van Headleys campagne en hij zou niet terugkrabbelen.

Het was nog toekomstmuziek om grote voertuigen als vuilniswagens en brandweerauto's op groene energie te laten rijden, maar het overstappen op elektriciteit van kleinere wagens die op een fossiele brandstof als benzine reden was een haalbaar doel. De gemeente New York had al vijfentwintig procent van haar wagenpark – vierdeurs personenauto's – omgeruild voor elektrische exemplaren. Je kon ze herkennen aan het kleine, groene NYG-logo op de achterbumper. Glover had nog geprobeerd om zijn vader tot een grotere sticker te verleiden, een die de deur aan de bestuurderskant nagenoeg zou bedekken, maar dat had Headley te veel van het goede gevonden.

Hij las de speech op zijn beeldscherm en bracht er enkele veranderingen in aan. Zo hier en daar een zin, zodat hij niet hetzelfde klonk als de toespraak die hij vorige week voor een ander publiek had gehouden. Hij verwerkte er graag iets recents in, zodat de media weer nieuwe koppen hadden. Dan moest je er natuurlijk wel van uitgaan dat de nieuwsjagers er überhaupt aandacht aan zouden besteden. Je probeerde het goede te doen, de stad leefbaarder te maken, maar werd je daarvoor in de media geprezen? Hoogstzelden. Zeker niet wanneer mensen als Barbara Matheson van een mug een olifant maakten. Zeker, hij had Steelways de opdracht gegeven, en ja, Arnett Steel was tijdens zijn campagne een gulle donateur geweest, maar Steelways had nu eenmaal de beste offerte voor het vernieuwen van het metronetwerk in de aanbieding. Wat zou hij anders moeten doen? Een minder deskundig bedrijf met een lager bod aanbevelen?

Journalisten begrepen niet hoe het in de echte wereld werkte. Dat hadden ze nooit gedaan, en dat zou ook niet gaan gebeuren.

Barbara Matheson was daar het perfecte voorbeeld van. Ze had nooit in zaken gezeten. Ze had nooit personeel hoeven aan te nemen of ontslaan. Ze had nooit smerige deals met vakbondsleiders hoeven te sluiten, hun onderhands geld toeschuiven opdat ze een bouwproject niet zouden saboteren.

Hoe het werkte in de echte wereld, Headley was er niet altijd blij mee. Maar hij was niet zo naïef om te denken dat hij het kon veranderen. Journalisten wel. Ze verwachtten alles van de machthebbers, maar bleven zelf buiten schot.

Een hypocriet zooitje, dat was het.

En toch, je moest een manier vinden om met ze samen te werken als je deze baan had. Na de vakbonden en de overheidsvoorschriften waren ze het volgende obstakel dat genomen moest worden.

Daarom had Headley wel oren gehad naar Glovers idee om Matheson in hun kamp binnen te halen door haar een lucratief aanbod te doen voor het schrijven van zijn biografie.

Een idee dat recht voor hun neus aan flarden was geschoten. Het project was op het moment stopgezet. De afspraken met mogelijke uitgeverijen waren afgezegd.

De burgemeester had Glover eerder die ochtend in zijn kamer ontboden om hem te vertellen wat voor puinhoop hij ervan had gemaakt.

'Ze heeft ons allemaal voor gek gezet,' had Headley gezegd terwijl zijn zoon met zijn knieën tegen elkaar en een licht gebogen hoofd op de bank zat. 'Je had moeten weten dat ze nee zou zeggen, en dat ze een stuk over ons voorstel zou schrijven. Wat had je er verdomme anders van verwacht?'

Zijn zoon hief zijn hoofd lang genoeg op om te zeggen: 'Maar jij zei dat we het een...'

'Dus het is mijn fout,' had Headley gezegd. 'Jij komt met een strategie op de proppen die niet werkt, en dan is het mijn fout.' Hij zweeg een moment. 'Misschien is het dat ook wel. Ik zoek tenslotte de mensen uit die me adviseren.'

Voordat Glover nog iets kon zeggen had zijn vader naar de deur gewezen en 'Dat is alles' gezegd.

Het had geen zin gehad om Mathesons stuk over het gesprek in de limo volledig te weerleggen. Ze had het waarschijnlijk opgenomen, zoals Chris had gezegd. Valerie had een korte verklaring afgegeven waarin stond dat Mathesons ervaring haar een geschikte kandidaat maakte voor het biografieproject, en dat het geen poging was geweest om haar werkzaamheden bij *Manhattan Today* te ondermijnen. Valerie moest ook ophelderen wat Headleys politieke ambities nu precies behelsden. Dat was, had ze gezegd, om naar zijn beste kunnen burgemeester van New York te zijn.

Terwijl hij zijn speech probeerde om te werken, kon hij zich moeilijk concentreren. Hij had een hekel aan persoonlijke kwesties, vooral als het Glover betrof. Hij tuurde nog steeds naar het beeldscherm, op zoek naar een manier om de toespraak nieuw leven in te blazen, toen Valerie Langdon de kamer in beende.

Ze wees naar het knipperende lichtje van de telefoon op zijn bureau. 'Het is Alexander Vesolov.'

'Zou ik moeten weten wie dat is?' zei Headley, die langzaam zijn hoofd draaide om haar aan te kijken.

'De Russische ambassadeur.'

'Wat wil hij? Een receptie of zoiets? Noteer dan de details maar.'

'Hij wil je spreken. Persoonlijk. Hij is zeer vasthoudend. Hij klinkt nogal opgewonden.'

Headley haalde zijn vingers van het toetsenbord af en zuchtte. 'Jezus, heeft iemand zijn diplomatieke nummerbord niet gezien en hem een parkeerbon gegeven?'

Valerie zei niets. Headley strekte zijn arm uit naar de telefoon. Er verscheen meteen een brede glimlach op zijn gezicht, alsof er een knop was omgezet.

'Meneer de ambassadeur, wat een genoegen.'

'Meneer de burgemeester,' klonk het in een zwaar accent vanaf de andere kant van de lijn.

'Wat kan ik voor u doen?'

'We maken ons zware zorgen over wat er met Vanya Petrov is gebeurd.'

De burgemeester zweeg even, hij probeerde de naam thuis te brengen en vroeg zich af of ze iemand was die hij zou moeten kennen.

'Sorry, maar zou u dat even willen herhalen, meneer de ambassadeur?'

Terwijl de ambassadeur dat deed schreef Headley snel de naam op een blocnote en hield die op zodat Valerie het kon lezen. Ze trok haar wenkbrauwen op en pakte meteen haar telefoon om te gaan zoeken.

'Dit is verschrikkelijk, verschrikkelijk,' zei Vesolov. 'Het is een vreselijke klap voor mijn land. Een vreselijke klap voor de wetenschapswereld. Niet alleen voor Rusland, maar voor de hele wereld.'

Valerie legde de telefoon recht onder Headleys neus. Ze had een Wikipedia-pagina over de vrouw gevonden. De burgemeester liet er snel zijn blik over gaan.

'Dat begrijp ik,' zei hij langzaam terwijl hij de informatie in zich opnam. 'Het werk van doctor Petrov is zeker... baanbrekend. Ze is toonaangevend in haar vakgebied.'

'Nu dus niet meer,' zei de ambassadeur.

Headley wist dat hij niet langer meer kon bluffen. 'Ik zal het u maar eerlijk zeggen, meneer de ambassadeur. U bent me een stap voor. Ik heb vanochtend in mijn kamer zitten werken, en ik weet niet wat er met doctor Petrov is gebeurd. Is haar verzocht het land te verlaten? Is dit een diplomatieke kwestie? Want als het dat is, dan weet ik niet of ik wel de juiste persoon voor u ben. Ik wil u met alle plezier in contact brengen met het ministerie van Buitenlandse Zaken of een andere geschikte instantie.'

'Vanya Petrov is dood, meneer de burgemeester.'

'Sorry, dat wist ik niet. Mijn oprechte deelneming. Misschien dat u me even wilt bijpraten over de omstandigheden?'

'Hebt u van het liftongeluk gehoord?'

Ah, dacht Headley. Daar weet ik gelukkig iets van.

'Ja, natuurlijk. Een verschrikkelijk ongeluk. Zeer tragisch allemaal. Ik wist niet dat doctor Petrov tot de slachtoffers behoorde. Ik moet haar naam hebben gemist toen ik erover werd ingelicht. Ik kende een van de slachtoffers, Sherry D'Agostino. Ik heb de rampplek gisteren persoonlijk bezocht, en heb mijn staf opgedragen om...'

'Gisteren?' zei Vesolov. 'Nee, ik heb het niet over dát liftongeluk. Dit is vanochtend gebeurd.'

Headley ging rechtop zitten, gooide de afstandsbediening naar Valerie en wees naar het beeldscherm dat aan de muur hing. 'Vanochtend?' zei Headley terwijl Valerie de functie indrukte om het scherm aan te krijgen.

'U weet hier niets van?'

De tv sprong aan op een van de nieuwszenders, maar in plaats van het lokale nieuws zagen ze het weerbericht. *Shit!* sprak de burgemeester geluidloos.

Valerie liep om het bureau heen en duwde hem met zachte drang opzij om het toetsenbord te kunnen bedienen. Ze opende een browser en vond binnen een paar seconden een online nieuwszender. Ze klikte 'Play' aan, dempte het volume en deed een stap achteruit zodat Headley de uitzending kon volgen.

'Ik krijg nu meer informatie binnen...' zei Headley.

Een vrouw stond op locatie voor een woontoren op York Avenue, maar behalve haar pratende hoofd viel er niet veel te zien. Op de tekststrook onder in het beeld stond: ÉÉN DODE BIJ GRUWELIJK LIFTONGELUK.

'O, natuurlijk,' zei Headley, 'dat ongeluk op York Avenue. Gruwelijk, ronduit gruwelijk.'

'Het zou goed kunnen,' zei de ambassadeur, 'dat Vanya Petrov op het punt stond om baanbrekende wetenschappelijke ontdekkingen te doen. We hebben contact opgenomen met haar familie in Moskou, en ze zijn er kapot van.'

‘Dat kan ik me voorstellen. Wilt u onze innige deelneming aan hen doorgeven?’

‘Hoe kan zoiets als dit gebeuren?’ vroeg Vesolov. ‘Ze is onthoofd door dat ding!’

Jezus, dacht Headley. ‘Het is een verschrikkelijke tragedie. Dit soort ongelukken zijn zeer, zéér zeldzaam.’

‘Daar lijkt het anders niet op,’ zei de ambassadeur. ‘Gisteren een en vandaag weer een?’

Headley worstelde om een uitleg te vinden. ‘Ik denk dat het net als met vliegtuigongelukken is,’ zei hij met enige weifeling. ‘Soms gebeurt er maandenlang niets, en dan heb je er opeens twee of drie vlak achter elkaar. Meneer de ambassadeur, ik zal toezien op de voortgang van het onderzoek, en ik zal u persoonlijk op de hoogte houden.’

‘Dank u, meneer de burgemeester,’ zei Vesolov. ‘Dan hoop ik van u te horen.’ Hij beëindigde het gesprek.

Headley wierp Valerie een woedende blik toe. ‘Waarom wist ik hier niets van?’

‘Ik hoorde het pas vlak voor het telefoontje van de ambassadeur.’

‘Wat is het precieze adres van het ongeluk?’

Valerie keek op haar telefoon voor details en vertelde het hem.

‘Ik ben in dat gebouw geweest.’ Hij hield een vinger tegen zijn kin en probeerde het zich te herinneren. ‘Een benefiet, geloof ik. Verleden jaar.’

‘En wat doen we er verder mee?’

Hij zuchtte. ‘Laat de limo voorrijden.’

Alexander Vesolov haalde zijn hand van de hoorn en leunde achterover op een overmaatse leren stoel. Hij vouwde zijn handen samen op zijn aanzienlijke buik en wierp een blik op het grote portret van Vladimir Poetin dat rechts van hem aan de muur hing.

De deur ging open en een jonge, donkerharige vrouw met bijzonder bevallige vormen liep naar binnen.

‘Hebt u de burgemeester persoonlijk aan de lijn gekregen?’

‘Ja,’ antwoordde Vesolov.

‘En hoe ging het?’

Hij glimlachte tevreden. 'Precies de juiste dosis woede.'

De vrouw glimlachte terug en wierp een snelle blik op het portret. 'Wilt u dat ik hem op de hoogte breng?'

Vesolov schudde zijn hoofd. 'Nee, dat doe ik liever zelf.'

'Natuurlijk. Ik zal de verbinding voor u regelen.'

Hij legde zijn handen op het bureau en leunde voorover. 'Hoe zeggen de Amerikanen het ook alweer?'

De vrouw wist niet zeker waar de ambassadeur aan refereerde en wachtte af.

Hij glimlachte toen hij het zich weer herinnerde. 'We hebben een mazzeltje gehad.'

15

'Wat we hier proberen te doen,' legde Glover Headley aan Arla Silbert uit toen ze een raamloos kantoor met een aantal werkhokken in het stadhuis betraden, 'is niet het publiek vertellen wat ze willen horen, maar bepalen of ze de boodschap binnenkrijgen die we ze hopen te brengen. Krijgt onze politieke agenda enige weerklank? Wordt onze boodschap gehoord?'

'Ik begrijp het. En gebeurt dat ook?'

Hij haalde kort zijn schouders op terwijl ze de ruimte in liepen, het was er spookachtig stil. De bureaus waren onbemand. 'Het verschilt nogal. Daarom investeren we ook zo veel in analyses. En we bestuderen ook wat de New Yorkers van burgemeester Headley als persoon vinden. Dat is een van mijn belangrijkste functies hier in het stadhuis, het peilen van de publieke opinie.'

'Ik heb je opgezocht,' zei Arla glimlachend. 'Ik heb een paar van dezelfde marketingcursussen gevolgd als jij, geloof ik.'

Hij knikte. 'Ja, ik zag het in je cv, en het was een van de redenen waarom je vanaf het begin een geschikte kandidaat was. Er werken hier veel capabele mensen. Je zult hier veel leren. Hoewel,' en hij trok een gezicht, 'er vandaag niet veel te leren valt. Sorry dat er niemand is vandaag. Ik was vergeten dat ze vanochtend allemaal naar een seminar zijn.'

'O, dat is goed, hoor.'

'Hoe dan ook, de burgemeester heeft dit team hoog zitten. Het werk dat je zult doen is cruciaal voor onze toekomstige strategieën.'

Ze glimlachte. 'Noem je hem ooit "pa"?'

Glover stak zijn wijsvinger tussen zijn kraag en zijn nek, alsof zijn stropdas te strak zat. 'Als het over het werk gaat probeer ik zo zakelijk mogelijk te zijn. Maar, ja, op sommige dagen is hij gewoon pa.'

'Hij is niet elke dag pa?'

Hij likte zijn droge lippen. 'Natuurlijk is hij dat wel.'

Ze voelde dat hij zich ongemakkelijk begon te voelen, dus ze veranderde van onderwerp. 'Ik las dat je in de hightech zat voordat je in de marketinganalyse dook.'

'Ik heb een tijd in Seattle voor Microsoft gewerkt,' zei hij. 'Ik heb zelfs ook nog even voor Netflix gewerkt. Toen ik twaalf was kon ik elk apparaat uit elkaar halen en met mijn ogen dicht weer in elkaar zetten.' Hij grijnsde. 'Ik ben je man hier als je problemen met je modem hebt.'

'Dat zal ik onthouden,' zei Arla. 'Dus, met al het werk dat jullie tot nu toe hebben verzet, hoe staan de New Yorkers tegenover hun burgemeester?'

'Dat hangt ervan af aan welke kant je staat, denk ik. Tijdens zijn campagne heeft mijn vader zich niet uitgesproken Republikeins of Democratisch geprofileerd, maar hij heeft van huis uit meer affiniteit met de Democraten. Zijn vader heeft in de jaren zestig voor hen in het Congres gezeten. Maar burgemeester Headley is geen ideoloog. Hij is een pragmaticus. Hij bekijkt de zaken van twee kanten en is niet bevooroordeeld. En hij wil veel doen voor de stad. Hij wil de infrastructuur verbeteren. De belastingen laag houden. Het toerisme bevorderen. En hij heeft een ambitieuze milieuagenda. Elektrische auto's, dat soort dingen.'

'Het lijkt erop dat hij... Mag ik hier zeggen wat ik vind?'

'Ja, natuurlijk. Daar word je voor betaald.'

'Hij heeft veel positieve kanten, zoals je net zei. Het pragmatisme, zijn eerlijkheid. Maar hij wordt ook vaak als een onbehouwen en respectloos figuur gezien.'

Glover rolde onwillekeurig met zijn ogen. 'Daar... zit wel iets in.'

'En hij ligt onder vuur omdat hij zijn vriendjes bouwcontracten toeschuift.'

'Je moet niet alles geloven wat je hoort. Er gebeurt genoeg achter de schermen waar de mensen nooit iets van zullen weten. Er spelen veel zaken mee bij de besluitvorming. Het grote publiek zal het misschien niet kunnen volgen, maar er zijn redenen waarom de dingen gebeuren zoals ze gebeuren.'

‘Dat kan ik me voorstellen,’ zei Arla.

‘Daarom is ons werk hier ook zo belangrijk. Het is een van onze taken om de negatieve berichtvorming weg te nemen, de verkeerde indrukken die in de media worden gecreëerd. Wat de burgemeester ook zegt of doet, er zijn altijd mediabronnen die het van de negatieve kant willen bekijken.’

Hij hield zijn pas in en maakte een theatraal armgebaar. ‘Hoe dan ook, dit zal je tweede huis worden.’

Het was niet meer dan een hokjesachtige ruimte met aan drie kanten scheidingswanden om te midden van collega’s haar privacy te symboliseren.

‘Geweldig,’ zei Arla.

Glover liet zijn blik nog eens door de verlaten ruimte gaan. ‘Ik had je graag aan wat mensen willen voorstellen, maar het lijkt me geen goed idee om hun seminar te verstoren. Ze zullen hier allemaal na de lunch weer zijn en dan…’

Vanuit zijn colbert klonk het geluid van een appbericht. ‘Sorry,’ zei hij terwijl hij zijn telefoon pakte en het bericht las. Er verschenen rimpels op zijn voorhoofd.

‘Wat is er?’

‘Ik zal deze rondleiding moeten onderbreken,’ zei hij verontschuldigend. ‘Er is een ongeluk gebeurd, en de burgemeester wil erheen. Ik moet gaan.’

‘Wat voor ongeluk?’

‘Het is gewoon niet te geloven. Wéér een liftongeluk.’ Er kwam een volgende app binnen, die hij las. ‘En deze zou wel eens diplomatieke implicaties kunnen hebben. Luister, ik moet nu echt gaan. Ik zal wat rapportages bij elkaar zoeken die je kunt bekijken voordat iedereen terugkomt.’

Arla keek rond in de verlaten werkruimte. ‘Ik heb een idee.’

Hij wachtte.

‘Wat als ik met je meega? Dat ik kan zien hoe de burgemeester zoiets doet?’

Er verscheen een bijna angstige uitdrukking op zijn gezicht. ‘Ik sta niet in zo’n goed blaadje bij hem vandaag. Ik kan je niet, weet je, ik bedoel er niets mee, maar ik kan je niet meenemen in de limo van de burgemeester, iemand die hier net…’

Ze raakte vluchtig zijn arm aan. 'Relax. Zeg me waar jullie heen rijden en ik zorg zelf wel dat ik er kom. Ik zal alleen maar toekijken en niet in de weg lopen. Het is een prima gelegenheid om te zien hoe mijn nieuwe baas is, toch?'

Glover dacht erover na, en knikte toen. 'Het is bij Rockefeller University. Ik app je het precieze adres zodra ik het weet.'

Ze knikte. 'Dan zie ik je daar.'

Hij glimlachte haar toe voordat hij zich omdraaide en zich de deur uit haastte.

Wauw, dacht Arla. Beter kan ik het niet treffen.

16

Bourque stapte in aan de passagierskant en zette de plastic bewijszak met Otto Petrenko's laptop erin naast zijn voeten op de vloerruimte. Delgado ging achter het stuur zitten. Ze zeiden geen woord. Eileen Petrenko stond bij de voordeur en keek met tranen in haar ogen toe.

Ze hadden haar net verteld dat er een lichaam op de High Line was gevonden. Hoewel er nog geen positieve identificatie had plaatsgevonden, was er genoeg bewijs om aan te nemen dat het haar echtgenoot zou kunnen zijn. Het slachtoffer was van dezelfde leeftijd en had hetzelfde gewicht als Otto Petrenko. En dan was er nog de tatoeage van de cobra. En de *Jaws*-sokken.

Ze hadden nog geprobeerd om meer vragen te stellen. Wandelde haar man wel eens over de High Line? Kon hij daarheen zijn gegaan om iemand te ontmoeten? Maar de vrouw was te afwezig om op verdere vragen te reageren.

Delgado startte de auto en reed in zuidelijke richting.

'Dus zijn moordenaar,' begon Bourque, 'wist dat Otto's vingerafdrukken ergens waren geregistreerd.'

'En hij zorgt ervoor dat we ze niet zullen vinden. Maar het zou moeten lukken om een match met die pink te kunnen vinden die hij onderweg heeft verloren.'

'Dat zou mooi zijn. Maar het is hem.'

Ze waren onderweg naar Petrenko's werkgever, Simpson Elevator Maintenance. Bourque keek op zijn telefoon hoeveel bedrijven er in New York waren die in deze branche zaten. 'Het is een hele waslijst,' zei hij tegen Delgado. 'New York was het beloofde land voor een werkloze liftmonteur uit Cleveland als Otto Petrenko.'

'Hm-hm,' zei Delgado.

'Ik ben een keer in Cleveland geweest. Er staan een paar hoge gebouwen in het centrum, maar je hebt er een enorme wolkenkrabber die eruitziet als een soort mini-Empire State Building. De Key Tower. Zevenenvijftig verdiepingen. Het hoogste gebouw in Ohio.'

Delgado wierp hem een zijdelingse blik toe. 'Alleen jij zou zoiets weten.'

Ze reden door het gedeelte van Queens bij Hunters Point. Een industriegebied waar Vernon Boulevard parallel aan de East River doorheen liep, net iets ten zuiden van de Queensboro Bridge. Toen ze Simpson Elevator hadden gevonden reed Delgado langs een opengeschoven hek van harmonicagaas en parkeerde tussen twee pick-uptrucks. Ze hadden van Eileen gehoord dat Otto's baas Gunther Willem heette.

Ze liepen het kantoor in naar een borsthoge balie die met afgebladderd linoleum was bekleed. Bourque plantte zijn ellebogen erop en riep 'Hallo' naar een plompe, grijsharige vrouw die achter een bureau zat.

Toen ze zich omdraaide zag Bourque dat ze aan de telefoon zat. Ze legde haar hand op de hoorn en zei: 'Waarmee kan ik u helpen?'

'We zijn op zoek naar Gunther Willem,' zei Lois.

'Dit is geen goed moment.' Voordat ze het telefoongesprek kon hervatten, toonde Bourque haar zijn penning. 'O,' zei ze.

Ze legde de hoorn op haar bureau en riep: 'Gunther!'

Vanuit een aangrenzende ruimte klonk een barse stem. 'Wat?'

'Bezoek.'

Er werd een net hoorbaar 'Shit!' gegromd. Enige seconden later verscheen Gunther Willem. Hij had gemillimeterd haar, een rond gezicht, mat ongeveer een meter zeventig en was net zo breed als dat hij lang was. Zijn vlezige armen staken uit en leken te stuiteren als hij liep. Hij merkte Delgado en Bourque op en kneep zijn ogen samen.

'Ja?'

Bourque hield zijn penning op. 'Rechercheur Bourque, en dit is rechercheur Delgado.'

'Ik zit tot over mijn oren in de shit,' zei hij. 'Ik weet niet waar dit over gaat, maar zou het niet even kunnen wachten?'

'Nee,' zei Delgado.

Willem schatte de situatie in, wist dat hij geen kant op kon en gebaarde hun hem naar zijn kantoor te volgen. Hij ging op een draaistoel zitten, die kraakte onder zijn gewicht. De rechercheurs namen plaats in twee eenvoudige houten stoelen die tegenover het volle bureau stonden.

'Ik heb een personeelstekort en de gemeente zit in mijn nek te hijgen, dus hou het kort,' begon hij. 'Gaat het soms over die inbraken hier in de straat? Al dat gereedschap dat wordt gestolen? Want wij hebben nergens last van. Ik heb hier 's nachts twee dobermanns rondlopen, dus er zal niet zo snel iets gebeuren.'

'Nee,' zei Delgado. 'We zijn hier vanwege Otto Petrenko.'

'O, die. Hij is gisteren en vandaag niet komen opdagen. Z'n vrouw gaat uit haar dak. Is hij eindelijk thuisgekomen? Had hij de bloemetjes buitengezet of zoiets?'

'Dat zijn we aan het onderzoeken,' zei Delgado.

'Wat zijn jullie aan het onderzoeken?'

'Wat er met hem gebeurd is.'

'Wat is er met hem gebeurd? Want zoals ik al zei, ik zit hier met een personeelstekort.'

'Wat kunt u ons vertellen over meneer Petrenko?' vroeg Bourque.

Willem keek van de ene rechercheur naar de andere en hij begreep wat de bedoeling was. Zij stelden vragen, hij moest ze beantwoorden.

'Wat zal ik zeggen,' zei Gunther Willem. 'Betrouwbaar. Hij begrijpt hoe liften werken, weet u? Sommige mensen zijn daarmee geboren. Ze kijken naar een apparaat en het is alsof ze er een röntgenfoto van nemen. Ze kunnen alle onderdelen voor zich zien. Hij is daar erg goed in.'

'En hij is vanuit Cleveland hiernaartoe gekomen?' vroeg Delgado.

'Ja. Het bedrijf waarvoor hij werkte was door wanbeleid failliet gegaan. Wij hadden vacatures, dus hij is hierheen gekomen. Hij is een goede kracht. Hij heeft een keer twee mensen die in de New Trade Tower vastzaten eruit gekregen.'

'Verder nog problemen?'

'Zoals?'

'Dat moet u mij vertellen.'

'Nee, geen problemen. Hij doet zijn werk.'

'En zijn afwezigheid?' vroeg Delgado. 'Weet u of er kwesties speelden? Drugs? Vrouwen? Problemen thuis?'

'Niet dat ik weet.'

'Kon hij het met uw andere werknemers vinden?'

Willem haalde zijn schouders op. 'Met sommige. Ze gaan wel eens iets drinken ergens. Dan zitten ze elkaar op te jutten. Misschien dat ze ook gezinsuitjes hebben, zoals een barbecue.'

'Doet u daaraan mee?' vroeg Delgado.

Hij haalde zijn schouders op. 'Niet zo.'

'Kon u het met hem vinden?'

'Jazeker.' Zijn ogen vernauwden zich tot spleetjes toen hij zich ineens realiseerde dat Delgado de verleden tijd gebruikte. 'Zeg, waar gaat dit eigenlijk over?'

'Weet u of hij wel eens ontmoetingen had met iemand die niet van uw bedrijf was?'

Willem schudde zijn hoofd. 'Nee, niet echt.' Hij zweeg even, alsof hem iets te binnen schoot. 'Wacht, er was die ene vent.'

'Welke vent?' vroeg Delgado.

'Iemand die hier soms langskwam.'

Bourque voelde een lichte siddering door zijn lijf gaan. 'Wie was het?'

'Gewoon een kerel, dat is alles. Hij kwam aangereden en dan liep Otto naar hem toe om met hem te praten.'

'Zei meneer Petrenko ook wie hij was?'

'Ik heb het hem niet gevraagd. Het zijn mijn zaken niet als hij daar met iemand staat te praten.'

'Kunt u hem beschrijven?' vroeg Delgado.

Willem zuchtte geërgerd. 'Het was een man. Wat moet ik er verder over zeggen?'

'Wit? Zwart?' vroeg ze volhardend.

'Wit. Eh, grijzend haar.'

'Een oude man?'

Willem keek naar het plafond, alsof het antwoord daarop geschreven stond. 'Geen idee, hij stond te ver weg.'

'En zijn auto?' vroeg Bourque.

'Jezus,' zei Willem. 'Ik zou het niet weten. Iets blauws. Een gewone vierdeurs, geloof ik.'

'Hoe vaak hebt u gezien dat Petrenko deze man ontmoette?'

'Twee, drie keer misschien? Zeker meer dan één keer. Het kan zijn dat ik Otto een keer heb gevraagd wat die vent van hem wilde.'

'En wat zei hij toen?' vroeg Delgado.

'Dat weet ik niet meer precies. Ik had het idee dat Otto hem misschien wel ergens mee hielp, dat hij hem advies gaf over iets.'

'Over liften?' vroeg Delgado door. 'Zou het dan niet zinniger zijn geweest om met u te praten? De baas van het bedrijf?'

Gunther haalde zijn schouders op. 'Otto weet net zo veel van liften af als ik. Waarschijnlijk meer. En misschien was het wel geen advies dat met zijn werk te maken had. Misschien ging het wel over iets anders. Misschien was het wel zijn verloren gewaande neef, weet ik veel.' Hij zweeg en dacht na. 'Toch was er wel iets.'

De rechercheurs wachtten af.

'Otto was elke keer nogal stil nadat hij met die vent had gepraat.'

'Wat bedoelt u precies?' vroeg Delgado.

'Alsof... hij met iets zat.' Hij haalde zijn schouders op. 'Ik weet het niet. Bezorgd. Misschien dat hij die man wel geld is verschuldigd en dat hij problemen met afbetalingen heeft. Hoewel ik niet zou weten waarom hij geldproblemen zou hebben. Hij vangt zo'n zeventigduizend per jaar.'

'Hebt u camera's?' vroeg Bourque.

'Wat?'

'Op het terrein. Voor de beveiliging. Die iemand op straat zouden kunnen filmen.'

'Ja, natuurlijk, die heb ik. Maar de laatste keer dat die vent langskwam was weken geleden. De video's gaan niet verder terug dan achtenveertig uur.'

'Heeft hij het ooit over de Flyovers gehad?' vroeg Delgado.

'Wat is dat? Een zanggroep?'

'Had Otto uitgesproken politieke ideeën?'

'We hebben het hier niet vaak over politiek,' zei Willem. 'Ja, we zitten allemaal over onze waardeloze president te zeiken, of over onze waardeloze gouverneur en waardeloze senators of onze waardeloze burgemeester. Maar dat is het wel zo'n beetje. Luister, ik hoop dat jullie Otto zullen vinden. Hij is een van de beste mannen die ik heb. Maar zoals jullie over hem praten klinkt het alsof er iets met hem is gebeurd.'

'Meneer Petrenko is vrijwel zeker dood,' zei Delgado.

Willems mond viel open. 'Shit. Wat is er gebeurd?'

'Dat zijn we aan het onderzoeken.'

Hij schudde verslagen zijn hoofd. 'Man, o, man. Je kunt op zo veel manieren het loodje leggen bij dit werk, en dan overkomt het hem ergens anders? Was het een auto-ongeluk? Iets van die orde?'

'Zoals ik al zei, we onderzoeken de omstandigheden.'

'Jezus. Ik zou zijn vrouw moeten bellen. Dat ga ik ook doen, zodra al deze ellende voorbij is.'

'En welke ellende is dat?' vroeg ze.

'Zoals ik al zei, de gemeente zit in mijn nek te hijgen. Je hebt nogal een probleem als er binnen twee dagen twee liften neerstorten, en je een van de bedrijven bent die in de afgelopen tien jaar bij beide liften het onderhoud hebben gedaan. Ze zijn hard op zoek naar een zondebok, dat kan ik u verzekeren. Maar we zijn een betrouwbaar bedrijf. En het kan ook een van onze concurrenten zijn geweest, of dat we wel onderhoud deden in het gebouw, maar dat het een andere lift betrof. Dit zal niet op ons worden afgeschoven, geloof me maar.'

'Twee liften in twee dagen?' vroeg Bourque.

'Ik hoorde over dat ongeluk van gisteren,' zei Delgado. 'Was er nog een daarvóór?'

'Een daarná,' zei Willem. 'Een paar uur geleden.'

'Zou Otto Petrenko het onderhoud van die liften hebben gedaan?' vroeg Delgado.

'Ik hoop dat niemand van ons ze onder zijn hoede had. Maar als het iemand is, dan hoop ik dat het Otto was.'

'Hoezo dat?'

Willem haalde zijn schouders op. 'Het is een vuistregel op de technische school. Als er een ramp gebeurt, geef je de dode monteur de schuld.'

17

'Ben je al klaar?'

Eugene Clement stond in de kamer van het InterMajestic Hotel, waar hij en zijn vrouw, Estelle, tijdens hun verblijf in New York verbleven. De badkamerdeur stond op een kiertje open, zodat ze haar privacy had en tegelijkertijd een gesprek met haar man kon voeren.

'Nog drie minuutjes,' riep ze.

Clement wist dat het er op zijn minst tien zouden worden, dus hij stopte met ijsberen en liep naar het kleine bureau, waarop zijn telefoon aan de lader lag. Hij trok het plugje eruit, ging op de rand van het bed zitten en opende een van zijn nieuwsapps.

'Ik ben uitgehongerd,' zei Estelle. Haar woorden werden meteen gevolgd door het geluid van een föhn.

'Ik ook. Als je nu opschiet, dan kunnen we gaan eten,' zei hij terwijl hij langs de nieuwsberichten scrolde.

'Wat?' riep ze over de herrie heen.

Hij gaf geen antwoord. Hij liet zijn blik over het recentste nieuws gaan. Er was één bericht dat in het bijzonder zijn aandacht trok. Een liftongeluk. Het tweede in twee dagen. Er waren weinig details, het was nog maar net gebeurd.

'Nou nou,' zei Clement zacht.

Het föhnen stopte. 'Wat zei je?' vroeg Estelle, die de badkamerdeur verder openduwde.

'Niets,' zei hij en hij keek haar aan. Ze droeg een van de badjassen van het hotel.

'Weet je waar ik wel heen zou willen?' zei ze.

'Waarheen?'

'Ik zou graag naar de Radio City Music Hall willen. Volgens mij hebben ze rondleidingen.'

Clement knikte. 'Dat zouden we kunnen doen. We kunnen erheen lopen vanaf...'

De hoteltelefoon begon te rinkelen.

'Wie zou dat kunnen zijn?' zei Estelle.

Clement stond op, liep om het bed heen en greep naar de hoorn. 'Hallo?'

'Meneer Clement?' De stem van een vrouw.

'Ja?'

'Eugene Clement?'

'Met wie spreek ik?' vroeg hij.

'Mijn naam is Sheila Drake. Ik zit in het productieteam van *New York Day*, dat is een...'

'Ik weet wat dat is.'

'Wie is het?' vroeg Estelle.

Hij legde zijn hand op de hoorn en siste haar toe: 'Een actualiteitenprogramma.'

'Meneer Clement?' vroeg Drake.

'Ja.'

'We weten dat u in New York bent, en we zouden u graag vandaag in ons programma willen hebben. We kunnen een auto sturen.'

'Hoe weet u dat...'

'De Flyovers worden verantwoordelijk geacht voor verschillende recente bomaanslagen in...'

'Dat is belachelijk. Maar we kunnen mensen er niet van weerhouden te zeggen dat wij hierachter zitten. Het zijn verschrikkelijke tragedies. Wij zijn enkel bezig met een nieuw bewustzijn en het aan de kaak stellen van misstanden.'

'Daar zouden we het graag met u over willen hebben. En we geven u zo een kans om het te weerspreken.'

'Mijn vrouw en ik zijn hier om onze trouwdag te vieren. Ik heb geen tijd voor...'

'Laat ik het anders zeggen, meneer Clement. We kunnen u ook met een filmploeg op straat achtervolgen en u vragen toeroepen, waardoor u als een soort crimineel zult overkomen. Ik denk dat u er veel gelukkiger mee zult zijn als u naar de studio komt. In het interview kunt u in alle rust uw zaak verdedigen zonder een negatieve indruk achter te laten. Wat denkt u ervan?'

Clement dacht een moment na.

'Meneer Clement?'

Hij schraapte zijn keel en zei: 'Hoe laat moet ik er zijn?'

18

Chris Vallins leunde tegen het raam van Blockheads, een klein restaurant dat zich tegenover Morning Star bevond. Hij stond weggedoken onder de luifel en dacht dat hij redelijk onzichtbaar was, zeker als je de breedte van Second Avenue in aanmerking nam. Het restaurant ging niet voor elf uur open, dus er zou niemand naar buiten komen om hem te zeggen dat hij moest doorlopen.

Hij had zijn telefoon in de hand en stond klaar om foto's te maken. Hij had liever een camera met een telelens gehad, maar zelfs in New York kon je met zo'n toestel niet onopgemerkt de stad doorkruisen.

Hij was Barbara Matheson van haar appartement naar het café gevolgd. Het was duidelijk dat Barbara gewend was om te lopen. Ze woonde in de wijk Murray Hill, in East Thirty-Seventh, tussen Lexington en Third. Ze kwam de voordeur van het gebouw uit, liep naar Third en sloeg links af, waarna ze meer dan twee kilometer aflegde, om bij Fiftieth rechts af te slaan en haar weg te vervolgen in de richting van Second. Morning Star zat daar op de hoek. Chris had de hele tijd zo'n vijftig meter afstand gehouden. Barbara leek niets in de gaten te hebben, ze had geen moment omgekeken. Ze had hem maar één keer ontmoet – in de limo van de burgemeester – maar hij dacht dat zijn kale hoofd misschien te herkenbaar was en had een Knicks-honkbalpet op. En hij droeg deze keer geen pak, maar een oude spijkerbroek met een blauw overhemd en een bruinleren jasje.

Het zou trouwens niet veel hebben uitgemaakt als hij er precies hetzelfde had uitgezien als gisteren. Net zoals de halve wereld had Barbara alleen maar aandacht voor haar telefoon, zelfs terwijl ze liep. Ze had alle vaardigheden van de moderne mens, en kende haar weg zonder te hoeven opkijken. Maar ze beheerste het nog niet tot in de perfectie. Ze zag de lijn van een tegemoetkomende hondenbezitter over het hoofd, struikelde erover en viel bijna op haar gezicht. Mocht deze misstap haar van haar stuk hebben gebracht, dan liet ze het niet merken.

Toen ze het café in ging liep hij door tot het volgende stoplicht, stak over en nam zijn positie in bij restaurant Blockheads. Barbara zat aan een tafeltje bij het raam. Chris kon niet alles zien, maar hij wist tenminste waar ze was. Een paar minuten later arriveerde er een andere vrouw. Jonger, ergens in de twintig. Ze ging tegenover Barbara zitten.

Terwijl hij hen zag praten nam Vallins nog eens in zijn hoofd door wat hij inmiddels over Barbara wist.

Het eerste wat hij had ontdekt was waarschijnlijk het belangrijkste. Deze kwelgeest van de burgemeester gebruikte niet haar echte naam, tenminste niet als ze haar columns schreef. Haar echte naam, die ze voor al haar officiële transacties gebruikte, was Barbara Silbert. Vallins wist dat schrijvers er vaak voor kozen om hun boeken onder een pseudoniem te publiceren, maar was dat wel een acceptabele keuze als je journalistiek bedreef? Kon je wel politici en anderen neersabelen als je je verborg achter een naam die niet de jouwe was?

Toen hij eenmaal Barbara's werkelijke achternaam had gevonden, was het niet moeilijk om achter een heleboel andere dingen te komen. Zo bleek ze voor haar huurwoning elfhonderd dollar per maand te betalen, wat niet slecht was als je in aanmerking nam dat de gemiddelde huurprijs boven de drieduizend dollar per maand lag. Nee, het was zeker niet slecht, want haar jaarsalaris bij *Manhattan Today* kwam uit op nagenoeg honderdduizend dollar per jaar. Sommige mensen zouden dat een vorstelijk bedrag vinden, maar het leven in Manhattan was nu eenmaal duur.

Barbara betaalde haar rekeningen keurig op tijd en had een redelijk positief banksaldo. Het interessante aan de afschrijvingen die hij had weten te vinden waren de uitgaven die ze níét deed. Geen Bloomingdale's, geen Saks, geen Nordstrom. Als ze kleren kocht, was het niets bijzonders. The Gap, Macy's, en als ze eens uit de band wilde springen Club Monaco misschien. Niets uitzinnigs. Alles waar Vallins haar tot nu toe in had gezien was een spijkerbroek, een T-shirt en een licht jasje. Barbara bleek haar geld liever in bars en restaurants uit te geven. Het zag er niet naar uit dat ze veel thuis at. Veel cafetaria's, zoals Morning Star. Er waren ook een aantal afschrijvingen van drankwinkels. Thuis koken deed ze dus niet vaak, drinken in elk geval wel.

De jonge vrouw die bij haar was komen zitten vertrok weer na een kwartier.

Chris trok zijn rechterhandschoen uit zodat het camera-icoontje zou werken als hij er met zijn wijsvinger op tikte. De jonge vrouw liep de cafetaria uit. Om meerdere foto's te hebben hield hij zijn vinger enkele seconden op het icoontje. De vrouw bleef even staan, oriënteerde zich en begon in zuidelijke richting te lopen. Hij liet zijn telefoon zakken toen ze Fiftieth overstak en een taxi aanhield. Ze stapte in en de wagen reed weg over Second.

Barbara bleef. Ze leek haar ontbijt te negeren.

Chris vroeg zich af wie de jonge vrouw was. Als Barbara een Facebook-pagina had gehad en ze vrienden waren, had hij een foto van haar kunnen vinden. Maar ze zat niet op Facebook. Ze had wel een aanzienlijk aantal volgers op Twitter. Bijna dertigduizend. Maar Twitter was niet het gebruikelijke platform om foto's van vrienden op te plaatsen. Het was meer een plek om een grote mond op te zetten, en dat kon Barbara heel goed.

Barbara stond vijf minuten later op, betaalde de rekening en verscheen even later op het trottoir. Zou ze terug naar huis lopen? Of naar het gebouw van *Manhattan Today* vertrekken? In deze dagen, waarin de halve wereld thuiswerkte, leek er niet veel reden voor haar te zijn om haar gezicht op het kantoor van haar werk te laten zien.

Ze liep in noordelijke richting en vertoonde weer hetzelfde gedrag als eerder. Ze haalde haar telefoon tevoorschijn. Dat ding leek wel in haar handpalm versmolten, dacht hij.

Ze keek erop terwijl ze Fifty-First overstak. Chris zuchtte cynisch. Al die mensen die de hele dag maar op hun telefoon keken terwijl ze beter konden opletten wat er om hen heen gebeurde. Ze werden door auto's aangereden of botsten frontaal op andere idioten die alleen maar op hun telefoon bezig waren. Er was gisteren nog een filmpje op het nieuws waarop te zien viel hoe een vrouw op die manier in een open kelderluik stapte, het soort dat je overal in de stad zag om goederen in af te leveren.

De volgende tweehonderd meter was Barbara's blik bijna onafgebroken op het schermpje gericht, maar op de een of andere manier wist ze dat het voetgangerslicht bij Fifty-Second op rood stond. Ze stopte voordat ze door een voorbijrazende bestelbus geschept zou worden.

Chris liep slechts enkele meters achter haar. Dichtbij genoeg om haar telefoon te horen gaan. Hij had een vreemde beltoon; het klonk alsof iemand koortsachtig op een oude typmachine aan het hameren was.

Ze hield de telefoon tegen haar oor. Toen het licht op groen sprong liep ze in noordelijke richting verder.

Hij kon niet horen wat ze zei. Maar wat het ook was dat de beller haar te melden had, het was blijkbaar ernstig genoeg voor Barbara om midden op het trottoir te stoppen en te luisteren.

Chris moest zijn pas inhouden om niet tegen haar op te botsen. Hij deed een stap opzij en liep door. Bij de volgende hoek draaide hij zich om. Barbara stopte haar telefoon in haar handtas en liep naar de stoeprand om een taxi aan te houden.

Shit.

Hij keek in noordelijke richting en zag verschillende beschikbare taxi's zijn kant op komen. Second Avenue had eenrichtingsverkeer naar het zuiden, op elke rijstrook reed wel een taxi. Eén aan de verre kant schoot naar voren en sneed een paar andere auto's af om bij Barbara te komen.

Chris zwaaide en wist de aandacht van een andere taxichauffeur te trekken. De auto zwenkte naar hem toe. Tegen de tijd dat hij achterin zat reed Barbara weg.

'Waarheen?' vroeg de chauffeur, een bebaarde man die één hand op het stuur had en in de andere een half afgekloven appel hield.

'Zie je die taxi vóór je? Waar die vrouw instapte? Ik moet zijn waar zij heen gaan.'

'En waar is dat?'

'Geen idee. Volg hem maar gewoon.'

'Ah, net als in de film,' zei de chauffeur, die nog één flinke hap van de appel nam, zijn raam omlaag liet zakken en het klokhuis weggooide.

Op het kleine beeldscherm dat op de plexiglazen scheidingswand was geschroefd zag hij beelden van een ochtendprogramma. Chris ondernam enkele vruchteloze pogingen om het geluid uit te zetten en gaf het toen op. Kon hij maar even Barbara's telefoon in zijn handen hebben om wat trucjes met de instellingen uit te halen, dan zou hij haar locatie weten zonder haar te hoeven achtervolgen.

Haar taxi bleef over Second rijden. Voorbij Forty-Second, voorbij Thirty-Fourth, om uiteindelijk rechtsaf Twenty-Seventh in te slaan. De wagen reed nog zo'n honderd meter in de richting van Third voordat hij bij het trottoir stopte.

'Stop hier,' zei Chris toen ze hen zo'n dertig meter waren genaderd.

Hij schoof een biljet van tien dollar door het luikje en was eerder uit de auto dan Barbara. Hij pakte zijn telefoon en deed net of hij iets las terwijl Barbara haar chauffeur nog aan het betalen was. Ze stapte uit, passeerde enkele panden, stopte om het gebouw waar ze voor stond te bestuderen en liep naar binnen.

Chris stak de straat over om het pand te bekijken zonder er direct voor te hoeven staan.

Barbara was een uitvaartcentrum binnengegaan. Clappison's Funeral Services, om precies te zijn.

19

Arla nam een taxi.

Op zo'n kilometer van haar bestemming liep het verkeer vast en stond de taxi stil. Het was een gekkenhuis. Ze betaalde en rende de rest. Ze jogde drie ochtenden per week in Central Park, dus ze raakte niet buiten adem. Wel zweette ze door haar werkkleren heen. Glover had haar het adres op York Avenue geappt, en ze was er eerder dan de burgemeester en zijn entourage.

Onderweg keerden haar gedachten terug naar de korte ontmoeting met haar moeder. Die was bijna precies verlopen zoals ze had verwacht. Misschien was het beter geweest om haar het nieuws van de baan per e-mail mee te delen. Als ze samen waren liep het al snel op onprettige wijze uit de hand.

Arla vroeg zich af of ze deze confrontatie ook eigenlijk niet had opgezocht. Om de uitdrukking op haar moeders gezicht te zien als ze haar vertelde voor wie ze zou gaan werken. Om van haar schok en teleurstelling te genieten. En natuurlijk, als dat écht de reden was waarom ze het Barbara persoonlijk had verteld, dan had haar moeder gelijk door te zeggen dat ze de baan alleen maar had genomen om haar te zieken.

Als ze diep in haar hart keek, moest ze toegeven dat daar wel iets in zat. Ze had, op zijn zachtst gezegd, tegenstrijdige gevoelens over haar moeder. Tot op zekere hoogte hield ze van haar, dat wel. Het bleef tenslotte haar móéder. En er waren zelfs momenten waarop Arla begreep hoe het voor haar moeder moest zijn geweest; om op zo'n jonge leeftijd te ontdekken dat je zwanger bent, en dat je je carrière niet wilt opgeven.

Ze heeft me in elk geval niet weg laten halen, hield ze zichzelf op zulke momenten van mildheid voor.

Maar er waren ook de andere momenten, en dan konden haar moeders gevoelens haar geen barst schelen. Verdomme, ze had er voor mij moeten zijn, dacht ze dan. Elke dag opnieuw.

Dus ja, misschien dat ze het deed om haar moeder dwars te zitten. Maar de andere kant van het verhaal was: zou ze zo'n grote kans moeten laten lopen, alleen maar omdat het haar moeder niet behaagde? Had ze niet haar eigen leven? Had ze niet het recht om haar eigen keuzes te maken? Arla was bezorgd geweest dat haar mogelijke werkgever de connectie zou maken toen ze solliciteerde. Dat ze erachter zouden komen dat Barbara haar moeder was en haar de baan niet zouden geven. En zou dat begrijpelijk zijn geweest?

Toen ze de plek bereikte dacht ze er niet meer over na.

York Avenue was afgezet. Er stond een zestal brandweerwagens, evenveel patrouillewagens en twee of drie burgerauto's. Dan nog een eenzame satellietwagen van een nieuwszender, maar geen enkele ambulance. Arla nam aan dat de grootste drukte al voorbij was. Er moest sinds het ongeluk al een paar uur verstreken zijn.

Het fragiele politielint werkte verrassend goed om iedereen buiten het gebouw te houden. Ze verwachtte niet dat men haar binnen zou laten zonder officieel stadhuispasje, ze hoopte dat ze er snel een zou krijgen. Ze moest op Glover wachten, dan kon ze met hem meelopen als hij met zijn vader en de rest van de entourage was gearriveerd.

Ze keek York Avenue af en zag een grote zwarte slee naderen. Hij stopte en Glover stapte uit, gevolgd door burgemeester Headley. Een vrouw die ze als Valerie Langdon herkende stapte aan de andere kant uit. Een van de nieuwsploegen zag hun aankomst en spoedde zich hun kant op. Arla verwachtte dat de burgemeester zou stoppen om iets voor de camera te verklaren, maar hij liep door in de richting van de woontoren.

Toen ze dichtbij genoeg waren probeerde ze Glovers blik te vangen. Hij liep naast de burgemeester en keek op zijn telefoon, waarschijnlijk om de laatste berichten te lezen en die aan zijn vader door te geven. Toen ze het politielint bereikten, waar Arla vlakbij stond, drong ze zich naar voren en tikte Glover op zijn arm.

Hij keek enigszins verrast op, alsof hij vergeten was dat ze op eigen gelegenheid hiernaartoe zou komen. 'Hé,' zei hij met knipperende ogen. Toen wist hij het weer. Hij wierp een blik op Headley, die een paar passen voor hem liep en al onder het politielint door was gedoken. 'Oké.' Hij schatte de situatie in en hield het lint voor Arla omhoog. 'Kom mee.'

Ze dook eronderdoor. De dichtstbijzijnde agent deed geen poging om haar tegen te houden. Arla bleef dicht bij Glover in de buurt, hij was haar toegangsbewijs. De politie zou haar zo weer kunnen terugsturen als ze zich niet meer aan zijn zijde bevond.

Ze liep met een bonzend hart naar de ingang van de woontoren. Hier was ze dan op haar eerste werkdag, terwijl ze aan de zijde van een van de belangrijkste adviseurs van de burgemeester het politiekordon passeerde. Ze bevond zich een paar stappen achter de burgemeester zelf (en hoopte dat hij haar niet zou opmerken en vragen wie ze in godsnaam was) en zou zo dadelijk een tragedie aanschouwen die vanavond op het nieuws zou komen.

Beter kon ze het niet hebben, toch?

Ze betraden de atriumachtige hal van het gebouw. Achterin bevonden zich vier liften, waarvan bij een de deuren open waren. Er stonden drie brandweerlieden naar binnen te kijken, twee mannen en een vrouw. Naast hen een man die waarschijnlijk de brandweercommandant was – hij was in uniform en had FDNY-insignes op zijn schouders – en een vrouw die ze als de nieuwe hoofdcommissaris herkende. Alle kopstukken bij elkaar, dacht ze. Natuurlijk was een liftongeluk met een dodelijk slachtoffer een tragedie, maar het was niet zoiets als John Lennon die voor het Dakota-gebouw werd neergeschoten.

Alsof hij haar gedachten kon lezen boog Glover zich naar haar toe en zei: 'Ze was een belangrijk iemand.'

'Wie was een belangrijk iemand?' vroeg ze terwijl hun hoofden elkaar bijna raakten.

'De vrouw die om het leven is gekomen. Een Russische wetenschapper.'

'Wat is er met haar gebeurd? Waar is...'

Ze maakte haar zin niet af, ze zag waar iedereen naar keek. Op de vloer van de lift lag een bloederige, pulpachtige massa die de vorm en het formaat van een kool had. Ernaast lag iets wat een arm in een blauwe mouw moest zijn. De liftvloer zat onder het bloed.

Arla draaide zich om, haar hoofd drukte tegen Glovers borst aan.

'O, god,' zei ze.

Maar voordat hij een troostende hand op haar schouder kon leggen richtte ze zich op. Haar afschuw en ontzetting maakten meteen plaats voor het gevoel dat ze professioneel moest zijn. Ze wilde niet zo'n heldin uit een horrorfilm zijn die troost zocht bij de mannelijke hoofdrolspeler. Dus ze draaide zich weer om en keek in de richting van de lift zonder op het hoofd, de arm en al het bloed te focussen. Ik ga niet overgeven, hield ze zichzelf voor.

Burgemeester Headley voegde zich bij het groepje, dat op gedempte toon een gesprek voerde.

'Wat gebeurt er?' vroeg Arla aan Glover.

'Hij wordt op de hoogte gebracht. Blijf hier. Ik moet er even heen.'

Ze deed wat haar was gezegd terwijl hij zich bij zijn vader voegde. Het gesprek werd vervolgd. Op een gegeven moment fluisterde de hoofdcommissaris iets tegen de burgemeester en ze wees naar de verre kant van de hal.

Arla keek die kant op. Een man van midden dertig, of achter in de dertig, zat op een bank en had zijn arm om een jongen geslagen. Een vader met zijn zoon, dacht ze.

De burgemeester knikte en maakte zich uit het groepje los. Hij liep naar de vader en zoon toe en zei iets tegen ze. De man knikte en de burgemeester ging op de overmaatse koffietafel tegenover de bank zitten, waardoor hij zich op minder dan een halve meter van de jongen bevond.

Arla wilde dolgraag weten waar dit over ging.

Ze sloop vanaf haar plek in de hal weg en naderde de bank vanaf de andere kant. Er stond een hoge zuil, waar ze half achter ging staan zodat ze niet gezien kon worden. Maar voor alle zekerheid pakte ze haar telefoon en deed net of ze iets aan het lezen was.

De zuil ontnam haar het zicht, maar ze kon wel redelijk goed horen wat er werd gezegd.

'Ben jij Colin?' vroeg de burgemeester.

'Ja,' zei het jongetje zacht.

'Weet je wie ik ben?'

'U bent de burgemeester?'

'Dat klopt.'

'Mijn vader vertelde me dat toen u hier naar binnen liep. Bent u de burgemeester van heel New York?'

'Dat ben ik.'

'Ik dacht dat u groter zou zijn.'

Headley moest hierom grinniken. 'Het is net als met filmsterren. Als je ze in het echt ziet, vraag je je af waarom ze niet zo groot zijn als op het witte doek. De politie heeft me verteld dat je zo'n dappere jongen bent.'

'O?'

'Je hebt net iets verschrikkelijks meegemaakt. Maar hier zit je dan, met je vader, en je houdt je goed, toch?'

'Ik geloof van wel.'

'En je zit niet op school.'

'Nee,' zei Colin. 'Mijn vader heeft gebeld en gezegd dat ik later zou komen.'

'Nou, als je het mij vraagt, ik vind dat je de hele dag wel vrij mag hebben. Wat denk jij, vader van Colin?'

Arla hoorde de vader nu voor het eerst spreken. 'Ja. Ik dacht dat we misschien wel naar de film konden gaan, of naar het Museum of Natural History.'

'Ik vind de walvis gaaf,' zei Colin.

'O, ja, de walvis, dat is me wat,' zei Headley. 'Je vraagt je af hoe hij kan blijven drijven, hè? De mensen van de politie en de brandweer hebben me niet alleen verteld dat je dapper bent, maar dat je ook zeer behulpzaam bent geweest door hun te vertellen wat er is gebeurd.'

'Haar hoofd viel op de vloer,' zei de jongen, die zijn stem onder controle wist te houden. 'De rest van haar ligt nog steeds boven in de hal. Ze zouden dat de mensen moeten zeggen, zodat ze haar niet zien liggen als ze naar beneden gaan.'

'Ik denk dat ze dat al gedaan hebben, Colin. Maar het is een goed idee, en het is geweldig dat je aan de gevoelens van andere mensen denkt. Goed, ik zou nog wel wat langer met je willen praten. Ik geef je mijn visitekaartje, je vader krijgt er ook een, en dan nodig ik jullie uit om in de Gracie Mansion te komen eten.'

'Waar?'

'Dat is waar de burgemeester… waar ik woon. Het is een oude villa waar ik in mag verblijven zolang ik voor alle New Yorkers zorg. Als ik de volgende verkiezingen verlies, dan schoppen ze me eruit.'

'U kunt bij ons komen wonen,' bood Colin aan. 'Kan hij bij ons komen wonen, pap? We hebben een kamer over.'

'Ik denk zo dat de burgemeester daar al iets op heeft bedacht,' zei de vader.

'Dat klopt,' zei Headley. 'Maar ik zal je aanbod in gedachten houden.'

'Waarom heet het de Gracie Mansion?' vroeg Colin.

'Dat is een goeie vraag,' zei de burgemeester. 'Dat komt omdat het heel lang geleden, in 1799, gebouwd is door een man die Archibald Gracie heette.'

'O.'

'Ik zal je een rondleiding geven als je komt.'

'Ik ben nog nooit in een oude villa geweest,' zei het jongetje.

'Hoe dan ook, jij, en je vader, en je moeder zijn van harte welkom.'

'Mijn moeder woont in Oklahoma,' zei Colin. 'Ik zie haar met Kerstmis.'

'Goed. Dan zullen jij en je vader mijn gasten zijn.'

'Wat gaan we dan eten?'

'Colin,' sprak zijn vader hem vriendelijk toe, 'je…'

'Dat geeft niet,' zei Headley. 'Wat zou je graag willen?'

'Hotdogs.'

'Ik denk dat mijn kok die wel klaar kan maken.'

Arla deed een stap naar voren en keek voorzichtig om de zuil heen. Headley stak het jongetje zijn hand toe, maar in plaats van deze te schudden sloeg Colin zijn armen om de nek van de burgemeester. Headley beantwoordde de omhelzing.

Toen ze elkaar loslieten zei de burgemeester: 'Je kunt me altijd bellen.'

Hij stond op, schudde de hand van de vader en liep terug naar het groepje functionarissen.

Geen camera's, dacht Arla. Geen tv-ploegen. Geen persvolk in de buurt.

Die stonden nog allemaal buiten, achter het politielint. Zelfs Glover of Valerie Langdon was niet getuige geweest van Headleys bezoekje aan de vader en zoon.

Ze was aangenomen om data te analyseren. Maar Arla zat er toch aan te denken om hun voor te stellen om andere kanten van Headleys persoonlijkheid eruit te lichten.

Dat was wat haar gevoel haar zei.

20

Een man met zilverkleurig haar zag Barbara Matheson de lobby van Clappison's Funeral Services betreden en naderde haar geruisloos, alsof zijn voeten boven de grond zweefden.

'Kan ik u ergens mee helpen?' zei hij zacht en zalvend.

'Ik ben op zoek naar meneer en mevrouw Chatsworth,' zei ze. 'Ken en Sandy. De ouders van Paula.'

'Ja, natuurlijk,' zei hij, ernstig nu. 'Een verschrikkelijke, verschrikkelijke geschiedenis. Deze kant op graag.'

Barbara realiseerde zich dat ze bijna fluisterde, en dat het antwoord van de man even gedempt klonk, terwijl er niemand anders in de ruimte aanwezig was. Er was iets met een uitvaartcentrum waardoor mensen zich gedroegen alsof ze in een bibliotheek waren. Ik ga ooit eens een groot feest geven op een plek als deze, dacht ze. Een ultieme poging om de doden te wekken.

Ze volgde de uitvaartondernemer langs verschillende deuren door een gang die op een ontvangstkamer uitkwam. Vier grote luie stoelen die bijna de hele ruimte in beslag namen en een raam waar fluwelen gordijnen naast hingen. Als het geen rouwkamer was, dacht ze, zou het de perfecte plaats zijn om uit te kiezen met welke prostituee je het komende uur wilde doorbrengen.

In een van de stoelen zat een vrouw die Paula's moeder moest zijn, en de man die door de kamer ijsbeerde met een telefoon tegen zijn oor was haar vader, Ken. Sandy Chatsworth had geen telefoon in haar hand en staarde wezenloos voor zich uit. Verdoofd en in shock, dacht Barbara.

Maar ze keek op toen Barbara de kamer betrad. Haar ogen waren rood en opgezet.

'Mevrouw Chatsworth?'

'Barbara?' Ze kon zich opeens weer focussen en stak haar handen uit naar Barbara, die ze in de hare nam. Ken ijsbeerde nog steeds door de rouwkamer. 'Ken?'

Hij stak waarschuwend zijn wijsvinger op. De introductie moest nog even wachten. 'Hallo?' zei hij in de telefoon. 'Luister, ik zit hier al een kwartier te wachten. Ik zou graag willen dat iemand me... Hallo? Ik wil alleen maar wat antwoorden hebben over...'

Hij haalde de telefoon van zijn oor weg, zijn mond viel open van verbijstering. Het leek erop alsof hij elk moment in gevloek kon uitbarsten, maar toen bedacht hij waar hij was en hield zich in.

'Ze hebben de verbinding verbroken,' zei hij tegen zijn vrouw. 'Nadat ik zo lang in de wacht ben gezet hebben ze... Wat een... Jezus!'

'Praat niet zo hard,' zei Sandy.

Hij schudde zijn hoofd en kon het nog steeds niet geloven. Uiteindelijk keek hij Barbara aan met een lege blik, alsof hij zich afvroeg wie ze in godsnaam was.

Ze stak haar hand uit. 'Meneer Chatsworth, ik ben Barbara.'

'O, ja, sorry,' zei hij en hij sloeg met zijn vlakke hand tegen zijn voorhoofd. 'God, dat heb je snel gedaan.'

'U belde precies op het goede moment. Hoe gaat het met u? Dat is natuurlijk een stomme vraag, maar...'

'Ze treffen voorbereidingen om Paula naar huis te brengen,' zei Sandy. 'We hebben op vrijdag een uitvaartdienst in Montpelier. Iedereen wil Paula de laatste eer bewijzen... men is er kapot van.'

'Dat begrijp ik,' zei Barbara.

'Al haar vriendinnen van school zullen komen, in elk geval degenen die niet zoals Paula zijn vertrokken. En we ontvangen zo veel bloemen. Gelukkig zijn onze buren er om ze in ontvangst te nemen. En een van haar vriendinnen heeft een Facebook-pagina voor haar geopend, maar daar weet ik niet zo veel van.' Sandy's stem dwaalde af, alsof ze besefte dat bloemen en Facebook-pagina's niet zo belangrijk waren.

'Hoe zijn jullie hier gekomen?' vroeg Barbara aan Ken, hij had zich immers zo veel zorgen gemaakt over het logistieke gedeelte van zijn reis naar New York.

‘Met het vliegtuig. Ik geloof niet… Nee, ik geloof niet dat ik in deze drukte zou kunnen rijden.’ Hij draaide zijn hoofd, alsof hij dwars door de muur het verkeer op straat kon zien.

Barbara knikte. ‘Zelfs als je hier woont raak je er niet aan gewend.’ Ze zweeg even. ‘Wie probeerde u daarnet te spreken?’

‘Iemand van de gemeente.’

‘Wie? Van welke afdeling?’

‘Ze sturen me van het kastje naar de muur. Ik zou graag degene willen spreken die verantwoordelijk is voor de veiligheid van de liften in deze stad. Ik wil weten hoe dit heeft kunnen gebeuren. Ik wil weten hoe het zo’n puinhoop heeft kunnen worden dat mijn dochter is verongelukt.’

‘Natuurlijk,’ zei Barbara. ‘U wilt antwoorden, dat begrijp ik.’

‘Niemand die ons iets vertelt,’ zei Sandy.

‘Soms,’ zei Barbara langzaam, ‘en ik wil de gemeente hier zeker niet vrijspreken, maar soms worden er dingen over het hoofd gezien. Ik bedoel hiermee niet de liften, hoewel dat ook nog zou kunnen. Maar ik bedoel de persoonlijke aandacht. Mensen doen hun werk en vergeten wat voor impact dit op jullie heeft. Ze vergeten dat jullie verdriet hebben en op z’n minst op de hoogte moeten worden gehouden van de ontwikkelingen. En iedereen denkt dat het iemand anders zijn taak is om met de familie te praten. Maar zo’n ongeluk als Paula is overkomen zal tot op de bodem worden uitgezocht. Er zal een moment komen dat er iemand met jullie gaat praten.’

‘O, er is al iemand geweest om met ons te praten,’ zei Sandy. ‘Daarom hebben we u ook gebeld.’

‘Ja,’ zei Ken.

‘Wie?’ vroeg Barbara.

‘Hij heeft ons zijn naam niet gezegd,’ zei Ken. ‘Sandy vroeg nog of hij geen visitekaartje of iets dergelijks voor ons had, maar dat heeft hij ons niet gegeven. Hij zei dat hij wel een manier zou vinden om ons te bereiken als dat nodig was.’

‘Hij was… wel aardig,’ zei Sandy langzaam. ‘Ik bedoel, hij zei de goede dingen en condoleerde ons keurig.’

‘Maar hij zei niet wie hij was of wie hij representeerde?’ vroeg Barbara. ‘Was hij iemand die hier bij het uitvaartcentrum werkte?’

Sandy schudde haar hoofd. 'Het klonk alsof hij voor de gemeente werkte, u weet wel, het stadsbestuur. Iemand die zich met dit soort dingen bezighoudt.'

'Maar wat zei hij dan? Wat wilde hij? Hoe had hij jullie gevonden?'

Ken knikte. 'Hij zei dat hij had rondgebeld, dat hem verteld was waar Paula heen was gebracht nadat... nadat ze uit het ziekenhuis weg moest.'

Sandy zei: 'Hij zei dat we...'

'... het er niet met anderen over moesten hebben,' viel Ken haar in de rede.

'Wat?'

'Zo zei hij het niet precies,' zei Sandy. 'Maar daar kwam het wel op neer.'

'Vertel me wat hij heeft gezegd,' zei Barbara, die een tinteling door zich heen voelde gaan. 'Zijn exacte woorden, of anders wat jullie je ervan kunnen herinneren.'

Sandy dacht even na. 'Hij zei dat hij het verlies van onze dochter zeer betreurde. En dat het een verschrikkelijke gebeurtenis was. Toen zei hij dat alle aspecten van het incident grondig onderzocht zouden worden en dat...'

'Wacht even, is dat het woord dat hij gebruikte? "Incident"? En niet "ongeluk"?'

Ze keek haar man aan, die knikte. 'Ja. Hij noemde het een incident. Maar goed, hij zei dus dat er een onderzoek naar zou komen. Hij vroeg ons geduld op te brengen, en het er verder met niemand over te hebben.'

Barbara knipperde met haar ogen. 'Waarom?'

'Daar bedoelde hij geen familie en vrienden mee,' zei Ken, 'maar wel, nou, mensen als u.'

'Hij wilde niet dat jullie met de pers praatten? Met de media?'

Ken knikte. 'Hij zei dat het stil moest worden gehouden zolang ze de oorzaak nog onderzochten. Maar goed, dat was dus vanochtend, en nadat hij was vertrokken dacht ik: wat zullen we nou krijgen? Voor zover ik weet leven we nog steeds in een vrij land, toch?'

'Zeker,' zei Barbara.

'En als we het over de dood van onze dochter willen hebben en antwoorden willen krijgen, dan is dat ons goed recht. Maar eerst wilde ik rondbellen om te horen of ze al meer wisten. Misschien dat ik dan ook zou horen van welke afdeling deze man was. Maar niemand wil met me praten. Ik word van de ene naar de andere afdeling doorverwezen.'

'Ik begrijp niet waarom jullie niet met de pers mogen praten,' zei Barbara. 'Ik vraag me af of ze de familie van de andere slachtoffers ook hebben benaderd.'

'Nou,' zei Sandy, 'op een gegeven moment zei hij dat ze erachter moesten zien te komen wie dit gedaan had, en toen verbeterde hij zichzelf meteen door te zeggen hóé het had kunnen gebeuren.'

Barbara knipperde met haar ogen. 'Wíé het had gedaan?'

Sandy knikte. 'Maar hij nam het meteen terug.'

'Hoe zag deze man eruit?'

'Hij was ongeveer een meter tachtig,' zei Sandy. 'Verder had hij zwart haar, een gemillimeterd kapsel. Een mooi pak met een stropdas. Gladgeschoren. O ja, en zijn schoenen,' zei ze langzaam. 'Ik herinner me zijn schoenen.'

'Wat was er met zijn schoenen?'

'Ze waren glimmend gepoetst. Weet je dat nog, Ken?'

'Ik heb niet op die vent z'n schoenen gelet,' zei hij.

'En ze hadden zich niets van het parkeerverbod aangetrokken,' zei ze. 'Dat zag ik toen hij vertrok. De auto stond recht voor de deur en hij stapte aan de passagierskant in. Het maakte de chauffeur kennelijk niets uit dat hij daar niet mocht parkeren.'

'Kunt u de auto beschrijven?' vroeg Barbara. 'Stond het logo van de gemeente erop? Of dat van de politie?'

Sandy schudde ontkennend haar hoofd. 'Het was een grote SUV. Zwart, met getinte ramen.'

'Wie rijdt er nou in zo'n auto?' zei Ken.

Barbara kon wel wat mensen bedenken. Nou, eigenlijk geen mensen, maar diensten. Waarom zouden deze diensten geïnteresseerd zijn in een liftongeluk, hoe tragisch het ook was?

21

'Richard, o, Richard!'

De burgemeester draaide zich om toen hij zijn naam hoorde en zag een vrouw naar hem toe lopen. Ze was begin tachtig, en haar slanke postuur was in een zwarte zijden omslagdoek gehuld. Ze droeg een lange bloes die tot aan haar knieën reikte met een zwierige pantalon eronder. Haar zilverkleurige haar zat strak achterover in een knot, en ze bekeek de wereld door een enorme ronde bril met een dik montuur. Ze was zwaar opgemaakt en had dikke zwarte wenkbrauwen.

Ze strekte haar armen naar hem uit.

'Margaret,' zei Headley, die zijn handen op haar schouders legde en de lucht naast haar wangen kuste. 'De koningin van de Sycamores. Ik wist dat ik eerder in dit gebouw ben geweest.'

Toen hij voor het eerst het adres van deze tweede liftcatastrofe hoorde, wist hij zeker dat er ooit een campagnebenefiet was gehouden. Margaret Cambridge had al haar rijke vrienden voor een feest uitgenodigd dat zo extravagant was dat ze zich allemaal verplicht voelden om de maximumbijdrage voor Headleys campagne te doneren. Het was jammer dat er een wetgeving was die hogere geldinjecties van personen verbood. Margarets overleden echtgenoot, wiens naam aan een zestal gebouwen in de stad was verbonden, had haar zo'n twee miljard dollar nagelaten, niet dat iemand het ooit had geteld. Ze zou Headley een miljoen hebben geschonken als dat was toegestaan.

'Ik hoorde dat je hier was,' zei Margaret. 'Ik ben helemaal naar beneden gelopen.'

'Mijn god,' zei hij. 'Vanaf het penthouse?'

'Tja, ik had geen andere keuze. Ze hebben alle liften buiten werking gesteld sinds die ene de kluts was kwijtgeraakt. Ik hoop dat ze het snel weer doen, want ik denk dat mijn rikketik al die trappen naar boven niet meer trekt.'

Hij legde zijn hand geruststellend op haar schouder. 'Ik weet zeker dat ze het snel weer zullen doen.'

'Nou, en anders zijn er vast wel een paar knappe brandweermannen die me omhoog willen dragen,' zei ze met een kakelende lach. Ze sloeg snel haar hand voor haar mond en keek om zich heen. 'Ik kan maar beter niet lachen hier. Na zo'n gebeurtenis.' Ze ging over op een gefluister: 'Het was doctor Petrov, hè?'

Hij knikte ernstig. 'Een groot verlies voor de wetenschapswereld, is me verteld.'

'Dat kan zijn, maar het was een enorme b-i-t-c-h,' zei Margaret. 'Ik loop niet meer zo snel als vroeger, maar denk je dat ze de lift voor me vasthield als ze me eraan zag komen? Vergeet het maar. Die communistische trut.'

'O,' zei Headley.

Margaret boog zich dichter naar hem toe en fluisterde: 'Ze was namelijk een Russin, moet je weten.'

'Ja, dat weet ik. De ambassadeur belde me zonet.'

'Ik heb ze liever niet in het gebouw. Het zijn allemaal spionnen, weet je. Rockefeller is ervan vergeven.'

Headley glimlachte. 'Je moet altijd op je hoede zijn.'

Ze glimlachte terug. 'Kom je naar het feest donderdag?'

Headley moest even nadenken. 'Top of the Park?'

Margaret knikte. 'Het wordt de gebeurtenis van het jaar. Een feest tussen de wolken.'

'Ik zal er zijn. Zoiets wil je niet missen. Sta je op de gastenlijst?'

De suggestie dat ze niet zou zijn uitgenodigd leek Margaret te ontstemmen. 'Alsjeblieft, zeg,' zei ze. 'Het is een project van Rodney Coughlin. Hij en ik hebben een lange geschiedenis samen.'

Headley grijnsde. 'Hij is ook een goede vriend van mij. Maar misschien wel niet zó'n goede vriend.'

Margaret snoof. 'Hij heeft je een groter benefietfeest gegeven, alleen maar om mij te pesten.'

Headley gaf haar een kneepje in haar arm. 'Je kunt er altijd nog een geven.'

Ze lachte.

'Meneer de burgemeester?'

Headley draaide zich om. Annette Washington, de hoofdcommissaris van politie en de eerste Afro-Amerikaanse vrouw in deze functie, vroeg zijn aandacht.

'Hoofdcommissaris,' zei hij.

'Sorry dat ik u moet storen.' Ze wenkte met haar hoofd om hem duidelijk te maken dat hij mee moest komen.

'Ik zie je donderdag, Margaret,' zei Headley. 'Vergeet je gouden muiltjes niet.'

Hij liep van haar weg en volgde Washington naar het kantoor van de beheerder achter in de hal, waar een drietal mannen hem opwachtte: de brandweercommandant, een kalende veertiger en een goed uitziende man in een donker pak. Hij was begin zestig, zo'n een meter vijfentachtig lang, en had een sterke kaaklijn. Het type dat, als hij niet al de leiding had, die elk moment zou kunnen nemen.

Headley zag hem en dacht: FBI.

De man stak hem zijn hand toe. 'Meneer de burgemeester, Brian Cartland, binnenlandse veiligheidsdienst.'

Ja hoor, dacht Headley.

Wat had een vent van de binnenlandse veiligheidsdienst bij een ongeluk als dit te zoeken? Het was hem niet duidelijk, tenzij het iets te maken had met het feit dat het slachtoffer een prominente Russische wetenschapper was die een expert was op het gebied van God mocht weten wat. Wat een idiote wereld, waarin een slecht functionerende lift tot een diplomatiek incident kon leiden. Headley durfde te wedden dat de ambassadeur eerst nog even het Witte Huis aan de lijn had gehad voordat hij hem op het stadhuis belde. Dat zou de aanwezigheid van de binnenlandse veiligheidsdienst kunnen verklaren.

'Aangenaam,' zei Headley behoedzaam. 'Wat is er aan de hand?' Zijn blik ging van de brandweercommandant naar de hoofdcommissaris en bleef toen hangen bij de kleine kalende man.

‘Meneer Headley,’ zei deze, ‘Martin Fleck. Ik werk voor u.’ Hij glimlachte kort. ‘Bouw- en Woningtoezicht, afdeling Liftinspectie.’

‘Goed, maar wat is er aan de hand?’ vroeg Headley nogmaals.

‘Dat is wat we hier proberen uit te zoeken,’ zei Cartland. ‘Ongelukken met liften vinden niet elke dag plaats. We hebben er deze week twee gehad, en het is nog maar dinsdag. Na het ongeluk van gisteren hebben we contact met meneer Fleck opgenomen. Dat is niet zo vreemd, de binnenlandse veiligheidsdienst heeft een kantoor in dat gebouw, dus onze interesse was gewekt. Ik hoef er niet bij te vertellen dat het stijgen en dalen van een lift niet onze expertise is, dus meneer Fleck heeft me enigszins bijgespijkerd op dat gebied.’

‘Het klopt,’ zei Fleck. ‘Liftongelukken gebéúren niet elke dag. Gemiddeld komen er jaarlijks bij liftongelukken dertig Amerikanen om het leven en raken er zeventienduizend gewond, hoewel daar ook ongelukken met roltrappen bij zijn inbegrepen.’

‘Oké,’ zei Headley langzaam.

‘En ongeveer de helft van deze dodelijke slachtoffers zijn mensen die aan liften werken. Een liftmonteur glijdt uit en valt in de schacht, of hij bevindt zich op de bodem terwijl de lift naar beneden komt en hem verplettert, of hij komt tussen de bewegende mechanieken te zitten. Allemaal vermijdbare incidenten, maar mensen maken fouten. Verschrikkelijke gebeurtenissen, maar gezien de gevaarlijke omstandigheden waaronder een liftmonteur werkt niet totaal verrassend.’

Headley begon ongeduldig te worden, maar hij besloot om Fleck te laten doorgaan met zijn betoog.

‘Statistieken hebben uitgewezen dat één op de twaalf miljoen liftreizen in een ongeluk resulteert, en vaak komt het door iets simpels als een deur die niet naar behoren open- of dichtgaat,’ vervolgde Fleck. ‘Als passagiers zich verwonden in een lift, dan hebben ze dat vaak aan zichzelf te wijten. Een vrouw loopt bijvoorbeeld een lift in met een wapperende sjaal om die tussen de deuren terechtkomt. De lift begint te stijgen terwijl het ene eind van de sjaal nog steeds tussen de deuren zit en ze het andere eind strak om haar nek heeft gewonden en...’

‘Ik begrijp het,’ onderbrak de burgemeester hem.

'En soms heb je een idioot die wil liftsurfen en...'

'Sorry, wat?'

'Liftsurfen. Ze verschaffen zich toegang tot de schacht en reizen voor de kick op het dak van de lift mee. Jongeren doen het. Het probleem is dat er allemaal kabels zijn en uitstekende gedeeltes, en de kabels zijn ingevet, en ze vallen tussen de cabine en de schacht, of...'

'Vertel me gewoon wat er hier is gebeurd,' zei de burgemeester.

'Goed,' zei Fleck. 'Petrov, die Russische wetenschapper, gaat niet geheel vrijuit.'

Headley keek hem vermoeid aan. 'Waarom zijn we hier als het haar fout was?'

'Het was niet haar fout dat de lift stopte. Maar het was wel haar fout om uit de lift te klimmen. En als ze het daar trouwens bij had gelaten, zou er niets gebeurd zijn. Maar volgens het jongetje boog ze zich weer in de cabine om haar handtas te pakken, en dat was het moment waarop de lift opeens weer aan zijn daling begon, ze zat ertussen en werd... onthoofd. Wat we onderzoeken is waarom de lift überhaupt stopte.'

'We denken dat er sabotage in het spel kan zijn,' zei Cartland.

'Sabotage, hoe dan?'

'Dat weten we nog niet precies,' zei de agent van de binnenlandse veiligheidsdienst.

'Nog niet precies?'

'Hij zou gehackt kunnen zijn.'

De burgemeester keek hem verbaasd aan. 'Gehackt? Kan dat?'

'Ja,' zei Cartland. 'Het is niet makkelijk, maar het is te doen. Het liftsysteem hier was onlangs geüpgraded. Allemaal hightech apparatuur. Hoe meer hightech het wordt, hoe groter de kans dat je het kunt beïnvloeden. Die ouderwetse cabines, met die grote stalen deuren die je dicht moest trekken, die kon je niet hacken.'

'Maar jullie hebben geen bewijs daarvan,' zei de burgemeester.

'Nee,' zei Cartland.

Fleck mengde zich weer in het gesprek. 'Aangezien er geen overlevenden zijn is het onze eigen inschatting, maar bij het ongeluk van gisteren begon de lift zich te gedragen alsof hij een eigen wil had. Hij passeerde etages waar de passagiers de knop van hadden ingedrukt. En dat klinkt enigszins als een hack, alsof iemand met het systeem had geknoeid. En die lift had ook een geüpgraded systeem. Ze gingen van boven naar beneden, en toen, ze waren op de twintigste etage, stortte de cabine naar beneden. Zoiets suggereert dat het systeem volledig is overgenomen.'

'Hoe kan dat gebeuren?'

'Dat kan als iemand er controle over heeft. Iemand buiten de lift zelf.'

Headley keek Cartland aan. 'Wat is hier verdomme aan de hand?'

De agent van de binnenlandse veiligheidsdienst had een donkere blik gekregen. 'We zijn het nog aan het onderzoeken. Maar we moeten er rekening mee houden dat één of beide liftongelukken dus geen ongelukken waren.'

Headley bestudeerde de man. 'Wie doet zoiets, als het geen ongelukken waren? Betekent uw aanwezigheid hier dat we met terrorisme te maken hebben? Weet IS hoe ze liften moet hacken? Rijden ze niet meer met auto's of vrachtwagens op menigten in? Ik bedoel, als we hier met terrorisme hebben te maken, dan is het zo'n beetje de inefficiëntste methode die ik kan bedenken. En niet alleen dat, de expertise die je ervoor nodig hebt is buitenproportioneel. Er zijn veel makkelijker manieren om een groep mensen te vermoorden.'

'Daar ben ik het mee eens,' zei Cartland. 'Maar het verandert niets aan de feiten die op tafel liggen.'

'Dus als ik u goed begrijp is het als volgt. Iemand zóú met een of twee liften kunnen hebben geknoeid. Iemand zóú het systeem gehackt of gesaboteerd kunnen hebben, maar u weet het nog niet zeker. Heeft iemand de verantwoordelijkheid opgeëist?'

Cartland schudde zijn hoofd. 'Niet specifiek voor dit, nee.'

'Is er iemand die de verantwoordelijkheid zóú kunnen opeisen?'

'We hebben de laatste tijd met een stijging van binnenlands terrorisme te maken gekregen. In Seattle, in Portland, en gisteren nog in Boston. Het kan zijn dat de groepering die hier verantwoordelijk voor is zich wat subtieler wil profileren. Ze staan hoog op ons lijstje. Maar er lopen natuurlijk genoeg gestoorde individuen in dit land rond die hun gram willen halen.'

'Maar tot nu toe heeft niemand zich gemeld.'

Cartland schudde weer zijn hoofd.

'Kan het zijn dat jullie dienst deze zaken opblaast, en spoken wil zien, alleen maar om jullie bestaan te rechtvaardigen?'

Cartland zei niets, het was duidelijk dat hij deze vraag beneden zijn waardigheid achtte.

'Wat wil je dat ik doe?' vroeg Headley. 'Moet ik de New Yorkers vertellen dat ze tot nader order geen liften meer mogen gebruiken? Weet u wat voor chaos dat teweeg zou brengen in een verticale stad als deze? Je zou het hele zooitje kunnen opdoeken.'

'We moeten het hem laten zien,' zei Fleck tegen Cartland.

'Me wat laten zien?' zei de burgemeester.

'Laten we naar boven gaan,' zei Cartland. 'Er is iets wat u moet zien.'

22

'Welkom terug bij *New York Day*,' zei de vrouw, die in de camera keek. 'Ik ben Anjelica Briscoe.'

Haar gezicht nam een ernstige uitdrukking aan. 'Een bomaanslag in een koffiehuis in Seattle. Meer aanslagen in Portland en Boston. Doden en gewonden. Walgelijke, laffe daden. Wat hebben ze gemeen met elkaar, en wat hebben deze steden gemeen met elkaar? Veel dingen natuurlijk, maar een hiervan is dat het kuststeden zijn. En dat maakt ze een symbolisch doelwit voor hen die zich leden van de Flyovers noemen, een binnenlandse extremistische groepering wier naam een minderwaardigheidscomplex aanduidt, maar ook een sneer is naar de zogenaamde kustelite, de mensen die van New York of Boston naar Los Angeles of San Francisco vliegen. Ze vinden dat deze elite letterlijk neerkijkt op de rest van het land en de mensen die er wonen minacht. Onze gast van vandaag is de leider van de Flyovers, Eugene Clement. Meneer Clement, fijn dat u bent gekomen om met ons dit gesprek aan te gaan.'

De camera zwenkte naar de zijkant van het bureau, waar een grimmige Clement zat.

'Ik vind uw karakterisering van de denkbeelden van de Flyovers nogal kort door de bocht,' zei hij.

Briscoe keek hem recht in de ogen en zei: 'De Flyovers worden door sommigen als een terroristische groepering gezien. Zijn ze dat?'

'Absoluut niet. Dat is een loze bewering. De Flyover-beweging bestaat uit goedwillende, fatsoenlijke Amerikaanse burgers die niets anders dan erkenning willen voor hun bijdragen aan onze grote natie.'

'U hebt gehoord wat ik aan het begin zei. Hoge politiefunctionarissen hebben gezegd dat de bomaanslagen in verschillende kuststeden zeer waarschijnlijk het werk van Flyover-sympathisanten zijn geweest.'

De ader in Clements rechterslaap klopte zichtbaar toen hij zich in zijn stoel naar voren boog en zei: 'Deze bomaanslagen zijn verschrikkelijke en verachtelijke acties. Dat er zelfs maar gesuggereerd wordt dat de Flyovers hier iets mee te maken hebben breekt mijn hart, en het maakt me woedend.'

'Dus de Flyovers verwerpen geweld als middel om hun denkbeelden te onderstrepen?'

'Zonder meer.'

'En toch, u bevond zich tussen de gewapende activisten die verleden jaar in Colorado een nationaal wildreservaat hadden bezet. Wilt u me zeggen dat dat geen gewelddadige actie was?'

Eugene Clement leek enigszins van zijn stuk gebracht door deze vraag. Er verstreken een paar seconden voordat hij antwoordde. 'Een paar dingen, Anjelica. Ten eerste, deze protestactie stond volkomen los van de Flyovers. Ten tweede, er zijn geen gewonden gevallen bij deze, zoals jij het noemt, bezetting. Ik zou het een demonstratie tegen machtsmisbruik van de overheid noemen. Washington bezit miljoenen hectaren land in deze staat, terwijl ze er niets te zoeken heeft. Het was een protest dat direct tegen de overheid was gericht, die, godzijdank, nu eens niet gewapend ingreep om een vredelievende actievoerder neer te schieten, zoals een paar jaar eerder bij een identieke demonstratie is gebeurd.'

'Maar er lijkt veel kruisbestuiving te zijn tussen de denkbeelden van dit soort groeperingen en de Flyovers.'

'Soms, ja,' erkende hij. 'Maar dat is bij links ook vaak gebeurd. En we hebben alle liberalen toch ook niet verantwoordelijk gehouden voor de acties van de Black Panthers, of de Symbionese Liberation Army, of, meer recentelijk, een groepering als Antifa?'

'Ja, maar...'

'Wat de Flyovers aan de kaak willen stellen is de huidige culturele verdeeldheid, niet de overheidsbemoeienis in onze levens. Ons doel is een mentaliteitsverandering. We willen de Amerikanen die langs de kusten leven... iets bijbrengen, al die Amerikanen die zich er niet bewust van lijken te zijn dat er ook nog een ánder Amerika is. Wij zijn meer dan een karikatuur, meer dan een stelletje conservatieve, biefstuk etende, bier zuipende boeren. Niet dat er overigens iets mis is met een conservatieve, biefstuk etende, bier zuipende boer.' Er verscheen even een spottend glimlachje. 'Ik zou het een prima tijdverdrijf vinden. Maar goed, dat van de kusten moet je meer als een metafoor zien. Er zijn in het hele land mensen die sympathie hebben voor onze denkbeelden. Ik denk dat je ze hier, midden in New York, zult tegenkomen.'

'Maar is dat niet precies hoe u de zogenaamde kustelite afschildert? Als een cliché? Als sushi etende, latte drinkende, glutenvrije Prius-rijders?'

Clement schudde zijn hoofd. 'Helemaal niet. Zoals ik al zei, we willen ze alleen maar iets bijbrengen.'

'Door bomaanslagen te plegen.'

Clement kreeg een kleur. 'Nee. De *Greatest Generation* waar je zo vaak over hoort? Die vind je in de binnenlanden. En je zult daar ook hun zonen en dochters, kleinzonen en kleindochters aantreffen. Maar sommige van de prominentste politici in dat land lijken dat vergeten te zijn. Het is nog maar een paar jaar geleden dat de vrouw die bijna president werd zei, en ik citeer: "Ik heb gewonnen op de plekken die optimistisch, divers, dynamisch en vooruitstrevend zijn." Je voelt hem al aankomen,' zei hij snerend, 'kuststeden natuurlijk. Wat een belediging voor de rest van het land.'

'U zult moeten toegeven dat veel mensen die de Flyovers trouw hebben gezworen…'

'Dat is nogal zwaar uitgedrukt. Niemand hoeft ons trouw te zweren.'

'Veel van jullie volgelingen of sympathisanten die op jullie forumpagina's schrijven pleitten voor het soort terroristische acties zoals we die de laatste tijd hebben meegemaakt.'

'Weet je, Anjelica, veel stedelingen denken dat het tweede amendement het enige is wat voor ons telt. Maar net als alle echte Amerikanen geloven we heilig in het eerste amendement. Vrijheid van meningsuiting. En al zal het me misschien niet altijd bevallen wat mensen in zo'n forum schrijven, ik zal altijd verdedigen dat ze het recht hebben dat te doen. Net zoals jij het recht hebt om me hier zo neerbuigend en kleinerend toe te spreken.'

De gastvrouw gaf geen krimp. 'Sommige van je volgelingen slaan behoorlijk haatdragende taal uit.'

Clement fronste. 'Wat is haatdragende taal precies? Als ik iets zeg wat je niet bevalt, noem je het haatdragende taal. Maar als je me aanvalt op mijn uitspraken, zijn jouw woorden dan eigenlijk ook niet haatdragend?' Hij boog zich weer naar voren. 'Waar het om gaat zijn onze gemeenschappelijke raakvlakken. Jij hebt jouw mening en ik de mijne, en het is de bedoeling dat we elkaar ergens in het midden ontmoeten. Denk aan alle dingen die we gemeen hebben. We willen goede banen, we willen het beste voor onze gezinnen en we willen een veilige toekomst.'

'U klinkt nu als een vredestichter, terwijl de FBI en de binnenlandse veiligheidsdienst precies het tegenovergestelde beweren. Veel van uw aanhangers zijn ook lid van racistische en nationalistische organisaties. Sommigen zijn KKK-leden.'

Clement haalde zijn schouders op. 'Ik ken genoeg gekleurde mensen die het helemaal met me eens zijn als het gaat om de kustelite die op ons neerkijkt. Dat bedoel ik met elkaar ontmoeten in het midden, wat een goede metafoor is voor het midden van het land. Door ons ontstaan er gesprekken tussen mensen die anders nooit met elkaar zouden praten. En dat is ook wat we willen, de mensen samenbrengen, een dialoog starten. We komen nergens als we alleen maar met modder gooien naar elkaar.'

Zijn interviewer grinnikte geniepig. 'Als u wat milde kritiek kunt verdragen, meneer Clement, zou het niet gepaster zijn om uw groepering de *Flown Overs* te noemen? Want dat is de situatie. Het is de kustelite die over jullie heen vliegt.'

Clement zond haar een vernietigende blik toe. 'En daar heb je alles in één vraag. De minachting. Het "wij zijn nu eenmaal slimmer dan jij"-gevoel. En zo zijn we weer terug bij af.'

Briscoe zag er opeens berouwvol uit, alsof ze wist dat ze te ver was gegaan. Ze raakte haar oor aan, een indicatie dat er vanuit de productiekamer iets tegen haar werd gezegd. 'Meneer Clement, we zijn alweer door onze tijd heen, maar ik wil u bedanken voor uw komst en voor dit gesprek.'

Hij zei niets.

'Ik heb nog één laatste vraag.'

'Ga je gang.'

'We weten inmiddels hoe uw organisatie over de kuststeden en hun bewoners denkt, maar waarom bent u dan in New York?'

'Mijn vrouw en ik vieren onze trouwdag. Of dat deden we, totdat jullie me hiernaartoe hebben gesleept.' Er volgde een bitter lachje waar de zelfspot vanaf droop. 'Maar het is een feit,' zei hij, 'dat ik dol ben op New York.'

'Hoe durft ze zulke dingen tegen je te zeggen,' zei Estelle Clement toen haar man terug was in de gastenkamer, waar andere uitgenodigden wachtten tot ze de studio mochten betreden. Er hing een monitor in de ruimte, en ze had het hele interview gevolgd. 'Wat een bitch,' zei ze met gedempte stem.

Clement was woedend. 'Hoe ze tegen me praatte,' zei hij voordat zijn stem wegstierf en hij zijn vrouw aan haar arm de gang in trok.

'Knijp niet zo hard,' zei ze.

Hij verslapte zijn greep, maar liet haar niet los toen ze door de lobby liepen.

'Je zou ze moeten aanklagen. Je kan haar aanklagen voor wat ze allemaal zei.'

De studio was op de derde etage van een gebouw aan Columbus Circle. Bij de receptie stonden enkele mensen op de lift te wachten. 'We nemen de trap,' zei Clement.

'Moeten we dat echt...'

'Ik wil hier zo snel mogelijk weg zijn,' zei hij terwijl hij haar in de richting van een deur duwde waar UITGANG boven stond. Estelle voelde zijn woede en verzette zich niet.

Toen ze op straat stonden stopte Clement even om tot rust te komen.

'Heb je gehoord wat ik daarnet zei?' vroeg Estelle. 'Je zou haar en die omroep moeten aanklagen voor...'

'Nee,' zei hij resoluut. 'Het is meer dan een arrogante presentator en een omroep. Het is een veel grotere strijd dan dat.'

Estelle legde een hand op zijn arm. 'Wat wil je dat we doen? Wil je naar huis? Dat kunnen we doen. Als dit alles heeft verpest, hoeven we hier niet te blijven. Ik kan kijken of we het geld van de kaartjes terug kunnen krijgen.'

'Kaartjes?' zei hij.

'We hebben toch kaartjes voor die voorstelling van vanavond. Maar het is goed, ik kan...'

'Nee, daar gaan we heen.' Hij hief zijn kin en schudde kort zijn hoofd, alsof hij alle woede van zich af wilde werpen. Toen glimlachte hij geforceerd. 'We laten ons plezier niet door zoiets bederven.'

Estelle glimlachte. 'Weet je het zeker?'

Clement knikte. 'Ik was die voorstelling even vergeten. Wat gaan we zien?'

'Die ene show met al die dans erin. Nu weet je natuurlijk nog niets. Nou ja, je zal er waarschijnlijk toch niet veel aan vinden.'

'Van die mietjes die over het podium paraderen? Ik zou het voor geen goud willen missen. Maar eerst zal ik je een geweldige lunch bezorgen. Wat dacht je van de Capital Grille?'

'Dat klinkt goed,' zei zijn vrouw.

'Ik ga een taxi regelen. Blijf hier wachten.'

Hij stapte het trottoir af, liep tussen twee geparkeerde auto's door en stak zijn hand op.

Hij hoorde dat er achter hem een raam omlaag zakte.

'Hé,' zei iemand.

Eugene Clement draaide zich niet om toen hij Bucky's stem herkende. Hij keek de straat in en zei: 'Alles volgens plan?'

'Ja.'

'Hou je ogen open. Iedereen weet dat ik hier ben. Er is waarschijnlijk al een verhoogde staat van paraatheid.'

'Oké.'

'Dan kan het feest beginnen.'

Terwijl Clement het raam omhoog hoorde gaan zag hij een taxi van rijstrook wisselen en voor hem tot stilstand komen. Hij trok het achterportier open en riep zijn vrouw.

'Mevrouw,' zei hij, 'uw koets staat klaar.'

23

Barbara was al bijna een half uur in het uitvaartcentrum.
Chris Vallins stond aan de overkant ongedurig te wachten tot ze er weer uit zou komen. De reden van haar bezoek lag voor de hand, ze had in haar column geschreven dat ze bij het liftongeluk van maandag een vriendin had verloren. De naam van de dode vrouw was Paula Chatsworth geweest.

Om dat bevestigd te krijgen had hij het uitvaartcentrum op zijn telefoon opgezocht en hen gebeld of de dienst daar zou worden gehouden. En zo ja, wanneer. Hij had gezegd dat hij voor een vriendin belde. De vrouw aan de andere kant had gezegd dat het lichaam weliswaar naar hen was gebracht, maar dat de dienst voor mevrouw Chatsworth in Montpelier zou plaatsvinden.

Ah, dank u wel, had hij geantwoord.

Chris dacht dat het eigenlijk niet genoeg was om Barbara Matheson te volgen en online wat gegevens over haar te achterhalen. Je moest er een inbraak voor overhebben als je echt iets belastends over iemand wilde vinden. De computer aanzetten en zijn of haar e-mails lezen. En in het nachtkastje kijken of er soms seksspeeltjes lagen.

Maar de pogingen van vandaag hadden één ding opgeleverd dat zijn nieuwsgierigheid had gewekt. Wie was de vrouw die Barbara in Morning Star had ontmoet? Ze hadden niet lang gepraat. De andere vrouw had niet eens ontbijt besteld. Was ze iemand die informatie aan Barbara doorspeelde? Vallins kon zich niet herinneren deze vrouw ooit in het kantoor van de burgemeester te hebben gezien, maar de gemeente had genoeg mensen in dienst die toegang hadden tot het soort informatie waar Barbara iets mee kon. Hij had haar alleen maar vanaf de overkant van de straat gezien, maar Chris wist zeker dat hij deze vrouw zou herkennen als hij haar nog een keer zag. En hij had haar foto.

Hij hoorde muziek en keek opzij. Een sjofel geklede man kwam zijn kant op, hij duwde een gammele winkelwagen voor zich uit waar niets anders in zat dan een overmaatse gettoblaster uit de jaren tachtig die op tien stond.

'*You can't always get what you want...*'

En zo was het maar net. Hij knikte de man toe toen deze hem passeerde. De man bewoog zijn hoofd op en neer op de muziek en stak zijn duim naar hem op.

Vallins moest onwillekeurig glimlachen.

Barbara kwam eindelijk uit het uitvaartcentrum tevoorschijn en liep terug in de richting van Second Avenue.

Vallins kwam weer in beweging.

Toen de columniste de hoek had bereikt stak ze Twenty-Seventh over zonder haar blik van haar telefoon te halen. Een taxi schoot rakelings langs haar heen en de chauffeur claxonneerde. Barbara stak zonder op te kijken haar middelvinger naar hem op.

Ze liep de megadrogist op de hoek in.

Chris volgde haar naar binnen, maar zag dat ze naar het pad met producten voor vrouwelijke hygiëne liep. Hij wist dat het zou opvallen als hij zich daar ophield, dus hij begaf zich naar de uitgang om haar buiten op te wachten. Hij vond een plekje verderop vanwaar hij de uitgang van de winkel in de gaten kon houden.

Zijn telefoon ging. Hij viste hem uit zijn zak en zag VALERIE op het scherm staan.

'Ja?' zei hij.

'Waar ben je in godsnaam?' vroeg Valerie.

'Ik ben met een klusje voor de burgemeester bezig.'

'Wat voor klusje?'

'Als je dat mocht weten, dan zou hij het je wel verteld hebben.'

Er klonk een zucht aan de andere kant van de lijn. 'Er heeft een tweede liftongeluk plaatsgevonden.'

'Dat meen je niet.'

'Jawel.'

'Waar?'

'Op York, iets ten zuiden van Rockefeller University. Er is een of andere bekende Russische wetenschapper bij om het leven gekomen.'

'Jezus,' zei Chris. 'Ben je daar nu?'

'Ja. En de binnenlandse veiligheidsdienst is er ook.'

'Wat?'

'Ja. Misschien wel vanwege het slachtoffer. Ooit van Vanya Petrov gehoord?'

'Nee. Zou dat moeten?'

'Geen idee.'

Barbara kwam met een klein plastic tasje de drogisterij uit. Ze keek er nog even in, alsof ze zich ervan wilde vergewissen dat ze alles had.

'Ik moet verder,' zei Chris tegen Valerie. Zonder het antwoord af te wachten beëindigde hij het gesprek en stak de telefoon in zijn jack terug.

Barbara liep in noordelijke richting met het tasje in haar linker- en haar telefoon in haar rechterhand. Toen ze Twenty-Eighth Street overstak drukte ze de telefoon tegen haar oor en sprak met iemand. Het duurde niet langer dan dertig seconden, waaruit Chris concludeerde dat ze misschien alleen maar een bericht had ingesproken.

Terwijl ze doorliep leek ze iets op haar telefoon te zoeken. Misschien een ander nummer, iemand anders die ze wilde bellen. Of misschien dat ze een site bekeek en door de laatste berichten scrolde.

Ze schreef per slot van rekening columns, dacht Chris, die een reden probeerde te verzinnen waarom ze toch de hele tijd met die telefoon bezig was. Misschien bekeek ze wel vijftig nieuwssites per dag. En dan belde ze rond, interviewde betrokkenen en verwerkte alle onzin die ze uitkraamden in een nieuw stukje voor *Manhattan Today*. Maar op dit moment, in de nasleep van wat ze onlangs over de burgemeester had geschreven, zou het handig zijn om te weten wat ze las of wie ze probeerde te bellen. En wat had ze eigenlijk in dat uitvaartcentrum te zoeken? Was het simpelweg om haar medeleven over te brengen, of stak er meer achter?

Hij verkleinde de afstand tussen hem en Barbara in de ijdele hoop dat hij kon zien wat er op haar scherm stond voordat ze de telefoon zou wegstoppen of bij haar oor zou houden. Chris had bijzonder veel talenten, vaardigheden waar niemand wat van wist, maar zelfs daar waren grenzen aan.

Tussen Thirtieth en Thirty-Second Street botste Barbara bijna tegen een oudere vrouw op die haar tegemoetkwam. Door haar vleermuisachtige radar wist ze nog net op tijd weg te duiken.

Toen Thirty-Second Street in zicht kwam begon Chris zich zorgen te maken.

Als Barbara had opgekeken toen ze het kruispunt aan de westelijke kant van Second bereikte, had ze het rode DON'T WALK-signaal aan de overkant gezien. Maar Barbara was met andere dingen bezig en liep door.

Op hoge snelheid naderde er een roestig busje dat eens wit was geweest. Het schoot om een stilstaande taxi heen die net een klant oppikte. De bestuurder gaf plankgas om Second over te steken voordat het licht op rood sprong. De motor loeide hees en astmatisch.

Barbara liep het kruispunt op.

Het gebeurde in een fractie van een seconde. Chris verwachtte dat haar schijnbaar aangeboren gevoel voor tegenliggers en andere verkeersgevaren haar wakker zou schudden.

Terwijl het busje doordenderde, realiseerde hij zich met een griezelige helderheid dat dit niet ging gebeuren.

Shit, dacht hij.

24

Toen Jerry Bourque en Lois Delgado hun gesprek met Gunther Willem – de directeur van Simpson Elevator – hadden beëindigd, liepen ze naar de werkplaats achterin om met de andere werknemers te praten. Het bedrijf had er negen, dat was inclusief Willem en de vrouw in het kantoor. Of beter gezegd acht, nu Petrenko van de loonlijst zou worden geschrapt. Er bevonden zich vier op het terrein, en twee waren ergens op locatie.

Bourque en Delgado splitsten zich op, ze namen ieder twee werknemers voor hun rekening. Ze kregen alle vier vragen over de dode man, of ze de laatste weken iets vreemds aan hem hadden opgemerkt, of hij gespannen was, of hij zich zorgen over iets leek te maken. Had Petrenko bepaalde gewoontes die hij voor zijn vrouw verborgen hield? Gokte hij? Gebruikte hij drugs? Had hij iets met een andere vrouw? Ging hij naar de hoeren?

En, tot slot, wie was de man die hem had bezocht? De man met wie hij hier op straat stond te praten?

Geen van allen had Petrenko met de mysterieuze man zien praten.

De twee afwezige werknemers waren voor een onderhoudsbeurt in een flat met elf verdiepingen op Clermont Avenue in Brooklyn, iets ten zuiden van de Brooklyn Navy Yard.

Delgado reed. Ze parkeerden voor het gebouw, liepen de hal in en belden aan bij de conciërge. De twee liften waren buiten werking gesteld tijdens de onderhoudsbeurt, en de monteurs van Simpson Elevator bevonden zich op de elfde etage.

'Kunnen ze er niet één in werking stellen?' vroeg Bourque.

'Dat had ik ze ook gezegd,' zei de conciërge. 'Kunnen jullie ze niet een voor een doen? Maar nee, ze hebben ze alle twee uitgeschakeld. Iedereen in het gebouw klaagt erover.'

'Geen probleem,' zei Delgado. 'We nemen de trap wel.'

Bourque voelde een angstgolf door zich heen gaan.

Zijn longen voelden prima. Hij had zijn inhaler vandaag nog niet gebruikt. De elf etages via de trap zou geen probleem voor hem moeten zijn. Een paar maanden geleden beklom hij de helft met twee treden tegelijk.

Maar dat was een paar maanden geleden.

Zou hij de elfde etage kunnen halen? Wat als zijn luchtpijp onderweg werd samengeknepen? En Bourque kende zijn toestand ondertussen goed genoeg om te weten dat de zorgen om een aanval tot gevolg hadden dat hij er een kreeg.

Ik red me wel, zei hij tegen zichzelf. Dit gaat me lukken. Probeer er gewoon niet aan te denken.

Het was net alsof iemand je zei om niet aan een olifant te denken; het enige wat je daarna nog voor je zag was Dombo.

Dus toen Bourque zich voornam om niet aan de druppels te denken, dacht hij aan de druppels.

'Kom je mee?' vroeg Delgado.

'Ik volg je,' zei hij.

Het gebeurde toen hij bij de derde etage was. Zijn luchtpijp kromp ineen tot een rietje.

Toen ze bijna bij de vierde waren zei Bourque tegen Delgado, die een zestal treden voor hem liep: 'Ik krijg een appbericht binnen.'

Ze keek om en stopte.

'Loop maar door, ik kom eraan,' zei hij terwijl hij zijn telefoon uit zijn jas haalde, naar het scherm keek en knikte alsof hij inderdaad een nieuw bericht had ontvangen.

'Wat is het?'

'Ik heb het gelezen,' zei hij ontwijkend.

Ze hervatte haar tocht over de trappen.

Toen ze in het trappenhuis de hoek om was stopte hij de telefoon terug. Met zijn ene hand greep hij de trapleuning vast om steun te hebben, en met de andere pakte hij de inhaler uit zijn jack.

Maar voordat hij hem naar zijn mond bracht besloot hij het advies van de dokter nog één keer uit te proberen.

Focus je.

Wat had hij ook alweer gezegd? *Focus je op iets anders. Denk bijvoorbeeld: wat zijn de vijf dingen die ik voor me zie. Wat zijn de vijf geluiden die ik hoor.*

Dat was oké. Dat zou hem wel lukken. Noem bijvoorbeeld eens vijf films met Paul Newman.

Je had *The Sting*, *Cool Hand Luke* en *Harper*. Dat waren er drie. O, en dan nog *The Verdict*, en die ene over die gehaaide poolspeler, hoe heette die ook alweer in godsnaam? En waren daar niet twee versies van? Je had het origineel – o ja, *The Hustler*. Een film over een gehaaide poolspeler heette natuurlijk *The Hustler*. Maar toen, vijfentwintig jaar later, deed hij datzelfde karakter herleven in een film met Tom Cruise. Iets met *Color* in de titel. Waar ging die in godsnaam ook alweer over…

Hij had nog steeds geen adem.

Delgado's stem echode vanaf een paar etages hoger: 'Gaat het daarbeneden?'

'Ja!' wist hij uit te brengen. 'Ik kom eraan!'

Hij ademde uit, zette de inhaler aan zijn mond, kneep erin en zoog de medicinale dampen in zijn longen. Hij perste zijn lippen op elkaar, telde tot tien en haalde toen adem. Dit hele proces herhaalde hij nog een keer, waarna hij de inhaler terug in zijn zak stopte.

Jezus, langer dan tien seconden hield hij het niet vol om zijn adem in te houden. Je had van die films waarin James Bond minutenlang onder water bleef om iemand te redden. Hoe speelde hij dat in godsnaam klaar?

Met een inhaler natuurlijk.

Hij voelde dat zijn luchtpijp zich verwijdde en zijn longen zich vulden met de bedompte lucht van het trappenhuis. *En nu naar boven.*

Hij haalde zijn partner in op de negende etage. Zelfs zij was gestopt om op adem te komen, en Bourque schepte er genoegen in haar het nakijken te geven. 'We hebben niet de hele dag de tijd,' zei hij.

'Bekijk het maar,' zei Delgado.

Ze bereikten de elfde etage en aan het eind van de gang, recht voor een geopende liftdeur, zaten twee mannen over een gereedschapskist gebogen. De ene was wit, mager en waarschijnlijk ergens midden veertig, de ander was Afro-Amerikaans, zwaargebouwd en achter in de twintig. Zelfs vanaf het eind van de gang zagen de rechercheurs dat er zich geen lift achter de openstaande deur bevond, alleen maar de betonblokken van de schacht en wat neerhangende kabels.

'Hallo,' zei Bourque.

De donkere man draaide zich om en zei toen tegen zijn collega: 'De politie is er.'

De mannen richtten zich op. Bourque en Delgado toonden hun penning en staken hun hand uit, maar de liftmonteurs sloegen dit af door ze hun door vet besmeurde handpalm te laten zien.

'Ik ben Walter,' zei de oudere man. 'Dit is Terrence.'

Terrence knikte. 'Ze hadden ons verteld dat jullie zouden komen.'

'Dus dan weten jullie waar het over gaat,' zei Delgado.

'Ik kan niet geloven dat Otto dood is,' zei Walter. 'Jezus. Als het dan toch je tijd is om te gaan, is een misstap bij dit beroep het meest logische einde,' waarop hij in de richting van de liftschaft knikte.

'Ja,' zei Terrence, die naar zijn collega gebaarde, 'of dat de een of andere eikel je erin duwt.'

'Wat is er met hem gebeurd?' vroeg Walter.

Bourque speelde het spel en ging hier niet op in, hij stelde de twee mannen dezelfde vragen die hij en Delgado aan de anderen hadden gesteld. Hadden ze de laatste weken iets vreemds aan Otto opgemerkt?

Dat hadden ze niet.

Hadden ze een man gezien die bij Simpson Elevator voor hem was langsgekomen?

Ze schudden wederom het hoofd.

'Waarom?' vroeg Walter. 'Denken jullie dat die man Otto iets heeft aangedaan?'

'We zouden hem graag willen spreken,' zei Delgado.

'Wacht even,' zei Terrence.

'Wat?' vroeg Delgado.

Hij haalde een lap uit zijn zak en begon zijn handen schoon te vegen. 'Luister, ik wilde een auto kopen. En ik ben altijd gek geweest van Mustangs, dus ik ging online om alle advertenties te bekijken. Gewoon om te kijken of ik een goed tweedehandsje kon vinden, want een nieuwe kan ik niet betalen, en ik ben ook eigenlijk niet zo kapot van de laatste modellen. Ik hou van die van 2005, 2006… oké?'

'Ja, oké,' zei Bourque.

'Dus ik vind er een in Queens, en ik bel die gast. Het is een Mustang uit 2005, en hij vraagt er vijfendertighonderd voor… En ik zeg hem dat ik hem dan wel even wil zien, maar dat ik het nogal druk heb. En hij zegt, waar werk je dan, ik kan langskomen, dan kun je hem zien. Dat kan wel eens een koopje worden, denk ik, dus ik zeg, dat is prima. Dus die gast komt langs, wat was het, zo'n twee weken geleden. Hij parkeert de wagen aan de straat en ik kom naar buiten om hem te bekijken en…'

'Terrence is een beetje lang van stof,' zei Walter.

'Dat is oké,' zei Bourque.

Nu hij het meeste vet van zijn handen had geveegd, haalde hij een telefoon uit zijn zak en tikte op het foto-icoontje.

'Ik wilde dus wat foto's van die auto maken, vanuit verschillende hoeken. Ik zei tegen die gast dat ik nog niets had besloten, maar dat het misschien wel een goed idee was om wat foto's te hebben zodat ik mijn geheugen kon opfrissen. Kijk, hier zijn ze.'

Hij hield de rechercheurs zijn telefoon voor en scrolde door de foto's. Er zaten veel close-ups van gedeeltes van de blauwe auto tussen, waaronder een van het achterspatbord.

'Daar zit veel roest. Ik dacht: ik kan er waarschijnlijk zelf wel iets aan doen, maar als ik er nu flink over doorzeur, zakt hij misschien nog wat in prijs. Oké, deze bedoelde ik.'

Hij was bij een foto aangekomen met de hele auto erop, hij stond op straat geparkeerd.

'Kijk, daarachter staat Otto,' zei hij, 'op het trottoir.'

'Mag ik?' vroeg Bourque, die zijn hand uitstak.

Terrence gaf hem de telefoon. Met duim en wijsvinger vergrootte Bourque het beeld en zoomde in op de achtergrond. Er stond een auto achter de Mustang. Een simpele, donkere vierdeurs. Er stond een man tegenaan geleund, hij had zijn armen over elkaar geslagen en was met Otto aan het praten. Hij was wit, zo'n een meter tachtig lang, had grijs haar en leek een pak te dragen. Maar hoe meer Bourque de foto uitvergrootte, hoe onduidelijker hij werd.

'En de auto?' vroeg Delgado.

Bourque zoomde in op de auto. De Mustang op de voorgrond bedekte de helft van het oranjegele nummerbord, en het zichtbare gedeelte was korrelig.

'Een nummerbord van New York,' zei Bourque.

'Dat is al iets specifieker,' zei Delgado.

'De laatste twee cijfers zijn een één en een drie.'

'Dat zou kunnen, ja.'

Bourque tikte een paar keer op het scherm. 'Even zien... wanneer dit genomen is.' Hij kneep zijn ogen samen. 'Ah, daar staat het. De vijftiende van de vorige maand?'

'Dat klopt,' zei Terrence.

'Ik mail deze foto even naar mezelf.'

'O, ja, natuurlijk.'

Bourque tikte wat in en drukte op 'Send'. Een paar seconden later klonk het bekende *ping* van onder zijn jack.

Terrence had Otto's vriend niet beter kunnen bekijken, en hij had er verder nooit meer iets over gehoord. Hetzelfde gold voor Walter.

'En heb je de Mustang gekocht?' vroeg Bourque.

Terrence grijnsde. 'Ja. Voor twee mille.'

Delgado wees naar de open liftdeur. 'Wat is er mis met de lift?'

Walter haalde zijn schouders op. 'Niets, dit is een onderhoudsbeurt.'

Delgado deed een stap dichterbij, stak haar hoofd in het gat en tuurde naar beneden. Elf etages tot aan de bodem.

De lift stond beneden.

'Brr,' zei ze.

Walter grinnikte. 'Dit is nog niets. Je zou eens in Manhattan moeten langskomen. Als je daar naar beneden kijkt, is het alsof je de hel ziet.'

Ze liepen terug naar beneden. Delgado ging achter het stuur van hun rechercheauto zitten. Toen Bourque naast haar zat pakte ze haar telefoon en typte iets in.

'Wat?' zei Bourque.

‘Wacht even.’ Haar telefoon maakte een kort zwiepend geluid. Ze had een appbericht verzonden.

Voordat Bourque het wist hoorde hij zijn telefoon pingen. Hij haalde zijn telefoon uit zijn jack en las Delgado’s beknopte bericht.

Hoi.

Hij keek haar aan.

‘Die was duidelijk te horen,’ zei ze. ‘Vreemd dat ik je telefoon die andere twee keer niet heb gehoord. In het trappenhuis, en op de High Line.’

Ze startte de auto en trapte het gas in.

25

Zou hij haar redden? Of zou hij haar niet redden?

Het was ongelooflijk hoeveel gedachten er zo snel door je hoofd konden schieten. Maar zelfs in de fractie van een seconde waarin Chris Vallins een beslissing moest maken, realiseerde hij zich dat dit een uitgelezen gelegenheid was. Hij zag dat de oplossing van Headleys probleem zich zomaar had aangediend. Deze schrijvende luis in de pels van de burgemeester zou binnen een seconde dood zijn.

Een cadeautje, dat was het.

Maar sommige cadeautjes nam je nu eenmaal niet aan.

Hij schoot vooruit als een olympische sprinter die zonet het startschot had gehoord. Hij hief zijn linkerarm op, met zijn handpalm in de richting van het busje, alsof hij Superman was en het voertuig kon tegenhouden. Maar zelfs al had hij dat gekund, dan zou de opzijschuivende bus haar nog steeds raken.

Barbara keek op van haar telefoon.

Haar hoofd draaide enkele graden in de richting van het busje, maar ze had geen tijd meer om het in zijn geheel te zien. Chris had zijn rechterarm om haar middel geslagen. Het ging zo snel dat ze letterlijk onderuit werd gehaald.

En toen min of meer werd gelanceerd.

Het had nog het meeste weg van een footballtackle. Barbara ging neer en raakte het wegdek vlak achter de hoek van het kruispunt. Chris viel met haar mee, de knokkels van zijn rechterhand schraapten over de grond en zijn handschoen scheurde open. Barbara schreeuwde het uit toen haar rechterelleboog het asfalt raakte, maar het werd overstemd door de piepende remmen van het busje, dat meteen weer met een ronkende motor optrok om het kruispunt over te scheuren. De bestuurder wist kennelijk dat hij niemand had geraakt en maakte zich snel uit de voeten.

Barbara's telefoon schoot uit haar hand en kletterde over de grond, om tegen de stoeprand tot stilstand te komen. Haar plastic tasje vloog door de lucht en de inhoud ervan lag zes meter verder verspreid over het wegdek: een doosje Tampax, een rol Halls-hoestpastilles met citroensmaak en een flacon shampoo.

'Shit!' riep ze uit. In plaats van op te staan rolde ze op haar rug. Ze kermde en greep naar haar elleboog. 'Verdomme!'

Chris was ook hard geland, maar hij wist tenminste wat er ging komen en had een rol over het asfalt gemaakt. Terwijl hij moeizaam opstond, had zich een groepje mensen om hen heen verzameld. Een oudere vrouw, die Barbara's telefoon had opgepakt, wierp hem een blik toe en zei: 'Goed gedaan!'

Terwijl ze over Barbara heen gebogen stond, klaar om haar de telefoon aan te reiken, vroeg ze: 'Moet ik een ambulance bellen?'

'Nee, ik denk… ik denk dat het wel gaat,' zei Barbara. 'Het doet alleen zo'n pijn, godverdomme.'

Chris zag dat Barbara haar elleboog bevoelde om uit te vinden of hij gebroken was. Ze kon hem bewegen zonder het uit te schreeuwen, dus dat was een goed teken. Ondanks het directe contact dat ze hadden gehad was Chris er zeker van dat ze hem niet had gezien. Ze wist niet wie haar uit de baan van het busje had weggetrokken. Haar beschermengel kon een onbekende blijven.

Perfect.

Hij hoefde alleen maar weg te lopen en zich tussen de voetgangers te mengen. Hij begon in noordelijke richting te lopen.

'Hé!'

Chris wist precies wie het was, en naar wie er geroepen werd.

'Jij! Met die pet op!'

Hij trok de baseballpet dieper over zijn voorhoofd en draaide zich langzaam om. Barbara was zich aan het oprichten. De oudere vrouw was doorgelopen, maar een jongeman in een U.S. Postal Service-uniform, en een kleine, rond geschouderde vrouw met een vol boodschappenwagentje stonden haar bij. Iemand had haar drogisterijartikelen verzameld en ze terug in het plastic tasje gedaan. Barbara stond nu weer en keek hem aan.

Chris wees op zijn borst, alsof hij het niet begreep.

'Ja, jij!' zei ze terwijl ze naar hem wees. 'Jezus, speel je soms bij de Jets?'

Ze gaat me herkennen, dacht hij. Ik moet haar voor zijn. Laat haar niet degene zijn die...

Hij deed een stap in haar richting en veinsde verbazing. 'Maar... Jij bent het!'

Barbara knipperde met haar ogen, alsof ze probeerde te focussen. 'Wat?'

Hij nam de pet af. 'Ik zat gisteren in de limo. Ik werk voor de burgemeester.'

Haar verbazing leek volkomen oprecht te zijn. 'Dat is toch niet te geloven. Jij? Eh... Chris... nog iets.'

'Vallins.' Hij liep naar haar toe en keek de man en vrouw die haar flankeerden aan. 'Het is goed,' zei hij tegen hen. 'Ik regel het wel verder.'

Ze knikten, opgelucht dat ze er niet meer mee waren opgezadeld.

'Waarom probeerde je je nou uit de voeten te maken? Je hebt verdomme mijn leven gered.'

Hij haalde zijn schouders op. 'Je leek niets ernstigs te hebben, ik dacht dat ik niet meer nodig was. Je hébt toch niets ernstigs?'

'Nee, ik geloof van niet, maar mijn elleboog doet verschrikkelijk veel pijn.'

'Ik zou ernaar laten kijken. Je zou even naar het ziekenhuis moeten gaan.'

'Ik heb genoeg van ziekenhuizen,' zei ze. 'Ik denk dat er gewoon wat ijs op moet.'

Chris leek iets in overweging te nemen. 'Luister, ik woon hier een paar straten verderop, en als ik geen ijsblokjes heb, dan staan er in elk geval nog diepvriesmaaltijden in de vriezer.'

Ze keek hem argwanend aan.

'Hoe heb je het allemaal uitgedokterd?' vroeg ze.

'Het was een simpele tackle. Niets bijzonders.'

'Nee, dat bedoel ik niet. Was die bestuurder van het busje erbij betrokken? Hij wachtte tot ik overstak, en jij stond klaar om te duiken?'

Zijn sceptische blik kruiste de hare. 'Hoe verzin je het. Ja, ik kom uit een familie van samenzweerders. Mijn pa heeft nog met de enscenering van de maanlanding geholpen. Wil je nou ijs op je elleboog of niet?'

26

Burgemeester Headley volgde Brian Cartland van de binnenlandse veiligheidsdienst, hoofdcommissaris Annette Washington en Martin Fleck van Bouw- en Woningtoezicht naar het trappenhuis. De brandweercommandant, die er kennelijk al eerder met Fleck was geweest, bleef in de hal achter.

Headley huiverde bij de gedachte dat ze de trappen naar de hal bovenin zouden moeten beklimmen om de rest van Vanya Petrov aan te treffen. Maar het bleek dat ze niet verder dan de eerste etage gingen.

Ze liepen door de hal naar de vier liften toe, bij een waren de deuren geopend. Een agent hield er de wacht, hij moest natuurlijk de mensen weghouden omdat er zich geen lift achter de openstaande deuren bevond. Niet een waar mensen in konden stappen, tenminste.

Maar wel een waar je óp kon stappen.

Aangezien de lift op de begane grond stond keken de burgemeester en de anderen naar het dak van de cabine. Er liepen twee grote, diagonale stalen balken over het midden waar kabels en metalen kistjes met knoppen erop aan waren bevestigd. En er liepen ook keurig samengebonden elektrische kabels overheen. In de verre hoek links zat iets wat op een luik leek.

Headley wees ernaar. 'Dat is waar de mensen eruit kunnen?'

'Ze kunnen via het luik uit de cabine worden bevrijd,' zei Fleck. 'Maar het is niet zoals in films waarin je ziet hoe passagiers het opzijduwen en uit de lift klimmen. Het zit op slot en kan alleen door liftmonteurs worden geopend.'

Headley wees aarzelend naar het gat. 'Kan ik mijn hoofd erin steken?'

Fleck knikte.

De burgemeester ging bij de rand staan, pakte met een hand de zijkant van de muur vast en boog zich voorover. Hij rekte zijn nek uit en keek omhoog.

'Jezus,' zei hij terwijl hij zichzelf weer de hal in trok. 'Maar goed, wat wilden jullie me laten zien?'

Cartland wees naar een plek bij het luik. 'Ziet u dat?'

Headley tuurde. 'Wat?'

Cartland keek Fleck aan. 'Kunt u het laten zien?'

Fleck stapte doodgemoedereerd vanaf de vloer op het dak. Headley was de enige die even slikte. Maar de cabine stond op de begane grond en was solide. Hij stapte over een van de twee balken heen en bevond zich nu aan de verre kant van het dak.

Hij knielde neer en wees op een klein zwart doosje, niet groter dan een telefoon maar wel dikker, waar een soort zwart staafje uitstak. 'Dat is een antenne,' zei Fleck. 'En dit,' zei hij terwijl hij op het doosje wees, 'is een gaatjescamera die op afstand bediend kan worden.'

Headley keek ernaar. 'Ga door.'

'Iemand heeft een gaatje in het dak geboord zodat je kunt zien wat er in de lift gebeurt.'

Fleck stond weer op en leunde tegen een van de balken. Hij had net zo goed tegen een boom in een park kunnen staan, zo ontspannen stond hij erbij.

'Het lijkt me niet zo vreemd dat er een beveiligingscamera in een lift zit,' zei Headley.

'Mensen denken altijd dat er overal camera's zijn,' zei Fleck, 'maar die hoeven zich niet per se in de lift te bevinden. Er kunnen camera's in de hal of in de gang zijn bevestigd, zodat je kunt zien wie er allemaal in en uit de lift gaan. Maar in de cabine zelf? Dat komt niet zo vaak voor. Met goederenliften is het dikwijls een ander verhaal. Dan wil men graag een oogje in het zeil houden.'

'Maar er zullen vast wel gebouwen zijn met camera's in de personenliften,' zei de burgemeester.

'Dat klopt,' zei Fleck. 'Maar we hebben het management van het gebouw gesproken, en in deze lift zit geen camera. En in de andere drie ook niet.'

Headleys blik ging van de geheim agent naar de politiecommissaris. Ze keken grimmig.

'Alleen deze,' zei Cartland nadrukkelijk. 'O, en nog een andere.'

Headley wachtte.

'We hebben de lift van gisteren bekeken, die had ook een cameraatje op het dak. Net zo een als deze. Het was de enige lift in het gebouw waarmee geknoeid was.'

'Jezus,' zei Headley.

'Er is dus een duidelijke link tussen deze twee gebeurtenissen,' zei Annette Washington. 'Hetzelfde soort camera, en op dezelfde manier bevestigd.'

'Jullie willen me dus zeggen dat iemand alles wat er gebeurde heeft kunnen volgen. Iemand heeft kunnen zien hoe die mensen gisteren zijn gestorven, en hoe die wetenschapper vanochtend werd onthoofd.'

Niemand zei iets.

'Godverdomme.' Hij wees naar de camera, toen naar de balken en de andere onderdelen die zich op het dak van de lift bevonden. 'Zijn er ook vingerafdrukken?'

'Daar werken we aan,' zei Washington.

'Hoe zit het met de beveiligingscamera's in de hal?'

'We weten niet wanneer die camera op het dak is bevestigd,' zei Cartland. 'Het kan een week, een maand of een jaar geleden zijn geweest. Meneer Fleck zal in zijn kantoor moeten checken wanneer deze lift voor het laatst is geïnspecteerd, want zo'n cameraatje zie je waarschijnlijk niet over het hoofd. Dat zou betekenen dat het in elk geval na zo'n inspectiebeurt is bevestigd.' Hij zuchtte. 'We weten niet hoe ver van tevoren dit is gepland.'

'Mijn ervaring is dat iemand in een overall en met een veiligheidshelm op overal kan komen waar hij wil,' zei Fleck.

'Dit is ongelooflijk,' zei Headley, die zich tot Fleck richtte. 'Het is verdomme jouw afdeling! Letten jullie dan niet op dit soort dingen?'

Fleck gaf geen krimp. 'Nee. We inspecteren de mechanische en veiligheidsaspecten. Maar zoals meneer Cartland al zei, er is een redelijk grote kans dat onze mensen zo'n camera zouden hebben opgemerkt.'

Headley bleef zijn pijlen op Fleck richten. 'Een "redelijk grote kans"?'

Cartland schraapte zijn keel. 'Als u nog de kracht hebt om nog een paar etages naar boven te lopen, meneer Fleck heeft nog iets wat hij u wil laten zien.'

Headley huiverde bij de gedachte dat hij het onthoofde lichaam moest aanschouwen. Het leek hem niet nodig dat hij het zou zien. 'Bespaar je de moeite als jullie bedoelen dat we de rest van dr. Petrov gaan bekijken. Ligt haar lichaam daar eigenlijk nog steeds?'

Cartland knikte ernstig.

'Alleen haar hoofd was genoeg,' zei de burgemeester.

Fleck zwaaide zijn been over de balk en stapte terug de hal in. Hij klopte het stof van zijn kleren en keek Headley aan. 'Nee, we willen u iets anders laten zien.'

'Wat dan?'

'Let maar op,' zei Fleck. 'Het wordt alleen nog maar erger.'

27

Ze reden over de Queensboro Bridge terug naar Manhattan. Terwijl ze haar ogen op de weg gericht hield zei Lois Delgado: ‘Oké, vertel.’

‘Wat moet ik vertellen?’ zei Jerry Bourque.

Ze wierp hem een zijdelingse blik toe. ‘Wat is dat met die appjes die geen appjes zijn? Ik heb oren aan mijn hoofd, hoor. Ik zou het hebben gehoord als iemand je iets stuurde.’

Hij zei niets en keek voor zich uit.

‘Je hebt geen adem,’ zei ze. ‘Je zit stiekem aan dat ding te hijsen.’

Nu wierp hij haar een blik toe.

‘Wat? Wat voor rechercheur zou ik zijn als ik dat niet had gemerkt?’

Bourque keek naar buiten en zei: ‘Ik gebruik hem af en toe, ja.’

Ze zuchtte. ‘Het is geen allergie of bronchitis of iets dergelijks, hè? Als dat zo was, zou je het niet verborgen houden. Het zit in je hoofd.’ Voordat hij kon antwoorden, zei ze: ‘Shit. Het is toch geen kanker? Of een emfyseem? Ik heb je nog nooit zien roken.’

‘Ik heb geen kanker en ik heb geen emfyseem.’

‘Dus het is dat andere.’

Hij zei niets.

‘Misschien ben je te snel weer aan het werk gegaan.’

‘Ik heb twee weken vrij genomen. Daarna was het goed. Ik had net zo goed twee jaar kunnen nemen, het zou niets hebben uitgemaakt.’

‘Dat weet je niet,’ zei Delgado. ‘Wat jij hebt meegemaakt… zoiets kan je kapotmaken. Het is helemaal geen schande om weg te blijven tot je er klaar voor bent.’

Ze besloot niet verder aan te dringen en reed nog een kilometer door zonder iets te zeggen, behalve 'Klootzak' toen ze door een taxi werd afgesneden.

'De dokter zegt dat het niets fysieks is,' zei Bourque uiteindelijk.

'Oké.'

'Het is... Zoals je al zei, het is een reactie op stress.'

Ze knikte. 'Dus... op zulke momenten wordt je luchtpijp samengeknepen?'

Hij knikte. 'Min of meer. Nadat ik een paar pufjes van de inhaler heb genomen is het weg. Tot de volgende keer.'

'En het is meteen na die toestand begonnen?'

Hij schudde zijn hoofd. 'Nee, drie of vier maanden later. Ik had veel slaapproblemen. En als ik dan eindelijk insliep, had ik nachtmerries. En toen kwamen er overdag van die aanvallen waarin ik geen adem meer kreeg. Mijn geheugen wordt door iets getriggerd, en dan begint het.'

'Je moet het jezelf niet verwijten,' zei Delgado. 'Het was jouw schuld niet. Is dat het soms? Schuld? Want je hebt niet anders gehandeld dan ik zou hebben gedaan.'

'Zeg dat maar tegen dat kind.'

'Jij en ik weten allebei dat Blair Evans de enige schuldige is. Wat moest je anders doen? Daar blijven staan en je door hem laten neerschieten? Er is onderzoek naar geweest. Je hebt niets verkeerds gedaan.'

'Ik had die kogel moeten opvangen. Misschien dat er wel geen enkel vitaal orgaan zou zijn geraakt.'

'Moet je jezelf nou horen. Recht tussen je ogen, dat zou waarschijnlijker zijn geweest.'

Bourques stem zakte. 'Ik had erop bedacht moeten zijn. Ik wilde mijn pistool trekken, maar ik was niet snel genoeg.'

'Nou, die klootzak heeft in elk geval zijn verdiende loon gekregen toen hij de weg op rende en onder een dubbeldekker terechtkwam. Opgeruimd staat netjes. Luister, jij loopt voor het Waldorf en je hoort een schot. Die Evans komt met een pistool in zijn hand de entree uit gerend, je hebt nauwelijks tijd om te reageren. Je roept: "Geen beweging!" Hij richt op je, haalt de trekker over, en je duikt weg. Precies wat ik ook zou hebben gedaan.'

'Ik wist niet dat ze achter me stond,' zei hij, zo zacht dat Delgado het bijna niet kon horen.

'Hoe had je dat kunnen weten, Jerry? Je hebt toch geen ogen in je rug? Als zij het niet was geweest, zou die kogel net zo lang over Park Avenue zijn gevlogen tot hij iemand anders vond.'

'Haar naam was Sasha.'

Ze knikte. 'Ik weet het.'

'En haar baby heet Amanda.'

'Ook dat weet ik.'

Bourques stem werd nog zachter. 'Er zaten bloeddruppels op Amanda's gezicht. Ze zat in zo'n draagbaar, op haar rug, en ze keek op. Stel je voor dat je veertien maanden oud bent... en dat je dan ziet hoe je moeder... een kogel door haar hoofd krijgt. En je haar bloed proeft als de druppels op je lippen terechtkomen.'

Delgado wist niet wat ze hierop moest zeggen.

'Het zijn die bloeddruppels die ik zie. Zodra ik mijn ogen dichtdoe zie ik die druppels.'

'Je zou met iemand moeten praten.'

Bourque keek zijn partner aan. 'Ik praat met jou.' Toen hij inademde hoorden ze beiden een gefluit. 'O, shit,' zei hij.

Hij nam de inhaler uit zijn zak en wipte het kapje eraf. Voordat hij hem aan zijn mond kon zetten glipte hij door zijn vingers en belandde bij zijn voeten op de vloer. 'Dat stomme ding glipt de helft van de tijd door mijn vingers.' Hij kon er niet bij, dus hij klikte zijn autogordel los zodat hij voorover kon buigen om hem te pakken.

Hij nam een paar pufjes en stopte hem terug in zijn jack.

'Wat zou er met je gebeuren als je dat ding niet had?' vroeg Delgado.

'Die vraag heb ik mijn huisarts ook gesteld. Hij heeft me er nooit antwoord op gegeven.'

28

'Hier is het,' zei Chris Vallins tegen Barbara Matheson. Hij stopte voor de deur van een simpel, witstenen appartementencomplex aan de zuidelijke kant van East Twenty-Ninth Street, tussen Second en Third. 'Dit is mijn huis.'

Er zat een ongeschoren man van in de veertig of vijftig op het trottoir, hij leunde met zijn rug tegen het gebouw en had een papieren beker met wat kleingeld erin voor zich staan. Zijn kleren waren vuil en versleten, maar hij droeg een blauwe sweater die er nog relatief nieuw uitzag.

'Hoi,' zei Chris tegen de man, die alle kenmerken van een dakloze had.

Hij keek naar Chris op en glimlachte. 'Hé, gabber!' zei hij. 'Hoe gaat-ie?'

'Niet slecht. En met jou?'

'*It's a beautiful day in this neighborhood*,' zong hij. '*A beautiful day for a neighbor. Will you be mine?*'

Chris grijnsde. 'Hoe bevalt de sweater?'

De man greep zijn nieuwe aanwinst met beide handen vast, trok eraan en liet hem weer los. 'Helemaal prima. Niet slecht om te hebben als er 's avonds geen plek in de opvang meer is. Heb je er nog een paar?'

'Ik zal eens in de klerenkast kijken. Maar ondertussen,' zei Chris, die zijn handschoenen uittrok, 'heb ik wel deze voor je.' Het leer van de rechtervingers was opengescheurd door de val die Chris had gemaakt.

'Nee, dat kan ik niet aannemen,' zei de man, die ondertussen wel zijn hand uitstrekte.

'Ik ben bang dat de rechterhandschoen een beetje beschadigd is.' Vallins keek naar zijn opengehaalde knokkels. 'Mijn hand ook, trouwens.'

Barbara zag zijn hand. 'Sorry, dat is mijn schuld.'

Chris haalde zijn schouders op, zijn aandacht was nog steeds bij de dakloze man, die de handschoenen al aan het aantrekken was. 'Passen ze?'

De man grijnsde en zei: 'Niet slecht. Heb je nog een bon voor als ik ze wil ruilen?'

'Die heb ik geloof ik niet meer.'

De dakloze man wierp een blik op Barbara en zei: 'Wees zuinig op hem.'

'O, nee,' zei Barbara. 'We zijn geen...'

'Dit is een vriendin van me, Jack. Barbara.'

'Hallo, Barbara.'

'Aangenaam, Jack.'

'Jack is een onderscheiden Afghanistan-veteraan.'

Barbara knikte de man beleefd toe terwijl Chris de voordeur opende en zei: 'Ik zie je later, Jack.'

De dakloze man stak zijn duim naar hem op.

Toen ze de hal binnenliepen zei Barbara: 'Ik had hem iets moeten geven.'

Chris schudde zijn hoofd. 'Maak je geen zorgen. Gooi anders straks een dollar in zijn beker.'

Ze namen de lift naar de veertiende etage, liepen een hal door en betraden zijn appartement. Chris liep meteen door naar de keuken. 'Kijk maar rond, dan haal ik wat ijs.'

Hij was aan het rommelen in de vriezer van zijn koelkast terwijl Barbara het uitzicht bewonderde.

'Als je tussen die twee gebouwen links kijkt,' riep hij vanuit de keuken, 'dan zie je een heel klein stukje van de East River.'

'Toen dit appartement werd aangeboden hadden ze het natuurlijk over een "schitterend uitzicht op de rivier",' zei ze terwijl ze haar pijnlijke elleboog vasthield.

'Precies. En daarom kwam er nog eens tweehonderd per maand bij,' zei hij. 'Als er een boot voorbijkomt is het alsof je hem door een sleutelgat ziet.'

Hoewel het uitzicht niet grandioos was kon je het een fatsoenlijk appartement noemen. De woonkamer was ruim genoeg, met een glazen schuifdeur die naar een balkon leidde dat groot genoeg was voor twee stoelen. Een blik in de gang wees uit dat er drie deuren waren, dus een badkamer en twee slaapkamers. Niet slecht. Barbara zou een moord hebben gepleegd voor een tweede slaapkamer; die had ze dan als werkkamer kunnen gebruiken, zodat ze niet meer aan de keukentafel hoefde te werken. De meubels waren modern, en er was de gebruikelijke wand met een flatscreen-tv, een hifi-installatie en planken waar speakers, cd's, dvd's, boeken en een paar ingelijste foto's op stonden.

Ze liet haar wijsvinger langs de ruggen van de boeken glijden. Als ze in een vreemd huis was wilde ze altijd weten wat de bewoners lazen, of wat er in elk geval van te zien was. Vallins leek een voorkeur voor non-fictie te hebben. Geschiedenis, politiek. Hij had zelfs een exemplaar van de memoires van de sportheld, een van de boeken waar Barbara de ghostwriter van was geweest.

Misschien zou ik het moeten signeren, dacht ze.

Haar blik viel op een van de foto's. Een jonge, grijnzende Chris van zo'n zeven jaar die tussen zijn vermoedelijke ouders in stond – het drietal leunde tegen een roestige MPV. Het zag eruit als een vakantiekiekje, en wie het ook was die hem had genomen, het was een van die amateurfotografen geweest die dachten dat je de volledige persoon – dus van top tot teen – erop moest hebben staan. Ze droegen alle drie afgeknipte spijkerbroeken, T-shirts en gymschoenen. Het leek alsof er kampeerspullen op het imperiaal waren gebonden. Iedereen zag er gelukkig uit. Je hoefde niet in het Ritz Hotel te zitten om een geweldige tijd te hebben.

Barbara wierp een blik op de keuken. Glanzende kastjes, een klein kookeiland met een granito bovenkant, een oven van Wolf met rode knoppen en een koelkast van Sub-Zero. Vallins mocht dan misschien van eenvoudige komaf zijn, tegenwoordig boerde hij blijkbaar goed.

Hij wees naar een kleine ronde tafel die in de hoek bij het raam stond. Er stonden twee opengeklapte laptops met verduisterde schermen op. 'Laat me wat ruimte maken,' zei hij terwijl hij ze dichtklapte, op elkaar zette en naar het aanrecht verplaatste. 'Ga zitten.'

Ze ging zitten.

Hij hield een bevroren pak groente in zijn hand, zette het op de tafel en tilde voorzichtig haar arm op om haar elleboog erop te laten rusten.

Ze wierp een blik op het etiket en zei: 'Oosterse roerbakgroenten. Dit wordt dus een Chinese behandeling.' Ze huiverde. 'Oei, dat is koud.' Ze rolde haar mouw op, maar het pak was te koud voor haar blote huid. Ze rolde de mouw weer terug en liet haar elleboog weer op het pak rusten.

'Ik denk dat je naar het ziekenhuis moet gaan.'

'Ik ga niet dood, hoor.' Er verscheen zelfs iets van een grijns. 'Zo slecht ben ik er niet aan toe. Je tackelt als een mietje. Hoe is het met je hand? Moet daar ook niet een pak roerbakgroenten op?'

Hij bewoog zijn vingers in de lucht. 'Ze werken nog.' Hij liep terug naar de koelkast. 'Ik denk dat dit beter werkt.' Hij hield een flexibele zak met blauwe gel op.

'De roerbakgroenten doen het prima.'

Hij deed de deur van de vriezer dicht. 'Wil je koffie? Ik heb een espressoapparaat voor één kopje.'

'Heb je nooit bezoek?'

Vallins negeerde de vraag. 'Wel of geen koffie?'

'Nou, liever een glas water en een Tylenol, als je die hebt.'

Hij trok een keukenkastje open om een glas te pakken, en een andere om het potje pijnstillers te pakken. Hij vulde het glas onder de kraan en schudde twee pillen op de tafel. Ze stopte de pillen in haar mond en spoelde ze met haar goede hand weg.

'Ik moet nog een probleem tegenkomen dat niet met drugs en/of alcohol kan worden opgelost,' zei ze.

'Wil je er misschien een biertje bij dan?'

Ze schudde haar hoofd. 'Nee, water is goed.' Ze zweeg even. 'En, vertel me eens over je vriend van zonet.'

'Wat valt erover te vertellen? Heeft zijn land gediend en is teruggekomen. Een posttraumatische stressstoornis. Raakte zijn baan kwijt. Heeft geen familie meer. Niemand die hem steunt. Einde oefening. Zo lopen er miljoenen rond.'

'Maar jij helpt hem,' zei Barbara.

Hij haalde zijn schouders op. 'Niet echt. Of niet zo veel als ik zou kunnen, of moeten.'

Ze keek hem aan en kneep haar ogen samen, alsof het intensiveren van haar focus haar een dieper inzicht zou verschaffen.

'Dus,' zei ze langzaam.

'Ja?' Chris keek haar met opgetrokken wenkbrauwen aan.

'Je was me aan het volgen.'

'Nee hoor.'

'Dat moet haast wel.'

Hij schudde bedachtzaam zijn hoofd. 'Denk je dat je zo belangrijk bent?'

'Waarom heb je je zo uitgedost?'

'Wat bedoel je?'

'Een baseballpet. Een leren jack. Een spijkerbroek... Hou op, zeg. Je wilde er niet zo uitzien als in de limo gisteren.'

'Als ik een vrije dag heb,' zei hij, 'dan draag ik geen pak met stropdas.'

'Het is dinsdag.'

'De burgemeester heeft het altijd druk in het weekend. Soms werk ik op zaterdag en zondag, en dan heb ik door de week een dag vrij.'

'Ik geloof er niets van.'

'Oké, laten we zeggen dat ik je volgde, wat niet zo was. Dan zou zo'n actie me ontmaskeren, toch?'

Barbara nam dit in overweging. 'Misschien was de hele toestand wel in scène gezet om mijn vertrouwen te winnen. Dat ik geréd zou worden.'

'Ja hoor. Ik had het zo geregeld dat dat busje er precies op het moment was dat jij de straat overstak, en jij werkte fantastisch mee door de hele tijd als een volslagen idioot naar je telefoon te zitten kijken.'

Ze beet op haar onderlip. 'Goed, waar ging je dan heen als je me niet aan het volgen was?'

'Verderop in de straat is een bar waar ik wel eens lunch.' Hij keek haar argwanend aan. 'Wat had jij eigenlijk in mijn buurt te zoeken? Hoe kan ik weten dat je hier niet aan het rondneuzen was om míjn gangen na te gaan?'

'Alsjeblieft, zeg.'

'Laat me je dit vragen. Doe je altijd zo als iemand je leven heeft gered? Iemand uithoren? Je had ook gewoon dank je wel kunnen zeggen.'

Barbara zei een paar seconden niets, alsof ze zich ertoe probeerde te zetten om iets aardigs te zeggen. 'Oké,' zei ze langzaam. 'Dank je wel. En het spijt me dat je je hand hebt bezeerd.'

'Genoeg. Ik word er verlegen van.'

'Het kan nog steeds zijn dat je me volgde, maar dat je vond dat je in moest grijpen toen ik er bijna was geweest. Dat je voelde dat je geen andere keuze had. Daarom probeerde je ook ongezien weg te glippen.'

'Werken de roerbakgroenten?' vroeg hij.

Ze tilde even haar elleboog op. 'Er steekt een stukje bevroren bloemkool in mijn vel.'

Hij stond op, liep naar de vriezer en kwam met het pak blauwe gel terug. Terwijl ze haar elleboog erop legde gooide hij de roerbakgroenten terug.

'Heb je ook eetbaar voedsel hier?'

Hij trok de koelkastdeur open zodat ze erin kon kijken. Hij was nagenoeg leeg.

'Dit zou mijn huis kunnen zijn,' zei Barbara. 'Ik geloof niet dat je vaak boodschappen doet.'

Hij haalde zijn schouders op.

'Mag ik je iets vragen?'

'Nog meer vragen over hoe ik je bijna-doodervaring heb geënsceneerd?'

Ze schudde haar hoofd. 'Ga zitten.' Dat deed hij. 'Headley. Wat doe je precies voor hem? Wat is je aanspreektitel?'

'Ik ben onlangs geridderd, dus je mag me nu sír Vallins noemen.'

'Grappig, ik dacht dat je de hofnar was.'

'Ik zit in het stafteam van de burgemeester. Ik assisteer.'

Barbara glimlachte. 'Hoe assisteer je dan?'

Hij boog zich naar haar toe. 'Op welke manier dan ook. Beveiliging, projectbegeleiding, onderzoek, wat dan ook.'

'Beveiliging?'

Hij knikte.

'Heb je een vergunning voor het bedekt dragen van een wapen?'

'Sorry?'

Ze rolde met haar ogen. Ze wist dat hij wist waar ze het over had. 'Draag je een blaffer?'

'Zei je nu serieus "een blaffer"? Zitten we hier in een Scorsese-film?'

'Laat me je pistool zien.'

'Om te beginnen,' zei Chris, 'heb ik geen zin om op die vraag in te gaan. En als ik die vergunning had, die ik niet heb, dan zou ik geen wapen op mijn vrije dag dragen.'

Ze zuchtte. 'Goed. Dus je assistéért de burgemeester. Dus als je mij schaduwt, valt dat onder assisténtie.'

'Jij kunt maar één ding, hè?'

'Oké.' Ze liet het verder voor wat het was. 'Vertel me over hem.'

'Onder ons?'

'Onder ons. Op het graf van mijn moeder.'

Vallins haalde zijn schouders op. 'Het is een eikel.'

'Dat zou ik nu geen scherp inzicht willen noemen. Dat weet de halve wereld al.'

'Maar zelfs al is hij dat, je weet niet hoe het er in de echte wereld aan toegaat.'

'Dat verhaaltje heb ik al eerder gehoord,' zei Barbara.

'Alles heeft zijn prijs in deze stad.'

'Dat alles zijn prijs heeft hoeft nog niet te betekenen dat je opdrachten toeschuift aan mensen die je campagne hebben gesteund.'

'Heb je ooit een baan gekregen omdat je er iemand kende? Iemand die een goed woordje voor je deed? Ken je iemand die níét op zo'n manier aan zijn baan is gekomen? De ene hand die de andere wast?'

'Zo zou het niet op het stadhuis mogen werken.'

'Stel dat jij nu burgemeester werd. Of... ik weet niet, hoofdredacteur van de *Times*. Zou je niet iemand binnenhalen om de boel beter te laten lopen? Mensen met wie je in het verleden hebt gewerkt, mensen wier vaardigheden en reputatie je kent? Mensen die je altijd hebben gesteund, en voor wie je nu iets terug kunt doen? Of totale vreemden, zodat niemand je van nepotisme kan betichten? En wat als het een mislukking wordt met die nieuwe mensen?'

Ze besloot om een andere richting in te slaan. 'Wat is dat tussen de burgemeester en Glover? Wie haat de ander het meest?'

Vallins sprak langzaam, hij koos zorgvuldig zijn woorden. 'De vader-zoondynamiek is een gecompliceerd iets.'

'Zeer diplomatiek.'

'Glover... wil altijd indruk op zijn vader maken. Het ligt niet makkelijk.'

'Omdat Headley nooit tevreden is, of omdat hij het niet waar kan maken?'

'Een beetje van allebei.'

Barbara knikte. 'En waarom is de overheid betrokken bij die liftongelukken?'

Vallins knipperde met zijn ogen. 'Ik kan je niet meer volgen, zijn we nu klaar met Glover?'

'Is het de binnenlandse veiligheidsdienst?'

'Waar heb je het over?'

'In elk geval één stel familieleden die iemand in het ongeluk van gisteren hebben verloren is gezegd om er niet over te praten en geen vragen te stellen. Door een man in een donker pak en een donkere SUV, die klonk alsof hij zo uit een film was gestapt. Alleen de Ray-Ban ontbrak nog.'

'Ik heb geen idee,' zei Chris. 'Dat moet je ze zelf maar vragen. En wat is het volgende waar je het over wil hebben? Het lijkt wel of je een lijst afwerkt die je in je hoofd hebt.'

Ze keek een paar seconden lang in zijn bruine ogen. 'En wat is jouw verhaal? Wie ben je? Waar kom je vandaan?'

'Ik ben opgegroeid in Queens. Toen ik in de twintig was ben ik naar Manhattan verhuisd.'

'En wat doen je ouders?'

'Mijn vader was bouwvakker, hij stierf toen hij door een vallende balk werd getroffen. Mijn moeder was altijd huisvrouw, daarna is ze een tijd gaan werken.'

Haar gezicht verzachtte. 'Sorry.'

Hij haalde zijn schouders op. 'Ik was tien toen mijn vader overleed.'

'Heb je gestudeerd?'

Chris schudde zijn hoofd. 'Daar was geen geld voor. Steeds als ik moest leren hoe ik iets moest doen kwam ik iemand tegen die het al kon, en zo leerde ik het vervolgens. Vanaf mijn dertiende heb ik allerlei baantjes gehad. En vóór die tijd had ik een tante die me hielp waar ze kon en die me geld gaf, hoewel ze niet rijk was of zoiets. Ik heb in een slagerij gewerkt, in een winkel voor computerreparatie, en ik heb beveiligingswerk gedaan toen ik in de twintig was. Soms deed ik het allemaal tegelijkertijd, dan ging ik van de ene dienst naar de andere.' Hij glimlachte. 'Ik ben een snelle leerling. Als je me eenmaal hebt laten zien hoe je iets moet doen, dan weet ik het voor altijd.'

'Dus je hebt geen football op de universiteit gespeeld. Waar heb je dan die tackle geleerd?' zei ze glimlachend.

'Het tackelen van vrouwen zit in mijn genen.'

'Hoe ben je in het team van Headley terechtgekomen?'

'Ik ben onderaan begonnen tijdens zijn campagne en werd toen ontdekt. Als een filmster.' Hij haalde zijn schouders op. 'En jij?'

'Wat is er met mij?'

Hij boog zich naar haar toe. 'Waarom ben je zo kwaad?'

Ze fronste. 'Ik ben niet kwaad.'

'Kom op, ik lees je stukken al jaren. Je bent een enorme boze bitch, en dat bedoel ik als compliment. Woede is de beste drijfveer, toch? Jij gebruikt woorden als een wapen.'

Barbara verschoof haar elleboog op het pak gel. 'Het is geen woede,' zei ze afwerend. 'Ik hou gewoon niet van onrecht en hypocrisie.'

'Nee,' zei hij hoofdschuddend. 'Het gaat dieper. Er is iets gebeurd. Iets heeft je veranderd. Wat was het?'

'Ga me hier niet zitten analyseren.'

Hij bleef haar bestuderen. 'Denk je dat uit al je stukken niet blijkt wie je bent? Ik weet je schoenmaat misschien dan wel niet, maar ik weet wie je bent.'

'En wie ben ik dan?'

'Iemand die een rekening te vereffenen heeft. Laat die arm eens zien.'

Hij pakte voorzichtig haar pols, alsof ze anders zou ontsnappen, en bevoelde haar elleboog met zijn andere hand. Barbara hield hem niet tegen.

'Dat kale hoofd van je,' zei ze terwijl ze het bestudeerde. 'Wil je soms op Dwayne Johnson lijken? Scheer je het, of was je al alles voor je eerste schoolbal kwijt?'

'Ik heb geen geld voor een kam of conditioner.' Hij hield nog steeds haar arm vast.

Ze zwegen allebei.

'Ik ga niet met de vijand naar bed,' zei Barbara.

'Heb ik dat gevraagd?'

'Nee,' moest ze toegeven. 'Nog niet.'

'Ik ga een drukke week tegemoet en ik zou niet meer aankunnen dan wat strelingen.'

Ze leek het in overweging te nemen en wierp vervolgens een blik op haar elleboog. 'En ik moet het van deze arm hebben, die eerst zal moeten genezen…' Ze schoof haar stoel naar achteren, stond op en gaf het pak gel terug. 'Ik moet gaan.'

'Ik zal je naar de lift brengen.'

'Dat lukt me wel alleen.'

Hij volgde haar tot aan de voordeur. Ze draaide zich om, ging op haar tenen staan en kuste hem op zijn wang. 'Bedankt voor de oosterse roerbakgroenten.'

'Geen dank.'

'Ik weet dat je me volgde,' zei ze.

Hij glimlachte. 'Dan zal het de volgende keer geen verrassing zijn.'

Toen ze het gebouw verliet stopte ze Jack een tiendollarbiljet toe.

29

Ze moesten zevenentwintig verdiepingen hoger zijn.

Hoewel er geen camera's waren aangetroffen, konden ze er niet zeker van zijn dat de andere liften van het gebouw aan York Avenue niet waren gesaboteerd.

Martin Fleck zei tegen de burgemeester dat de klim hem bespaard kon blijven, hij zou het met zijn telefoon filmen en het aan hem e-mailen. Maar Fleck had gezegd dat hij hem iets belangrijks wilde laten zien, en nu wilde Headley het persoonlijk aanschouwen.

'Ik sta nog steeds vier keer per week op de hometrainer. Breng me er dus maar heen.'

Brian Cartland van de binnenlandse veiligheidsdienst wilde de klim ook wel maken. Hoofdcommissaris Washington excuseerde zich, maar niet omdat het te zwaar zou zijn. Ze had een bespreking op het hoofdbureau.

Beneden in de hal had Arla Glover gevonden. Ze wilde hem vertellen over het gesprek tussen de burgemeester en het jongetje dat ze net had gehoord, maar ze kreeg er de kans niet toe. Het geluid van een appje klonk uit Glovers colbert. Hij pakte zijn telefoon en las het bericht van zijn vader.

Op de eerste etage maar gaan nu naar boven. Kom hierheen.

'Ik moet gaan,' zei hij. 'Misschien dat je maar naar het kantoor moet gaan. De anderen zullen nu wel terug zijn, dus je kunt aan de slag.'

Ze kon vertrekken.

Glover vond de ingang van het trappenhuis en wilde net de hal op de eerste etage in lopen toen er een branddeur openzwaaide en zijn vader, Fleck en Cartland verschenen.

'We gaan naar boven,' zei Headley.

'Hoeveel etages?' vroeg Glover.

'Dat zie je zo wel.'

Fleck liep voorop, gevolgd door de burgemeester, dan Cartland en uiteindelijk Glover. Iedereen lette erop om met een regelmatige tred naar boven te lopen, behalve Glover, die in een poging om de anderen bij te houden af en toe twee treden tegelijk nam, wat hem alleen maar nog meer vermoeide en waardoor hij een paar keer moest stoppen om op adem te komen.

Toen ze de achtentwintigste etage hadden bereikt keek Cartland om zich heen en zei: 'Zullen we even op uw zoon wachten, meneer de burgemeester?'

Headley hield een hand op zijn borst en voelde het bonzen daarbinnen. 'Dat was... een pittige training. Je denkt dat je in vorm bent, maar... Goed, laten we beginnen. Glover zal zich wel melden als hij er is.'

Fleck ging hun voor door een gang die om de liften heen liep tot ze een groene deur bereikten waar REGELKAMER VERBODEN TOEGANG op stond. Hij haalde een sleutel tevoorschijn om de deur te openen, en toen dat was gebeurd hoorden ze het zachte gezoem van machines en ventilators.

Cartland en Headley volgden hem naar binnen. Net toen de deur weer dichtging werd er een hand tussen gestoken. Glover voegde zich buiten adem bij de rest.

'Daar ben je dan eindelijk, Glover,' zei Headley.

Het was een ruimte van hoogstens drie vierkante meter die gedomineerd werd door een paar hoge, lockerachtige kasten van groenkleurig metaal die in het midden stonden. Langs een muur stonden de bovenkanten van machinerieën – enorme katrollen waar de drijfriemen en kabels in lagen die ervoor zorgden dat de liften konden stijgen en dalen door de schachten. Ze waren op dit moment buiten werking.

Op een van de lockers was op ooghoogte een zwart kastje bevestigd, dat het formaat van een dikke paperback had, of van een overmaatse afstandsbediening.

'Wauw,' zei Glover, die als een verbijsterd kind de machinerieën stond aan te gapen. 'Ik ben nog nooit in zo'n soort ruimte geweest.'

Fleck liep naar een van de groenmetalen lockers en opende hem met een volgende sleutel. Hij was van onder tot boven gevuld met bundels snoeren en circuitpanelen. Lichtjes knipperden aan en uit op kleine digitale displays waarop informatie kon worden afgelezen.

Headley keek ernaar met de blik van iemand die geen flauw idee had waar het allemaal voor diende.

'Dit is het brein van het liftsysteem,' zei Fleck tegen de anderen. Hij strekte zijn hand uit naar het kastje dat op de volgende locker zat en trok het eraf. Het was kennelijk een magnetische bevestiging. Bovenin zat een schermpje met een rij kleine knoppen eronder. Aan de onderkant bungelde een snoer met een steekplug eraan. Fleck stak deze in een van de circuitpanelen, waarna er cijfers en symbolen op het schermpje verschenen.

'Oké. Op dit moment kan ik het liftsysteem van dit gebouw controleren. Ik kan de liftcabines van etage naar etage laten gaan, ik kan de deuren openen en sluiten, ik kan ze van de top naar de bodem laten zoeven. Ik kan alles doen wat ik wil.'

Hij vervolgde: 'Maar eerst moet ik natuurlijk wel een aantal codes typen, zodat dit kastje en het liftsysteem verbinding met elkaar maken. Maar als je die codes weet, heb je alle macht in handen. En nu komt het...'

Hij trok de plug eruit en begon met zijn wijsvinger de verschillende knoppen op het kastje in te drukken. 'Ik kan dezelfde functies bedienen als ik me ergens buiten het gebouw bevind, of als ik thuis ben, of op mijn kantoor, zolang ik dit kastje maar bij me heb. Goed, het is misschien iets moeilijker, omdat ik eerst door het beveiligingssysteem van het gebouw moet zien te komen om het liftsysteem te bereiken. Maar als ik deze codes heb, wat nog makkelijker zou zijn als ik ze indertijd ook heb geïnstalleerd, heb ik alle macht in handen. Ik kan deze lift laten doen wat ik wil, en ik hoef er niet eens bij te zijn. Dus als jullie de beveiligingsvideo's van gisteren willen bekijken, is het heel goed mogelijk dat er niets bijzonders op valt te zien.'

'Jezus,' zei Headley. 'Maar die codes en de rest, die zijn natuurlijk niet makkelijk te breken.'

'Dat klopt. Maar het is te doen.'

'Met andere woorden,' zei Cartland, 'je moet in de liftindustrie werkzaam zijn en deze materie begrijpen, of...'

'... iemand kennen die dat doet,' zei Glover, die alles aandachtig had gevolgd.

Headley wierp zijn zoon een geërgerde blik toe. 'Bedankt, Glover. Dat hadden we zelf ook al bedacht.' En tegen Fleck zei hij: 'Of iemand van Bouw- en Woningtoezicht die op de afdeling Liftinspectie werkt.'

'Inderdaad,' zei Fleck.

Headley keek Cartland aan. 'Wat zou u aanraden?'

'Om te beginnen zouden alle liften in New York geïnspecteerd moeten worden op heimelijk geïnstalleerde camera's. De twee gecrashte liften hadden allebei zo'n camera op het dak.'

'Jezus. Hoe lang zal zoiets duren?'

'Zeventigduizend liften, en ongeveer negenendertig inspecteurs,' zei Fleck. 'Reken maar uit. Dat is zo'n achttienhonderd liften per persoon. Stel nu dat ze misschien zes liften per dag halen en...'

'Dat is gekkenwerk,' zei Headley.

'Maar,' ging Fleck verder, 'als we dit openbaar maken, en elk onderhoudsteam van een gebouw verzoeken om de inspectie zelf te doen, dat ze in elk geval even naar het dak van de lift kijken, nou, dat zou het proces zeker versnellen.'

Headleys blik ging terug naar Cartland. 'Openbaar maken?'

Cartlands gezicht leek uit graniet gehouwen.

'Als we dit openbaar maken,' zei Headley, 'en de bevolking van New York laten weten dat er iemand met de liften knoeit, zodat ze beseffen dat ze met hun leven spelen als ze een lift betreden...'

'Dat wordt een pandemonium,' zei Glover.

'Ja,' zei Cartland. 'Dit is een verticale stad. Meer dan acht miljoen mensen zullen bang zijn om naar hun werk te gaan. Ze zullen in hun eigen woontoren de lift niet meer durven nemen.'

'De stad zal volkomen stagneren, verdomme,' zei de burgemeester. 'Tenzij we de klootzak kunnen vinden die zo'n kastje in zijn bezit heeft.'

'Ja,' zei Cartland, 'en als dit sabotage is, want daar lijkt het wel op, dan zullen we ons af moeten vragen waaróm iemand zoiets doet.'

'Hebben terroristen een reden nodig?' vroeg Headley.

'Dit is een zeer geraffineerde manier om mensen te vermoorden. Het vereist veel denkwerk, planning en expertise. Reken er maar op dat iemand een reden heeft als hij al die moeite ervoor doet. Ook al is het er een waar we met ons verstand niet bij kunnen.'

Headleys blik viel op het kastje dat Fleck vasthield. 'Hoeveel van dit soort kastjes kunnen er zijn? Niet veel, toch? Je gaat alle liftonderhoudsbedrijven langs en vraagt of er misschien niet een gestolen is, toch?'

Fleck keek grimmig. 'Meneer de burgemeester, voordat we naar boven zijn geklommen zei ik u toch dat het alleen maar erger zou worden?'

Headley trok een gezicht alsof hij net een hap van een bedorven burrito had genomen. 'Ik denk dat we nu weten wat dat is. Een verlamde stad.'

'Ja, dat is een ramp. Maar ik wilde u iets over dit kastje vertellen.' Fleck hield een hand naast zijn gezicht, als een assistente in een spelshow, maar dan zonder de nepglimlach. 'Iedereen kan zo'n ding voor vijfhonderd dollar op eBay kopen.'

30

Toen Jerry Bourque in zijn jas schoot om aan het eind van zijn dienst het bureau te verlaten rinkelde de vaste telefoon.

Lois Delgado was vroeg vertrokken vanwege haar zieke kind, dus hij was de enige die kon opnemen. Voordat ze vertrok had ze Gunther Willem nog gebeld om te vragen of Otto Petrenko soms aan één of beide ongelukskliften werkzaamheden had verricht. Toen ze terugreden naar Manhattan had Bourque op zijn telefoon het nieuws over het liftongeluk op York Avenue gelezen, en dat het een Russische wetenschapper het leven had gekost.

'Ik haat zulke toevalligheden,' had hij gezegd. 'Twee liftongelukken, en dan zitten wij met een vermoorde liftmonteur.'

Toen ze terug op het bureau waren had ze Willem gebeld. Hij had haar beloofd zo snel mogelijk terug te bellen. Het telefoontje kwam vlak voor Delgado vertrok. Volgens de administratie had Petrenko nooit in deze gebouwen gewerkt, het bedrijf echter wel.

Toch was Delgado naar hun inspecteur gestapt om hem te zeggen dat het misschien wel niets met elkaar te maken had, maar dat ze op dit moment onderzoek deden naar de dood van een liftmonteur. De inspecteur had gezegd dat ze op het bureau nog geen indicaties hadden ontvangen dat de twee liftongelukken onder verdachte omstandigheden hadden plaatsgevonden.

En net toen Bourque bij zijn bureau aan de afhaalmaaltijd stond te denken die hij straks zou samenstellen begon de telefoon te rinkelen. Hij greep naar de hoorn en hield hem tegen zijn oor.

'Rechercheur Bourque,' zei hij.

'Is dit rechercheur Bourque?' klonk een vrouwenstem.

Het leek er nooit iets toe te doen of je je naam bij het opnemen zei. De mensen wilden het zeker weten.

'Daar spreekt u mee, ja.'

'U spreekt met Misha Jackson. U had geprobeerd me te bereiken?'

'Ja,' zei hij terwijl hij op zijn bureaustoel schoof en een blocnote en een pen pakte. 'Fijn dat u terugbelt.'

'Ja, ik werk in een casino tot vier uur 's morgens, en daarna zet ik mijn telefoon uit om nog een beetje behoorlijk te kunnen slapen. Toen ik wakker werd,' en ze barstte in tranen uit, 'werd ik door mijn broer en Eileen gebeld. Ik kan het niet geloven. Wie zou Otto nou zoiets aandoen?'

'Het spijt me zeer,' zei Bourque.

'Ik kan er niet bij! Otto was... Hij was oké. Ik begrijp niet waarom iemand dit heeft gedaan.'

'Dat is waar we achter proberen te komen.'

'Anatoly, mijn broer, zei dat u hem al gesproken had.'

'Ja. Ik vroeg me af of u hetzelfde verhaal als hij heeft.'

Aan de andere kant van de lijn klonken snikkende geluiden. 'Ja, ik denk het wel. Het was vreemd. Ik bedoel, we hoorden nooit zo veel van Otto. Hij was altijd het buitenbeentje van ons drieën, weet u?'

'Vertel.'

'Nou, hij was altijd een beetje een einzelgänger, meer op zichzelf. Anatoly en ik hadden altijd veel vrienden, maar Otto vermaakte zich altijd in z'n eentje. Hij was al vanaf het begin een wereldvreemde techneut. Hij zou nooit uit huis zijn gegaan als mijn moeder hem niet had gedwongen.'

'Een wereldvreemde techneut?'

'Als kind al haalde hij alles uit elkaar om te zien hoe het werkte. De broodrooster, de tv, noem maar op. Computers ook. Hij zag in zijn hoofd hoe een apparaat in elkaar zat, begrijpt u?'

'Ja. Dat zei zijn baas ook al.'

'Ik kreeg elk jaar een kerstkaart van hem en Eileen. Maar zelfs dan, zij schreef hem, plakte de postzegel erop en gooide hem in de dichtstbijzijnde brievenbus. Van Otto hoorde je niet zo veel. Maar we bleven altijd familie, begrijpt u? Het feit dat we nooit iets van hem hoorden betekende niet dat het hem niets kon schelen. Als ons iets zou overkomen, dan was hij er.

Toen mijn man vier jaar geleden een hartaanval kreeg en het even slecht met me ging, nam Otto toen hij het hoorde het eerste vliegtuig om me bij te staan.'

'Dat klinkt, over het geheel genomen, als een goede broer.'

Er klonk nog een snik. 'Ja.'

'Vertel me eens over zijn laatste telefoontjes.'

Hij hoorde de vrouw diep ademhalen. 'Het was vreemd, hij belde opeens zonder enige reden. Het was niet mijn verjaardag of Kerstmis. Hij belde en vroeg hoe het met ons ging. Maar nu komt het gekke. Hij wilde weten op welke uren ik werkte, en dat vertelde ik hem, en toen belde hij me op het casino, en niet met de huistelefoon. Het was een ander nummer.'

'Hm,' zei Bourque.

'En hij zei toen: Misha, je moet goed op jezelf passen. Sluit de deuren goed af, en vergeet niet 's nachts het alarm aan te zetten. Hij wilde zelfs weten of ik een wapen droeg. Waarom zou ik in godsnaam een wapen dragen? Toen zei hij dat het in Nevada legaal was om bedekt een wapen te dragen, en dat ik dat maar eens moest overwegen. En ik dacht: waar komt dit vandaan? En dat vroeg ik hem, maar hij zei dat het niets was, maar dat we nu eenmaal niet meer in dezelfde wereld leefden en je maar beter op je hoede kon zijn.'

'Dat klinkt als wat hij tegen uw broer had gezegd. Hij wilde dat hij ook een wapen droeg.'

'Ik vroeg hem of er problemen waren, maar dat ontkende hij. Maar ik kon horen dat hij loog. Het was iets in zijn stem. Hij maakte zich absoluut zorgen over iets.'

'Had hij gezegd dat hij op de een of andere manier werd bedreigd?'

'Nee.'

'Had hij het wel eens over de Flyovers?'

'De wíé?'

'Een groep activisten.'

'Ik kan me niet herinneren dat hij het daarover heeft gehad.'

'Het lijkt erop dat uw broer u voor iets wilde waarschuwen, dat hij dacht dat er een dreiging was die hij niet bij naam wilde noemen.'

'Nou, niemand heeft me bedreigd, behalve een man die laatst honderdduizend verloor aan de blackjacktafel. Hij was woedend, en hij moest door de beveiliging verwijderd worden. Maar dat is mijn werk. Zulke dingen gebeuren af en toe… Maar buiten het casino, als ik mijn dingen doe, heb ik niets bijzonders opgemerkt. Niemand die in de buurt van mijn auto stond als ik uit mijn werk kwam. Niemand die mijn huis in de gaten hield, niet dat ik heb gezien tenminste.'

'Is dat wat Otto suggereerde? Dat u door iemand in de gaten werd gehouden?'

Misha Jackson zweeg even. 'Er schiet me opeens iets te binnen, iets wat hij zei. Ik moet er nu pas aan denken.'

'Wat zei hij dan?'

'Omdat het zo raar klonk was ik het alweer vergeten, ik dacht indertijd dat hij een grapje maakte. Hij zei: Dat je ze niet ziet, betekent niet dat ze er niet zijn. Een soort variatie op die uitspraak over paranoia: het betekent niet dat ze het niet op je hebben gemunt. Daarom dacht ik ook dat het een grap was, dat hij daaraan refereerde. Maar nu ik er zo over nadenk, misschien meende hij het wel. Maar waarom zou iemand mij en mijn broer in de gaten houden? Daar kan ik niet bij met mijn verstand.'

'En toch is Otto door iemand vermoord. Zou u iemand weten die een wrok jegens uw hele familie koestert?'

'Mijn god, denkt u dat wij straks aan de beurt zijn?'

'Daar kan ik niets zinnigs over zeggen, mevrouw Jackson. Maar Otto is vermoord, en het is duidelijk dat hij u probeerde te waarschuwen.'

Er viel een lange stilte aan de andere kant van de lijn.

'Mevrouw Jackson?'

'Ik ga het doen.'

'Wat?'

'Dat pistool kopen.'

31

'En, hoe was je eerste dag?'

Glover Headley trok een wenkbrauw op toen hij Arla de vraag stelde. Hij hield een glas Stella in zijn hand terwijl Arla wachtte om het eerste slokje van haar kir royal te nemen. Ze zaten aan een tafeltje in Gran Morsi, een Italiaans restaurant dat zich op loopafstand van het stadhuis bevond.

'Nou, geweldig,' zei ze. 'Het is niet bij elke baan zo dat je op je eerste dag een dode wetenschapper in een lift ziet.'

'Daarom wilde ik even kijken hoe het met je ging. Ik hoop dat het niet te brutaal was om je hier voor een drankje uit te nodigen. Ik wilde even het stadhuis uit en kijken hoe het met je ging. Het moet een traumatische ervaring zijn geweest.'

'Ja, natuurlijk, dat begrijp ik. Luister, op die onthoofding na was het een prima start. Zoiets als: "Afgezien van de moord op uw man, hebt u genoten van het toneelstuk, mevrouw Lincoln?"'

Glover moest onwillekeurig grinniken. 'God, nee, het was verschrikkelijk. Maar ik moest lachen om wat je net zei. Was de rest van de afdeling er toen je terugkwam?'

Ze knikte. 'Iedereen was heel aardig. Ik denk dat ik morgenochtend als een speer zal gaan.'

'Dat is geweldig.'

'Maar het is goed dat we hier met elkaar kunnen praten, want ik zag iets interessants vandaag.'

Hij nam een slok bier. 'O ja? In ons kantoor?'

'Nee, in het gebouw waar het gebeurd was.' Ze beschreef hoe zijn vader een gesprek voerde met het jongetje dat in de lift zat toen de vrouw werd gedood. ‘Hij was geweldig met dat kind. Het is een kant van de burgemeester die we te weinig zien.’

‘Ja, dat is waar,’ zei Glover met een ondertoon in zijn stem.

Arla hoorde het. ‘Wat?’

Hij zette zijn ellebogen op het tafeltje en boog zich naar voren. ‘Mijn pa is een man met… vele kanten. Er was een tijd, zo heb ik gehoord, dat hij een enorme klootzak was. Dat was in de tijd dat hij voor zíjn vader werkte en diens gebouwen beheerde. Er zijn verhalen over, en die zijn niet prettig. Maar toen hij eenmaal zijn vaders juk wist af te schudden en zijn eigen bedrijf kreeg begon hij volgens mij te veranderen en werd hij wat menselijker. Dat je echt om iemand kan geven, weet je. In elk geval tot op zekere hoogte, en het gold voor bepaalde personen. Maar er is altijd een kant die hij verborgen probeert te houden, en daarin is hij nog steeds die jongeman die pa’s vuile werk op mag knappen. Een ijskoude klootzak. En die komt af en toe naar boven.’

Ze glimlachte. ‘En zo gedraagt hij zich dus soms tegen jou.’

‘Zo gedraagt hij zich aan de lopende band tegen mij. Je kunt het rustig een publiek geheim noemen.’ Hij zuchtte. ‘Er is zelfs een “Arme-Glover”-hashtag op Twitter waarop mensen de momenten melden waarop mijn vader me vernedert.’

‘Maar dat is verschrikkelijk.’

‘Nou, het wordt gelukkig gecompenseerd door een hele verzameling Twitter-accounts waarin híj belachelijk wordt gemaakt.’

Arla wierp hem een sluwe blik toe. ‘En welke daarvan is van jou?’

Daar moest hij om lachen. ‘Dat ga ik je niet vertellen. Weet je, ik snap hem wel. Zijn vader hield hem stevig onder de duim, en dat heeft hem gedreven en ambitieus gemaakt. Hij denkt dat hij met mij hetzelfde resultaat zal bereiken door dat ook te doen. Hij wil me tot net zo’n man als hijzelf kneden.’ Hij zweeg een moment. ‘Ik weet niet of ik wel zo’n soort man wil worden.’

‘Natuurlijk, dat begrijp ik. We moeten allemaal onze diepere ik vinden.’ Ze rolde met haar ogen, de zelfspot droop ervanaf. ‘Of zoiets newageachtigs.’

Glover knikte. ‘God, dat ik je dit allemaal vertel.’ Hij haalde een hand over zijn hoofd. 'Luister, ik wil je niet verder ophouden. Ik wilde je op een drankje trakteren en weten of je het allemaal goed hebt overleefd.'

Ze aarzelde een moment voordat ze vroeg: 'Zullen we iets eten hier? Ik bedoel, we zitten hier toch en het is etenstijd. Maar als het niet kan is het ook goed, hoor. Waarschijnlijk moet je de burgemeester zo weer helpen met iets.'

'Nee, dat is niet het geval.'

'Mooi,' zei ze glimlachend. 'En luister, ik betaal dit, omdat je zo...'

'Nee, onzin.' Hij grijnsde. 'De rekening gaat naar het stadhuis. Ik schrijf het af als bedrijfstraining.'

'Nou, je lijkt me eigenlijk wel een hele goeie trainer.' Zodra ze het had gezegd dacht ze: wat was dat in godsnaam? *Je lijkt me eigenlijk wel een hele goeie trainer...* Waarom had ze zoiets gezegd? Op het moment dat deze woorden over haar lippen waren gekomen besefte ze dat het als een uitnodiging klonk die rechtstreeks uit een *Fifty Shades*-boek kwam, wat niet de bedoeling was.

Tenzij het dat wel was.

Nee, dat was het niét. Ze moest nu snel met iets komen.

'De hele afdeling,' zei ze, 'is erop toegerust om nieuwe collega's snel in te werken, om ze te trainen in de laatste data-analyses.'

Oké, dacht ze. Je hebt je goed hersteld. Ze kon niet aan Glovers gezicht zien of hij haar eerdere opmerking seksueel had geïnterpreteerd. Dat was mogelijk een goed teken.

Maar toen boog hij zich nog verder naar voren. 'Weet je, je moet voorzichtig zijn tegenwoordig. Ik zou niet willen dat je er iets van denkt, dat we hier borrelen en iets eten. Voel je niet verplicht, we leven in het post-Weinstein-tijdperk.'

'Dat eten was mijn idee, weet je nog?' zei ze.

Hij glimlachte. 'Het is fijn om met je te praten.'

'Ja,' zei Arla langzaam.

Hij ging achterover zitten en hief zijn handen op. 'Over het werk, bedoel ik. Het is goed om het over onze bezigheden te hebben.'

'Natuurlijk,' zei ze.

Hij keek de ruimte door. 'Laat het me weten als je een ober ziet, dan kan ik het menu vragen.'

'En,' zei Arla, die bespeurde dat het gesprek een andere kant op dreigde te gaan, 'wat wilde je vader van je?'

'Hmm?'

'Toen we de lift bezochten, en hij je het bericht stuurde dat je naar boven moest komen?'

'O, ja, we moesten helemaal naar de bovenste verdieping lopen.' Hij keek om zich heen of hij al een ober zag, en boog zich toen samenzweerderig naar haar toe. 'Ik weet niet eens of ik je dit wel moet vertellen.'

'Hoezo? Wat?'

Glover wreef over zijn kin en leek zich te bedenken hoeveel hij haar zou vertellen. 'Je moet me beloven dat je het niet aan iemand doorvertelt.'

Ze voelde haar hartslag versnellen. 'Ja, nee, natuurlijk.'

'Een van die mannen was van Bouw- en Woningtoezicht, de ander was van de binnenlandse veiligheidsdienst of zoiets.'

'Dat meen je niet. Waarom zou er iemand van de binnenlandse veiligheidsdienst zijn?'

Hij sprak nog zachter. 'Ze denken dat de lift is gesaboteerd.'

Haar mond viel open. 'Serieus?' zei ze op hoge toon.

Hoofden draaiden zich om aan het tafeltje naast hen.

'Sst,' zei hij met opeengeklemde kaken. 'Zo kan ik je niets vertellen, je reageert erop alsof ik je net heb verteld dat ik gay ben.' Hij zweeg even. 'Wat ik niet ben.'

'Oké,' fluisterde ze.

'Maar goed, het ziet ernaar uit dat het niet zomaar een ongeluk was. En dat van gisteren ook niet.' Hij keek grimmig, maar hij leek ook opgewonden om zulke vertrouwelijke informatie te delen. 'En het lijkt dezelfde dader te zijn.'

'O, mijn god. Dus het is terrorisme?'

'Dat zou kunnen. En je moet slim zijn om zoiets voor elkaar te krijgen. Er komt veel technische knowhow bij kijken.' Glover glimlachte, alsof hij er bewondering voor had. 'En wat ook opmerkelijk is, al heb ik dat nog niet tegen mijn vader gezegd omdat hij de laatste tijd zo'n – vergeef me het woord – lul is, in beide gebouwen wonen mensen die mijn vader actief hebben gesteund tijdens zijn campagne.'

‘Denk je dat het er iets mee te maken heeft?’

Hij haalde zijn schouders op. ‘Misschien niet. Ik bedoel, in elke wolkenkrabber van New York woont wel iemand die hem heeft gesteund.’ Hij zweeg even. ‘Hoe moeilijk dat soms ook valt te geloven.’

‘En wat willen ze eraan gaan doen?’ vroeg ze.

‘Het laatste wat ik heb gehoord is dat ze alle eigenaars discreet willen benaderen met het verzoek om de liften te inspecteren. Zonder daarbij de ware reden op te geven. Ze gaan een smoes verzinnen. Waarschijnlijk is het vanwege de camera’s.’

‘Welke camera’s?’

Hij vertelde haar over de camera’s die op het dak van de liftcabines waren aangetroffen. ‘Als dat alles was, zou het een voyeuristisch dingetje kunnen zijn. Maar het is veel erger dan dat.’

‘Maar als het al twee keer is gebeurd, dan kan het weer gebeuren. Moeten de mensen niet worden gewaarschuwd?’

Glover schudde zijn hoofd. ‘Ze willen geen paniek zaaien. Wacht, ik ga eens naar menukaarten op zoek.’

Hij stond op om een ober te vinden.

Arla keek hem na en dacht: mijn god, dit moet ik aan mam vertellen.

32

'Mijn voeten zijn beurs,' zei Estelle Clement tegen haar echtgenoot terwijl ze op de rand van het bed in hun hotelkamer zat. Ze had haar pumps uitgeschopt en masseerde haar rechtervoet met beide handen. 'Wat stom van me om die hakken aan te trekken naar de voorstelling van vanavond.'

'Ik had het je nog gezegd,' zei Eugene.

'Ik dacht dat we na afloop een taxi zouden nemen. Ik had niet verwacht dat we het hele eind zouden lopen. We hadden zo'n Uber moeten nemen.'

'Die neem ik nooit. Alles wordt geregistreerd bij die dingen. Waar je bent, waar je heen gaat, hoe laat je instapt.'

'Mag de wereld soms niet weten dat je naar een voorstelling bent geweest en daarna terug naar je hotel bent gereden?'

'Ik... Ik hou er gewoon niet van om geregistreerd te worden.'

'Sinds die tv-toestand ben je geïrriteerd,' zei ze.

Bij het horen van het woord 'tv' pakte Clement de afstandsbediening. Hij richtte die op de tv en zette die aan. Hij zapte langs de kanalen tot hij een nieuwsuitzending vond.

'Zijn we nu helemaal uit Denver gekomen om hier tv te gaan kijken?' vroeg ze.

Hij negeerde haar.

'Oké,' zei Estelle. Ze had haar voeten lang genoeg gemasseerd om er weer op te kunnen staan en liep naar het raam. 'Er is niet veel uitzicht hier. Je had een kamer op een hogere etage moeten boeken.'

'Dit was alles wat ze hadden,' snauwde hij. Het beeld toonde een verslaggever die voor een hoog gebouw stond. Op de tekststrook onderin viel

TWEEDE LIFTRAMP IN TWEE DAGEN te lezen. Het volume stond te laag om te horen wat er werd gezegd.

Zijn vrouw strekte haar arm uit over het bed om haar handtas te pakken. Ze haalde er haar telefoon uit. 'Ik ga de kinderen appen.'

'Doe dat.'

'We hebben nog twee dagen hier,' zei ze met enige gelatenheid in haar stem. 'Wat zullen we morgen gaan doen?'

'Waarom bespreken we dat niet bij het ontbijt? Ik probeer dit te volgen.'

Ze had nog geen berichtje getikt. Ze keek haar echtgenoot kwaad aan. 'Eugene.'

'Hm?'

'Kijk me eens aan.'

Hij zuchtte, draaide zich om en zei: 'Wat?'

'Wie was die man?' vroeg ze.

'Welke man?'

'Die man in die auto, na de tv-opname, toen je die taxi aanhield. Met wie je praatte terwijl je met je rug naar hem toe stond.'

Clements gezicht werd donker. 'Ik weet niet waar je het over hebt.'

'Hij liet zijn raam zakken en zei iets tegen je. Jullie hadden een gesprek met elkaar.'

'Waarschijnlijk zei hij me dat ik niet tegen zijn auto moest leunen.'

'Ken je hem?' vroeg ze.

'Natuurlijk niet.'

'Want ik heb het gevoel dat ik hem wel eens eerder heb gezien.'

'Waar heb je het over?'

'Ik zag hem maar heel even. Maar thuis heb ik je wel eens op straat met hem zien praten. En ik denk zelfs dat ik hem in de hotellobby heb gezien.'

'Ik had hem nog nooit eerder gezien.'

'Dus je hebt hem wél gezien? Maar vandaag stond je met je rug naar hem toe toen je met hem praatte.'

Hij was even uit het veld geslagen. 'Ik heb hem niet gezien. Ik heb niemand gezien. Ik weet niet waar je het in godsnaam over hebt.'

Het bleef even stil voordat Estelle vroeg: 'Waarom hebben we deze reis gemaakt?'

‘Wat? Jezus, het is onze trouwdag.’

‘Ik was verrast toen je het me voorstelde.’

Hij gooide de afstandsbediening op het bed en rolde met zijn ogen. ‘Hoezo?’

‘Omdat je al sinds een hele lange tijd niet zoiets liefs hebt gedaan.’

‘Wat is dit? Ik plan een reis, ik zorg ervoor dat we naar New York vliegen en nu heb ik blijkbaar iets verkeerds gedaan. Wat wil je van me?’

Ze dacht even na over de vraag. ‘Nou, om te beginnen, dat je me weer liefhebt. Als dat niet te veel is gevraagd.’

Hij keek haar aan en zei niets.

Ze ging weer op het bed zitten. ‘Je probeert niet eens om me… Ik weet dat ik geen eenentwintig meer ben, dat de jaren hun tol eisen, maar… ik zou zo graag het gevoel willen hebben dat je me nog steeds een beetje… aantrekkelijk vindt.’

‘Natuurlijk doe ik dat,’ zei hij zonder veel overtuiging en met een half oog op de tv.

‘Die pillen… ze werken, maar je wilt nog steeds niet met me…’

‘Ik wil dit gesprek niet nog een keer voeren, Estelle.’

‘Jij wilt dit gesprek nooit voeren.’

‘Misschien omdat we dit gesprek niet hóéven te voeren.’

‘Als je gewoon eens met…’

‘Ik hoef met niemand te praten.’

Estelle zei een paar seconden lang niets. ‘Het is een mythe dat alleen vrouwen hun interesse verliezen.’

Clement sloot kort zijn ogen en zuchtte. ‘Dit is een zeer stressvol jaar voor me geweest. Het valt niet mee om de organisatie overeind te houden en te zorgen dat alles blijft lopen. Om ons uit te spreken. Om met al die loze beschuldigingen om te gaan. Zoiets gaat je niet in de kouwe kleren zitten. Dat zou jij toch zeker moeten zien. Misschien moet je eens wat minder aan jezelf denken, en je eens proberen voor te stellen wat ik doormaak.’

Dat hakte erin. Ze keek hem minachtend aan. Haar stem klonk koud en vlak toen ze zei: ‘Alles wat ik doe is voor jou.’

Hij hief zijn handen op en liet ze langs zijn lichaam vallen. ‘Goed, oké, wat je maar wilt.’

‘Ik denk dat de reden van ons bezoek hier niets met onze trouwdag te maken heeft.’

‘Dat is belachelijk,’ zei hij.

Ze stond op, liep naar de badkamer en sloot de deur achter zich. Toen Clement haar het slot hoorde omdraaien, pakte hij de afstandsbediening.

Misschien dat ik de rest van het nieuws over die lift op een andere zender kan vinden, dacht hij.

33

Barbara zat zoals elke avond voordat ze het licht uitdeed in kleermakerszit op het bed met haar MacBook op schoot. Ze klikte van site naar site, en las de laatste artikelen van *The New York Times*, *Politico*, *The Hill*, *The Huffington Post*, CNN en *BuzzFeed*.

Ze had wat pijnstillers voor haar elleboog genomen, waar ze nog steeds veel pijn aan had. Ondanks het dringende verzoek van Chris Vallins was ze niet langs het ziekenhuis gegaan. Ze was gevallen. Nou en? Mensen vielen zo vaak. En haar elleboog werkte nog steeds. Dat wist ze uit ervaring, want toen ze thuiskwam had ze nog een fles chardonnay in haar wijnglas uitgeschonken.

Het was haar de rest van de dag niet meegevallen om Chris Vallins uit haar hoofd te zetten. Ze voelde dingen voor hem die ze niet wilde voelen.

Zet het van je af, zei ze tegen zichzelf.

Nadat ze thuis was gekomen had ze nog enkele telefoontjes gepleegd. Ze wilde familieleden van de andere drie slachtoffers van het liftongeluk van gisteren spreken, en vragen of ze ook door geheim-agentachtige functionarissen in zwarte SUV's waren bezocht. Mannen die hun aanraadden om geen vragen te stellen en niet met de pers te praten. Het leek haar het beste vertrekpunt, temeer omdat het moeilijker zou worden – zeker gezien het feit dat ze geen Russisch sprak – om verwanten van het slachtoffer van vandaag te spreken.

De familieleden van Sherry D'Agostino belden niet terug. Hetzelfde gold voor de naasten van Barton Fieldgate.

Maar ze kreeg wel de moeder van Stuart Bland aan de lijn.

Het bleek dat Stuart nog steeds thuis had gewoond.

'Ik had hem gezegd dat hij die mevrouw met rust moest laten,' zei ze in tranen nadat Barbara had verteld wie ze was. 'Hij ging naar haar huis en kwam bijna in de problemen. Hij zou niet in die lift hebben gestaan als hij naar mij had geluisterd.'

Na enkele vragen zag Barbara het plaatje voor zich. Stuart probeerde een hoofd Entertainment te interesseren voor een filmscenario dat hij had geschreven. Dat was wat hem naar de Lansing Tower had gebracht.

'Eerst dachten ze nog dat hij er iets mee te maken had,' zei Stuarts moeder. 'Omdat hij een valse ID bij zich droeg. Van Fed-Ex. Dat had hem verdacht gemaakt. Maar hij kon er niets mee te maken hebben. Dat is gewoon idioot. Hij had al moeite met het kettingslot van zijn fiets. Ik denk dat ik ze daarvan heb overtuigd. Maar eigenlijk zou ik u dit helemaal niet moeten vertellen.'

'Waarom niet?'

'Dat zei die man.'

'Welke man?'

'De man die hier langskwam. Van de overheid.'

'Zei hij ook waar hij van was?'

'Dat zei hij niet. Maar je kon het aan alles zien.'

'Wat was zijn naam?'

'Ik weet niet meer of hij die had gezegd. Hij heeft me geen kaartje gegeven. Maar nu moet ik gaan.'

En ze hing op.

Daarna schreef Barbara haar column voor *Manhattan Today*, maar ze raffelde het af en was er niet echt gelukkig mee. Met de gesprekken met Paula's ouders en Stuarts moeder in haar achterhoofd stelde ze haar lezers de vraag: 'Wie is deze mysterieuze man?' Waarom zou iemand de nabestaanden van de slachtoffers zeggen zich koest te houden zolang het onderzoek nog gaande was? Waarom werd hun dringend aangeraden om geen verdere vragen te stellen? Ze speculeerde hier verder niet over. Geen woord over de FBI, CIA, of de binnenlandse veiligheidsdienst. Daar had ze niet voldoende bewijs voor.

Aan Vallins had ze niets gehad toen ze hem ernaar vroeg. Als hij iets wist, zei hij het haar niet.

En die eikel had haar vraag over zijn kaalheid ook niet beantwoord. Oké, dat was misschien te persoonlijk. Toch had ze zich moeten inhouden om niet met haar hand over zijn hoofd te strijken.

Ze las haar column nog eens door en ergerde zich erover dat er zo weinig feiten in stonden. Maar misschien dat iemand die wel iets wist het zou lezen en zich zou melden. Zo werkte het vaak. Een incompleet verhaal kon meer suggesties opleveren dan een verhaal dat afgerond was.

Niet dat ze nuttig waren, maar er waren al een paar reacties op gekomen. De commentaren van, zoals haar vader de bellers bij radioshows altijd noemde, 'het bekende zooitje minkukels'. Je had Spicydragon, die zei: *Iemand die op die leeftijd nog bij zijn moeder woont verdient het te sterven.* En dan de wijze woorden van DeepStateHarry: *We worden allemaal in de gaten gehoue. Er zijn overal zwarte bussies.*

Barbara wilde net de site van *Manhattan Today* verlaten toen haar blik op een volgende reactie viel.

Hoop dat je je beter voelt.

Deze was van GoingDown.

Hoop dat je je beter voelt.

Ze dacht terug aan het moment waarop Chris Vallins haar midden op straat had getackeld. Ze had de hele tijd gedacht dat híj de enige was die haar in de gaten hield. Was het mogelijk dat nog iemand dat deed? Wie deze GoingDown ook was, had hij of zij gezien dat ze bijna door dat busje werd geraakt? Had deze persoon haar gehoord toen ze het vanwege haar elleboog uitschreeuwde van de pijn?

Ze probeerde zich de scène voor de geest te halen. Er was die oude vrouw geweest die haar telefoon had. De jongen van de U.S. Postal Service. De vrouw met het boodschappenwagentje. Was het een van hen?

GoingDown was degene geweest die haar na de vorige column gecondoleerd had met de dood van Paula Chatsworth.

Goed, misschien was dat wel waar GoingDown aan refereerde. Het ging niet over haar val van vandaag.

Ze legde een hand op haar borst. De gedachte dat iemand haar in de gaten hield had haar hart even sneller doen kloppen. Ze was paranoïde aan het worden. De mysterieuze mannen in zwarte SUV's hadden ervoor gezorgd dat ze zichzelf niet meer was.

'Rustig aan, meid,' mompelde ze zacht voor zich uit.

Ze verliet de site van *Manhattan Today* en begon naar andere nieuwssites te surfen.

De zogenaamde experts zeiden dat je een uur voor bedtijd beeldschermen moest vermijden. Ze betoogden dat het kunstlicht van telefoons, tablets en laptops je slaappatroon overhoopgooide. Onzin, dacht Barbara. Ze keek er elke avond op. Zelfs als er iemand bij haar was. Ze had er geen problemen mee dat haar bedgenoot zich na een wip omdraaide en ging slapen. Maar hij moest niet verwachten dat zij de toestand in de wereld aan zich voorbij zou laten gaan. Eerlijk gezegd was dat ook een van de redenen waarom ze het niet prettig vond dat mannen bij haar sliepen. Ze wilden niet alleen dat ze haar laptop opborg, ze verlangden ook nog eens dat ze ontbijt voor hen maakte.

Bekijk het maar.

Ze klapte de laptop dicht, deed het licht uit en legde haar hoofd op het kussen. Net toen ze haar ogen wilde sluiten zag ze dat op het scherm van haar telefoon, die naast haar op het dekbed lag, een tekst oplichtte. Ze keek wie het was.

Het was Arla.

Arla was de hele dag constant in haar gedachten geweest. Zelfs toen ze bij de Chatworths was, of met Stuart Blands moeder praatte. Barbara bleef maar aan Arla's nieuwe baan denken, en wat haar dochter ertoe had gebracht om zoiets te doen. Had ze het gedaan om haar moeder op de kast te krijgen, of was het werkelijk de baan die ze wilde, de uitdaging die ze zocht?

Het ene moment vond Barbara haar reactie van vanochtend volkomen gerechtvaardigd, maar het andere moment vond ze dat ze het goed had verknald. Ze had het gesprek al ontelbare keren in haar hoofd afgedraaid.

Ik had moeten zeggen dat… En ik had niet moeten zeggen dat…

Ze pakte de telefoon en las het appje.

Ben je nog wakker?

Barbara typte: Ja.

Is het te laat om te bellen?

Ze typte snel: Nee.

Al na tien seconden hoorde ze het typmachinegeratel van haar telefoon.

'Hoi,' zei Barbara.

'Hoi, ik weet dat het al laat is, maar...'

'Dat geeft niet, ik was nog wakker. Alles goed?'

'Ja, nee hoor, alles is prima.'

Barbara aarzelde een moment en vroeg toen: 'Hoe was je eerste dag?'

'Het was... interessant.'

'Dat klinkt niet zo goed.'

'Nee, ik bedoel, het was écht interessant. Ik was nog niet eens begonnen, en toen kon ik al mee naar dat tweede liftongeluk.'

Arla vertelde hoe het was gegaan.

'Mijn god,' zei Barbara. 'Je hebt het gezien?'

'Ja.'

'En gaat het nu wel?'

'Ik denk het. Hoewel ik er vast wel nachtmerries van zal krijgen. Toen ik het zag dacht ik: wees geen watje. Raak niet in paniek. Maar geloof me, makkelijk was het niet.'

Barbara voelde weer enige aarzeling. 'Heb je hem ontmoet?'

'Je bedoelt de burgemeester?'

'Ja.'

'Nee. En Glover heeft me ook niet aan hem voorgesteld. Ik ben maar een onderknuppel.'

'Glover? Je hebt zijn zoon ontmoet?'

'Ja. Hij heeft de leiding over de afdeling waar ik werk. Hij heeft me een rondleiding gegeven, omdat alle anderen op dat moment een seminar volgden.'

'Glover is je baas?'

'Ik heb er verschillende. Eerst komt mijn directe supervisor, dan Glover, en dan, nou, uiteindelijk werk ik voor de burgemeester, toch?' Ze zweeg een moment. 'Luister, mam, over vanochtend...'

'Dat is goed, hoor. Ik...'

'Nee, ik heb wat dingen gezegd en daar heb ik spijt van. Ik heb over veel dingen nagedacht, en ik probeer het helder te krijgen. Ik heb deze baan niet genomen om je op de kast te krijgen. Ik bedoel, misschien een beetje, maar dit is iets wat ik...'

'Dat is goed,' herhaalde Barbara zacht en bedachtzaam. 'Het is jouw leven.'

'De burgemeester is moeilijk te peilen. Terwijl er verder niemand bij was zag ik hem iets heel sympathieks doen met dat jongetje dat in de lift was toen die vrouw de dood vond. Maar tegen Glover, bijvoorbeeld, is hij gewoon een klootzak.'

'O.'

'Ik heb vanavond een hapje met hem gegeten en toen vertelde hij dat hij zo'n moeilijke relatie met zijn vader heeft. Maar luister, dat is niet waar ik voor belde. Het is nogal link om het erover te hebben, en waarschijnlijk zou ik mijn mond moeten houden, maar Glover zei...'

'Als je zo intiem met de zoon van de burgemeester bent, zul je voorzichtig moeten zijn.'

'Wat?'

Barbara dacht na en vond toen een reden. 'Als ze erachter komen wie je moeder is, zullen ze hun vraagtekens bij je motivatie hebben.'

'Ik zei toch al dat deze baan niets met jou te maken heeft.'

'Ik zeg alleen maar dat je met hem moet uitkijken.'

'Ik heb jouw adviezen niet nodig,' zei Arla enigszins geërgerd.

'Ik... Ik probeer je alleen maar...'

'Weet je wat? Je hebt gelijk. Ik wilde je iets vertellen, maar ik realiseer me nu dat het geen goed idee is.'

'Wat wilde je me vertellen?'

Ze gaf geen antwoord.

'Arla?'

Het duurde een moment voordat Barbara besefte dat haar dochter had opgehangen.

'Shit,' zei ze, en ze smeet de telefoon op de vloer.

Ze liet zich achterovervallen, haar hoofd zonk weg in het kussen. Een minuut later knipte ze het licht uit en staarde naar het plafond tot de zon opkwam.

34

'Ik ga er iets van zeggen,' zegt de jongen. 'Dat ga ik doen. En dan wordt hij maar kwaad.'

Zijn moeder schudt driftig haar hoofd. 'Nee. Dat doe je niet. Ik ken hem langer dan jij. Er valt niet met hem te praten.'

'Hij is zo gemeen. Je zou...'

De jongen maakt de zin niet af. Hij wil zijn moeder eigenlijk zeggen dat ze voor zichzelf moet opkomen. Dat ze niets meer van deze man moet pikken. Maar dat krijgt hij niet over zijn lippen, omdat hij weet dat ze het allemaal voor hem doet. Ze verdient zijn kritiek en minachting niet.

En toch.

'Als er iets niet af is,' zegt hij, en zijn stem begint over te slaan, 'dan zou je wel eens, weet je...'

'Doe niet zo gek,' zegt ze. 'Er zal me niets overkomen.' Ze glimlacht. 'Ik kan wel wat hebben. Maak je maar geen zorgen over mij.'

'Maar gisteravond,' zegt de jongen, 'zei je nog dat je hart...'

'Genoeg,' zei ze streng. 'Ga je huiswerk maken.'

5

4

3 WOENSDAG

2

1

35

Mij zul je nooit meer terugzien in dit hotel.

Elliot Cantor drukte voor de tiende keer de liftknop in. Nee, hij drukte hem niet in. Hij ramde erop. Hij was woedend op die liftknop. Hij wilde hem dwars door de muur heen rammen. Hij wilde hem in een blender gooien en tot pap vermalen.

Hij haatte deze lift. Deze cabine, en die ernaast. Een hotel met dertig etages, met elk meer dan twaalf kamers, had toch meer dan twee liften nodig? Beide waren altijd vol.

'Het is toch niet te geloven,' zei hij.

'Rustig maar, hij zal uiteindelijk wel komen,' zei zijn vriend, Leonard Faulks.

'Nou, ik vraag het me af.'

Elliot en Leonard, beiden eenendertig jaar oud en afkomstig uit Toronto, waren voor een week in New York. Voor hun respectievelijke werk – Elliot was financieel adviseur en Leonard werkte als freelanceredacteur voor uitgeverijen – waren ze hier al vaker geweest, maar nog nooit samen. Een vriend had hun aangeraden om in Klaxton 49 te logeren, een van de vier hotels in Manhattan die onder de kleine Klaxton-keten vielen. Elliot had online geboekt nadat hij er op TripAdvisor goede dingen over had gelezen. Nou, zijn recensie zou anders worden. In zijn hoofd had hij die al geschreven. Het zou zoiets als dit worden: *Dit centraal gelegen hotel met dertig etages mag dan wel schoon zijn en vriendelijk personeel hebben, MAAR GA HIER NIET HEEN TENZIJ JE GRAAG VIJF UUR OP DIE KLOTELIFT WIL WACHTEN!*

Het was al sinds dag één het geval geweest. Hun kamer was op de vijftiende etage, in het midden van het gebouw. Ze zouden de trap hebben genomen als ze op een lagere etage hadden gezeten. En zelfs nu overwoog Elliot het nog. Dalen was een stuk makkelijker dan klimmen. Niet dat ze een slechte conditie hadden, maar als je zeven of acht uur door Manhattan had gewandeld was zo'n slopende klim wel het laatste waar je op zat te wachten.

Elliot keek naar de verlichte cijfers om te zien waar de twee liften zich bevonden. Een was op de vijfde etage en ging omhoog. De andere was op de twintigste etage en ging omlaag. Aan de tijd dat de liften bij elk getal bleven hangen kon je afleiden dat er veel gasten in- en uitstapten.

De stijgende lift stopte op zeven, toen op negen, toen op twaalf. Elliot hoopte dat de laatste passagier op de vijftiende etage zou uitstappen, in dat geval konden ze meteen naar beneden. Maar de dalende lift leek hen eerder te bereiken. Nog twee etages.

'Waarom druk je die knop niet nog een keer in?' zei Leonard.

Elliot wierp hem een blik toe. Hij wist dat hij gesard werd, maar dat weerhield hem er niet van om precies te doen wat Leonard hem vroeg. Hij gaf nog een klap op de knop.

Het was een frontale aanval.

De dalende lift stopte één etage boven hen.

'Ah, daar zal je hem hebben,' zei Leonard opgewekt, in de hoop dat het zijn vriend zou kalmeren.

De lift kwam in beweging. Ze hoorden hem door de schacht suizen.

Hij stopte niet voor hen.

De getallen 14, 12 en 9 lichtten achter elkaar op. De lift ging in één keer door naar de lobby.

Om zijn verslagenheid aan te geven liet Elliot zijn voorhoofd tegen de muur boven de liftknoppen rusten.

De stijgende lift passeerde de vijftiende en stopte op de tweeëntwintigste etage. Leonard volgde hem en vroeg zich af of hij verder omhoog zou gaan, of weer naar beneden zou komen.

Hij kwam hun kant op.

'Elliot,' zei hij behoedzaam.

Elliot hief langzaam zijn hoofd op en keek naar de getallen. De lift was drie... twee... één etage boven hen.

Deze keer hoorden ze niet het geluid van een voorbij suizende lift. Het klonk alsof hij stopte.

En toen gleden de deuren open.

'Het is een godswonder,' zei Elliot.

Dat was het goede nieuws. Het slechte nieuws was dat de lift nagenoeg vol was. Achterin stond een ouder echtpaar dat duidelijk op weg naar beneden was om uit te checken, ze hadden alle twee een rolkoffer bij zich. Dan was er een vrouw van in de veertig met een roze trainingspak aan. Ze had twee tienermeiden in dito trainingspakken en hardloopschoenen bij zich staan. Elliot hoefde geen Sherlock Holmes te zijn om te bedenken dat het de dochters van de vrouw waren.

Gelukkig was er nog net genoeg ruimte voor Leonard en hem om niet schouder aan schouder te hoeven staan.

Niemand zei iets toen ze instapten, maar er hing een collectieve wanhoop in de lucht; de anderen hadden blijkbaar ook een eeuwigheid gewacht tot ze naar de begane grond konden afreizen.

Leonard wilde de L van 'Lobby' indrukken, maar de knop lichtte al op.

De lift begon te dalen.

En stopte toen.

Ze waren één etage verder gekomen.

'Nee, hè?' zei een van de tienermeiden.

De deuren gleden open en onthulden een jong stel en – Elliot wilde gaan gillen – een wandelwagen met een klein kind erin.

'Eh,' zei Elliot, 'dat lijkt me niet zo'n goed idee. We zitten al vol hier.'

'Nee, dat gaat wel lukken,' zei de vader, die de wandelwagen voor zich uit de lift in duwde.

Iedereen moest verder naar achter doorschuiven. Toen de vader de wandelwagen erin had draaide hij hem een slag om plaats voor de moeder te maken. Ze stapte de lift in en wachtte tot de deuren zouden dichtglijden.

'Ik heb altijd al willen weten hoe het is om een sardientje te zijn,' fluisterde Leonard in het oor van zijn vriend.

Iemand had er iets van moeten zeggen, dacht Elliot.

De lift daalde nog een etage, en stopte wéér.

Uit ieders keel ontsteeg een moedeloos geluid. Alleen het jonge stel reageerde niet, evenmin als hun kind, dat zich niet bewust was van alle opwinding.

'Dit kan echt niet,' zei de oudere man tegen zijn vrouw.

'Op deze manier gaan we onze vlucht nog missen,' zei de vrouw zachtjes. 'Als het verkeer nu ook nog tegenzit, zijn we nooit op tijd op LaGuardia.'

De deuren gleden open.

Jezus, nee, dacht iedereen.

Voor hen stond een man van begin twintig, hij was zo'n een meter zestig lang en leek zeker zo'n honderdvijftig kilo te wegen. Zijn outfit bestond uit een korte broek, een paar te grote sneakers met losse veters en een mouwloos shirt met I ♥ NEW YORK erop. De dikke schoenveters sleepten achter hem aan als feloranje wormen.

'Ik denk dat je beter op de volgende lift kunt wachten, serieus,' zei Elliot.

'Echt niet,' zei de man. 'Ik sta hier al tien minuten te wachten.'

Hij stapte de lift in en wrong zich tussen de vleesverzameling. Het jongetje in de wandelwagen keek met grote ogen op naar de massa die boven hem uittorende.

De dikke man bleef iedereen verder naar achter drukken. 'Ik krijg geen adem meer,' zei de oudere vrouw, maar dat had misschien meer met het mouwloze shirt van de nieuwe passagier te maken dan met het feit dat ze geplet werd.

Laten we zeggen dat zijn lichaamsgeur nogal doordringend was.

Iedereen stond zo dicht op elkaar dat de man niet eens een poging ondernam om zich om te draaien. Hij stond met zijn rug naar de deuren toe en zei tegen een van de tienermeiden: 'Kun je de knop van de lobby indrukken?'

'Dat is al gedaan,' zei ze.

'Druk dan CLOSE in,' zei haar zus.

'Welke?'

Ze wees op een knop waarop twee driehoekjes naar elkaar wezen. Haar zus drukte hem in.

De deuren gleden dicht, maar sprongen toen weer terug. Het achterwerk van de dikke man zat ertussen.

Nu had de moeder van de meiden er genoeg van. 'Ik denk toch echt dat je beter de volgende…'

Maar in plaats van eruit te stappen duwde de man zich nog verder naar voren, zijn buik puilde over het hoofd van het kind in de wandelwagen heen. Een van de meiden drukte nog een keer de knop in.

De deuren deden een tweede poging om zich te sluiten, en deze keer lukte het.

'Shit!' zei een van de zussen, ze keek naar de vloer.

Tussen de deuren zat een van de losse oranje schoenveters van de dikzak. Terwijl de lift daalde, trok de veter strak. In een fractie van een seconde werd de schoen naar de deuren getrokken, waardoor de man wankelde.

Zijn papperige been werd omhooggetrokken en hij sloeg voorover. Als een gevelde eik in het bos knalde hij op de grond. Hij miste het kind rakelings, maar kwam wel boven op de handvatten van de wandelwagen terecht, waardoor het jongetje de lucht in schoot. Alsof hij op een wip zat en er een basaltblok op het andere stoeltje werd gedropt.

Iedereen schreeuwde, bij de tienermeiden was het eerder gegil.

Zodra de dikke man de vloer had geraakt werd hij aan één been omhooggetrokken in de richting van de bovenkant van de liftdeur.

Maar toen schoot de schoen van zijn voet en hij stortte nog een keer neer. De schoen vloog naar het midden van de deur, de veter brak en de schoen viel op de vloer.

'Benji!' schreeuwde de moeder, die zich over de dikke man heen boog om te zien of alles goed was met haar kind.

'Jezus nog aan toe!' riep Elliot uit.

Het was eigenlijk onmogelijk, maar iedereen had ruimte weten te maken voor de vallende man. De meiden stonden letterlijk op Leonards voeten. De vader van het jongetje stond met gespreide armen tegen de liftwand aan gedrukt.

De peuter huilde. De wandelwagen was total loss.

En toen gleden de deuren open.

Ze hadden de lobby bereikt.

Het groepje mensen dat op de lift stond te wachten deinsde vol afschuw achteruit bij het zien van de neergekwakte man. De meiden stapten om hen heen, gevolgd door hun moeder. Toen ze uit de lift waren draaiden ze zich om en boden aan te helpen.

De dikke man krabbelde langzaam overeind. Elliot stak hem een hand toe.

'Gaat het?' vroeg hij.

De man knikte en zag toen zijn schoen, waar een stuk veter vanaf was, op de liftvloer liggen. Leonard pakte de schoen op en reikte hem aan.

'Alstublieft!' zei de oudere vrouw, die nog steeds achter in de lift stond. 'Laat ons eruit! We moeten een vliegtuig halen!'

Samen met haar man manoeuvreerde ze zich om de anderen heen; toen ze eenmaal uit de lift waren moesten ze nog langs de groep hotelgasten zien te komen die op de lift hadden staan wachten.

'Kijk nu eens wat je hebt gedaan!' zei de moeder, die de peuter in een arm hield en met haar vrije hand naar de vernielde wandelwagen wees.

'Eh, sorry,' zei hij.

'Je had nooit in moeten stappen,' zei de vader. 'En jezus, misschien dat dit je zal leren om je schoenveters eens vast te strikken.'

'Ik zei dat het me speet. En de fout ligt trouwens bij het hotel. Die deuren pakten mijn veter.'

De ouders schudden hun hoofd terwijl ze de ingedeukte wandelwagen uit de lift tilden.

'Weet je zeker dat het goed gaat?' vroeg Leonard.

De dikke man knikte langzaam. 'Het zou kunnen dat ik mijn enkel heb verstuikt,' zei hij terwijl hij naar zijn voet keek. 'Maar ik geloof dat het wel gaat.'

'Oké,' zei hij vervolgens. Hij wierp Elliot een blik toe en haalde kort zijn schouders op. Met andere woorden, hij was er klaar mee.

Toen ze door de lobby liepen zei Elliot: 'Ik dacht dat zijn been eraf gerukt zou worden, of zoiets.'

'Ik wil mijn *granola parfait* van Le Pain Quotidien,' zei Leonard, 'en daarna gaan we naar een ander hotel op zoek.'

Elliot glimlachte. 'Dus nu ben jíj degene die er genoeg van heeft.'

'Die vent had ons kunnen verpletteren,' zei Leonard toen ze de uitgang hadden bereikt.

'Waar ben je naar op zoek, een hotel dat verboden is voor dikzakken? Dat klinkt niet echt koosjer.'

Ze stonden even bij te komen op het trottoir. Er naderde een taxi op straat, een gele Prius.

Leonard wees naar links. 'Het is die kant op.'

'Nee,' zei Elliot, die hem bij zijn arm pakte. 'Ik weet zeker dat Le Pain díé kant op is.'

De taxi was hen tot op zo'n twintig meter genaderd.

'Wacht,' zei Leonard, die eerst naar links en toen naar rechts keek. 'Ik geef het niet graag toe, maar ik geloof dat je gelijk hebt.'

De taxi reed langs het hotel.

'Oké, laten we...'

En dat was het moment waarop de bom in de Prius afging.

36

Drie minuten na de taxi-explosie in East Forty-Ninth Street stond een groepje van acht mensen voor de drie liften van het twintig verdiepingen tellende Gormley Building aan Seventh Avenue tussen Sixteenth en Seventeenth Street. Een man en een vrouw die het dichtst bij de gesloten liftdeuren stonden waren beiden op hun telefoon bezig. De vrouw las *The New York Times* en de man keek het nieuws door van een app die de beursstanden bijhield. Hij schudde langzaam zijn hoofd, de informatie beviel hem blijkbaar niet.

Vier van de zes medewachtenden achter hen waren ook op hun telefoon bezig, twee nipten van hun dure latte in Starbucks-bekers. Om de zo veel seconden wierp iemand een blik op de display boven de deuren om te zien op welke etage de lift zich bevond. Hij was eerst nog op de achttiende etage, en was nu onderweg naar beneden.

Ongeveer tien seconden later gleden de liftdeuren open.

Zonder van hun telefoon op te kijken deden de man en de vrouw die er het dichtstbij stonden een stap naar voren.

En vielen naar beneden.

Er was geen cabine.

Het leek erop dat ze dit overleefd moesten hebben. Het was niet zo dat ze op de twintigste etage in de schacht stapten.

Ze waren in de kelder gevallen. Er was nog één niveau onder de lobby. Er bevond zich geen parkeergarage onder het Gormley Building, dus de schacht liep niet door tot ver onder het straatniveau.

Maar de schacht ging wél door tot in de kelder, deze extra ruimte was er voor onderhoudswerkzaamheden.

En dat was het gat waarin deze twee mensen waren gevallen.

Op het moment dat het gebeurde klonken er kreten van de personen achter hen. Niemand was ze blindelings de schacht in gevolgd.

Toen de uitroepen 'O, mijn god!' en 'Shit!' en 'Jezus!' waren uitgeklonken, liep een man in vrijetijdskleding en met oordopjes in naar de rand en keek naar beneden. De twee lagen erbij als lappenpoppen, hun benen en armen verdraaid. De bodem van de schacht was smerig, en langs de groezelige betonnen muren hingen kabels en snoeren.

De man op de bodem probeerde een arm te bewegen. De vrouw kreunde.

'Ze leven nog!' riep de man met de oordopjes over zijn schouder. 'Bel 911!'

Iemand met een telefoon in zijn hand belde het alarmnummer al.

De man met de oordopjes leunde weer voorover de schacht in en riep de twee gewonden toe: 'Er is hulp onderweg! Hou vol!'

Er kwam een beveiliger aangerend, hij was buiten adem en baande zich een weg tot hij voor het gat stond. 'Wat is er aan de hand? Wat is er gebeurd?'

'De deuren gingen open, er was geen lift en ze stapten in het gat,' zei de man met de oordopjes.

De beveiliger sperde zijn ogen open. 'De kelder,' zei hij, 'we kunnen dichterbij komen als we de kelderdeuren...'

Er klonk een mechanisch geluid. Ze keken beiden in de schacht omhoog.

Wat ze zagen was de onderkant van de liftcabine, die nog op de eerste etage had stilgestaan.

Hij begon langzaam naar beneden te zakken.

'Jezus,' zei de beveiliger, die zich uit de schacht terugtrok en de man met de oordopjes met zich meetrok.

De lift daalde tergend langzaam.

De onderkant van de cabine verscheen boven in het gat van de geopende deuren. De binnendeuren van de lift waren gesloten. De bodem van de schacht was nog even zichtbaar, en de man met de oordopjes zag nog net dat de gevallen man zich op zijn knieën had weten te werken. Hij boog zich over de vrouw heen om te kijken hoe het met haar ging.

‘Shit,’ zei de beveiliger toen de lift halverwege het gat was gekomen. Hij strekte zijn arm uit, drukte de knop met de omhoog staande pijl in en hoopte dat de lift zo in elk geval op de begane grond zou stoppen.

Als dat zo was kon een reddingsploeg de gewonden bereiken via de liftdeur in de kelder. Hij hoefde alleen maar de speciale liftsleutel te halen. Alle liften hadden een kleine ronde opening in de deur waar deze sleutel in paste. Als je hem draaide, gingen de deuren open.

Het leek een goed plan.

Heel even.

De lift zakte langzaam verder omlaag.

Hij stopte niet in de lobby, de begane grond.

Hij vervolgde zijn meedogenloze weg.

De gewonde man was niet langer zichtbaar en hij riep: ‘Zorg dat hij stopt! Stop dat kloteding!’

De beveiliger begon heftig op de knop te slaan, hij wist niet wat hij anders kon doen. ‘Kom op! Stop, klootzak!’

De bovenkant van de liftcabine passeerde nu langzaam het vloerniveau van de lobby.

Het geschreeuw van de man in het gat werd intenser, en de vrouw viel hem bij. Een ijzingwekkend doodskoor.

De liftcabine zette als een sluw roofdier de trage daling door, tot hij uiteindelijk de bodem had bereikt.

Het geschreeuw was opgehouden.

37

Eugene Clement zat aan een tafel in het restaurant van het hotel en las een papieren versie van *The New York Times*. Tegenover hem zat zijn vrouw nieuwsfilmpjes op haar tablet te bekijken. Op een bord lag haar half opgegeten ontbijt: resten roerei, toast en een plakje bacon.

Ze hadden nauwelijks een woord gewisseld sinds gisteravond, toen Estelle hem vragen begon te stellen over die man met wie hij op straat praatte, en daarna het gesprek op hun seksleven bracht, een onderwerp waar hij het niet over wilde hebben. Toen hij stress als excuus opvoerde, was dat gedeeltelijk waar. Hij leefde de laatste tijd onder een aanzienlijke mentale druk. Maar de volledige waarheid was dat hij er niet meer naar verlangde. Wel naar seks, maar niet naar seks met Estelle.

Hij had manieren gevonden om zonder haar aan zijn trekken te komen; in de stad waar ze woonden, en als hij op reis was in de rest van het land.

Discreet.

Maar zijn zorgen aan deze ontbijttafel hadden niets te maken met een excuus voor zijn seksuele desinteresse jegens Estelle. Wat hem zorgen baarde was haar vermoeden dat dit reisje naar New York niets met hun trouwdag te maken had.

Wat natuurlijk correct was.

Hij had de activiteiten van de Flyovers tot nu van een afstand moeten volgen. Het was niet erg bevredigend om van honderden kilometers afstand de beelden van een bomaanslag in Seattle te zien. Hij had op de eerste rang willen zitten om ervan te genieten hoe de boeren de New Yorkse kustelite een lesje leerden. Clement dacht dat hij er tot nu toe in was geslaagd om zijn vrouw in de waan te laten dat de Flyovers nooit hun toevlucht tot geweld zouden nemen. Ze leek altijd te vinden dat de kritiek op de Flyovers onterecht was.

Maar nu had ze dus naar die man op straat gevraagd. Ze had gezegd dat ze hem wel eens eerder had gezien.

Het was duidelijk dat Clement en Bucky voortaan nog voorzichtiger zouden moeten zijn.

Clement keek over zijn krant heen om zijn koffiemok te pakken. Hij zag het half opgegeten ontbijt van zijn vrouw en zei: 'Vind je het niet lekker?'

'Het was prima,' zei zijn vrouw, die niet van haar tablet opkeek.

'Ik vond het heerlijk. Dank je.'

Nu keek ze wel op. 'Wat?'

'Niets,' zei hij.

'Misschien dat je het maar door een ander moet laten overnemen.'

Clement knipperde met zijn ogen. 'Sorry, wat moet ik?'

'Je zei dat je zo gestrest was, dus laat iemand anders het doen. Laat iemand anders de spreekbuis van de Flyovers zijn.'

'Het werk is nog niet af. Ik heb nog veel te doen.'

'En wanneer is het dan af?' vroeg ze. 'Vertel me eens, wat hoop je er eigenlijk mee te bereiken? Wat wil je precies?'

Zo kende hij haar niet. Ze stelde vragen bij zijn missie.

'Bewustzijn, Estelle. Ik wil een nieuw bewustzijn creëren.'

Ze zuchtte. 'Net als bij die stomme bezettingsactie?' vroeg ze, luid genoeg voor de naburige tafeltjes om het te kunnen horen.

Clement keek snel om zich heen of iemand opkeek, daarna boog hij zich over het tafeltje heen en keek haar kwaad aan. 'Praat niet zo hard in godsnaam,' fluisterde hij. 'En we hebben veel met die actie bereikt.'

Estelle schudde triest haar hoofd. 'Een groep volwassen mannen die een sit-in houdt in een nationaal park, als een stel idioten. Je was er maar liefst tien dagen. Belachelijk. God mag weten hoe lang het nog geduurd zou hebben als een van je briljante maatjes niet naar de dichtstbijzijnde Kentucky Fried Chicken was geslopen en door de FBI werd ingerekend.'

Hij leunde achterover op zijn stoel. 'Wat is er de laatste tijd toch in je gevaren?'

'Nou, jij in elk geval niet,' zei ze ijzig.

Hij voelde zijn wangen rood worden. 'Je wint de oorlog niet met één confrontatie. Wat we met die bezetting hebben bereikt zal niet direct aanwijsbaar zijn. Zoiets bouwt zich op.'

Ze hield het deze keer bij fluisteren, maar haar woede was evident. 'Met wie ben je in oorlog, Eugene? Nou? Met de andere mensen in dit restaurant? Met de ober? De mensen achter de balie? Ben je met hen in oorlog?'

Eugene haalde diep adem. Estelle had nooit het grotere geheel kunnen zien. 'Een revolutie kost tijd.'

'Een revolutie,' zei ze honend. 'Je bent Che Guevara zeker.'

'Zit me niet te jennen.'

'En al die volgelingen van je, al die aanhangers. De helft ervan is stapelgek, het zijn idioten. Koffiehuizen opblazen. Je hitst de mensen op met de dingen die je schrijft en zegt.' Ze zweeg even. 'Ik weet dat jij er niet achter staat dat ze zulke dingen doen, maar je moet beseffen dat je invloed op ze hebt.'

Clement nam een moment om rustig te worden. Toen zei hij langzaam: 'Ik ben hier, op dit moment, in deze stad, om onze trouwdag te vieren. Ik wil niet over mijn werk praten. Ik wil niet over... óns praten. Dus pak die verdomde stadsgids erbij en zoek verdomme iets uit voor vandaag terwijl ik ga pissen.'

Estelles mond viel open.

Hij gooide zijn servet op tafel en duwde zijn stoel naar achteren. Terwijl hij wegliep pakte hij zijn telefoon en opende een app om de laatste nieuwsflitsen te lezen. Er waren twee hoofditems. Er waren nog niet veel details, maar er had wéér een liftongeluk plaatsgevonden. Twee dodelijke slachtoffers. En op West Forty-Ninth Street was een taxi geëxplodeerd, hierbij waren de chauffeur en twee passanten om het leven gekomen.

Clement stopte de telefoon in zijn zak terug en vervolgde zijn weg naar het herentoilet, dat zich aan het eind van een gang tussen de lobby en het restaurantgedeelte bevond. Hij duwde de deur open en liep naar binnen.

De ruimte leek op het eerste gezicht leeg te zijn. Clement ging voor de spiegel staan en deed net of hij zijn uiterlijk inspecteerde, hij haalde een hand door zijn dunner wordende grijze haar. Hij draaide zich om, deed een stap in de richting van de rij urinoirs en keek over zijn schouder naar de drie toiletten. Bij twee ervan stonden de halve deuren open, maar de derde was op slot. Door de opening onderin waren schoenen zichtbaar.

Eugene nam het middelste urinoir en ritste zijn gulp open. Hij schraapte zijn keel. Niet één keer, maar drie onderscheidende keren.

Vanachter de afgesloten toiletdeur klonk een stem, die hij meteen als die van Bucky herkende. 'Ben je al op de hoogte?'

'Ja. Het is me nogal een ochtend voor de New Yorkse bevolking geweest.'

'Zeker,' zei Bucky.

'Geen problemen?'

'Nee.' Bucky zweeg even en zei toen: 'De taxi was een Prius.'

'Leuk detail,' zei Clement, die zich afschudde.

'Ik had de timer op zestig seconden gezet. Als het langer was geweest zou de volgende passagier hem misschien hebben opgemerkt.'

'En waar is hij afgegaan?'

'Voor het Klaxton Hotel.'

'Fijn dat het niet dit hotel was.' Op sarcastische toon voegde hij eraan toe: 'Ik zou niet graag willen dat er een domper op de viering van onze trouwdag zou komen. Nu we het er toch over hebben, je moet voorzichtiger zijn. Mijn vrouw heeft je gezien.'

'Shit. Wat hebt u gezegd?'

'Ik zei dat ik niet wist waar ze over had.' Clement ritste zijn gulp dicht. 'Gelukkig hoort Estelle ons hier niet praten.'

Hij liep naar de rij wasbakken en waste langzaam en methodisch zijn handen. De deur ging open en een man betrad de toiletruimte.

'Goeiemorgen,' zei Clement.

Hij zei het net hard genoeg dat Bucky wist dat hun gesprek was afgelopen.

Clement hield zijn handen onder het droogapparaat, maar ze waren nog steeds vochtig toen hij naar het restaurant terugliep. Estelle zat niet meer aan hun tafel. Hij keek rond in de ruimte en ging zitten.

Ze zal wel naar onze kamer zijn teruggegaan, dacht hij. Ze is natuurlijk nog steeds kwaad op me. Nou, ze bekijkt het maar. Ik neem nog een kop koffie.

Hij zag de ober lopen en stak zijn hand op. Maar toen verscheen Estelle, ze ging op haar stoel zitten en had een aantal toeristische folders bij zich.

'Waar was je?' vroeg hij.

'Ik wilde even uitzoeken wat ik ga doen vandaag. Ik werd een beetje moe van die stadsgids. Deze lagen op de balie.' Ze spreidde ze als set speelkaarten uit op tafel en nam er een uit. 'Het Guggenheim,' zei ze.

Clement knikte. 'Natuurlijk, dat kunnen we doen.'

Estelle schudde haar hoofd. 'Nee, dat is wat ík ga doen.' Ze veegde de folders bij elkaar en gooide ze naar zijn kant van de tafel. 'Ik weet zeker dat je er wel iets interessants tussen vindt.'

38

Barbara zag een tweet over een geëxplodeerde taxi in East Forty-Ninth Street. Ze ging naar de link, maar er stond geen informatie bij die ze niet al op Twitter had gelezen.

Ze zat in haar keukenhoek met de laptop op tafel de koud geworden koffie op te drinken. Misschien dat ze zich maar eens moest gaan aankleden, en waarom had zij niet zo'n keurig appartement als Chris Vallins?

'Mijn god,' zei ze toen ze over de taxi las.

Zeker weer zo'n door IS geïnspireerde idioot, dacht ze. New York werd een of twee keer per jaar door een amateurterrorist geteisterd die een knullige bom in elkaar had gezet en deze in Penn Station of de Port Authority of Times Square tot ontploffing probeerde te brengen. Soms wist zo'n klootzak echt schade aan te richten, op andere keren ging zo'n ding al af voordat ze hun huis hadden verlaten. Degenen die de meeste ellende veroorzaakten hoefden niet eens een bom te maken. Ze gingen achter het stuur van een vrachtwagen zitten en reden op een menigte in.

Het eerste wat men zich tegenwoordig afvroeg als er iets ergs had plaatsgevonden was: is het een terroristische actie? Maar wat er op Forty-Ninth Street was gebeurd zou ook iets anders kunnen zijn. Misschien dat er een gasleiding onder de straat was geëxplodeerd op het moment dat de taxi eroverheen reed. Het kon zijn dat de explosie niets met een bom had te maken. Het incident had nog geen half uur geleden plaatsgevonden, en er was verder nog niets bekend.

Barbara overwoog even om de tv aan te zetten, maar dat kon later ook nog wel.

Ze herlas de column die ze gisteren had geschreven. Er waren nog wat reacties bij gekomen, maar er zat niets nuttigs tussen. Ze ging nog maar eens een nieuwe poging wagen om een verklaring van een handhavende instantie te krijgen. De binnenlandse veiligheidsdienst, de FBI, het NYPD, wie dan ook. Ze zou zelfs de dierenambulance hebben gebeld als die informatie voor haar had. Ze wilde hun vragen waarom nu al aan twee naaste verwanten van de liftslachtoffers was gevraagd hun mond dicht te houden.

Barbara liep eerst de contacten in haar telefoon door, en schreef op wie haar van nut zou kunnen zijn. Daarna keek ze online of er nog nieuwe informatie over het liftongeluk bij was gekomen. Tot slot maakte ze een lijst van personen die ze wilde spreken.

Ze had een bron binnen het NYPD. Geen agent of rechercheur, maar een vrouw die op de communicatieafdeling werkte. Barbara had haar privénummer. Ze zocht het op en belde haar.

Een paar seconden later klonk er een vrouwenstem. 'Hallo?'

'Hoi. Ik ben het. Lang niet gesproken.'

'Ja, ik voelde me al een beetje verwaarloosd. Maar ook wel opgelucht,' zei de vrouw.

'Luister, ik probeer mijn vinger achter iets te krijgen, maar ik kom er maar niet verder mee.'

'Achter wat dan?'

'Die liftongelukken van maandag en dinsdag. Ik heb het gevoel dat er de hoogste prioriteit aan wordt gegeven, maar ik weet niet waarom dat zo is. Het lijkt erop alsof de binnenlandse veiligheidsdienst of de FBI ermee bezig is. Waarom zou dat in godsnaam zijn?'

'Als dat zo is, heb ik er niets over gehoord. Maar...'

'Het lijken bedrijfsongevallen te zijn. Maar sommige familieleden van de slachtoffers is geadviseerd zich gedeisd te houden. En er niet over te praten. Dus ik...'

'Stil nu even, en luister.'

Barbara aarzelde. 'Oké.'

'Het zijn niet twee ongelukken. Het zijn er drie.'

'Wat?'

'Is er een tv in de buurt?'

'Nee, ik woon op Neptunus. Natuurlijk is er een...'

'Zet hem aan.'

Barbara stond op van de keukentafel en liep met de telefoon tegen haar oor naar het woongedeelte van haar appartement. Met haar vrije hand pakte ze de afstandsbediening, zette de flatscreen-tv aan en zocht een van de nieuwszenders op.

'... in drie dagen,' zei een vrouw met een microfoon in haar hand. Hoewel Barbara de verslaggever herkende, Liza Bentley, kon ze het gebouw achter haar niet thuisbrengen. Maar op de tekstband onderin las ze: TWEE DODEN BIJ LIFTRAMP OP 7TH AVENUE.

'Dit is ongelooflijk,' zei Barbara in zichzelf.

'Zei je iets?' zei haar bron bij de politie.

'Wat is er aan de hand? Dit kan geen toeval zijn.'

'Nou,' zei de vrouw langzaam, alsof ze zich afvroeg of ze het wel moest zeggen, 'ik heb wel íéts gehoord.'

Barbara zette het geluid van de tv uit. 'Wat heb je gehoord?'

'Het is niet op papier gezet, en er zijn geen e-mails over. Maar er is rondgebeld naar de huisbazen.'

'Huisbazen?'

'De huiseigenaars, de vastgoedbeheerders, die groep. Er werd verzocht om het stil te houden.'

'Stil te houden?'

'Ja, om het stil te houden. Hoe dan ook, de gemeente heeft niet genoeg liftinspecteurs om het te kunnen doen, dus nu wordt iedereen gevraagd zelf zijn liften te inspecteren.'

'Waarop?'

'Dat weet ik niet. Maar wat er ook aan de hand is, een defect of iets dergelijks, ze zijn bang dat het viraal gaat.'

'Kan een lift een virus krijgen?'

'Zo bedoel ik het niet.' De vrouw zweeg even. 'Hoewel, misschien wel, eigenlijk. Het probleem is dat er meer dan zestigduizend liften in de stad zijn. Het gaat nog wel even duren als die allemaal nagekeken moeten worden.'

'Waarom wordt het niet openbaar gemaakt?' vroeg Barbara. 'Naar buiten gebracht? Waarom hebben jullie geen persbericht opgesteld?'

‘Hé, ik werk hier alleen maar. Als er een persbericht had moeten komen, zou ik dat hebben geschreven.’

‘Paniek.’

‘Wat?’

‘Ze willen niet dat er paniek uitbreekt.’

‘Ja, áls er iets is om over in paniek te raken.’

Barbara lachte. ‘Mensen hebben vaak geen gegronde reden nodig om in paniek te raken.’

‘Luister, ik moet weer verder. Laat me je nog een tip geven.’

‘En dat is?’

‘Neem de trap.’

39

'Ik denk niet dat je nog langer kunt wachten,' zei Valerie tegen de burgemeester. 'Je moet iets gaan zeggen. Een persconferentie houden.'

Richard Headley ijsbeerde om zijn bureau heen en streek langzaam een hand over zijn hoofd. 'Jezus,' mompelde hij. 'Wat moet ik de mensen dan zeggen? Dat ze die kloteliften niet meer moeten gebruiken? Ik kan ze net zo goed zeggen dat ze niet moeten claxonneren in de auto.'

Valerie knikte begripvol. 'Ik weet het. Als we de koppen bij elkaar steken, kunnen we misschien iets verzinnen wat...'

'En waar is Glover, verdomme?' Hij stopte en keek naar de deur, alsof hij verwachtte dat zijn zoon er elk moment aan kon komen.

'Geen idee,' zei Valerie. 'Ik zal hem even appen.'

Headley maakte een wegwerpgebaar. 'Laat maar. Ik zou trouwens toch niets weten waarbij hij kan helpen.'

Valerie, die in het midden van de ruimte stond, deed een stap in zijn richting. 'Burgemeester.' Ze zweeg even. 'Richard.'

Bij het horen van zijn naam stopte hij met ijsberen. Hij keek haar afwachtend aan.

'Ik ben waarschijnlijk niet in de positie om dit te zeggen,' begon ze.

'Vast niet,' zei de burgemeester.

'Maar ik zeg het met de beste bedoelingen.'

'Oké, Valerie. Zeg het maar.'

'Glover.'

'Ja, wat is er met hem?'

'Ik denk... Ik maak me zorgen over zijn zelfbeeld.'

De burgemeester hield zijn hoofd scheef. Hij keek bijna geamuseerd. 'Zijn zelfbeeld?'

'Ik weet dat we het er laatst nog over hadden dat zijn talenten op andere gebieden liggen, maar je bent verschrikkelijk hard voor hem. Hij doet ongelooflijk zijn best voor je, maar hij kan niets goed doen in jouw ogen. En ik maak me niet alleen zorgen om hem, ik maak me ook zorgen om jou.'

'Waarom?'

'Dingen komen naar buiten. Mensen praten, en ze observeren. We denken vooruit, en we proberen een beeld van je te creëren dat de kiezers zal bevallen.' Ze schraapte haar keel. 'Een béter beeld. Zoals jij Glover behandelt, daar hebben de mensen een mening over. Dat je, nou, je als een hufter tegenover je zoon gedraagt. Dat komt niet goed over.'

Headley bromde wat.

Valerie ging nog wat rechter staan, en bereidde zich voor op de uitval die ze elk moment verwachtte. 'Kijk, je bent een complex individu. Je kan hard zijn, meedogenloos zelfs. Maar je hebt ook een andere kant, en die heb ik gezien. Je kunt meelevend zijn. Ik weet dat er dingen zijn waar je om geeft. Het milieu, bijvoorbeeld. Maar het is niet genoeg om je om de planeet te bekommeren. Er leven ook mensen op.'

Headley leek verbaasd.

'Er zullen in de toekomst meer verhalen over je komen. Profielen. We gaan op zoek naar iemand die je autobiografie wil schrijven, nu Barbara Matheson ervoor heeft bedankt.'

Headley snoof minachtend. 'Nog zo'n briljant idee van Glover.'

'Misschien was het een beter idee dan we denken. Ze zou het prima hebben gedaan als we haar wat meer speelruimte hadden gegeven.'

Hij schudde zijn hoofd.

'Maar zoals ik al zei, er zullen meer profielen komen. En vaak zullen we daar geen controle over hebben, wat betekent dat de mensen die voor je werken zullen worden benaderd. Er is een goede kans dat ze geen blad voor de mond zullen nemen, vooral als ze vinden dat je ze hebt beledigd of gekleineerd. Ze zullen vertellen wat ze hebben gezien. Hoe je Glover behandelt zal een van de dingen zijn die naar buiten komen. Je maakt er een slechte indruk mee. Trouwens, er wordt nu al over gepraat. Er is zelfs al een Twitter-account waarop...'

Headley hief zijn hand op en bracht haar tot zwijgen. Hij liep langzaam om zijn bureau heen en ging in zijn overmaatse pluchen stoel zitten. Hij legde een moment lang zijn hoofd in zijn handen en keek toen weer op. 'Oké, dus ik zal nooit Vader van het Jaar worden. Maar het feit dat hij hier aan mijn zijde werkt is een poging om mijn eigen misstappen uit het verleden goed te maken. Ik had hem waarschijnlijk allang ontslagen als hij iemand anders was geweest.'

'Het is een slimme jongen, Richard. Hij is de grootste techneut die ik ken. Politiek... oké, dat is niet zijn sterkste kant. Hij is nog te jong, hij heeft de ervaring niet. Laat hem dingen doen waarin hij kan uitblinken – vierentwintig uur per dag, zeven dagen in de week – zoals opinieonderzoeken en data-analyses. Hij heeft net weer iemand aangenomen op die afdeling. Laat hem vrij, hij hoeft niet in je stafteam te zitten. Laat hem zijn eigen ding doen, zodat hij niet de hele dag voor jou op zijn tenen hoeft te lopen.'

De burgemeester leek haar woorden in overweging te nemen. Hij keek van haar weg en zei kalm: 'Hij... heeft me vernederd. Het heeft me jaren gekost om daarmee te kunnen leven.'

Valerie zuchtte. 'Je kunt beter dan dit.'

'Ik durf te wedden dat ze weer met die beelden waarop hij voor de camera huilt op de proppen komen als ik me ergens kandidaat voor stel.'

'Hij was nog maar een jongen. Een jongen die zijn moeder zag sterven terwijl jij...' Ze stokte.

Hij keek haar onbewogen aan. '... haar verpleegster aan het naaien was.'

Ze knikte langzaam. 'Dat zijn niet mijn woorden. Maar inderdaad.'

Zijn trekken verzachtten. 'Mijn eigen vader was een enorme klootzak.'

'Ik weet het.'

'Hij behandelde me als stront.' Hij schudde zijn hoofd. 'Ik haatte hem. Ik haat hem nog steeds, terwijl hij al zestien jaar dood is. De dingen die ik van hem moest doen. Maar tegelijkertijd ben ik hem dankbaar, weet je?'

'Eh... ja,' zei Valerie.

'Hij heeft me de kracht gegeven om zware beslissingen te nemen. Ik moest zijn orders uitvoeren, anders zwaaide er wat. Het heeft me hard gemaakt.' Hij zweeg even, er kwam een herinnering naar boven. 'Ik moest een keer een echtpaar van hem ontruimen. De man was net zijn baan kwijtgeraakt en zijn vrouw zat met een baby. Er was ook iets met de gezondheid van het kind. Maar ze hadden een huurachterstand van vier maanden. We waren een bedrijf, geen liefdadigheidsinstelling. Ze moesten hun huis uit.'

Valerie keek alsof ze een open riool rook. 'Jezus, je vertelt het alsof je er trots op bent. God verhoede dat dit verhaal in je biografie komt te staan.'

Headley knipperde met zijn ogen, alsof hij zich niet realiseerde wat voor walgelijk verhaal het was. 'Ja, oké, ik begrijp wat je denkt. Maar dat was niet het punt dat ik probeerde te maken. Ik leerde te doen wat er gedaan moest worden. Dankzij mijn vader heb ik ruggengraat gekregen.'

'Maar die had je niet als je tegen hem in moest gaan. Je had nee kunnen zeggen toen hij je opdroeg dat gezin op straat te zetten.'

Hij wierp zijn assistent een vernietigende blik toe. Ze snapte er niets van. 'Het enige wat ik probeer is om Glover ook zo hard te maken.'

'O, op die manier.'

'God, je kijkt me net zo aan als zijn moeder altijd deed,' zei de burgemeester.

Nu was het Valeries beurt om hem vernietigend aan te kijken. 'Je hoeft met je eigen zoon niet dezelfde fouten te maken als je vader met jou deed.'

Hij keek haar aan met een blik waar zowel minachting als bewondering uit sprak. 'Je hebt wel lef om zo'n toon tegen me aan te slaan.'

'Neem maar iemand anders aan als je de waarheid niet wilt horen, Richard.'

Er verscheen even een scheef glimlachje op zijn gezicht, daarna keek hij weer grimmig. 'Organiseer het maar, een persconferentie met de hoofdcommissaris en die gladde eikel van de veiligheidsdienst.'

'Misschien niet de veiligheidsdienst erbij,' adviseerde Valerie. 'We willen de mensen geen doodsschrik bezorgen. Als je de binnenlandse veiligheidsdienst erbij neemt, zal het zo goed als zeker over terrorisme gaan.'

Headley dacht hierover na. 'Oké. Laten we hoe-heet-ie-ook-alweer, onze liftenman, meenemen, voor het geval er technische vragen komen.'

'Komt voor elkaar.'

De deur ging open toen ze erheen liep. Glover liep haastig naar binnen. 'Er is er weer een geweest,' zei hij ademloos. 'Een volgend liftongeluk.'

Headleys medelijdende blik ging van zijn zoon naar Valerie. 'Het laatste nieuws.'

Ze keek haar baas vol afkeuring aan, een blik die *Je leert het ook nooit, hè?* leek te willen zeggen.

40

Alexander Vesolov, de Russische ambassadeur voor de Verenigde Staten, bevond zich in Grand Central Terminal en liep bij Hudson News naar binnen.

Hij bekeek de voorpagina's van de verschillende kranten en koos voor *The Wall Street Journal.* Nadat hij een exemplaar had gepakt ging zijn blik meteen naar een artikel bovenin over de dood van dr. Vanya Petrov bij een liftongeluk. In het artikel stond een omkaderde eenkolomstekst met de kop IS HET NOG WEL VEILIG OM DE LIFT TE NEMEN? erboven.

Hij haalde een biljet van tien dollar uit zijn zak en overhandigde het aan de vrouw achter de kassa. Toen hij het wisselgeld had weggestopt vouwde hij de krant dubbel en klemde hem onder zijn arm. Hij liep niet terug het station in, maar besloot om bij de tijdschriften te gaan kijken. Hudson News had een assortiment van honderden tijdschriften, en ook nog een ruim boekenaanbod.

Vesolov liep eerst naar de opiniebladen. Hij bekeek de omslagen van *Time* en *The Economist.* Hij bladerde door *The New Yorker*, las de tekstwolkjes bij de cartoons en lachte er niet om. Hij begreep ze nooit.

Hij zette *The New Yorker* terug en liep naar de schappen met autotijdschriften. Artikelen over auto's waren multicultureel, ze behoefden geen vertaling. Vesolov pakte een exemplaar van *Automobile*, en stond schouder aan schouder met een man die door het blad *Motor Trend* bladerde.

De andere man was langer dan Vesolov, en in een betere conditie. Vesolovs schouders hingen permanent omlaag, hij had een buikje, een dikke nek en een ziekelijk bleke huid. De andere man was slank en fit, gebruind, en zijn zwarte pak zat hem als gegoten.

'Zo,' zei Vesolov kalm terwijl hij zijn blik op het blad gericht hield.

'Ja,' zei de andere man zacht.

'Het is gebeurd. We hebben verder niets voor je op het moment.' Vesolov sloeg een bladzijde om en belandde bij een artikel over een nieuwe, volledig elektrische Porsche. 'Als we je nodig hebben, hoor je van ons. We hebben geld overgemaakt naar de gebruikelijke rekening.'

'Dat had niet gehoeven.'

'We hadden een deal. Petrov vormt geen bedreiging meer.'

'Ja, maar...'

'Nee. We hadden een afspraak. Het is allemaal anders gelopen dan we hadden verwacht, maar het resultaat is hetzelfde. Misschien dat je ons matst bij je volgende klus.'

'Dat klinkt redelijk,' zei de andere man.

'Je hebt nu zeeën van tijd. Ga maar de toerist uithangen.'

De man grinnikte. 'Misschien dat ik maar niet naar het Empire State Building ga.'

'Nee, het lijkt me niet zo'n goede week voor dat soort attracties.'

'Weet je waar ik graag heen zou willen? Iowa.'

'Iowa?' zei Vesolov. 'Niemand die Amerika bezoekt gaat naar Iowa.'

'Heb je *Field of Dreams* gezien? Het is mijn favoriete film.'

Vesolov haalde zijn schouders op. 'Oké. Ga maar naar Iowa. Naar de maisvelden.'

De ambassadeur zette het autotijdschrift terug, draaide zich om en liep zonder verder nog iets te zeggen weg. De tweede man wachtte nog een minuut voordat hij de winkel uit liep.

Een derde man, die met zijn rug naar hen toe had gestaan terwijl hij door *Sports Illustrated* bladerde, pakte zijn telefoon.

Hij belde een nummer en hield de telefoon tegen zijn oor. Voordat hij één keer was overgegaan werd er opgenomen.

'Geef me Cartland,' zei hij.

41

Jerry Bourque stond in Grove Street – tussen Bedford en Bleecker – tegen een boom aan geleund. Een straat met prachtige, oude bakstenen huizen en hoge, lommerrijke bomen. En dan waren er ook nog eens interessante winkels, cafés en restaurants. Bourque was altijd dol geweest op Greenwich Village en had er graag willen wonen. Je kon je bijna voorstellen dat je je ergens anders dan in New York City bevond. Misschien dat de nabije geluiden van claxons, sirenes en ander verkeergeraas door de bomen werden gedempt.

Op sommige ochtenden, zoals deze, ging hij hier voor het begin van zijn dienst naartoe om te kijken hoe het met haar ging.

Amanda.

Ze moest nu bijna twee zijn. Ze was pas veertien maanden toen haar moeder, Sasha Woodrow, door Blair Evans werd doodgeschoten.

Bourque was hier vaak genoeg geweest om de dagelijkse gang van zaken te kennen. De nanny – een jonge vrouw van in de twintig – arriveerde elke ochtend stipt om half acht, van maandag tot en met vrijdag. Sasha's echtgenoot, Leslie, vertrok ongeveer een kwartier later. De voordeur ging open en Leslie, keurig in het pak, reed zijn fiets naar buiten, rolde hem voorzichtig van de stenen trap het trottoir op. Hij zwaaide zijn been over het zadel en fietste naar Wall Street.

Hij droeg geen helm, iets wat Bourque dom van hem vond. Amanda had al een ouder verloren. Waarom nam hij het risico dat ze binnenkort wees zou zijn? Elke keer als hij het zag moest hij zich inhouden om er niet iets van te zeggen.

Maar hij hield zijn mond, want als hij Leslie Woodrow was geweest, dan had hij het antwoord al klaar: 'Nou, als jij niet voor die kogel was weggedoken, had Amanda nog twee ouders gehad.'

Bourque vermoedde dat Leslie haar wakker maakte, aankleedde en haar ontbijt gaf, want op de meeste ochtenden dat hij er stond zag hij de nanny zo'n twintig minuten na Leslies vertrek naar buiten komen. Het was duidelijk dat ze al die dingen niet in zo'n kort tijdsbestek voor elkaar zou krijgen. Bourque stelde zich vaak voor hoe Leslie met zijn dochter aan de ontbijttafel zat. Hoe hij een geroosterde boterham met haar deelde, of haar wat Cheerios gaf, in de hoop dat er meer in haar mond dan op de vloer zouden eindigen.

De nanny – Bourque wenste dat hij haar naam wist, en hoewel hij de middelen had om erachter te komen had hij deze verleiding weten te weerstaan – nam Amanda altijd eerst mee naar buiten voor een wandeling, tenzij het regende.

Deze dag vormde daar geen uitzondering op.

De deur van het huis ging open; de nanny verscheen met Amanda in haar ene arm en een ingeklapte wandelwagen in de andere. Toen ze de deur had dichtgedaan en naar beneden was gelopen zette ze Amanda op het trottoir neer en ontvouwde snel de wandelwagen voordat het kind kon weglopen. Ze zette Amanda erin en klikte de veiligheidsgordel vast.

Handig gedaan, dacht Bourque.

Bourque dacht dat de nanny uit Frankrijk kwam. Dat ze hier met een visum was gekomen en misschien wel 's avonds studeerde terwijl ze overdag voor Leslie Woodrow werkte. Hij had haar vaak Frans tegen het kind horen praten als ze voorbijliepen. Wat fijn voor Amanda, om op zo'n jonge leeftijd een tweede taal te kunnen leren. Jammer dat het op deze manier moest natuurlijk.

Bourque was discreet. Hij hield afstand. Hij draaide zich om of stak de straat over als de nanny met de wandelwagen naderde. Hij wist dat hij hen niet zo moest bespioneren, maar hij wilde constant gerustgesteld worden. Hij moest weten of het goed ging met Amanda.

Hij wilde weten of ze gelukkig was. En niet getraumatiseerd.

Zoals hij.

Bourque voelde zich hoopvol als ze met haar voetjes schopte, of vrolijk babbelde, of de wereld met verbazing en nieuwsgierigheid bekeek. Dat waren allemaal goede tekens, toch? Zulke dingen waren toch niet mogelijk als je overspoeld werd door herinneringen aan het moment waarop je moeder werd doodgeschoten? Het moment waarop haar bloed als warme, rode regen op je neerkwam? Bourque wilde zien dat Amanda een normaal, gezond en gelukkig kind was. Natuurlijk, het ontbreken van een moeder had haar direct op een achterstand gezet, maar Bourque wilde geloven dat ze daaroverheen zou komen. En wie zou het zeggen? Misschien dat Leslie op een dag een ander zou vinden. Een nieuwe vrouw, een moeder voor Amanda.

Misschien dat hij wel met de nanny trouwde. Het was eerder voorgekomen.

Bourque zocht ook elke morgen bij Leslie naar tekens.

De eerste maanden fietste Leslie nog niet naar zijn werk. In de dagen na de komst van de nanny – Bourque dacht dat ze na de dood van Amanda's moeder was aangenomen – had hij er als een geestverschijning bij gelopen. Hij schuifelde meer dan dat hij liep. De man werd zichtbaar door verdriet verteerd.

De volgende keer dat Bourque weer bij het huis postte was Leslie met de fiets naar buiten gekomen. Voor Bourque was de fiets een symbool voor herstel. Een wens om de dag met meer energie te beginnen, om weer snelheid te hebben.

Sterker nog, terwijl de weken en maanden verstreken zag Bourque hem van zijn huis vertrekken met iets wat wel op enthousiasme leek.

Goed, had Bourque gedacht. Dat is goed.

Hij voelde zich zo schuldig over de dood van de vrouw dat hij wanhopig op zoek was naar tekens die bewezen dat Leslie en Amanda zich zouden redden. Niet dat Sasha's dood hen niet altijd zou blijven achtervolgen. Het zou Bourque in elk geval nooit meer loslaten. Misschien dat hij zichzelf voor de gek hield, dat hij niet-bestaande tekens zag om zijn geweten te sussen. Hij zocht geen vergeving, zoiets hoefde hij niet te verwachten. Maar hij hoopte dat hij wat meer ademruimte zou hebben als Leslie en Amanda samen een toekomst zouden opbouwen.

Letterlijk.

Toen de wandelwagen dichterbij kwam zag Bourque dat Amanda met iets speelde. Het was een rubberen vliegtuigje, ze liet het bochten maken en hield het omhoog tegen de hemel, alsof het daar hoog in de wolken vloog.

Haar lippen trilden terwijl ze het geluid van de straalmotor nadeed.

De lippen die haar moeders bloed hadden geproefd.

Bourques luchtpijp vernauwde zich. Hij ging rechtop staan en leunde nu niet meer tegen de boom. Hij greep in zijn zak naar de inhaler. Een snelle haal, meer had hij niet nodig. Hij draaide de dop eraf en bracht hem naar zijn mond.

'Hé,' zei iemand.

Bourque stopte de inhaler terug, draaide zich om en zag dat de nanny naar hem stond te kijken.

'Ja?' zei hij.

'Wie ben je?' vroeg ze. Ze had een perfecte uitspraak, maar haar Franse accent klonk er onmiskenbaar in door.

'Sorry?'

'Ik heb je hier eerder gezien. Begluur je ons soms?'

'Nee, ik sta hier alleen maar op een vriend te wachten. Ik...'

'Ik weet zeker dat ik je eerder heb gezien. De volgende keer bel ik de politie.'

Bourque, die voelde dat zijn luchtwegen zich verder vernauwden, zei: 'Ik bén de politie.' Hij toonde haar snel zijn penning. 'Iets verderop in deze straat woont iemand die ik in de gaten hou. Ik zou het waarderen als je het niet doorvertelt.'

Een geluidloos *O!* leek de mond van de nanny te ontsnappen. 'Sorry,' fluisterde ze, en met een rood aangelopen gezicht liep ze door.

Bourque zette de inhaler aan zijn mond en nam een haal. Hij had aanvankelijk gedacht dat één keer genoeg zou zijn, maar nu nam hij nog een tweede. Hij wilde hem terug in zijn zak stoppen, maar rommelde en liet hem op de grond vallen. Hij boog zich voorover, graaide hem van het trottoir en veegde hem af voordat hij hem weer opborg.

Dit kon hij dus nooit meer doen. Hij zou het een en ander moeten uitleggen als de nanny hem nog een keer zou betrappen.

Zijn telefoon ging. Hij viste het ding uit zijn zak, zag wie het was en hield het tegen zijn oor. 'Ja?' zei hij.

‘Waar ben je?’ vroeg Lois Delgado.

‘Onderweg.’

‘O, nou, schiet op. We zijn gedetacheerd.’

‘Naar wat?’

‘Ze zijn een speciale eenheid aan het samenstellen voor de liftongelukken. Er zijn er nu al drie.’

‘Drie?’

‘Ja. Twee kan nog toeval zijn. Maar drie is een ramp. Toen de inspecteur hen bijpraatte over onze Otto zijn we direct in het nieuwe team geplaatst.’

‘We weten niet of er een verband is.’ Hij aarzelde. ‘Maar we weten ook niet of het er niet is.’

‘Ik hoorde dat de veiligheidsdienst erbij betrokken is.’

Hij zei niets. Hij keek de straat in, en zag de nanny en Amanda de hoek omslaan.

‘Ben je er nog?’

‘Ja.’

‘Ik denk dat ze verwachten dat er totale paniek uitbreekt. De burgemeester gaat zo een persconferentie houden.’

‘Ik voel me al een stuk geruster,’ zei Bourque.

42

'Dank voor jullie komst,' zei burgemeester Headley tegen de verzamelde pers in de mediazaal van het stadhuis.

Valerie had de gebruikelijke partijen per e-mail een persbericht gestuurd waarin stond dat de burgemeester om twaalf uur een belangrijke verklaring zou afleggen. Er stonden verder geen details in. Minstens tien journalisten en redacteuren hadden het bericht beantwoord met de vraag waar het over zou gaan. Valerie was er niet op ingegaan.

Zo had ze de garantie dat ze er bijna allemaal zouden zijn.

De ruimte was afgeladen met persvolk van de kranten, omroepen en de radio. De meesten kletsten met elkaar, waarbij het de grote vraag was wat er zo dadelijk zou komen. Valeries korte introductie behelsde niet veel meer dan 'Burgemeester Richard Headley', waarna ze ruimte maakte voor haar baas.

Glover en Vallins keken vanaf de zijkant van het podium toe terwijl hoofdcommissaris Annette Washington en liftexpert Martin Fleck zich bij de burgemeester voegden.

Na zijn korte openingszin schraapte de burgemeester zijn keel en nam een slok water uit een glas dat links van hem op het podium stond. Voordat hij iets kon zeggen klonk er een vraag op uit de zaal.

'Was de taxi-explosie terrorismegerelateerd?'

De vraag leek de burgemeester van zijn stuk te brengen. Hij had net aan het oplezen van zijn voorbereide tekst willen beginnen. Er werden volgende vragen geroepen, het hek was nu van de dam.

'Hoeveel levens had de explosie geëist?'

'Was de chauffeur een terrorist? Was het een zelfmoordaanslag?'

'Was de bom er door een passagier achtergelaten?'

De burgemeester hief zijn hand op en wachtte tot de zaal weer stil was.

'Vragen over het taxi-incident laat ik aan hoofdcommissaris Washington over. Ik wil het hebben over een ander probleem waar de bevolking van New York mee te maken heeft. Zoals jullie weten hebben er in de afgelopen drie dagen drie tragische incidenten met liften plaatsgevonden. Het eerste ongeluk, op maandag, heeft vier levens gekost, waaronder die van de bekende entertainmentproducent Sherry D'Agostino en advocaat Barton Fieldgate. Een verschrikkelijk verlies voor de stad en voor hun families. Men nam op dat moment aan dat de oorzaak een mechanisch defect was. Maar toen volgde er op dinsdag een nieuw incident, waarbij de vermaarde Russische wetenschapper Vanya Petrov om het leven kwam. Ze werkte hier aan Rockefeller University. Ik heb contact gehad met de Russische ambassadeur en hem verzekerd dat we er alles aan zullen doen om erachter te komen wat er precies is gebeurd. Maar voor het onderzoek ook maar enigszins kon beginnen vond er vanochtend een volgend incident plaats, waarbij twee mensen om het leven zijn gekomen.'

Er ging een golf van beroering door de menigte.

'We hebben aanwijzingen dat er bij deze drie incidenten geen toeval in het spel is en dat ze aan elkaar zijn gerelateerd,' zei Headley.

'Hoe dan?' riep een journalist.

'Daar kom ik zo op,' zei de burgemeester, die de journalist een blik toezond die zo veel wilde zeggen als: *Hou je kop en laat me mijn verhaal afmaken.* 'Zonder in details te treden kan ik jullie melden dat we bij deze incidenten een overeenkomstigheid hebben bespeurd die onze bezorgdheid heeft gewekt. Ik heb de afdeling Liftinspectie van Bouw- en Woningtoezicht opgedragen om een inspectietraject voor alle vijf de stadsdelen op te starten. Nu hoef ik er niet bij te vertellen dat dit een behoorlijk tijdrovende onderneming is, dus we hebben de wereld van het vastgoedbeheer gevraagd hun eigen inspecties te houden.'

De verzamelde pers begon steeds onrustiger te worden. 'Hebben we het hier over een mechanische kwestie?' riep een journalist. 'Een defect onderdeel waar verschillende liften in de stad door worden getroffen? En als dat zo is, waarom vinden deze incidenten dan tegelijkertijd plaats?'

'Dat is iets wat we willen uitzoeken,' zei Headley geïrriteerd. De voortdurende onderbrekingen brachten hem van zijn stuk. 'Ik kan zeggen dat...'

'Ik heb gehoord dat de FBI of de binnenlandse veiligheidsdienst bij het onderzoek is betrokken, wat nogal vreemd is als het alleen maar een mechanische kwestie zou zijn.'

Een andere stem. Die van een vrouw. Headley kneep zijn ogen samen om door de op hem gerichte lichtspots heen te kunnen zien wie het was.

'Is dat soms mevrouw Matheson?'

'Ja,' zei Barbara. 'Maar klopt het? Dat er veiligheidsdiensten aan meewerken?'

De burgemeester aarzelde. 'Ja, de binnenlandse veiligheidsdienst is erbij betrokken,' zei hij langzaam.

'En waren zij het soms die familieleden van de slachtoffers hebben benaderd met het verzoek zich gedeisd te houden? Om niet te veel vragen te stellen, in elk geval niet in dit stadium?'

'Ik ben niet in de positie om die vraag te beantwoorden,' zei Headley. 'Dat zou iemand van de veiligheidsdienst moeten zijn.'

'Is het omdat ze geen paniek willen zaaien voordat er meer details zijn?'

'Waarom bel je ze niet even?'

'O, dat heb ik geprobeerd,' zei Barbara. 'Zou de interesse van de veiligheidsdienst kunnen suggereren dat we hier met terrorisme hebben te maken? Dat de liftdefecten niet gewoon sabotage zijn? Dat het gerichte acties zijn?'

Het geroezemoes begon nu luider te worden in de zaal.

Een journalist van *Daily News* riep: 'Als dit gerichte acties zijn, wie zitten er dan achter? Is de verantwoordelijkheid al opgeëist?'

De burgemeester keek hoofdcommissaris Washington aan. Ze knikte en ging voor de microfoon staan.

'Niemand heeft de verantwoordelijkheid opgeëist,' zei ze. 'En om de woorden van de burgemeester nog even te verduidelijken, we weten niet voor honderd procent zeker dat er met die liften is geknoeid. Maar we houden wél serieus rekening met die mogelijkheid.'

'Is dit gerelateerd aan de Flyovers?' vroeg een vrouw van Fox News.

'We hebben geen redenen om aan te...'

'Want,' vervolgde ze, 'iemand die door hen geïnspireerd beweert te zijn heeft zonet de verantwoordelijkheid voor de taxi-explosie opgeëist. Het staat op Twitter.'

Washington knipperde met haar ogen. Iedereen in de zaal draaide zijn hoofd om de vrouw van Fox te kunnen zien.

'Die tweet is me niet bekend,' zei Washington, die een gezicht trok. 'En Twitter is nu niet bepaald mijn favoriete nieuwsbron.'

'Is het mogelijk dat de explosie en het liftincident in het Gormley Building in verband met elkaar staan? Ze hebben precies op hetzelfde tijdstip plaatsgevonden.'

'Wederom, dat is iets wat we in het onderzoek zullen meenemen. We zijn nog maar in het beginstadium. Goed, ik zou graag weer het woord aan de burgemeester willen geven.'

De burgemeester nam weer plaats achter de microfoon en zei: 'Dank u, hoofdcommissaris. Verder zou ik nog willen benadrukken dat...'

'Is het nog wel veilig om de lift te nemen in deze stad?'

Het was een vraag van Barbara. In afwachting van Headleys antwoord werd het stil in de zaal. Maar de burgemeester zei niets, hij keek Fleck aan en wenkte hem.

'Eh, ik zou jullie graag willen voorstellen aan Martin Fleck van Bouw- en Woningtoezicht. Hij weet meer dan ik van liften en hun veiligheid en kan ook de technische aspecten toelichten.'

Terwijl Fleck naar de microfoon toe liep, fluisterde Headley: 'Hou het een beetje vrolijk, ja?'

Fleck zond hem een scherpe blik toe, alsof hij wilde zeggen: *Dat meen je toch niet serieus?* Maar toen hij voor de microfoon stond probeerde hij kalm over te komen.

'Om deze laatste vraag te beantwoorden,' zei hij, 'de statistieken wijzen uit dat liften zeer, zéér veilig zijn. Ongelukken zijn extreem zeldzaam. Sterker nog, bij de meeste fatale liftongelukken zijn onderhoudsmonteurs betrokken, en niet de passagiers. In een liftsysteem zijn veel veiligheidsbuffers ingebouwd die...'

Een vrouw van de *Post* viel hem in de rede: 'Ja, maar daar hebben we het niet over. We hebben het over terroristen die de kabels doorsnijden.'

Fleck hief afwerend zijn hand op. 'Niemand heeft iets gezegd over het doorsnijden van kabels, en niemand hier heeft het woord "terrorist" laten vallen. De kabels van deze liften waren niet, zoals u het noemt, "doorgesneden".'

'Wat is er dan gebeurd?'

'Het is waarschijnlijker dat ze gehackt zijn,' zei Fleck.

Er barstte een spervuur van vragen los. Terwijl iedereen door elkaar heen riep, leek Fleck wel een konijn dat door een troep wolven was omsingeld.

'Hoe,' wist Barbara over de anderen heen te roepen, 'hack je een lift? Is zoiets dan mogelijk?'

'Nou, ik zal niet zeggen dat het makkelijk is,' antwoordde Fleck. 'Je moet er wel de nodige expertise voor hebben. En zelfs als je op zo'n hoog niveau zit, dan heb je een apparaatje nodig dat...'

'Wat voor apparaatje?' Het was de vrouw van de *Post* weer.

'Als ik het zo simpel mogelijk zeg, het is een soort afstandsbediening waarmee je alle functies van een lift onder controle hebt.'

Een man van NY1 zei: 'Dat klinkt als iets uit een *Mission: Impossible*-film. Dat kan toch niet in de echte wereld?'

'Als je alle beveiligingscodes kent, dan kan dat dus wel, ja. Ik hoef me niet eens in het gebouw te bevinden om in het liftsysteem te komen. Als ik door de beveiliging heen ben, is de weg praktisch vrij.'

Er leek enige ontspanning over Fleck te vallen, die zich thuis voelde in dit onderwerp. Maar Headley begon steeds ongemakkelijker te kijken.

'Jezus,' riep een van de journalisten uit.

Een lange, knappe man van het lokale NBC-team mengde zich ook in het gebeuren. 'Maar het zal zeker moeilijk zijn om aan zo'n apparaatje te komen, toch?'

'Nou, nee,' zei Fleck. 'Je kunt het voor zo'n vijfhonderd dollar kopen op elke...'

'Dank je wel, Martin, ik neem het nu weer van je over,' zei de burgemeester, die een stap naar voren had gedaan en Fleck subtiel een zetje gaf om de microfoon terug te krijgen. 'De reden van deze persconferentie is om jullie te melden dat we deze incidenten uiterst zorgvuldig zullen onderzoeken, en mocht iemand iets opmerken wat ook maar enigszins verdacht overkomt, schroom dan niet en…'

'Sorry!' riep Barbara.

De burgemeester negeerde haar. 'Wat we de mensen willen zeggen is…'

'Ik heb nog steeds geen antwoord op mijn vraag gekregen,' riep ze boven Headley uit.

Hij wierp haar een gepijnigde blik toe en zei: 'En welke vraag was dat?'

Barbara nam een moment om op adem te komen en zei toen helder en duidelijk: 'Is het nu wel of niet veilig om in New York de lift te nemen?'

De burgemeester keek grimmig. Iedereen in de zaal hield zijn adem in.

'Ik weet het niet,' zei hij uiteindelijk.

43

Binnen enkele minuten na Headleys 'Ik weet het niet' was het verhaal het hoofditem van elke stedelijke, regionale en nationale nieuwsuitzending. CNN onderbrak zijn reguliere programmering met het BREAKING NEWS-logo, en een ernstige Wolf Blitzer vertelde de wereld hoe de burgemeester van een van 's werelds grootste en verticaalste steden niet en met geen enkele garantie kon zeggen of de duizenden liften in de stad veilig waren.

'Na drie liftrampen in evenzoveel dagen,' zei Blitzer, 'wordt New York geconfronteerd met de mogelijkheid van een seriesaboteur. Het is aannemelijk geworden dat de drie incidenten, in verschillende gebouwen in de stad, in verband met elkaar staan. Tot ieders verbijstering werd zonet bekendgemaakt dat deze drie liften mogelijk zijn gehackt, en dat we met het schrikbeeld zullen moeten leven dat deze vervoermiddelen, die dagelijks miljoenen mensen vervoeren, van afstand gemanipuleerd kunnen worden. Samen met dit huiveringwekkende nieuws bereikte ons het bericht dat de Flyovers, een militante binnenlandse groepering die verantwoordelijk wordt gehouden voor verschillende terroristische aanslagen in kuststeden, de verantwoordelijkheid heeft opgeëist voor het opblazen van een taxi in New York. Hierbij kwam niet alleen de chauffeur om het leven, maar ook twee mannen met de Canadese nationaliteit die net een hotel in East Forty-Ninth Street hadden verlaten. Het hoofd van het New York Police Departement kon niet zeggen, op welke manier dan ook, of de Flyovers-groepering ook daadwerkelijk achter deze aanslag zit, of dat ze iets met de liftcrisis hebben te maken.'

De website van *The New York Times* kwam enkele minuten na Headleys persconferentie met een update. De kop luidde: LIFTRAMPEN GERELA-

TEERD, MOGELIJK SABOTAGE. Daaronder stond een tweede kop: BURGEMEESTER HEADLEY WEET NERVEUZE STAD NIET TE KALMEREN.

Het mocht geen verrassing heten dat de *New York Daily News* zich in wat minder subtiele bewoordingen uitliet over Headleys onvermogen om zijn burgers de garantie te geven dat ze gerust in een lift konden stappen. Boven een foto van een burgemeester die mistroostig zijn aantekeningen inkeek stond de kop ZO GAAT-IE LEKKER, DICK. En daaronder stond: HIJ WEET NIET OF EEN GEHACKTE LIFT VEILIG IS.

Met duimen die met de snelheid van het licht leken te typen had Barbara meteen na de persconferentie de column op haar telefoon geschreven en naar de redactie doorgestuurd. Nog geen minuut later verscheen het stuk onder de kop VEILIGE LIFTEN? BURGEMEESTER LAAT NEW YORKERS ZAKKEN op de website van *Manhattan Today*.

Door Barbara Matheson

In wat de boeken in zal gaan als een van de rampzaligste persconferenties in de geschiedenis van New York wist een onbekwame burgemeester Richard Headley de stad twee verbijsterende dingen te melden. Het eerste was dat iemand, of een groepering, doelbewust New Yorkers vermoordt door het liftsysteem over te nemen. Maar hoe verontrustend dit ook is, het tweede nieuwtje is nog veel verontrustender: onze burgemeester heeft geen flauw idee wat hij eraan kan doen. Met de hoofdcommissaris en een lakei van Bouw- en Woningtoezicht in zijn kielzog wist de burgemeester niets anders dan 'Ik weet het niet' uit te brengen toen hem werd gevraagd of je het er nog levend van af zal brengen als je in zo'n ding stapt. Bedenk wat er sinds maandag is gebeurd. Vier doden toen een lift in de Lansing Tower naar beneden stortte. Een Russische wetenschapper die onthoofd werd toen ze uit een lift probeerde te ontsnappen die met open deuren vastzat. En vanochtend werden twee mensen in het Gormley Building door een dalende lift verpletterd nadat ze op de begane grond in de schacht waren gevallen. Wat zal er morgen gebeuren, en wat voor plan heeft de gemeente om hier iets aan te doen?

En alsof het allemaal nog niet ellendig genoeg is werd er vanochtend een taxi opgeblazen. In elk geval drie doden, maar vraag de burgemeester niet of het iets met de liftongelukken heeft te maken want hij weet het niet. Wat we wel weten is dat iemand die beweert lid van de activistische groepering de Flyovers te zijn op Twitter de verantwoordelijkheid heeft opgeëist. Misschien dat ze de liftsabotage ook nog wel wilden opeisen, maar dat ze over de 140 lettertekens zaten. Kortom, we weten niet meer of het veilig is om een lift of een taxi te nemen. Een prettige dag verder.

De hashtag #goingdown werd tien minuten na Headleys persconferentie trending op Twitter.

Maar toen kwam het écht grote nieuws.

De media kregen te horen dat er, nog geen uur na de eerste, een twééde persconferentie zou worden gehouden.

Burgemeester Headley had direct de druk gevoeld nadat hij zijn onmacht over de liftcrisis had uitgesproken en kwam nu met een verklaring. Na overleg met de hoofdcommissaris en de brandweercommandanten verordonneerde hij dat elke lift in de stad buiten werking werd gesteld tot er bepaald werd dat het weer veilig was.

Elke. Lift. In. De. Stad.

Maar na zijn rampzalige eerdere confrontatie met de pers stuurde Headley iemand anders om in zijn naam te spreken.

Zijn zoon.

Een nerveuze Glover Headley betrad het podium om te zeggen dat de gemeente een beroep deed op alle huisbazen en vastgoedbeheerders om hun liften buiten werking te stellen tot ze geïnspecteerd en veilig bevonden zouden worden. En met 'veilig' werd bedoeld dat er niet mee was geknoeid. Om dit proces te begeleiden zouden er instructies om sabotage vast te stellen op de website van de gemeente worden geplaatst. Er zou hun – onder andere – worden opgedragen om naar illegale aanpassingen op de liftcabines te kijken, en om de wachtwoorden van de beveiligingssystemen van zowel het gebouw als de liften te veranderen.

Glover zei dat de burgemeester de omvang van deze vervelende maatregel onderkende, maar dat hij hoopte dat het van korte duur zou zijn. De inspecties zouden per direct beginnen, en het was mogelijk dat veel liften tegen het einde van de week weer zouden werken, zo niet eerder. De commerciële omroepen schrapten hun reguliere programmering om het nieuws uit te zenden.

'Dit is een belachelijke, zwaar overdreven reactie,' zei een politiek commentator op CNN, die deel uitmaakte van een panel deskundigen. 'Je kunt niet zomaar elke lift afsluiten in de grootste stad van het land. We weten niet hoe reëel deze dreiging is, en de kans is groter dat er slachtoffers vallen omdat de liften níét werken. Het is net zoiets als alle wegen in Amerika afsluiten omdat er ergens een paar onbetrouwbare bruggen zijn.'

Een vrouw in een beeldkader naast hem zei: 'Dat meen je toch niet? Zou jij in New York in een lift stappen?'

De man reageerde giftig en zei: 'Ja, dat zou ik doen. En weet je waarom? Omdat dit alleen maar fakenieuws is dat mensen angst wil inboezemen, zodat ze buigen voor de...'

Een man in een beeldkader erboven viel hem in de rede: 'In godsnaam, dit is de stomste uitspraak die ik ooit van je heb gehoord, en dat wil wat zeggen. Waarom denk je toch bij elke mogelijke bedreiging dat het een complot is dat je wil ontmaskeren? Kom op, wat denk je wel...'

'O,' riposteerde de eerste man, 'en jij denkt natuurlijk ook dat 9/11 niet van binnenuit was geregisseerd? Nou, ik heb uit betrouwbare bron vernomen dat...'

Op Fox gingen de complottheorieën zelfs verder. Een gast speculeerde erover dat de burgemeester, met zijn linksige Democratische achtergrond, deze crisis had bewerkstelligd om de New Yorkers fitter te maken door ze te dwingen de trap te nemen. Want het was toch dezelfde burgemeester die alle voertuigen van de gemeente uitstootvrij wilde maken. Zo iemand kon je toch niet vertrouwen? 'Dit is het belachelijkste wat ik heb gehoord sinds oud-burgemeester Michael Bloomberg het formaat van frisdrankbekers probeerde in te perken,' zei de gast.

Op NBC hadden ze een deskundoloog uitgenodigd om de kijkers te vertellen hoe je het beste de val van een neerstortende lift kon overleven.

'Veel mensen denken dat je zo'n val kunt overleven door omhoog te springen op het moment dat de lift de bodem van de schacht raakt,' zei ze.

'Nou,' vervolgde ze grinnikend, 'dat is dus een wijdverbreid misverstand. Ten eerste zul je nooit in staat zijn om dat moment te kunnen timen. Je kunt naar de cijfertjes boven de deur kijken en denken: oké, hier komt de begane grond, nu springen! Maar zelfs al doe je dat op het goede moment, wat nagenoeg onmogelijk is, dan zul je het niet redden. Je lichaam daalt namelijk met dezelfde snelheid als de lift, dus je zult hoe dan ook ongelooflijk hard de bodem raken. De enige kans om het te overleven is om op je rug op de vloer van de cabine te gaan liggen, met uitgestrekte armen en benen, als een zeester. Zo verspreid je je massa evenwichtig over de vloer van de lift.'

'Oké, maar wat als je nu met z'n tienen in de lift staat en zoiets niet kunt doen?' vroeg de presentatrice.

De deskundoloog haalde zijn schouders op. 'In dat geval wordt het één grote pizza.'

Op MSNBC werd de liftcrisis een economisch verhaal.

'De New York Stock Exchange is vandaag drie uur eerder gesloten,' zei een analist. 'Alle transacties zijn effectief tot stilstand gekomen. Er gaan miljoenen verloren terwijl de klok doortikt. Burgemeester Headley heeft er een puinhoop van gemaakt. Hij zou weer voor die microfoon moeten gaan staan en met iets anders komen dan "Ik weet het niet" of "We stellen alle liften buiten werking". Zo'n staaltje incompetentie heb ik nog nooit eerder aanschouwd.'

De enige groep die iets van verantwoordelijkheid leek te nemen voor de gebeurtenissen van de afgelopen dagen waren de Flyovers, hoewel hun connectie met de taxi-explosie nog niet eens onafhankelijk was bevestigd. Maar dat weerhield veel personen, onder wie een aantal prominente politici, er niet van aan te voeren dat dit het zoveelste bewijs was dat Amerika de immigratie moest indammen en zijn grenzen moest bewaken.

'We kunnen niet toestaan dat illegalen ons land binnendringen om ons de oorlog te verklaren,' sprak een bombastische radiopresentator. 'En toch laten we dit toe! Hoe dom kun je zijn, luisteraars?'

Op bijna elk tv-kanaal – met uitzondering van de zenders die zich aan het weer, cartoons of herhalingen van *The Big Bang Theory* wijdden – was het een voortdurende parade van uiteenlopende opinies die op een minimum aan wezenlijke informatie waren gebaseerd.

In die zin was het een dag als alle andere.

44

Barbara had de zaal niet verlaten na de persconferentie van de burgemeester. Ze was achterin op een stoel gaan zitten, en had met haar verbazingwekkend snelle duimen de column geschreven. De zaal was nagenoeg leeg geweest, maar haar collega's dropen weer naar binnen toen bekend was geworden dat de zoon van de burgemeester een nieuwe verklaring zou afleggen. Dus Barbara zat er nog toen Glover het podium op liep om te zeggen dat de burgemeester had besloten om alle liften in de stad buiten werking te stellen.

'Shit,' zei Barbara zachtjes. De omvang van deze geschiedenis groeide exponentieel.

Het verbaasde haar niet dat Headley zijn zoon had gestuurd om zijn laatste verklaring over te brengen. De burgemeester had zichzelf al genoeg schade toegebracht in de eerste persconferentie, waarin hij, in antwoord op Barbara's vraag, niet kon zeggen of het veilig was om in New York de lift te nemen. Glovers verklaring maakte ondubbelzinnig duidelijk dat het antwoord nee luidde.

Glover weigerde na zijn verklaring vragen te beantwoorden, maar toen hij de zaal probeerde te verlaten werd hij door nieuwscrews en journalisten ingesloten die hem vragen toeriepen. Hij schermde zijn gezicht af met zijn hand, zowel voor de verblindende lichtspots als voor de jakhalzen van de media.

Barbara zag er geen brood in om zich bij hen te voegen. Een journalist kreeg geen primeur door achter de anderen aan te rennen. Ze keek door de zaal en zag het kale hoofd van Chris Vallins. Hij liep haastig, alsof hij zich zo snel mogelijk uit de voeten wilde maken in deze chaos.

Barbara spoedde zich achter hem aan. Toen ze vlakbij was, greep ze Vallins bij zijn arm. Hij draaide zich om; de verbijstering op zijn gezicht verdween toen hij zich realiseerde wie ze was.

'Hoi,' zei ze. 'Vertel eens, hoe erg is het allemaal?'

Hij keek nerveus om zich heen. 'Jij bent wel de laatste met wie ik gezien wil worden.'

Barbara zag naast haar een gesloten deur waar een bordje met DAMES op was geschroefd. Ze haakte haar arm in de zijne en trok hem erheen.

'Dat kun je niet menen,' zei hij. Maar ze waren al binnen tegen de tijd dat hij zich van haar had losgemaakt, en stonden in een hal met gestoffeerde stoelen die naar een grotere ruimte met toilethokjes leidde.

Barbara duwde Chris op een van de stoelen en plofte op die ernaast neer. 'Vertel,' zei ze.

'Ik heb je niets te zeggen,' zei hij terwijl hij naar de deur keek. Hij was duidelijk bang dat er elk moment een andere vrouw kon binnenkomen.

'Hoe groot is deze zaak? Wie zit erachter?'

'Ze hebben nog geen idee.'

'Hoe zit het met die Flyover-idioten?'

Hij haalde zijn schouders op. 'Ze zijn een mogelijkheid. Maar niemand die verder iets weet.'

'Wat verbindt de liftongelukken met elkaar? Is er een gemeenschappelijke factor?'

Vallins perste zijn lippen op elkaar, alsof hij in tweestrijd verkeerde. 'Oké, ik zou je dit niet moeten vertellen, maar...'

'Ja?' zei Barbara gretig.

'Camera's.'

'Camera's?'

'Er waren kleine camera's in de bewuste liften geïnstalleerd om te kunnen monitoren wat daarbinnen gebeurde.'

Ze keek hem met grote ogen aan. 'Jezus. Waarom zou iemand zoiets doen?'

Hij haalde nog eens zijn schouders op. 'Misschien om te kijken of er mensen in stonden voordat hij de boel ging ontregelen. Het heeft geen zin om een lift naar beneden te laten storten als er niemand in zit.' Hij zuchtte.

'Je hebt Headley wel goed voor gek gezet vanochtend.'

'Daar heeft hij zelf om gevraagd. Wat kun je me nog meer vertellen?'

'Niets. Ik had je dit al niet moeten vertellen. Maar het zal toch wel naar buiten komen, want de huisbazen zullen te horen krijgen waar ze op moeten letten. Als ze zo'n cameraatje in het dak van de lift aantreffen, weten ze dat hun lift een doelwit is.'

'Het is krankzinnig. Waarom zou iemand zoiets toch doen?'

'Reken maar dat er een reden voor is,' zei Vallins. 'En ik durf te wedden dat het op een gegeven moment aan het licht zal komen.'

'Heb je mijn nummer?'

'Ja. En je e-mailadres.'

'Hoe ben je daaraan gekomen?'

Vallins keek haar spottend aan. 'Het staat onder je column.'

'O ja, natuurlijk.' Ze rolde met haar ogen, hoe kon ze zo stom zijn. 'Als er nog iets is wat je me wil vertellen, onder vier ogen, aarzel dan niet.'

'Ik zou er niet op rekenen.' Zijn trekken werden zachter toen hij vroeg: 'Hoe is het met je elleboog?'

'Hij doet allejezus veel zeer,' zei ze met een mager glimlachje. 'Maar het gaat goed.'

De deur zwaaide open. Een vrouw wilde naar binnen stappen, maar ze stopte toen ze Chris zag. Voordat hij iets kon zeggen wees Barbara de zaal in en zei: 'Zoek maar een ander toilet.'

De vrouw verdween weer.

'Je bent me d'r eentje,' zei Chris.

'Nou, jij kan d'r ook wat van. En ik geloof nog steeds dat je me toen laatst aan het volgen was.'

Hij schudde zijn hoofd en zuchtte. 'Nou, wees er maar blij mee. Anders had je je hier niet zo kunnen misdragen vandaag.'

Ze wierp hem een verholen blik toe. 'Hij heeft je achter me aan gestuurd, om iets te vinden wat me in diskrediet zou kunnen brengen.'

'Ik zeg niet dat het waar is, maar ook al was het zo, ik denk dat hij op het moment wel grotere zorgen aan zijn hoofd heeft.'

'Dus ik kan maar beter niet meer op mijn telefoon kijken als ik oversteek. Mijn beschermengel is met andere zaken bezig.'

'Zoiets, ja.'

'Jammer.'

Vanuit zijn colbert klonk het geluid van een appje. Hij pakte zijn telefoon, las de tekst en trok een gezicht.

'Wat?'

'Ze hebben me nodig,' zei hij en hij rolde met zijn ogen. 'Het feest is begonnen.'

45

De veertienjarige Amad Connor en zijn vriend, Jeremy Blakelock, die vorige week vijftien was geworden, haalden dezelfde stunt uit die ze al eerder hadden uitgehaald.

Ze hadden beiden na het ontbijt het huis verlaten – ze woonden in hetzelfde appartementengebouw in Hell's Kitchen – voor een nieuwe schooldag in de derde klas. Hun ouders – Amad woonde bij zijn vader en moeder, Jeremy bracht de weekdagen bij zijn moeder door en was in de weekenden meestal bij zijn vader in Brooklyn – vertrokken later van huis. Amads vader werkte op de enorme schoenenafdeling van Macy's, terwijl zijn moeder als secretaresse op een vastgoedkantoor in de Upper West Side werkte. Jeremy's moeder werkte als hoofd-dagkok in een restaurant bij Union Square.

Amad en Jeremy verschenen op de dagopening, waarbij de absenties werden opgenomen, maar ze knepen er op weg naar het eerste uur tussenuit. Op die manier duurde het langer voordat de schoolleiding erachter kwam dat ze absent waren, het moment waarop ze hun ouders zouden bellen met de vraag waar ze waren.

Maar ze wisten uit ervaring dat de schoolleiding dit telefoontje vaak niet pleegde. Ze waren tenslotte tieners. Geen kleintjes van de kleuterschool die zoek waren. Dus wat als ze niet op een les verschenen? Boeien. De kans was klein dat ze ontvoerd waren.

Met een wereldstad binnen handbereik zou je denken dat ze op pad zouden gaan. Dat ze de metro naar Midtown Comics zouden nemen om een paar stripboeken te jatten. En dat ze daarna in een bioscoop zouden verdwijnen om een cinematografisch avontuur van deze zelfde striphelden te bekijken.

Maar ze deden geen van dit soort dingen. Ze vertrokken naar huis.

Ze gingen surfen.

De twee jongens hadden op YouTube-video's gezien hoe je in een lift de deuren kon openhouden door een stuk ijzerdraad met een haakje eraan in de bovenhoek te steken. Vervolgens stuurde je de lift naar de etage eronder. Via de trap liep je weer terug naar de etage erboven en dan stapte je door de opengehouden deuren op het dak van de lift.

Om niet gesnapt te worden sloot je de buitendeuren weer. (Later, als de lift lang genoeg stopte, zouden ze de deuren van één etage erboven vanaf het dak van de lift openwrikken en uit de schacht stappen.)

En zo gingen ze dan op en neer door de schacht. Vanaf het dak hadden ze geen controle over de lift. Waar ze heen gingen werd bepaald door de passagiers van de lift, en de onvoorspelbaarheid ervan maakte het zo leuk. De lift zou naar een bepaalde etage gaan, maar welke? Er stapte iemand in, maar waar ging hij heen? Over en weer fluisterend, zodat niemand in de lift hen zou horen, sloten ze weddenschappen af over de volgende stop.

Ze hadden sommige van hun vorige surfavonturen op hun telefoon opgenomen en anoniem op YouTube geplaatst, waar meer van dit soort filmpjes op stonden. Het enige wat ze zich nog wensten was dat ze in een hoger gebouw woonden, zodat ze nog langere en wildere ritten konden maken.

En het was natuurlijk veel spectaculairder dan school.

Behalve vanmiddag, want er gebeurde iets vreemds.

Het leek wel of niemand meer de lift nam. Ze zaten op het dak van de liftcabine, recht boven de zesentwintigste etage en onder de top van de schacht, waar geen deuren waren om open te wrikken. Er waren tien minuten verstreken en de lift was niet in beweging gekomen. En ze hoorden de andere liften ook niet stijgen of dalen.

Dit was nog nooit eerder gebeurd.

'Jezus, man. Wat is dit?' zei Jeremy tegen Amad.

'Misschien wordt er een brandoefening gehouden, en is iedereen naar buiten,' zei Amad.

'Nee. Dan zouden we het brandalarm hebben gehoord, sukkel.'

Na twintig minuten begonnen ze zich zorgen te maken.

Jeremy stelde voor om het noodluik in het dak open te maken. Als ze in de cabine waren, konden ze er waarschijnlijk wel uit komen. Maar ze kregen geen enkele beweging in het luik. Het bleek met bouten vast te zitten, en ze hadden nu eenmaal geen gereedschapskist meegenomen.

Ze wilden niet betrapt worden. Ze zouden zwaar in de problemen komen, niet alleen met het management van het gebouw, maar ook met hun ouders.

Na een half uur begonnen ze te roepen.

'Help!' riepen ze gezamenlijk. 'Help ons! We zijn hier! Kan iemand ons hier weghalen?'

Niemand hoorde hen.

Connie Boyles telefoon ging.

Hij lag met het scherm naar beneden op haar bureau in het kantoor van de beleggingsmaatschappij waar ze werkte. Deze was gevestigd op een van de hoogste etages van het One World Trade Center, tevens het hoogste gebouw van het westelijk halfrond en het op zes na hoogste gebouw ter wereld. Hoewel het officieel honderdvier verdiepingen telde, waren er in feite vierennegentig etages, en wanneer Connie door een van de ramen keek, wat niet vaak het geval was, werd ze door het uitzicht overweldigd.

En niet op een goede manier.

Het had lang geduurd voordat de drieënveertigjarige Connie eraan gewend was geraakt dat haar werkplek zich zo'n beetje in de wolken bevond. Om te beginnen, ze had nogal last van hoogtevrees. Het maakte haar niet arbeidsongeschikt, maar het was erg genoeg om een werkplek zonder uitzicht te eisen toen het bedrijf naar de wolkenkrabber verhuisde. Haar vrienden zeiden altijd: 'Wauw, wat een geweldige plek om te werken! Zo'n uitzicht gaat toch nooit vervelen?'

'Welk uitzicht?' zei ze dan altijd.

Connies angst over haar werkplek was niet alleen te wijten aan haar hoogtevrees. Het One World Trade Center was gebouwd op de plek van het oude World Trade Center. Connie was nooit over de angst heen gekomen dat het nieuwe gebouw ook een mogelijk doelwit was. Ze kreeg het al benauwd als ze een vliegtuig hoorde passeren. Elke dag opnieuw was ze opgelucht als haar huis in Fulton Street in zicht kwam.

Haar telefoon ging, en ze zag dat het haar man was. Toen hij haar nogal paniekerig vroeg of het goed met haar ging – nog voordat ze de kans had om hallo te zeggen – begon haar hart te bonzen en voelde ze zich meteen slap en duizelig.

'Hoezo?' vroeg ze.

'De liften,' zei hij. 'Zijn ze al afgesloten?'

Ze wist niet waar hij het over had, maar voordat ze hem kon vragen wat er was dat zij nog niet wist klonk de stem van een vrouw over de centrale intercom. 'Dames en heren, graag uw aandacht voor het volgende...'

Connies duizeligheid verergerde. Haar hart ging als een bezetene tekeer. 'O, mijn god. O, mijn god.'

'Het komt allemaal goed,' zei haar man. 'Ik wilde alleen maar weten of je...'

Connie luisterde half naar haar man en half naar de stem die uit de centrale speaker klonk.

'Ze sluiten de liften af,' fluisterde ze. 'We... kunnen de lift niet meer gebruiken. We... O, mijn god, we zitten hier vast. We zitten als ratten in de val.'

Ze liet haar telefoon op het bureau vallen en stond op uit haar stoel. Ze keek over de halve scheidingswand naar de ramen aan de noordkant.

'We zitten in de val,' riep ze uit. Haar stem steeg en trilde. 'We moeten hier weg! We moeten eruit!'

Verschillende collega's stonden op en liepen naar Connie toe om haar te troosten. Maar ze verkeerde al in volledige staat van paniek.

'Connie, Connie, het is oké,' zei een vrouw. 'Het is alleen maar een voorzorgsmaatregel. Ja, het zal een behoorlijke tocht via de trappen worden om thuis te komen, maar...'

Connie hoorde het al niet meer. Ze was flauwgevallen en lag op de vloer.

De gepensioneerde bibliothecaris Zachary Carrick deed zijn boodschappen op maandag, woensdag en vrijdag.

Zachary kocht zo veel als hij kon dragen. Zoals veel New Yorkers had hij geen auto. Maar wat hem tot een uitzondering maakte was dat hij niet graag de taxi nam en de metro haatte. Als Zachary ergens heen ging, moest het binnen loopafstand zijn. Wat inhield dat hij nooit de Upper West Side verliet. Zijn wereld was tegenwoordig geslonken tot een vierkante kilometer. De supermarkt was vlakbij, op de hoek van Broadway en Eightieth. Hij hield van een wandeling, maar het moest niet te ver zijn.

Zachary deed dus voor twee dagen boodschappen. Op vrijdagen sloeg hij iets meer in, zo redde hij het tot maandag. Hij was zevenentachtig, en hij wilde niet zo veel voedsel inslaan dat hij het misschien niet meer zou kunnen consumeren. Daar maakte hij zich vooral op vrijdag zorgen over. Stel, dacht hij vaak bij zichzelf, dat ik op vrijdagavond het loodje leg, en dat ik nog genoeg voorraad voor het hele weekend heb. Wat een geldverspilling zou dat zijn.

Zachary was alleen sinds zijn vrouw, Glenda, bijna twintig jaar geleden was overleden. Maar hij was altijd in het appartement op de achttiende etage in West Eighty-First blijven zitten. Waarom verkassen? Het was om te beginnen nooit een groot huis geweest. Waarom zou je een goed geregeld leven overhoopgooien?

Hoewel Zachary zijn hele werkende leven omgeven was geweest door het nieuws van kranten en tijdschriften, kon de actualiteit hem geen barst meer schelen. Hij las geen kranten meer en zette bijna nooit de tv aan, tenzij het was om naar 'Lobby Channel' te kijken, zo noemde hij het. Het was een soort van intranet waarop je kon zien wie er het gebouw betraden of verlieten. Van alle honderd kanalen die hij tot zijn beschikking had was dit zonder enige twijfel de beste realityshow die er te vinden was.

Toch wist Zachary niet wat hem overkwam toen hij vandaag het gebouw betrad.

Alle drie de liften waren afgeplakt met stickers waar BUITEN WERKING op stond.

Een tiental medebewoners hield zich op in de lobby en klaagde over het ongemak. De meesten waren, zoals Zachary het altijd noemde, al een eindje onderweg. Een paar waren zelfs van zijn leeftijd. Een van hen was mevrouw Attick, die in een rolstoel zat. Niemand zag er zo verontwaardigd uit als zij.

'Wat is er verdomme aan de hand?' vroeg hij terwijl hij de twee boodschappentassen op de grond zette. Hoewel ze niet eens zo zwaar waren leek het wel of zijn armen uit de kom waren getrokken. Zijn flatgenoten haastten zich om hem bij te praten.

'Het is een verordening van Headley!' zei een man. 'Ze zijn allemaal afgesloten! In de hele stad!'

'Die klootzak,' zei Zachary. 'Hoe moet ik in godsnaam naar boven komen? Ik kan niet naar de achttiende lopen. Ik ben er al geweest voordat ik bij de tiende ben.'

'Hoe moet het met Griffin?' zei mevrouw Attick.

'Wie?'

'Mijn kat. De conciërge heeft gezegd dat er niet is te zeggen hoe lang dit gaat duren. Het kunnen uren zijn, maar ook dagen! Wie gaat hem te eten geven?'

Zachary haatte katten, en die van mevrouw Attick kon hem ook niet veel schelen. Hij wilde alleen maar terug naar zijn appartement, waar hij op tv kon zien wat er beneden allemaal gebeurde terwijl hij koffiezette.

'Mijn dochter had me opgehaald om samen te lunchen,' zei mevrouw Attick met haar hoge stem. 'Maar ze heeft me hier afgezet zonder te weten wat er aan de hand was! Ze had naar boven kunnen lopen om Griffin eten te geven. Ze traint vier keer per week. Ze zou naar boven zijn gelopen alsof het niets was. Griffin zal zich zorgen maken.'

Zachary maakte zich meer zorgen over zijn yoghurt. Die moest snel de koelkast in.

Hij wilde net de conciërge gaan zoeken toen de deuren van de entree openzwaaiden en er twee ambulante verpleegkundigen – de ene was lang, de andere klein – met een rijdende brancard verschenen. De mannen reageerden gefrustreerd, maar leken niet geschokt toen ze de briefjes met BUITEN WERKING zagen.

'Heb je de conciërge al bereikt?' sprak de kleine in het microfoontje van zijn portofoon dat onder zijn kin was bevestigd. 'We hebben een werkende lift nodig.'

Er klonk gekraak. 'Hij is onderweg,' zei een stem door de statische ruis heen.

'Mooi!' zei Zachary zachtjes. Ze moesten de liften weer in werking stellen als er ergens boven in het gebouw een spoedgeval was.

Even later ging er een deur in het trappenhuis open en daar was de conciërge, een zwaargebouwde man met een olijfkleurige huid.

'We hebben een van die liften nodig,' zei de kleine verpleegkundige.

'Jaja,' zei de conciërge. 'Ik heb de middelste weer aangezet. Het gaat om meneer Gilbert, appartement 15C.'

De verzamelde bewoners reageerden opgetogen. Wat een opluchting dat meneer Gilbert weer eens een hartaanval had gehad.

De conciërge drukte op de knop en de deuren van de middelste lift gleden open. Maar mevrouw Attick had zich er al voor gemanoeuvreerd en duwde zich met de snelheid van een paralympisch kampioene de lift in.

'Mevrouw!' riep de lange verpleegkundige. 'Wilt u uit die lift komen?'

'Mijn kat!' gilde ze.

Ze had de rolstoel nog niet omgedraaid, dus de kleine verpleegkundige pakte het ding bij de handvatten. Maar toen hij de rolstoel weer uit de lift probeerde te trekken greep mevrouw Attick de reling aan de liftwand vast. De verpleegkundige liet zich hierdoor niet ontmoedigen en trok harder.

Iedereen hoorde iets knappen.

'Mijn pols! O, mijn god, mijn pols!'

Zachary vroeg zich af of ze nu eerst mevrouw Attick zouden behandelen, hier in de lobby. Dat zou hem mooi de gelegenheid geven om met de lift naar zijn appartement te gaan zodat hij zijn yoghurt in de koelkast kon zetten.

Maar zo werkte het niet.

Ze haalden mevrouw Attick uit de lift en reden de brancard erin. Een van hen drukte op de knop met 15 erop en weg waren ze.

Ze kwamen te laat.

Meneer Gilbert was dood, al bijna een half uur.

En Zachary Carrick overkwam hetzelfde nadat hij had besloten om aan de lange klim te beginnen. Hij had net de trap naar de vijfde etage achter de rug toen zijn hart het begaf.

Het goede nieuws was dat een bewoner van de zesde etage, de drieëntwintigjarige Grant Rydell, een werkloze Broadway-acteur die naar beneden liep om zijn post op te halen – hij hoopte dat zijn moeder hem een cheque had gestuurd om de huur te kunnen betalen – Zachary in het trappenhuis zag liggen. Voordat hij 911 belde bekeek hij de inhoud van de boodschappentassen.

Het bleek dat ze alle twee dol op aardbeienyoghurt waren.

'Terrorist!'

Ettan Khatri draaide zich om toen hij iemand het woord hoorde roepen. Niet omdat hij dacht dat iemand het hem toeriep, maar omdat je om je heen kijkt om te zien wat er aan de hand is als iemand 'Terrorist!' roept.

Zwaaide er iemand met een machinegeweer? Was er een idioot met een bomgordel om de lobby van dit kantoorgebouw aan East Fifty-Seventh Street binnengedrongen?

Maar toen Ettan Khatri zich had omgedraaid zag hij een man naar hém wijzen.

Dit soort dingen waren de laatste jaren wel vaker gebeurd. Zijn ouders kwamen uit India, en hij was geboren en getogen in de Verenigde Staten. Desalniettemin kwam je altijd wel een eikel tegen die je voor een islamitische extremist hield omdat je een lichtgetinte huid had en je haar gitzwart was. Je kon zo iemand dan wel uitleggen dat je hindoe was, maar dan zou hij je aankijken en zeggen dat het allemaal één pot nat was.

De achtentwintigjarige Ettan was op weg naar een sollicitatiegesprek bij een galerie die in zeldzame posters was gespecialiseerd. Hoewel hij aan het Boston College een Master of Arts-graad had gehaald, werkte hij sinds drie jaar bij de McDonald's in Third, iets ten noorden van Fiftieth. Toen hij online de vacature van verkoper in de galerie zag aarzelde hij geen moment.

En hier was hij dus. Aangezien de galerie op de vijfde etage zat was het geen zware opgave om de trap te nemen. Hij had zich net aangemeld bij de beveiliging, waar hem was verteld dat het trappenhuis zich achter de liften bevond.

Toen hij langs de liften liep, die met het soort gele lint waren afgeplakt dat je ook op plaatsen delict ziet, hoorde hij de man roepen.

Het was een grote kerel. Hij moest zeker zo'n honderdvijftig kilo wegen. Hij droeg een kakibroek, een geruit overhemd, en had een honkbalpet op zonder logo.

'Heb jij deze soms gesaboteerd?' vroeg de man, die met zijn duim naar de liften achter hem wees en hem snel naderde.

'Wat?' zei Ettan, die zijn handen afwerend ophief. Maar daar was hij net iets te laat mee.

De vuistslag trof hem recht op zijn mond.

En het werd hem zwart voor de ogen.

Het begon in de Spring Lounge, waar ze tegenover elkaar aan een tafeltje zaten. Faith Berkley liet een pump van haar voet glijden en wreef over de binnenkant van André Banvilles been.

Ze hadden deze afspraak gemaakt om de aankoop van een van Andrés Franse landschappen te bespreken. De bar bevond zich om de hoek bij zijn galerie, maar lag toevallig ook nog eens vlak bij Faiths nieuwe luxeappartement op de twintigste etage van een gebouw in Broom Street.

'Misschien dat we even naar mijn huis zouden moeten gaan,' zei Faith. 'Dan kun je het kleurpalet zien, hoe het licht door de jaloezieën valt, en dan kun je misschien een beter idee van mijn behoeftes krijgen.' Ze liet al haar verleidingskunst in deze laatste zin doorklinken.

'Een fantastisch idee,' zei André. 'Is Anthony er ook om met suggesties te komen?'

'Ik ben bang dat hij pas later thuis is. We zullen het samen moeten doen.'

'Drink je glas leeg en we gaan het doen.'

Nog geen seconde nadat Faith de knop van haar etage had ingedrukt en de liftdeuren zich sloten besprongen ze elkaar. André drukte haar tegen de achterwand, perste zijn lippen op de hare en duwde zijn tong gulzig tussen haar tanden. Hij knoopte haar bloes los en legde zijn hand op de zijden bh die ze een dag eerder bij Agent Provocateur had gekocht terwijl haar hand naar beneden ging en over zijn kruis wreef.

'Jee,' zei ze hijgend. 'Dat belooft veel goeds.'

Andrés hand zocht zijn weg en er sprong een knoopje van haar bloes. 'Als we bij jou zijn,' fluisterde hij, 'dan trek ik je slipje omlaag en…'

De lift stopte. Op de twaalfde etage.

'Shit!' fluisterde Faith. Ze duwde André van zich af en begon als een bezetene haar bloes te fatsoeneren. 'Hij moet hier helemaal niet stoppen!

Hij zou direct naar mijn etage moeten gaan.'

Maar de deuren gingen niet open. En de lift kwam niet in beweging.

'Wat is er aan de hand?' vroeg ze voor zich uit.

Ze drukte nog eens op de knop voor haar etage. Niets. Toen klonk er een statisch gekraak. Uit de kleine speaker naast de knoppen klonk de stem van een man.

'Is daar iemand?'

'Elmont?' riep Faith.

André keek haar met opgetrokken wenkbrauwen aan.

'De conciërge,' fluisterde ze.

'Mevrouw Berkley? Ja, Elmont. We halen alle liften naar beneden, daarna worden ze buiten werking gesteld.'

'Waarom zouden de liften in godsnaam...'

'Een noodmaatregel, mevrouw. Het geldt voor de hele stad. Ze zeggen dat...'

'Faith?'

Een andere mannenstem.

Haar man.

'Anthony?' zei ze.

'Ik sta hier bij Elmont, schat. Toen ik hoorde wat er ging gebeuren heb ik me direct van kantoor hiernaartoe gehaast. Ik wilde zeker weten dat je...'

'Ik maak het prima,' riep ze terwijl ze een blik op André wierp. 'Alles is goed! Ga maar terug naar...'

'Nee hoor,' zei Anthony. 'Ik wacht wel even tot je beneden bent.'

In het Empire State Building kregen honderden mensen te horen dat ze niet naar de top van het beroemdste gebouw van de stad konden gaan. Ze hadden de kaartjes om van het panorama op de honderd-en-tweede etage te genieten al gekocht. Er klonk gemopper en er heerste verwarring terwijl de toeristen nieuwe rijen vormden om hun geld terug te krijgen.

Het was een ander verhaal op het observatorium, waar tientallen bezoekers werd meegedeeld dat hun reis terug naar de begane grond wat zwaarder zou worden dan de heenreis. De trappen waren al snel gevuld met mensen, en dat waren niet alleen toeristen maar ook duizenden mensen die in het gebouw werkten en naar huis vertrokken.

Dezelfde taferelen speelden zich af op Top of the Rock, het uitzichtpunt op het dak van het Rockefeller Center. De directies van veel toeristenattracties, zelfs als ze niet tot in de hemel reikten, besloten hun deuren te sluiten. Musea gingen dicht. De beveiligingsdienst van het Guggenheim, dat slechts enkele verdiepingen telde, die via een geleidelijk omhooglopende route vanaf het atrium bereikt konden worden, riep om dat iedereen het gebouw moest verlaten. Dit vanuit het idee dat een bijzonder monument net zo goed de belangstelling van terroristen kon hebben als alle liften in de stad een doelwit waren.

Het was de grote angst dat deze kwelduivel van New York pas net begonnen was.

De miljoenen mensen die elke dag vele etages omhoog moesten hielden vroeg op met werken. De angst dat ze vast zouden komen te zitten op hun werkplek was de reden dat ze – nu het nog kon – massaal naar huis vertrokken. Maar als ze in een hoog gebouw woonden stond hetzelfde scenario hun te wachten, maar dan in omgekeerde volgorde. Duizenden besloten om buitenshuis te gaan eten, in de hoop dat de gemeente binnen een paar uur zou aankondigen dat de crisis voorbij was en de liften weer veilig waren.

Toeristen die op JFK of LaGuardia landden wisten niets van de nieuwe verordening en waren verbijsterd te horen dat ze niet naar hun hotelkamers konden afreizen als ze niet in staat waren om de trap te nemen. Geen goed nieuws als je een aantal zware koffers bij je had. Hotels meldden dat er veel afzeggingen binnenkwamen van gasten die het op het nieuws hadden gezien en nog niet waren vertrokken.

Kortom, het was één grote puinhoop.

46

De burgemeester zat in zijn kantoor in het stadhuis en klikte van kanaal naar kanaal, hij zag reportages uit alle hoeken van de stad. Zijn gezelschap bestond uit Valerie, Vallins en Glover.

'Wat een godvergeten teringzooi,' zei Headley, die mismoedig zijn hoofd schudde.

'Dat kun je wel zeggen, ja,' zei Valerie.

'Heb je nog iets gehoord?' vroeg hij aan haar.

'Ik heb zonet met de veiligheidsdienst en de hoofdcommissaris gebeld. Ze hadden geen nieuws.'

'We moeten verdomme met iets komen,' zei hij. 'Ze moeten erachter komen wie dit doet, en dat kunnen ze maar beter snel doen! Anders word ik gevierendeeld. We moeten met een nieuwe verklaring komen, iets wat de mensen geruststelt.'

'Ze zijn met inspecties bezig. Ik hoorde dat een paar liften alweer in werking zijn gesteld. Maar ik denk dat het een paar dagen gaat duren voordat alles weer normaal is.'

'Jezus.'

De mobiele telefoon op het bureau van de burgemeester ging. Vallins zat er het dichtstbij en pakte hem. 'Het kantoor van burgemeester Headley.'

'Geef me die klootzak aan de lijn,' zei een man.

'Met wie spreek ik?'

'Rodney Coughlin.'

'Eén moment,' zei Vallins. Headley keek hem aan. 'Deze zul je waarschijnlijk wel willen nemen. Het is Coughlin.'

Headley wachtte een moment om zich voor te bereiden en nam toen de telefoon aan. 'Rodney,' zei hij.

'Waar ben je in godsnaam mee bezig?' zei Coughlin.

'Luister, ik weet dat...'

'Misschien dat je vergeten bent wat er morgen staat te gebeuren. Zegt "donderdag" je iets, Dick, hè?'

'Ik weet het. Ik weet het.'

'Wat denk je dat mijn gasten ervan zullen vinden als ze zevenennegentig verdiepingen moeten beklimmen om de officiële opening van Top of the Park bij te wonen? Ik kan verdomme maar beter zorgen dat er geweldige hapjes zijn, want ze zullen wel honger hebben na zo'n tocht.'

'Het is een tijdelijke maatregel,' zei Headley.

'Wie vond er een sluipweggetje om een half miljoen in jouw campagne te pompen?' vroeg Coughlin. 'Ik was het even vergeten.'

'Rodney, ik weet het. Luister, laat je mensen goed naar die liften kijken. Er is ze waarschijnlijk al verteld waar ze op moeten letten. Ik weet zeker dat...'

'Je weet wie er komt voor de opening van de hoogste woontoren in het hele verdomde land?'

'Rodney, ik...'

'Ik zal je vertellen wie er komt. Iedereen. Iederéén komt.'

Vallins zwaaide met zijn hand om de aandacht van de burgemeester te krijgen. Headley legde zijn hand over de telefoon en fluisterde: 'Wat?'

'Stuur mij maar,' fluisterde hij.

'Wat?'

'Zeg hem dat je een staflid zult sturen dat er persoonlijk op zal toezien dat alles in orde komt.'

Headley kneep zijn ogen samen. 'Wat weet jij van liften?'

Vallins schudde zijn hoofd om aan te geven dat het daar niet om ging. 'We nemen iemand mee, en ik zorg ervoor dat het goed komt,' fluisterde hij.

De burgemeester knikte en drukte de telefoon weer tegen zijn oor. 'Rodney, luister.'

Hij bracht het voorstel over. Zodra hij had opgehangen liep hij rood aan en begon over zijn hele lijf te trillen.

'Die ongelooflijke klootzak!' Hij smeet de telefoon naar het tv-scherm, waar een YouTube-video van mensen die op een steile trap over elkaar heen vielen op werd vertoond.

Het scherm brak in gruzelementen.

Valerie slaakte een gilletje.

‘Godverdomme nog aan toe,’ riep Headley uit. ‘Wie denkt Coughlin wel dat hij is, om zo’n toon tegen me aan te slaan?’

Glover, die de hele tijd niets had gezegd, liep naar het raam en keek uit over de stad.

En glimlachte.

47

Meer dan vijfentwintig rechercheurs van het NYPD hadden zich in de kleine, rechthoekige vergaderkamer verzameld. Sommigen hadden een stoel kunnen bemachtigen, anderen stonden tegen de muur aan geleund. Bijna iedereen had een kartonnen koffiebeker in zijn hand.

Jerry Bourque en Lois Delgado stonden aan één kant met hun armen over elkaar. Aan de andere kant van de ruimte, met een groot beeldscherm achter zich, stonden hoofdcommissaris Washington, een vrouw van de FBI en Brian Cartland van de binnenlandse veiligheidsdienst.

De rechercheurs die voor deze bijeenkomst waren uitgenodigd was aanvankelijk verteld dat de focus op de drie liftongelukken lag, maar het onderzoek was inmiddels uitgebreid.

De taxi-explosie in East Forty-Ninth Street werd er nu ook in meegenomen. Hoewel er nog niets specifieks was dat op een verband tussen de liftongelukken en de bomaanslag wees kon het feit dat de twee incidenten bijna tegelijkertijd hadden plaatsgevonden niet genegeerd worden. Het was immers mogelijk, zo had de hoofdcommissaris gemeld, dat de persoon of personen die hierachter zaten zo veel mogelijk chaos nastreefden door simultane brandhaarden te creëren.

Er waren pogingen ondernomen om aan beveiligingsbeelden van de drie gebouwen te komen. Twee rechercheurs die zich tegenover Bourque en Delgado bevonden zeiden dat het niet veel zin had, omdat er geen camera's hingen in de regelkamers, waar de dader verbindingen had moeten maken tussen het centrale liftsysteem en het kastje van de afstandsbediening. Wat eventuele andere beveiligingscamera's van de gebouwen betrof: niemand wist wannéér er met de liftsystemen was geknoeid. Moesten ze naar een video van vorige week, of naar een van een half jaar geleden gaan kijken?

Het was een vaststaand feit dat iemand in de schachten moest zijn geweest om de cameraatjes op het dak van de liften te bevestigen, zodat hij later kon zien wat er in de liften gebeurde. Er waren computerexperts ingeschakeld, aldus de rechercheurs, om uit te zoeken of het mogelijk was om de beelden die de camera's hadden verzonden ergens terug te vinden. Ze hoopten hier binnen vierentwintig uur meer over te horen.

Er werden straatbeelden verzameld om meer inzicht te krijgen in de taxi-explosie. De verzamelde beveiligingsbeelden konden misschien iets opleveren, nu de route van de taxi tot het moment van de explosie was bepaald. Het eerste onderzoek van het vernietigde voertuig had uitgewezen dat de explosie in het midden van de taxi had plaatsgevonden, wat suggereerde dat de bom door een passagier op de vloer was achtergelaten.

'Het lijken me twee totaal verschillende misdrijven,' zei een rechercheur die ergens achterin stond.

'Dat klopt,' zei Washington. 'En het is goed mogelijk dat ze zijn uitgevoerd door verschillende personen of groeperingen die niets met elkaar te maken hebben. Maar toch wil ik dat de teams van de taxi-explosie en de liftongelukken hun bevindingen uitwisselen. Dit voor het geval er verbanden zijn.'

'Ja,' zei Delgado. 'Een bom die in een taxi is achtergelaten is lang niet zo hightech als de liftincidenten. Die vereisen enorm veel planning. Maar naar wie zijn we eigenlijk op zoek?'

Washington liep naar een laptop die voor in de ruimte stond. Op het beeldscherm verschenen foto's van een koffiehuis dat het doelwit van een bomaanslag was geweest.

'De lijst van groeperingen die een bomaanslag in New York zouden kunnen plegen is lang,' zei Cartland. 'We hebben de afgelopen jaren enkele IS-gerelateerde of door IS geïnspireerde aanslagen gehad. Maar we houden ook een groepering die zich de Flyovers noemt in de gaten. Ze worden van de bomaanslag in Portland, Oregon, verdacht. Deze Flyover-types hebben de afgelopen weken voor soortgelijke aanslagen in kuststeden de verantwoordelijkheid opgeëist en, inderdaad, op Twitter is ook de taxi-explosie door hen geclaimd, al zullen we daar nog de authenticiteit van moeten nagaan. Agent Darrell van de FBI kan hier meer over zeggen.'

Een kleine Afro-Amerikaanse vrouw met kort kroeshaar deed een stap naar voren. 'Hallo. Diane Darrell. De taxi-explosie draagt de kenmerken van de aanslagen die de volgelingen van de Flyovers beweren te hebben gepleegd. Een interessante toevoeging hieraan is dat de man die deze activistische groepering leidt – en die, in het openbaar tenminste, al deze geweldplegingen heeft afgekeurd – op het moment in New York is. Het zou om een informeel uitje met zijn vrouw gaan. Kan ik die foto van Clement krijgen?'

Op het beeldscherm verscheen een foto van Eugene Clement, die samen met zijn vrouw een straat in New York overstak.

'Dit was vlak nadat hij een tv-interview had gedaan. We hebben hem de hele tijd in de gaten gehouden.'

Delgado boog zich naar haar partner toe en fluisterde: 'Zou dit onze man kunnen zijn?' Toen Bourque haar vragend aankeek, voegde ze eraan toe: 'Die bij die auto stond en met Otto praatte? Die van de foto?'

Bourque haalde zijn schouders op.

Darrell was nog steeds aan het praten. 'Is het toeval dat hij hier in New York is en die taxi explodeert, terwijl de Flyovers beweren dat zij erachter zitten? Ik weet niet hoe het met jullie zit, maar ik geloof nooit zo in toevalligheden.'

Diane Darrell schroefde een flesje water open en nam een slok.

'Een simpele bomaanslag is een ondubbelzinnige actie. Je bent een groepering met een boodschap, en de makkelijkste manier om die over te brengen is door iets op te blazen. Of om achter het stuur van een vrachtwagen te zitten en op een menigte in te rijden. En dat alles in naam van Allah. Of om, in dit geval, je haat jegens linkse ideologieën tot uiting te brengen. Het is misschien onbegrijpelijk voor ons waarom onschuldigen moeten worden vermoord om zo'n statement te maken, maar we herkennen het patroon inmiddels.'

Ze liet een korte stilte vallen.

'De liftincidenten zijn gecompliceerder. Wat is de boodschap? Wat voor statement probeert iemand hiermee te maken? Tot nu toe heeft er niemand de verantwoordelijkheid opgeëist. We zijn op zoek naar een motief, maar we tasten tot nu toe in het duister.' Ze keek Cartland aan. 'Tenzij we uw theorie mogen horen?'

Cartland schudde lichtjes zijn hoofd.

'Goed dan,' zei Darrell. Ze wierp een blik op de hoofdcommissaris. 'Hoe zit het met die moord die uw mensen onderzoeken?'

Washington knikte en liet haar blik langs de aanwezigen gaan. 'Waar zijn Bourque en Delgado?'

Delgado stak haar hand op. 'Hier,' zei Bourque.

'Praat ons bij,' zei Washington.

Delgado vertelde hoe het lichaam van Otto Petrenko meer dan achtenveertig uur eerder op de High Line was gevonden. 'Hij was liftmonteur.'

Er steeg een gemompel op.

'Zijn vingertoppen waren afgesneden, en zijn gezicht was onherkenbaar verminkt. Dit om de identificatie te vertragen voor het geval hij een strafblad zou hebben. Dat bleek inderdaad het geval, hij was ooit aangehouden voor een klein vergrijp.'

'Hoe ver zijn jullie met het onderzoek?' vroeg de hoofdcommissaris.

Bourque nam het van Delgado over. 'We zijn er druk mee bezig. Zijn baas zegt dat hij geen onderhoudswerkzaamheden heeft verricht aan de gesaboteerde liften. Het kan echter zijn dat hij er klusjes naast heeft gedaan. Maar er zijn een paar opvallende dingen. Petrenko had contact opgenomen met familieleden buiten de stad en ze gewaarschuwd dat ze op hun hoede moesten zijn. Hij zei tegen zijn zus, die in Las Vegas woont, dat het geen slecht idee zou zijn om een pistool aan te schaffen.'

'Waarom deze paranoia?' vroeg Cartland.

'Dat weet ik niet,' zei Bourque. 'En er zijn nog een paar dingen. Volgens zijn vrouw ventileerde hij meningen die naadloos aansloten op het gedachtegoed van de Flyovers. Maar we hebben hem er niet op kunnen betrappen dat het verder ging dan dat. We hebben zijn laptop doorgelicht. Er zat niets opmerkelijks tussen.'

'En er was een persoon die hij een paar keer had ontmoet,' vulde Delgado aan. 'Iemand die hem op zijn werk opzocht. Geen van Petrenko's collega's kon ons zeggen wie deze man was. We proberen hem op te sporen.'

'Petrenko?' zei Cartland, die het hele verhaal vanaf het begin fronsend had aangehoord.

De rechercheurs Moordzaken knikten.

'Is dat een Russische naam?' vroeg Cartland.

'Zijn vrouw zei dat Otto er was geboren,' zei Bourque, 'maar dat zijn ouders kort daarna naar Finland ontsnapten. Ze zijn op zijn vierde naar Amerika geëmigreerd, en sindsdien is hij hier gebleven.'

'Voor zover we weten,' zei Cartland.

Bourque knikte. 'Ja.'

'Dus als hij later nog enkele reisjes naar Rusland heeft gemaakt, weten jullie dat niet.'

'Nee, dat weten we niet,' zei Delgado. 'Maar dat kunnen we uitzoeken. Kunt u ons vertellen waarom dat relevant zou zijn?'

Cartland aarzelde. 'Agent Darrell refereerde daarnet aan een theorie die ik heb, maar die ik liever voor me houd omdat ze nogal ver gaat.' Hij zweeg een moment. 'Maar ik geloof dat we in een situatie zitten waarin we elke mogelijkheid moeten onderzoeken, hoe vergezocht die ook is.'

Iedereen wachtte af.

'Het enige dodelijke slachtoffer in het liftongeluk van gisteren was doctor Vanya Petrov, een gerenommeerde Russische wetenschapper die tijdelijk aan Rockefeller University was verbonden. Haar specialisme had te maken met ontbrekende erfelijkheidsfactoren, waar ik de ballen verstand van heb. Maar doctor Petrov had ook nog aanzienlijke expertise op een ander vakgebied, en dat kon haar in potentie zeer waardevol voor de Verenigde Staten maken. En dat waren virussen. Bacteriële virussen. Ze wist veel van het Russische overheidsonderzoek naar bioterrorisme. En ze wilde niet terug naar Rusland, ze wilde hier blijven.' Hij zweeg een moment. 'En we denken dat de Russen dat wisten.'

'Jezus,' zei Bourque. 'Wilt u zeggen dat…'

Cartland hief zijn hand op. Hij was nog niet klaar. 'Niet lang nadat doctor Petrov door een lift werd onthoofd kreeg de burgemeester de Russische ambassadeur aan de telefoon. Hij wilde antwoorden hebben. Ik zou graag willen weten hoe de ambassadeur zo snel van het ongeluk wist. Ik denk dat ze wisten dat ze niet terug naar Rusland wilde, en dat ze in de gaten werd gehouden.'

Cartland krabde zijn voorhoofd en sloeg zijn armen over elkaar.

'Ik denk dat het woedende telefoontje naar de burgemeester theater was. Hij had alleen maar blij moeten zijn met de loop der gebeurtenissen. Het had niet beter voor hem kunnen aflopen als hij het zo had gepland.' Hij zweeg weer even. 'En misschien had hij dat ook wel.'

Hij keek naar het beeldscherm van de laptop en leek iets te zoeken. Toen klikte hij.

Op het grote scherm verscheen een foto van een man die ergens in New York over het trottoir liep. De foto moest vanaf de overkant van de straat zijn genomen zonder dat de man het wist. Hij was lang en pezig, had donker haar en droeg een zwart pak.

'Dit,' zei Cartland, 'is Dimitri Litvin. Hij werkt als freelancer voor de SVR, de Russische buitenlandse inlichtingendienst.'

'Wat voor freelancewerk doet hij precies?' vroeg iemand.

'Zo'n beetje alles wat hem wordt gevraagd. Wil je iemand laten verdwijnen? Litvin zorgt ervoor. Maar hij kan nog meer dan mensen uit de weg ruimen. Hij schijnt ook nog een briljante computerdeskundige te zijn.'

'Met "deskundig" bedoelt u dat hij ook een hacker zou kunnen zijn?' vroeg Delgado.

'Mogelijk,' zei Cartland. 'Litvin had vanochtend een ontmoeting met de ambassadeur in Grand Central. Doctor Petrov kwam ter sprake als een geneutraliseerde bedreiging, daar kwam het op neer. En Litvin grapte dat hij maar beter niet het Empire State Building op kon gaan.'

'Hij is niet de enige,' reageerde iemand.

Cartland knikte. 'Dat is waar. Maar goed, hun gesprek was interessant, maar niet doorslaggevend. Toch moeten we rekening houden met de mogelijkheid dat de wetenschapper is vermoord.'

'Dus je regisseert een aantal incidenten, als een soort rookgordijn,' zei Bourque. 'De enige die je eigenlijk dood wil hebben is de doctor. Maar als je alleen haar zou vermoorden, zouden er te veel – sorry voor de woordspeling – rode vlaggen verschijnen. Een echte Poetin-aanslag, dat lijkt me duidelijk. Je maakt een paar andere slachtoffers, zodat we niet weten op wie we ons moeten focussen.'

Cartland knikte. 'Zoals ik al zei, het gaat nogal ver. Maar íémand moet de moeite hebben genomen om al die liften te saboteren, en de Russen hebben mensen met de expertise om zoiets te doen. En dan vertellen jullie me over een in Rusland geboren liftmonteur die twee dagen geleden is vermoord. En dat ze de nodige moeite hadden genomen om het lichaam onherkenbaar te maken. En dat hij zijn familieleden had gewaarschuwd om vooral toch op hun hoede te zijn.'

Hij liet zijn handen naast zijn lichaam vallen. 'Mijn theorie begint al wat minder vergezocht te klinken.'

48

Na het desastreuze mediaspektakel van de burgemeester had Barbara door de stad kunnen wandelen – en ze zou er niet eens lang op zoek naar hoeven gaan – om materiaal te verzamelen over de chaos die ontstaan was na de sluiting van alle liften in New York.

Maar dat was het verhaal dat elke mediabron in de stad najoeg, en de waarheid was dat zij dat veel beter konden dan zij. Honderden mensen die tegelijk naar beneden wilden in betonnen trappenhuizen; interviews met passanten op straat; gefrustreerde toeristen die helemaal uit Flin Flon, Manitoba, waren gekomen om op de top van het Empire State Building te kunnen staan... allemaal items die geknipt waren voor tv. Er was beeldmateriaal te over. Woedende mensen. Vállende mensen. De cameraploegen hadden zich over de stad verspreid.

Laat ze hun gang maar gaan, dacht Barbara. Laat ze maar doen waar ze goed in zijn. Na haar korte ontmoeting met Chris Vallins haastte ze zich terug naar haar appartement, ze hoopte dat ze thuis zou zijn voordat haar huisbaas de liften had afgesloten. Als ze nog in werking waren zou ze er een nemen, ze ging ervan uit dat de kans erg klein was dat het haar dood zou betekenen. Maar ze was te laat. De deuren waren beplakt met het met viltstift geschreven bericht: AFGESLOTEN OP ORDERS VAN BURGEMEESTER RICHARD SHITHEAD.

Ze had haar huisbaas altijd al gemogen.

Nadat ze haar appartement had bereikt en weer op adem was gekomen zette ze koffie, ging aan de keukentafel zitten en klapte haar laptop open.

Barbara hoefde niet te weten hoeveel liften New York telde. Barbara hoefde niet te weten hoeveel miljoenen mensen er hinder van ondervonden. Barbara hoefde niet te weten hoeveel van hen aan een hartaanval zouden overlijden als ze aan het eind van de dag de trap naar hun appartement op de vijfendertigste etage namen, hoewel dat een interessante statistiek zou zijn. Ze dacht dat het goed mogelijk was dat het níét nemen van de lift meer mensen fataal zou worden dan wél.

Nee, wat Barbara wilde weten was waaróm, en wíé.

Waarom zou iemand die mensen wilde vermoorden het besluit nemen om liften te saboteren? Waarom geen pistool trekken en ze neerschieten? Waarom niet de auto nemen en op ze in rijden? Waarom niet in het midden van de nacht brandstichten in de gang van een flatgebouw? Als je zo graag mensen wilde vermoorden, dan waren deze methodes makkelijker.

Of ja, waarom geen taxi opblazen?

Een autobom was een zeer effectieve manier om onschuldige mensen af te maken. Het was natuurlijk pure willekeur, maar het werkte goed als je een soort van gestoord statement wilde maken.

Maakte de liftsaboteur een statement met deze liftdoden?

Waren het willekeurige slachtoffers? Waren het willekeurige gebouwen?

Dit waren de dingen waar Barbara over nadacht.

Zelfs als je het liftsysteem wist over te nemen, zelfs als je op welk moment dan ook met behulp van een cameraatje kon zien wie erin zaten – *nog bedankt voor de tip, Chris Vallins* – dan nog leek het haar geen efficiënte manier om een bepaald persoon te vermoorden.

Hoe lang zou je moeten wachten voordat je potentiële slachtoffer in de lift stapte? Wat als hij of zij de trap nam? Wat als die persoon de stad uit was? En als er zich verschillende liftcabines in een gebouw bevonden, hoe lang zou het duren voordat je doelwit de lift nam die je had gesaboteerd?

Stel dat je slachtoffer uiteindelijk wél op het juiste moment de bewuste lift nam. Was er een garantie dat de persoon die je dood wilde hebben ook zou sterven als de lift uit de bocht vloog? Paula Chatsworth had het overleefd, dat wil zeggen, voor even. En wat Barbara van het tweede ongeluk had begrepen, die Russische wetenschapper zou nog in leven zijn als ze niet had besloten om uit de lift te klimmen toen die tussen twee etages vastzat. Niemand had kunnen voorspellen dat ze dat zou doen.

En het incident van deze ochtend, toen twee mensen op de bodem van de schacht vielen?

Ze stelde zich voor hoe een groepje passagiers zich 's morgens vroeg bij de deuren had geposteerd en op de lift wachtte. Iederéén had het dichtst bij de deuren kunnen staan. Het was totale willekeur. En als iemand ze in het gat had geduwd, zou dat door de anderen zijn gezien.

Dit alles bracht haar tot de conclusie dat de slachtoffers ook werkelijk volledig willekeurig waren.

Maar hoe zat het met de locaties? Waarom was de Lansing Tower op Third Avenue op maandag het doelwit geweest? Wat was er met de Sycamore Residences, vlak bij Rockefeller University, dat het de keuze voor dinsdag was geweest? En vandaag dus het Gormley Building op Seventh.

Was er een factor die deze locaties met elkaar deelden?

Het koffiezetapparaat piepte. Haar verse kan was klaar.

'Waar was ik ook alweer?' zei ze in zichzelf. Ze stond op en liep langs het koffiezetapparaat naar de koelkast. Ze haalde er een fles chardonnay uit, schroefde hem open en schonk een glas vol.

Ze ging weer zitten en zocht op internet naar de gebouwen. Ze begon met de Lansing Tower, de locatie van het eerste ongeluk. Het mocht geen verrassing heten dat er honderden hits waren voor het gebouw. Het herbergde Cromwell Entertainment, een productiebedrijf voor film en tv – en tevens werkgever van Sherry D'Agostino, diverse gerenommeerde advocatenkantoren en zelfs een kantoor van de binnenlandse veiligheidsdienst.

Dat laatste is een stukje interessante informatie, dacht Barbara. Ze sloeg het op voor mogelijk toekomstig gebruik.

Ze vond ook een profiel van de New Yorkse vastgoedontwikkelaar Morris Lansing, die het gebouw naar zichzelf had vernoemd. Als Trump het kan...

De negenenzestigjarige Lansing was al bijna dertig jaar een van New Yorks markantste persoonlijkheden. Een tijd waarin hij een paar honderd vrienden had gemaakt, en een paar duizend vijanden. Je reikte niet zo hoog in de pikorde van een wereldstad zonder mensen tegen je in het harnas te jagen. Had Lansing iemand zo woedend gekregen dat hij zijn gebouw ging aanvallen?

Op het eind stuitte ze op vastgoedadvertenties. De Lansing Tower mocht dan wel een commercieel project zijn, op de hoogste etages bevonden zich appartementen. Barbara werd als mogelijke koper meteen bestookt door vragenlijsten.

Vervolgens begon ze aan de Sycamore Residences. Bovenaan stond natuurlijk het nieuws over de tragedie van gisteren. Ze negeerde de recente berichten en versmalde haar search.

Toen ze dat eenmaal had gedaan verschenen er vastgoedadvertenties. Er stonden verscheidene appartementen te koop in de Sycamores, waarvan sommige met uitzicht op de East River. De voorzieningen in het gebouw werden onveranderlijk geprezen, waaronder een speeltuin, een sportzaal en feestzalen die voor speciale gelegenheden konden worden afgehuurd. Wilde Barbara kopen of huren? Er bleven vensters opflitsen waarin ze werd uitgenodigd om met een makelaar te chatten, en ze bleef maar op de x'jes klikken om ze weer weg te krijgen. Alsof je door een wolk muggen werd geteisterd.

Daarna las ze oude nieuwsberichten. Een keukenbrand op de zesde etage die snel geblust kon worden. Een artikel uit een entertainmentkatern over een bezoekende toneelregisseur die in het gebouw logeerde.

Een half uur en twee derde fles chardonnay later was Barbara nog steeds niets bijzonders tegengekomen. Misschien dat er ergens een antwoord op haar vragen tussen de regels stond, maar als dat zo was, dan was het haar niet opgevallen.

Ze zuchtte.

Ze wreef in haar vermoeide ogen en ging even op de bank liggen, ze staarde naar het plafond en probeerde te bedenken wat haar volgende stap zou kunnen zijn. Ja, een volgend glas wijn, dat leek haar wel wat.

Ze stond op, goot haar glas nog eens vol en ging weer achter de laptop zitten. Het scherm stond in de slaapstand. Ze klikte op haar muis en het beeld kwam weer tot leven.

Nog één gebouw. Het Gormley.

Wéér een projectontwikkelaar die dacht dat het een goed idee was om het gebouw naar jezelf te vernoemen. De bouw ervan was in 1967 begonnen en had twee jaar geduurd. Dat alles onder de bezielende leiding van Wilfred Gormley, die in 1984 was overleden. En wéér verschenen er vastgoedadvertenties voor appartementen en kantoorruimtes.

Barbara bekeek de lijst van bedrijven die er waren gevestigd. Een verzekeringsmaatschappij, een impresariaat en een paar accountantsbureaus. Een kapper en een bloemist op de begane grond.

Ik zit hier mijn tijd te verspillen, dacht ze.

Ze bracht het glas naar haar lippen en kantelde het tot er geen wijn meer in zat. Ze klapte de laptop dicht en liet zich langzaam voorover zakken tot haar voorhoofd de bovenkant raakte. Ze moest een andere invalshoek vinden, een andere strategie bedenken, iemand erover spreken, haar contacten nog eens nalopen, de telefoon gebruiken en...

Ik ben een idioot.

Ze tilde haar hoofd op en klapte de laptop weer open.

Als je iets gemeenschappelijks aan deze drie gebouwen wilde vinden, moest je een search beginnen waar ze alle drie in stonden vermeld.

Dus ze typte de namen van de drie gebouwen in en drukte op 'Enter'.

Nog geen seconde later verschenen de resultaten. Barbara knipperde met haar ogen toen ze zag wat er bovenaan prijkte. Ze kon het bijna niet geloven.

Het was het campagneschema van burgemeesterskandidaat Richard Headley.

De datums besloegen een week van zijn verkiezingscampagne van een paar jaar geleden. Ze scrolde door de lijst van evenementen, op zoek naar de drie namen die ze de zoekmachine had gegeven.

De Sycamores-referentie verscheen als eerste. Headley was de eregast op een benefietfeest dat was georganiseerd door Margaret Cambridge, die in het penthouse van het gebouw woonde. De bejaarde Margaret was een van de grootste filantropen van New York. Het was een schier onmogelijke opgave om al het geld van wijlen haar man op te maken, dus ze schonk het graag weg, en Headley kwam daarvoor in aanmerking. Natuurlijk waren er overheidsreguleringen over de hoogte van donaties, maar Margaret had haar complete vriendenbestand opgetrommeld om ze het maximale bedrag te laten doneren.

Barbara zocht verder in het campagneschema, ze was nu op zoek naar 'Lansing'. De referentie bleek niet de Lansing Tower te zijn, maar Morris Lansing, nog zo'n steenrijke donateur, die een campagnebijeenkomst voor

Headley georganiseerd bleek te hebben. Toen ze zijn naam en die van de burgemeester intypte, zag ze dat ze oude vrienden waren.

Goed, verder met 'Gormley'.

De dag na Lansings campagnebijeenkomst was Headley aanwezig in het Gormley Building, omdat er iemand in het penthouse woonde die een volgend benefietfeest voor hem had georganiseerd. Deze persoon bleek niemand minder dan Arnett Steel te zijn, directeur en CEO van Steelways, het bedrijf dat de burgemeester had uitverkoren om de miljoenen kostende innovaties aan de infrastructuur van de metro uit te voeren.

'Jezus.'

Ze keek of de combinatie 'Lansing', 'Sycamore Residences' en 'Gormley' nog andere hits had opgeleverd.

Er stond verder niet veel bijzonders bij.

Oké, oké, zei ze in gedachten. Haal even diep adem.

Het feit dat Richard Headley en deze drie gebouwen samen online opdoken – of, in het geval van Lansing, met een persoon die er een connectie mee had – wilde nog niet zeggen dat er een verband was met de drie liftongelukken.

Maar toch, shit, zoiets kon je moeilijk negeren. Haar hart bonsde.

Stel nu dat het zo is, dacht ze. Stel dat Headley de verbindende factor tussen deze incidenten is.

Dan zou dat kunnen suggereren dat als iemand met deze verschrikkelijke daden een boodschap wilde overbrengen, deze voor Headley was bedoeld.

Barbara klapte de laptop dicht, stond op, pakte haar jas en liep haar appartement uit.

Ze wilde Richard Headley spreken. Ze wilde zo snel mogelijk een gesprek onder vier ogen met hem hebben. Onderweg belde ze om erachter te komen waar hij was. Het stadhuis? Het Gracie Mansion? Op het hoofdbureau? Waar die hufter ook was, ze zou hem vinden.

Ze liep naar de lift, drukte op de knop en wachtte. Ze keek ongeduldig op haar telefoon.

Toen de lift er niet onmiddellijk aan kwam drukte ze nog eens op de knop.

En toen wist ze het weer.

‘Mijn god, ik geloof dat ik gek aan het worden ben,’ zei ze in zichzelf terwijl ze naar het trappenhuis liep.

49

Voor Arla Silbert was het pas dag twee op haar nieuwe werk, maar wauw, er was al zó veel gebeurd...

Op haar eerste dag – op haar eerste ochtend – had ze de gruwelijke rampplek bezocht en was ze uiteindelijk met de zoon van de burgemeester in een restaurant terechtgekomen. En daar kwam nog bovenop dat hij haar informatie had toevertrouwd waar haar moeder een moord voor zou plegen. En die Arla haar verteld zou hebben als ze niet zo'n bitch was geweest over de telefoon.

Maar goed, het deed er niet meer zo toe, want de hele wereld wist inmiddels dat er een verdacht luchtje aan die liftincidenten hing, ook al had ze het Barbara niet verteld. Had ze dat wel gedaan, dan zou haar moeder twaalf uur of meer vóór Headleys rampzalige persconferentie iets op de *Manhattan Today*-site hebben geplaatst, waardoor het lek naar haar herleid had kunnen worden.

Je wilde liever niet dat je op je eerste werkdag betrapt werd op het lekken van je werkgevers geheimen. En het zou je zeker geen goede referenties opleveren voor je vólgende baan.

Dus hier was ze dan, het was haar tweede dag op de afdeling Data-analyse, en met Headleys persconferentie en de afsluiting van alle liften in de stad was het een enerverende toestand. Oké, ze hoefde vandaag niet onder politielint door te duiken om met de zoon van de burgemeester een rampplek te bezoeken, maar er was genoeg te doen.

Om drie uur was er een haastig uitgeroepen bijeenkomst in een van de vergaderkamers. Arla en haar collega's werd gevraagd om het communicatieproces van de crisis te monitoren. Bereikte de berichtgeving van de gemeente het publiek? Bezochten vastgoedbeheerders de website van de gemeente om te zien hoe er met een lift geknoeid kon zijn, hoe je dat kon herkennen en hoe je het vervolgens kon ontmantelen?

Arla stak op een gegeven moment haar hand op. 'Ik zag gisteren iets wat veel indruk op me maakte,' zei ze.

De anderen keken haar vlak aan, een soort van collectief *Wie was jij ook alweer?*

Ze vertelde dat ze in de Sycamore Residences had gezien hoe de burgemeester het jongetje had getroost dat zich in de lift bevond toen de Russische wetenschapper het leven liet. Zonder pers erbij had Headley er de tijd voor genomen, hem gecomplimenteerd en hem zelfs voor een hotdog in het Gracie Mansion uitgenodigd.

'Het was een kant van hem die ik niet kende, en die de meeste New Yorkers niet kennen,' vervolgde ze. 'Een ménselijke Richard Headley. Voor wie de persconferentie vandaag een ramp vond, misschien kunnen we het rechttrekken door hem de straat op te sturen, of naar al die trappenhuizen die iedereen nu moet gebruiken. Dat hij bijvoorbeeld een bejaarde die op de vijftiende etage woont een tas boodschappen komt brengen. Maar dan wel met de media erbij.'

'O, nou, bedankt voor de bijdrage,' zei haar nieuwe baas, om meteen op het volgende onderwerp over te gaan.

In haar hoofd hoorde Arla het fluitende geluid van een zwaar getroffen gevechtsvliegtuigje dat omlaag stortte, en daarna de explosie toen het zich – zonder dat de piloot de tijd had om zijn schietstoel te gebruiken – in een bergwand boorde.

Na de bijeenkomst liep ze vernederd terug naar haar computer. Oké, misschien dat ze als groentje haar hand had overspeeld. Niemand had zin in een betweter, en waarschijnlijk was ze zo overgekomen. Maar dat betekende nog niet dat het geen goed idee was. Het probleem was misschien wel dat ze het op de verkeerde plek had gelanceerd. Deze afdeling was geen campagnekantoor. Ja, ze verzamelden en analyseerden data, maar het waren geen strategen. Deze mensen werkten officieel voor de gemeente, en niet voor de burgemeester. Het was niet hun werk om Headley over zijn imago te adviseren. Daar had hij politiek adviseurs voor. Mensen als Valerie Langdon.

En Glover.

Terwijl de middag zich voortsleepte bleef Arla aan hem denken. Hij was degene die haar idee moest horen. Ze zou hem moeten appen. Of... misschien niet. Hij zou net zo kunnen reageren als haar baas. Wie dacht ze wel dat ze was? Dacht ze dat degenen die het dichtst bij de burgemeester stonden niet wisten hoe ze hem tijdens een crisis moesten presenteren?

Of zou Glover denken dat ze eigenlijk een ander motief had? Zocht ze alleen maar een excuus om hem te kunnen zien?

Ja, nou, misschien.

Net toen ze aan haar motieven begon te twijfelen om deze baan te nemen – had ze het eigenlijk niet gedaan om haar moeder op de kast te krijgen? – zag ze haar duim boven het scherm van haar telefoon zweven; klaar om een bericht naar Glover te versturen.

Was het niet mogelijk dat ze haar idee wilde delen én bij hem wilde zijn?

Ze schreef: Hé, ik wil geen suggesties doen die boven mijn stand zijn, maar ik denk dat RH de NY'ers voor zich kan winnen door een aantal zaken anders aan te pakken.

Ze herlas de woorden een paar keer. Versturen of niet?

Ze nam haar besluit. Ze tikte op het kleine blauwe pijltje en hoorde het zachte *zoef* van een verstuurd bericht. Ze legde haar telefoon met het scherm naar boven naast haar toetsenbord en nam zich voor er niet vaker dan om de vier seconden naar te kijken.

Nadat er een minuut was verstreken kwam ze tot de conclusie dat het een grove misrekening was. Glover had niet geantwoord. Ze had zichzelf voor gek gezet. Ze was een nietig groentje dat dacht dat ze de boel wel even kon overnemen. Terwijl de minuten voorbij tikten dacht ze dat het alleen maar erger zou zijn als Glover wél antwoordde. Hoe zou dát overkomen als de rest van de afdeling erachter kwam? Arla Silbert, die op haar tweede werkdag over alle hoofden heen de baas van de afdeling aansprak.

Stom, stom, stom...

De telefoon rinkelde. Ze schrok op. De anderen merkten het niet, maar ze voelde een schok door haar lichaam gaan.

Het was niet haar mobiele telefoon die had geklonken. Het was de telefoon op haar bureau.

Ze nam op. 'Hallo, Arla Silbert.'

'Hoi,' zei een stem die ze onmiddellijk herkende. 'Wat was dat grote idee van je precies?'

Ze voelde haar hart bonzen. 'Luister, sorry,' zei ze fluisterend opdat haar collega's het niet zouden horen. 'Ik had je nooit...'

'Nee, nee,' zei Glover. 'We zitten midden in een crisis. Alle ideeën zijn welkom. Zelfs,' ze hoorde een zacht gegrinnik, 'van onze nieuwste aanwinst.'

'Als je werkelijk denkt dat...'

'Dat doe ik. Waarom fluister je?'

'Ik geloof niet dat de anderen mijn suggesties erg waarderen. Zoals je al zegt, ik ben het groentje.'

'Oké. Goed, je dag is bijna voorbij, toch?'

'Ja, de bel gaat over twintig minuten, bij wijze van spreken. Maar gezien de huidige situatie zou het me niets verbazen als we langer moeten blijven werken.'

'Mocht dat niet zo zijn, kom dan maar even bij me langs.'

'Ja, natuurlijk. Zeker.'

Arla hing op en keek om zich heen of de anderen iets hadden gemerkt. Maar alle blikken leken strak op de beeldschermen gericht.

Ik weet bij God niet wat ik aan het doen ben, dacht ze.

De ervarener collega's werden inderdaad gevraagd langer te blijven. Enkelen die boven in wolkenkrabbers woonden hadden zich vrijwillig aangemeld om door te werken. Ze hoopten dat de liften weer zouden werken tegen de tijd dat ze naar huis gingen.

Arla werd niet gevraagd langer te blijven, en ze meldde zich ook niet aan.

Ze nam positie in op de gang, een paar deuren van Glovers kantoor verwijderd. Lang leve de mobiele telefoon. In vroegere dagen, toen de wereld door dinosauriërs werd geregeerd, zou iemand je benaderd hebben om te vragen of ze je konden helpen, of om te vragen waarom je daar stond, zelfs als je een pasje van het stadhuis om je nek had hangen.

Maar tegenwoordig hoefde je alleen maar tegen een muur geleund op je telefoon te kijken. De telefoon was een excuus geworden dat tegen alle omstandigheden was opgewassen, vooral als het leek alsof je met een e-mail of een tekstdocument bezig was. Het gaf aan dat je aan het wérk was. Dat je met iets bézig was. Je had verder niets met deze etage te maken, laat staan met deze gang. Je was op weg naar een andere plek, en was hier alleen maar omdat je een belangrijk bericht had ontvangen, of moest versturen.

Zo hield Arla zich hier op. Ze leunde tegen de muur en was op haar telefoon bezig. Maar het was echt zo. Ze was het laatste nieuws over de liftcrisis aan het lezen toen ze voetstappen hoorde naderen. Ze keek op.

Glover glimlachte. 'Hoi. Het is je gelukt.'

'Hoi,' zei ze terwijl ze de telefoon in haar handtas wegstopte. 'Goed, ik zag gisteren dus hoe de burgemeester, ik bedoel hoe je vader dat jongetje aansprak en hoe...'

Hij legde zijn hand op haar arm. 'We hoeven dit niet in de gang te bespreken.'

Ze voelde de warmte van zijn hand door haar bloes. 'Ja, oké, natuurlijk.'

'Ik wilde er toch al even uit.' Hij klopte op de borstzak van zijn colbert. 'Ze kunnen me bereiken als ze me nodig hebben.'

Glover had Arla aangekeken, maar iets of iemand achter haar trok zijn aandacht. 'Wacht even,' zei hij.

Ze draaide zich om en volgde zijn blik. Een lange, breedgeschouderde en volkomen kale man liep hun kant op.

'Chris,' zei Glover.

De man stopte en knikte. 'Glover,' zei hij afgemeten.

'Kom je net terug van Top of the Park? Is Coughlin al een beetje gekalmeerd?' Er klonk enige autoriteit in Glovers stem door, maar Arla vond het hol klinken. Opgeblazen.

Chris keek Glover met samengeknepen ogen aan. Het deed Arla denken aan iemand die Robert de Niro uit *Taxi Driver* probeerde te imiteren: '*You talkin' to me?*'

'Het is geregeld,' zei Chris uiteindelijk.

Glover knikte. 'Mooi, zo mag ik het graag horen.'

Arla voelde de situatie aan, en had medelijden met Glover. Hij hoopte Arla te imponeren door te suggereren dat deze Chris, wie hij ook mocht zijn, rapport aan hem moest uitbrengen. Maar het was duidelijk dat deze man zich daar absoluut niet toe verplicht voelde.

In een poging de spanning te doorbreken stak ze haar hand uit en zei: 'Hoi, ik ben Arla.'

Chris trok zijn wenkbrauwen op en glimlachte minzaam toen hij haar hand schudde. 'Chris Vallins. Arla, zei je?'

'Ja. Arla Silbert.'

Er ging een korte flikkering door Vallins' ogen. 'Aangenaam,' zei hij.

'Miss Silbert is nieuw hier,' zei Glover. 'Ze is een kei in data-analyse.'

Vallins glimlachte nog eens. 'Kijk eens aan.'

'Luister, we waren net onderweg naar buiten,' zei Glover.

'Natuurlijk. Leuk u te ontmoeten, mevrouw Silbert.'

Glover raakte Arla's arm lichtjes aan om haar mee te nemen. Terwijl ze door de hal liepen vroeg ze: 'Wat doet hij?'

'Alles wat mijn vader hem vraagt.'

'Het leek me allemaal, ik weet niet, een beetje stroef daarnet.'

Hij keek haar aan met een blik die haar vermoeden leek te bevestigen. 'Ik heb het gevoel dat hij me niet vertrouwt, of respecteert. Het is net alsof hij me de hele tijd in de gaten houdt.'

Ze keek hem vriendelijk aan. 'Alsof jij iets te verbergen hebt. Ik bedoel, je bent de zoon van de burgemeester.'

Terwijl Glover Headley en Arla Silbert door de hal wegliepen keek Chris Vallins hen na. Zodra ze de hoek om waren haalde hij zijn telefoon tevoorschijn en zocht de foto's van Barbara in Morning Star op.

Met duim en wijsvinger vergrootte hij de foto's van de jonge vrouw die Barbara in het café had opgezocht, hij had ze gemaakt toen ze het café verliet.

Er was geen twijfel mogelijk, dit was de vrouw die hij zonet had ontmoet.

In het gezelschap van de zoon van de burgemeester.

Een van de eerste dingen die hij had ontdekt toen hij haar gegevens natrok was dat Barbara weliswaar onder de naam Matheson schreef, maar dat haar officiële naam Silbert luidde.

En Chris dacht dat er meer dan een oppervlakkige gelijkenis tussen hen bestond. Hij durfde te wedden dat hij zonet oog in oog met Barbara's dochter had gestaan.

Hij schudde bewonderend zijn hoofd. Je moest het haar wel nageven, dacht hij. Ze had een mol in het stadhuis zitten. Een mol die het bijzonder goed met Glover leek te kunnen vinden.

En nu moest hij erachter zien te komen wat hij eraan ging doen.

Moest hij het aan de burgemeester melden? Of moest hij Barbara waarschuwen dat ze nu te ver ging? Hij moest toegeven dat hij haar steeds meer begon te mogen.

Maar op het moment leek het hem het beste om het de baas te vertellen.

50

Bucky hoorde dat er op de deur van zijn hotelkamer op de eerste etage werd geklopt.

'Hallo?' riep hij.

'Ik kom uw kamer doen,' riep een vrouw terug.

'Kijk dan naar het bordje!' Sinds hij een paar dagen eerder had ingecheckt had hij het DO NOT DISTURB-bordje aan de deurklink laten hangen.

'Dat weet ik, maar...'

Bucky stond op van het bed, waar hij alles wat hij nodig had op had uitgespreid, liep naar de deur en hield die op een klein kiertje open. Niet verder, want dan zou ze kunnen zien wat er allemaal op het bed lag uitgespreid. Er stond een vrouw in de gang met een kar waar schoon beddengoed, schoonmaakmiddelen en flacons zeep en shampoo op lagen.

'Ik heb uw kamer nog niet gedaan sinds u hier bent,' zei de vrouw. 'Weet u zeker dat u...'

'Ik heb niets nodig.'

'Schone lakens?'

'Nee.'

Ze hield een flacon shampoo op. 'Dit?'

'Nee, dank u. De kamer is prima. Ik heb niets nodig.'

Bucky begon zich zorgen te maken toen de vrouw hem achterdochtig aankeek. Misschien dacht ze wel dat er een lijk in de kamer lag. Of dat hij een meisje had ontvoerd. Of dat hij de hele dag naar porno lag te kijken. Hij moest met een smoes komen.

Hij legde een hand op zijn maag en zei: 'Ik heb buikgriep. Zodra ik hier was is het begonnen, terwijl ik eigenlijk naar New York ben gekomen om mijn vriendin te zien. Waarschijnlijk heb ik het in het vliegtuig opgelopen. Meteen nadat ik hier had ingecheckt moest ik overgeven en daarna kreeg ik diarree.' Hij wapperde met zijn vingers voor zijn neus om het te illustreren.

'O, jeetje,' zei de hotelbediende en ze deed een stap achteruit.

'Ik doe het rustig aan tot het over is.'

'En eten dan? Ik heb nog geen kar van roomservice bij uw deur zien staan.'

'Tot nu toe heb ik me te ziek daarvoor gevoeld,' zei Bucky. 'Misschien morgen.'

'Oké, beterschap dan,' zei de vrouw, die haar kar naar de volgende kamer begon te duwen.

Hij sloot de deur en slaakte een zucht van verlichting. Hij moest niet hebben dat er vragen zouden komen over alle spullen die op het bed en het bureau lagen. Niet over de lege pizzadozen die zijn verhaal van daarnet onderuit zouden hebben gehaald. En zeker niet over de flessen chemicaliën. De bedradingen. De timers. De twee opengeklapte laptops. De twee prepaidtelefoons en andere elektronische apparaatjes.

Het pistool.

Een Glock 17 met een geluiddemper. Bucky was er dwars door het land mee naar New York gereden. Met deze spullen kon je natuurlijk niet in een vliegtuig stappen.

Hij had ze in twee keer naar boven gesjouwd, wat geen zware opgave was geweest omdat hij een kamer in een motel met één verdieping had geboekt. Geen torenhoog hotel voor hem. Je zou nu toch niet al die trappen op willen. Toen hij alles naar binnen had gesleept, richtte hij de kamer nauwkeurig in. Hier had hij de bom gefabriceerd die in de Prius was geëxplodeerd. En hier werkte hij aan twee volgende bommen. Hij volgde de instructies vanaf de laptops, waarop hij ook de artikelen las over de taxi-explosie.

Hij zou morgen een volgend gesprek met meneer Clement hebben. Hij had ideeën over hun volgende projecten, die misschien zelfs wel nóg beter zouden worden, maar hij moest ze eerst aan zijn baas voorleggen. Het zou een persoonlijke ontmoeting worden, meneer Clement communiceerde niet graag via mobiele dan wel vaste telefoons. De oude man vermeed sms'jes of appjes. Hij hield er niet van dat dingen werden opgeschreven.

Hij nam niet eens een Uber, alleen maar taxi's waar hij contant kon betalen. Dus ze hadden ontmoetingen in de dierentuin, op straat, of in het herentoilet van een hotel.

Dat was ook de plek waar ze elkaar morgen zouden spreken. Hij moest er alleen op letten dat mevrouw Clement hem niet opmerkte. Ze had hem gezien, zei meneer Clement. En ze begon achterdochtig te worden.

Dat beviel Bucky niets. Hij wist dat meneer Clement de duistere kant van zijn activiteiten voor haar verborgen hield. Maar vrouwen kwamen vaak overal achter. Je kon ze niet vertrouwen.

Bucky vroeg zich af wat mevrouw Clement zou doen als ze wist wat haar man allemaal in beweging had gezet.

Misschien niets.

Misschien ook wel iets.

Maar goed, daar moest hij zich nu geen zorgen over maken. Er was werk aan de winkel.

51

Jerry Bourque en Lois Delgado hadden er al een dag van twaalf uur op zitten en begonnen ietwat gaar te worden. Delgado had haar schoonmoeder gebeld en gevraagd of ze weer wilde babysitten, omdat haar man weer een late dienst had in de brandweerkazerne. Ze had hem een paar keer gesproken, waarbij ze zich afvroegen wat de nacht zou brengen in een stad zonder liften.

Op Delgado's beeldscherm stond de foto die Jerry vanaf de telefoon van Otto Petrenko's collega naar zichzelf had gemaild. Vanaf een afstand zag je Otto praten met de man die tegen de donkere vierdeurs leunde.

Delgado had er een foto van Eugene Clement naast gezet. Zij en Bourque hadden geen aanwijsbare reden dat het Clement was die Otto op zijn werk had opgezocht, maar het was een begin.

'Ik weet het niet,' zei Bourque, die zijn bureaustoel naast die van haar had geduwd zodat hij het samen met zijn partner kon bekijken. 'Het zou hem kunnen wezen, maar het zou net zo goed iemand anders kunnen zijn.'

'Clement en deze kerel zijn allebei zo'n een meter tachtig, maar de helft van alle mannen ter wereld heeft die lengte, dus daar hebben we niets aan. En ze hebben allebei grijs haar. Maar...'

'Wat zie je?'

'Ik kijk naar het haar van onze mysterieuze man. Het ziet er... vreemd uit.'

Bourque boog zich dichter naar het scherm toe. 'Vreemd? Je bedoelt dat...'

'Het ziet er niet natuurlijk uit, het zit te netjes. Ik denk dat het een pruik is.'

Hij knikte. 'Misschien. Dus... hij is vermomd? Hij wil niet herkend worden?'

'Of hij is alleen maar ijdel,' zei Delgado. 'Laten we dat nummerbord nog eens bekijken.' Ze zoomde in op de achterkant van de vierdeurs. Er viel een schaduw over dit gedeelte, en de kleur van het nummerbord viel moeilijk te bepalen. Daar kwam nog eens bij dat de helft ervan door de Mustang werd bedekt, de auto die op de voorgrond stond en die Otto's collega had willen kopen. Rechts van het nummerbord zat een kras en was de bumper ingedeukt.

Het enige wat ze konden lezen waren de twee laatste cijfers: 13. Zelfs deze cijfers waren korrelig. Het zou een nummerbord van New York kunnen zijn. Onder de cijfers stond iets wat de letters TATE leek te zijn. Bij de meeste New Yorkse nummerborden stond EMPIRE STATE onder het kentekennummer. Maar bij een nummerbord uit New Jersey stond er GARDEN STATE onder. En bij Connecticut was het CONSTITUTION STATE. Rhode Island had OCEAN STATE.

De meeste New Yorkse nummerborden waren oranjegeel, maar dan waren er ook nog witte met een blauw kentekennummer, en je had ze ook nog in blauw met oranje. Hetzelfde gold voor New Jersey.

Ze hadden meer aan de letters boven het kentekennummer. Jerry wees naar het scherm. 'Volgens mij zijn dat een R en een K.' De laatste twee letters van 'New York'.

'Ja. Het is dus een nummerbord van New York. Dat versmalt onze zoektocht tot een paar miljoen auto's,' zei Delgado.

Bourque wees nog eens. 'Wat is dat?'

'Wat is wat?'

Hij drukte zijn wijsvinger op het beeldscherm.

'Mag ik even?' Ze duwde zijn hand weg. 'Zo komen er vlekken op. Je bent net zo erg als mijn kind.'

'Maar kijk dan,' zei hij terwijl hij zijn vinger voor het scherm hield.

Ze boog zich naar voren tot haar neus zich op enkele centimeters van het scherm bevond. Bourque wees op iets wat op een sticker leek. Hij zat vlak onder het nummerbord op de bumper.

'Ik kan niet zien wat het is,' zei ze.

Het had niet het formaat van de traditionele, rechthoekige bumpersticker die mensen op hun auto plakten om te laten zien waarnaartoe ze op vakantie waren geweest, of wat hun politieke voorkeur was. Deze sticker was rond en had het formaat van een bierviltje, of was misschien nog iets kleiner.

'Het lijkt wel of er letters op staan,' zei hij.

'Ja. Misschien drie. Het lijkt wel een beetje op het logo van de New York Yankees. Weet je? Met de N en de Y over elkaar heen, maar hier lijken ze los van elkaar te staan.'

'Dus we hebben een N en een Y, maar wat is de derde letter?' vroeg Bourque.

'Een C misschien?' Ze schudde haar hoofd. 'Nee, het wordt alleen maar onduidelijker als ik nog verder inzoom.'

'Wacht even,' zei Bourque langzaam. 'Ik geloof dat ik dit logo wel eens eerder heb gezien, ik weet alleen niet precies waar. Laat me even nadenken...' Hij stond op uit zijn stoel en liep om het bureau heen tot hij weer achter zijn eigen computer stond.

'Wil je je stoel?' vroeg Delgado, die toekeek terwijl haar partner zich vooroverboog en iets typte.

'Nee, laat maar.' Hij tuurde naar het scherm en mompelde: 'Ja, oké, ja.'

'Wat is het?'

'Wacht even. Ik print het nu.'

'Wat print je?'

Een paar meter verderop begon een printer te zoemen, en even later viel er een vel papier in het bakje. Bourque liep erheen, nam het eruit en ging toen weer op de stoel naast Delgado zitten.

Hij hield het vel papier op. 'Wat denk je?'

Hij had een logo geprint waarop de letters NYG op artistieke wijze waren samengevoegd.

'Mooi,' zei ze. 'Waar is het van?'

'Weet je nog dat Headley zei dat New York een leefbaardere stad moest worden?'

'Ja. Nou, dat is hem goed gelukt. Je moet alleen wel van trappenlopen houden.'

‘Het was een van de speerpunten van zijn campagne. Het broeikaseffect terugdringen, dat soort zaken. Hij heeft er veel moeite voor gedaan om het wagenpark van de gemeente milieuvriendelijk te maken. Ze moesten geloof ik allemaal elektrisch worden, of in elk geval hybride. Dat is half elektrisch, half op benzine.’

‘Oké.’

‘Hij startte het zogeheten New York Green-initiatief. En daar horen deze stickers bij.’

‘Dus… dit is een auto van de gemeente?’ zei Delgado langzaam.

Bourque knikte. ‘Ja.’

‘Nou, dan is dit misschien wel een dood spoor,’ zei ze. ‘Ik bedoel, het zou goed kunnen dat iemand van de gemeente, bijvoorbeeld van Bouw- en Woningtoezicht, en dan iemand die over de liften in de stad gaat, langskomt bij een liftonderhoudsbedrijf.’

‘Ja, maar zou hij dan niet met de baas praten? Met hoe heet-ie ook alweer, Gunther Willem? En Otto heeft het nooit over deze man gehad op zijn werk. Volgens Willem had Otto nooit verteld wat deze bezoeker wilde. Waarom zou hij een gesprek met iemand van de gemeente verzwijgen?’

Ze leunde achterover op haar stoel en keek hem aan. ‘Dat is een goeie vraag.’

‘Dus we hoeven alleen maar een milieuvriendelijke auto van de gemeente te vinden en uitzoeken wie er die dag in heeft gereden,’ zei Bourque. ‘Een vierdeurs met een kentekennummer dat op dertien eindigt, en die een kras op de bumper heeft naast het nummerbord.’

‘Nou. Hoe moeilijk kan dat zijn?’

52

Toen het haar was gelukt om een taxi aan te houden en zich op de achterbank te nestelen begon Barbara rond te bellen. Ze begon met het kantoor van de burgemeester, maar daar kwam ze niet doorheen. Als ze niet in gesprek waren bleef de telefoon eindeloos overgaan.

Dat was geen verrassing. Het was goed mogelijk dat Headley en zijn team zich hadden ingegraven. Verschans je in je hol en wacht tot alles is overgewaaid. Tot nu toe waren de gevolgen van de massale liftsluiting niet best. Ten minste acht doden. Zes mogelijke hartaanvallen, en twee mensen die van de trap waren gevallen.

Het stadhuis kreeg waarschijnlijk honderd media-aanvragen per minuut binnen. De capaciteit om binnenkomende aanvragen voor informatie en interviews af te handelen was mogelijk al overstroomd.

Terwijl de taxi in zuidelijke richting reed viel het Barbara op hoe kalmpjes – bijna gezellig – het eraan toeging op straat. De trottoirs van Manhattan werden doorgaans bevolkt door mensen die zich van de ene plek naar de andere haastten, en nu het plotseling een gigantische onderneming was om naar boven te gaan, was het niet verrassend dat het nog drukker dan anders was. Maar men was niet panisch aan het rondrennen. Velen zetten niet eens de ene voet voor de andere. Ze stonden tegen lantaarnpalen en gebouwen aan geleund en er werd gekletst en gelachen. De terrassen van cafés, bars en restaurants zaten vol met mensen die van de nood een deugd hadden gemaakt.

Kun je niet naar je appartement? Dan kun je net zo goed wat gaan drinken tot ze het probleem hebben opgelost.

Typisch New York, dacht ze. Het maakt niet uit wat je ons voorschotelt. We gaan gewoon door.

Ze schoof de chauffeur een biljet van twintig toe en stapte uit in de buurt van het stadhuis. Ze wilde de rest lopen.

Ze was altijd dol geweest op dit stuk van Manhattan. Het park en de fontein ten zuiden van de plek waar het stadsbestuur zetelde. Mensen die aan tafels schaakten. Bussen met schoolkinderen. De kraampjes waar souvenirs, snuisterijen, hotdogs en pretzels werden verkocht. Toeristen die over de Brooklyn Bridge wandelden.

Maar deze keer had ze er geen oog voor. Er was maar één ding dat haar gedachten beheerste: Richard Headley vertellen dat hij, en zijn donateurs, de link vormden tussen de liftongelukken.

Ze werd door een geüniformeerde agent tegengehouden toen ze het hek bereikte dat het terrein van het stadhuis omsloot. Ze was zo vaak langs deze controlepost gelopen, dat ze er meestal door werd gewuifd zonder haar perskaart te hoeven laten zien.

Maar deze keer liet de dienstdoende agent haar niet doorlopen. 'U kunt hier niet verder.'

'Ik moet de burgemeester spreken,' zei Barbara.

De agent grijnsde. 'O, ja, natuurlijk. Ga je gang. Hij heeft vast wel tijd voor je.' Maar hij liet haar er niet door.

'Nee, ik meen het.' Ze zocht in haar handtas en haalde haar perskaart tevoorschijn. 'Ik kom hier zo vaak. Kom op, je kent me toch? Ik ben hier wel honderd keer naar binnen gegaan!'

'En toch moet ik uw ID checken om te zien of uw aanwezigheid hier rechtmatig is. Het dreigingsniveau is verhoogd, voor het geval u het nog niet wist.'

Ze zuchtte, en keek de andere kant op om haar frustratie te laten blijken.

Er was iets wat haar aandacht trok.

Twee mensen die over het trottoir liepen. Een man en een vrouw. De vrouw, in elk geval vanuit Barbara's positie, leek bijzonder veel op Arla. En de man was precies de zoon van de burgemeester.

'Shit,' zei ze.

'Huh?' zei de agent.

Barbara draaide zich snel weer om. 'Niets.'

Hij reikte haar de perskaart aan. 'U kunt doorlopen.'

Ze spoedde zich het stadhuis in, passeerde nog meer controleposten en liep naar het kantoor van de burgemeester, waar ook nog eens beveiligers stonden.

'Alstublieft,' zei ze tegen de vrouwelijke beveiliger. 'Ik moet hem spreken.'

'U zult het bij de afdeling Communicatie moeten aankaarten als u...'

De deur van het kantoor van de burgemeester ging open. Valerie Langdon liep de gang op.

'Valerie!' riep Barbara. Waar ze meteen 'Mevrouw Langdon!' op liet volgen. Zo goed kenden ze elkaar immers niet.

Valerie draaide zich om, zag wie het was en aarzelde.

'Het is belangrijk,' zei Barbara.

Valerie naderde haar. 'Wat wil je?'

'Ik moet hem spreken.'

'Nou, je bent niet de enige.'

Barbara haalde diep adem. 'Ik denk dat ik de reden weet.'

Valerie hield haar hoofd scheef. 'De reden van wat?'

'Van de gebeurtenissen.'

'Vertel.'

'Ik denk dat het met hem heeft te maken,' zei Barbara.

'Pardon?'

'Ik denk dat de liftongelukken met de burgemeester te maken hebben.'

'Dat is waanzin.'

'Misschien, maar ik wil het aan hem voorleggen.'

Het kostte Valerie tien seconden om tot een besluit te komen. 'Kom maar mee,' zei ze.

Ze liet Barbara bij de deur van het kantoor wachten.

Na een halve minuut kwam ze terug. 'Hij is bereid je te ontvangen,' zei ze enigszins verrast.

Valerie volgde haar niet naar binnen. De burgemeester stond tegen zijn bureau aan geleund en keek naar een tv waarvan het geluid uitstond.

'Doe de deur dicht,' zei hij.

Barbara deed de deur dicht.

'Ga zitten,' zei hij.

Ze ging op de bank zitten en Headley nam plaats in een stoel tegenover haar. Hij sloeg zijn handen op zijn knieën en boog zich naar haar toe. ‘Goed, wat voor belangrijks had je me te vertellen?’

‘De liftincidenten hebben iets met elkaar gemeen,’ zei Barbara.

‘Ik weet het,’ zei de burgemeester schouderophalend. ‘Er zijn… technische overeenkomsten.’

‘Ik heb het niet over de camera’s.’

Headley trok zijn wenkbrauwen op. ‘Dus daar weet je van?’

Ze knikte. ‘Het gaat me er niet om hóé het is gedaan. Ik denk dat ik weet waaróm het is gedaan.’

Headley leunde achterover en sloeg zijn armen over elkaar. Een houding die *Kom maar op* leek te willen zeggen. ‘Vertel.’

‘Ik denk dat het met jou te maken heeft.’

Er viel een stilte. ‘Ga door,’ zei hij uiteindelijk.

‘Al deze gebouwen hebben iets te maken met grote donateurs van je verkiezingscampagne, ze zijn hun eigendom of ze wonen er. Vooral die van deze ochtend. Het Gormley Building.’

‘Ik ken niemand die Gormley heet.’

‘Misschien niet, maar je kent Arnett Steel. Hij woont in het penthouse.’

Headley zei niets.

‘En de Sycamores, dat is waar…’

‘Ik weet het,’ zei hij. ‘Margaret Cambridge.’

‘Ik denk dat iemand je iets probeert te vertellen, en degenen die je begunstigd hebben,’ zei Barbara. ‘Ik denk dat dit… Ik denk dat dit een wraakactie is.’

Headley schudde langzaam zijn hoofd. ‘Ik vind je theorie nogal… mager.’

‘Heb jij soms een betere?’ vroeg Barbara.

‘We hebben verschillende sporen. Er zou een rechtse terreurgroep uit eigen land achter kunnen zitten. Die theorie is al bekend, en ze lijkt me het aannemelijkst. Ik denk dat jij het heel fijn zal vinden als deze incidenten iets met mij te maken zouden hebben, het past precies in je straatje.’

‘Dat is niet waar,’ zei Barbara. ‘Ik zit hier niet als journalist. Ik… oké, dat is bullshit. Ik bén hier als journalist. Maar ik wil net zo graag als jij dat degene die hierachter zit gepakt wordt. Ik wil dat dit ophoudt.' Ze zweeg even. 'Ik heb Paula Chatsworth zien sterven. Dit is niet zomaar kopij voor me.'

'Het is persoonlijk,' zei de burgemeester.

Barbara knikte.

'Persoonlijk in meerdere opzichten,' zei Headley met een sluw glimlachje.

'Ik weet niet wat je bedoelt.'

'Dat denk ik wel.' Hij grijnsde. 'Was je niet verbaasd dat ik je direct wilde ontvangen?'

'Eh... misschien wel een beetje, ja.'

'Ik heb Valerie gezegd je binnen te laten omdat ik je wilde feliciteren.'

'Waarmee?'

'Met je lef. De genialiteit ervan. Om iemand hier in het stadhuis te plaatsen. Om iemand van binnenuit te hebben. Ik moet het je nageven.'

Hij stond opeens op, liep terug naar zijn bureau en begon te rommelen in de papieren die erop lagen. 'Hij moet hier ergens liggen. Ik heb het opgevraagd bij Personeelszaken.'

Arla.

'Het doet er niet toe,' zei Headley, die zijn zoektocht staakte en naar de deur liep om haar eruit te laten. 'Ik zal hem straks wel vinden. Maar ik heb gehoord dat er een familielid van je bij ons werkt. Klopt dat?'

Barbara knikte langzaam. 'Ja.'

'Je dochter?'

'Ja. Maar het is niet wat je denkt. Ze heeft dit geheel op eigen kracht gedaan. Om je de waarheid te zeggen, ze...'

'Dat zou leuk zijn voor de verandering.'

'Om je de waarheid te zeggen, ik denk dat ze deze baan heeft genomen om me op de kast te krijgen. Het heeft er in elk geval een rol bij gespeeld. Ze wist dat ik het verschrikkelijk zou vinden als ze voor jou ging werken. We hebben een... gecompliceerde relatie. Maar ze heeft de baan gekregen omdat ze goed is in wat ze doet. Ze verdient het.'

'Dat maak jij ervan. Ik zal wel cynisch zijn... Maar goed, wat voor spelletje jij en je dochter hier wel of niet spelen, het is bij dezen afgelopen. Net als haar werkverband bij de gemeente New York.'

Hij opende de deur en gebaarde dat ze kon vertrekken. Maar in plaats van dat te doen liep ze snel naar zijn bureau en pakte het stapeltje papieren waarin hij had gezocht.

'Hé,' zei de burgemeester. 'Blijf van mijn...'

Ze vond meteen waar ze naar op zoek was. Ze hield het A4'tje op en liet de rest op zijn bureau vallen. 'Dit is wat u zocht. De sollicitatiebrief van mijn dochter.'

'Ik heb hem nog niet kunnen lezen. Maar ik weet genoeg.'

'O ja? Weet je hoe ze heet?'

De burgemeester haalde zijn schouders op. Nee.

'Arla,' zei Barbara, die naar de deur liep. Ze drukte het vel papier in Headleys handen. 'Arla Silbert.'

Hun blikken kruisten elkaar een fractie van een seconde voordat ze de deur uit stormde.

53

Barbara keek omlaag toen ze bruusk het kantoor van de burgemeester uit liep, en deze keer was het niet omdat ze op haar telefoon aan het kijken was. Ze hield haar hoofd omlaag omdat ze niet wilde dat iemand haar zag huilen.

Als de tranen haar zicht niet hadden vertroebeld, zou ze Chris Vallins misschien hebben gezien in plaats van tegen hem op te lopen.

'Sorry.' Ze keek op. 'O, shit.'

'Jezus,' zei hij toen hij haar tranen zag. 'Wat is er gebeurd?'

'Niets.' Ze probeerde om hem heen te lopen, maar deze keer was het zijn beurt om haar bij haar arm te pakken en naar de dichtstbijzijnde deur te trekken.

Het was deze keer geen damestoilet. Het was een vergaderkamer met een grote rechthoekige tafel met twaalf verrijdbare bureaustoelen eromheen.

'Vertel het me maar,' zei hij terwijl hij haar in een van de stoelen duwde. Hij pakte een andere en ging tegenover haar zitten, hun knieën raakten elkaar.

'Ik wil het er niet over hebben,' zei Barbara. 'Het gaat wel weer.' Ze zocht in haar handtas naar een zakdoekje en depte haar ogen.

'Had je daarnet een gesprek met Headley?'

Ze knikte.

'Waarover?'

Ze slikte en snoof. 'Hij is de link. Alle gebouwen waarin een liftongeluk heeft plaatsgevonden hebben iets met belangrijke donateurs van zijn verkiezingscampagne te maken. Ik denk dat het daarover gaat.'

'Wauw.'

Ze snoof en haalde een volgend zakdoekje uit haar tas om haar neus te snuiten.

'En wat zei de burgemeester?'

'Hij verwierp het idee,' zei ze.

Vallins leunde naar voren, zijn hoofd raakte bijna het hare. Hij zag een traan over haar wang rollen en ving hem op met zijn vinger. 'Moet je daarom huilen?'

Ze schudde haar hoofd. 'Nee. Het is... Alles lijkt nu op zijn plaats te vallen.'

'Wat bedoel je daarmee?'

Ze hief haar kin en keek hem recht in de ogen. 'Ik weet het niet met jou. Je werkt voor die klootzak, maar er zijn momenten waarop je zowaar een geweten lijkt te hebben.'

Hij glimlachte. 'Ik zou het niet weten.' Hij aarzelde. 'Ik... Soms speel ik met beide partijen mee.'

'Dat klinkt als de bondigste definitie van politiek die ik ooit heb gehoord,' zei Barbara.

'Misschien.'

'Mijn dochter heeft een baan bij de gemeente gekregen. Dat heeft ze helemaal op eigen kracht gedaan. Headley is er op de een of andere manier achter gekomen. Hij denkt dat ik het heb geregisseerd. Dat ik haar daar als een mol heb geplaatst, verdomme.' Ze schudde haar hoofd. 'En dat is niet zo.'

Vallins schrok op, maar liet niets merken. 'Maar toch begrijp ik wel waarom hij dat denkt.'

'Hij wil haar ontslaan, Chris. Het is niet eerlijk.'

'Het spijt me,' zei hij.

Ze haalde haar schouders op. 'Ach, het is niet jouw fout.'

Hij zei niets.

'Ik moet gaan. Ik moet haar vinden. Ik moet met haar praten.'

Toen ze aanstalten maakte om uit de stoel op te staan legde hij zijn handen op Barbara's schouders en duwde haar weer terug. 'Wacht,' zei hij. 'Ik...'

'Wat?'

Vallins slikte en haalde diep adem. 'Ik mag je. Ik bedoel, ik hou van de dingen waar je voor staat. Ik lees je al lange tijd. En ja, ik mag je.'

Barbara snoof nog eens. 'Oké. Ik neem aan dat de burgemeester niet weet dat je een fan van me bent.'

Hij wist te glimlachen terwijl hij naar woorden zocht. 'Misschien dat ik het je ooit nog eens uit kan leggen. Maar voor wat nu betreft, het spijt me.'

Toen deed hij iets wat ze niet verwachtte. Hij boog zich naar haar toe en kuste haar licht op het voorhoofd, daarna liet hij haar schouders los en duwde zijn stoel naar achteren.

Barbara stond op en keek hem aandachtig aan.

'Dank je,' zei ze voordat ze de kamer uit liep.

54

'Ik ben een idioot,' zei Arla. 'Ik had kunnen weten dat je hier al aan had gedacht.'

Zij en Glover waren aan een tafel in Maxwell's op Reade Street gaan zitten. Hij glimlachte en nam een slok van de koperen mok waar zijn Moscow Mule in zat. Tito's-wodka, gemberbier en limoen. Arla had een glas sancerre genomen. Hij had haar een slokje van zijn drankje aangeboden, en het gezicht dat ze trok toen ze het op haar tong proefde had hem in lachen doen uitbarsten.

Ze had Glover gezegd dat de burgemeester de straat op moest, en dat hij New Yorkers moest bezoeken die zwaar onder de liftcrisis hadden te lijden. Beklim een paar trappen om een behoeftige een maaltijd te brengen, had ze gezegd. Breng een bewoner die te ziek is om de trap te nemen zijn medicijnen.

'Ja, dat zijn goeie ideeën,' zei hij.

'Maar je bent er al mee bezig, hè?'

'Ik ben ermee bezig. Maar, zoals men zegt: twee zielen, één gedachte.'

'Ik had dit ook op de centrale bespreking van de afdeling gezegd,' zei Arla, 'en de reactie was zo'n beetje "Wie denk je wel niet dat je bent?" Sorry voor deze tijdverspilling...'

'Helemaal niet,' zei Glover, die voorover leunde zodat hij niet te hard hoefde te praten. 'Ik ben eerlijk gezegd blij dat ik even uit het stadhuis weg ben. De spanning is er om te snijden.'

Arla hield haar vingers om de voet van het wijnglas, en nam af en toe een slok. Glover had zijn handen plat op tafel gelegd, de vingers gespreid alsof hij wachtte tot hij haar kon aanraken.

'Dat geloof ik graag,' zei Arla.

'Ja. Pa wordt gillend gek. De persconferentie was een ramp. Alle bekende nieuwscommentators zullen hem aan stukken scheuren.'

'Wanneer kan iedereen de liften weer gebruiken?'

'Als alle huisbazen en vastgoedbeheerders hun liften hebben geïnspecteerd, kunnen de liften in principe weer gebruikt worden. Dus morgen misschien? En je kunt erop rekenen dat niets, maar dan ook absoluut niets de grote opening van Top of the Park zal tegenhouden morgenavond.'

'Die nieuwe wolkenkrabber bij Central Park?'

'Precies. Rodney Coughlins erectie van staal en glas.'

Ze lachte meesmuilend.

'Het is na de Freedom Tower het hoogste gebouw van de stad. Hij was een van de grootste donateurs van mijn pa. Morgenavond is de officiële opening.'

'Jakkes. Ik weet niet of ik wel in een van díé liften zou willen.'

'Je meent het. Maar ik weet zeker dat alles veilig zal zijn. Wie weet, misschien hebben ze de dader dan al te pakken.'

'Ik vraag me af wie het is,' zei ze.

'Wie het ook is, je moet toegeven dat hij briljant is. Ik bedoel, ja, je moet zijn daden afkeuren, maar de genialiteit ervan valt niet te ontkennen. Om de controle van liften over te nemen. Het is waanzinnig.'

Arla schudde haar hoofd. 'Ik weet niet of ik het wel zo waanzinnig vind.'

Ze keek naar haar telefoon, die ze omgekeerd op tafel had gelegd, en pakte hem om te kijken hoe laat het was. 'Luister, als je weg moet, dan begrijp ik dat.'

'Ik heb geen haast,' zei Glover.

Zijn vingers kropen langzaam over de tafel verder tot hij haar vingertoppen had bereikt. Ze trok haar handen niet terug.

'Ik vroeg me af hoe je het zou vinden, weet je, als we eens buiten het werk afspraken.'

'Om ergens heen te gaan, bedoel je?'

Hij lachte zenuwachtig. 'Dit is begonnen als een werkbespreking met een drankje erbij. Maar misschien kunnen we een keer...'

'Ja,' zei ze. 'Dat zou ik leuk vinden.'

Hij glimlachte. 'Oké. Heb je een favoriet...'

'Hallo,' klonk een stem.

Ze keken allebei opzij. Bij de tafel stond Barbara. Terwijl Arla's mond openviel, leek Glover haar verschijning de gewoonste zaak van de wereld te vinden.

Hij trok zijn handen terug. 'Barbara,' zei hij, 'wat leuk je te zien.'

Het lukte Barbara nog om hem een glimlachje toe te werpen, maar toen haar blik naar Arla ging leek het alsof de hemel elk moment naar beneden kon komen.

'Eh,' zei Glover, die niet goed wist waarom Barbara daar stond, ze had immers nog niets gezegd. 'Laat me jullie aan elkaar voorstellen. Arla, dit is Barbara Matheson, die je misschien wel kent van haar column in *Manhattan Today*...' Hij grijnsde. 'Misschien wel niet mijn vaders favoriete journalist, maar geloof me, hij leest haar altijd. En Barbara, dit is Arla Silbert. Zij is...'

'We hebben elkaar ontmoet,' zei Arla.

'O,' zei Glover verrast. 'Waar kennen jullie elkaar dan van?'

'Ik moet je spreken,' zei Barbara tegen haar dochter.

'Hoe heb je me gevonden?'

'Ik zag jullie uit het stadhuis komen. Dit is zo'n beetje de honderdste tent waar ik al ben geweest.'

'Ik heb een telefoon, weet je nog?'

Barbara schudde haar hoofd. 'Ik wilde je onder vier ogen spreken.'

Glover, die er na deze zinnen over en weer als een geschrokken puppy uitzag, zei: 'Ik weet niet waar dit over gaat.'

'Ik heb je vader net gesproken,' zei Barbara tegen hem. 'Het gaat over hem.'

Hij haalde zijn schouders op. 'Het gaat altijd over hem.'

'Dat bedoel ik niet. Ik heb het over die ellende met die liften. Het is een boodschap die speciaal voor hem is bedoeld.'

Hij was meteen gealarmeerd. 'Waar heb je het over?'

'Vraag het maar aan hem. Ik ben er klaar mee. Ik heb mijn best gedaan. Maar goed, jij bent niet de reden van mijn komst. Ik ben hier om mijn dochter te spreken.'

Nu was het Glovers mond die openviel. Hij keek sprakeloos naar Arla, die haar ogen sloot, alsof ze haar moeder wilde laten verdwijnen.

'Arla,' zei Barbara.

Ze opende haar ogen. 'Ga alsjeblieft weg.'

Barbara's gezicht vertrok. 'Het spijt me. Hij is er... op de een of andere manier achter gekomen... wie je voor me bent.' Ze zweeg even. 'En voor hem ook dus.'

Glover had zijn stem teruggevonden. 'Is ze je moeder? En je hebt net deze baan gekregen? Ben je soms een soort van spion?'

'Nee. Ze wíst niet eens dat ik op die baan had gesolliciteerd.' Ze keek Barbara aan. 'Ik ben ontslagen, toch? Heeft Headley je dat gezegd?'

Barbara knikte. 'Zo'n beetje, ja.'

'Geweldig,' zei Arla, die zich nu liet gaan. 'Dat is godverdomme helemaal geweldig.'

Glover was nog steeds druk bezig het te verwerken. 'Ik... Ik had geen idee. Jullie hebben niet dezelfde naam.' Voordat ze haar hand kon wegtrekken legde hij die van hem erop. 'Ik zal met mijn vader praten. Hij kan je niet zomaar ontslaan. Ik ben de baas van je afdeling en ik zal er iets aan doen.'

Barbara's blik was op zijn hand gericht.

'Niet doen,' zei Barbara kalm. Hij schrok en trok zijn hand langzaam terug, Arla bloosde.

Na een moment had hij zich herpakt en zei: 'Ik moet gaan.' Hij legde wat biljetten op de tafel voor hun drankjes en stond op. Voordat hij wegliep keek hij Arla aan en zei: 'Ik ga dit regelen.'

Maar Arla kon hem niet aankijken. Ze had haar hoofd gebogen en hield een hand voor haar ogen. Barbara ging op Glovers plek zitten.

'Ik haat je,' zei Arla zonder haar moeder aan te kijken.

'Dat begrijp ik,' zei Barbara. 'En ik denk dat je me straks zelfs nog meer zult haten.'

Arla haalde de hand voor haar ogen weg en keek door haar tranen heen haar moeder aan. 'Dat kan haast niet. Je hebt me mijn baan ontnomen.' Ze keek in de richting van de deur waardoor Glover zojuist was vertrokken. 'En misschien nog wel meer.'

'Het zou nooit wat geworden zijn met Glover.'

'O, en waarom denk je dat? Omdat je zijn vader haat? Als je er meer voor mij was geweest, dan zou je weten dat ik een eigen mening heb en dat het me niets kan schelen of jij de mensen met wie ik omga wel ziet zitten, wie hun ouders ook mogen zijn.'

'Daar… gaat het niet om.'

'Wat is het dan? Zeg het me. Ik zou het graag willen weten.'

'Het zou nooit iets met Glover zijn geworden,' zei Barbara langzaam, 'omdat hij je broer is.'

55

Ze heeft het benauwd als ze hijgend in de deuropening verschijnt. 'Ik heb een glas water nodig,' zegt ze steunend. Ze wankelt.

De jongen zit in kleermakerszit op de vloer naar een aflevering van Star Trek *te kijken. Hij springt op. 'Mam?' zegt hij.*

Ze legt een hand op haar borst. 'Ik heb zo'n pijn, ik...'

En dan stort ze in elkaar. Ze valt eerst nog op haar knieën, maar haar bovenlichaam slaat voorover. Het lukt haar niet meer een arm uit te steken om haar val te breken. Haar gezicht is naar één kant gewend en ze belandt op haar rechterwang.

De jongen stormt op haar af. 'Mam!' schreeuwt hij.

Ze beweegt haar lippen, ze fluistert haar zoon iets toe. 'Ik... Bel je vader.' Ze sluit haar ogen.

'Mam? Mam? Zeg iets. Mam. Ga alsjeblieft niet dood. Mam? Mam. Open je ogen. Kijk naar me. Mam. Mam! Ik hou van je, mam. Ik hou van je. O, mam. Nee nee nee nee nee!'

5

4 DONDERDAG

3

2

1

56

Op donderdagochtend stortten er geen liften naar beneden. Er ontploften geen bommen.

Maar de dag was nog jong.

57

Eugene Clement – ze zaten één tafel verder dan waar ze gisteren hadden ontbeten – vroeg: 'Heb je alles ingepakt?'

Estelle keek niet op van haar menukaart. 'Ja. Ik ben klaar.'

'Ik zorg dat we rond tienen een taxi voor het vliegveld hebben,' zei hij. 'En ik regel iemand die onze bagage naar beneden kan brengen.'

'Dat klinkt goed,' zei ze.

De sfeer was niet meer om te snijden, zoals vierentwintig uur eerder. Ze spraken weer met elkaar. De recente gebeurtenissen hadden voor enige ontdooiing gezorgd.

Nadat Estelle gisteren het Guggenheim had bezocht was ze Fifth Avenue overgestoken om in Central Park te wandelen. Toen ze over de paden liep had ze gesprekken opgevangen die over de liftincidenten gingen. Ze keek op haar telefoon en las over de crisis die de stad in haar greep had. Op dat moment kon ze haar aversie jegens haar echtgenoot opzijzetten en belde hem om te vragen of hij wist wat er aan de hand was, en te zeggen dat hij de lift van het hotel niet moest gebruiken. Of welke lift in de stad dan ook.

'Gelukkig maar dat we niet zo hoog zitten,' had hij gezegd.

Ze waren die avond naar Pera gegaan en hadden allebei de lamskoteletten genomen – het was hun laatste etentje in New York – en toen ze later in bed lagen hadden ze zelfs seks gehad.

Dingen die je soms moest doen.

Er was nog één ding dat hij moest doen voordat ze zouden vertrekken. Nog één ontmoeting.

'Ik denk dat ik de eggs benedict neem,' zei Estelle.

'Dat klinkt goed. Maak er maar twee van als de ober komt terwijl ik weg ben. En wil je hem dan ook vragen om nog wat room voor de koffie te brengen?'

Toen hij aanstalten maakte om op te staan vroeg ze: 'Waar ga je heen?'

'Waar dénk je dat ik heen ga?'

'Je hebt nog niet eens een tweede kop gehad,' zei ze. 'Moet je nu al?'

'Ik wil graag mijn stoelgang met je bespreken, schat, maar zou het kunnen wachten tot ik terug ben?'

Hij beende weg.

Clement verliet het restaurantgedeelte, passeerde de lobby en sloeg toen de gang achter de liften in. Hij duwde de deur van het herentoilet open. Bucky stond bij de laatste wasbak, hij leunde voorover en probeerde in de spiegel een haar uit zijn neus te trekken.

Hij draaide zich om en stak de hand van zijn precaire bezigheid uit naar zijn baas, die hem weigerde.

Bucky grijnsde en trok zijn hand terug. 'Sorry.'

'We vertrekken om elf uur,' zei Clement.

'Oké. Dus u bent hier niet voor de volgende klappers.'

'Nee, maar ik heb erover nagedacht en misschien is het niet het goede moment. We worden overschaduwd. Ik denk dat we ons een tijdje gedeisd moeten houden, of een nieuwe locatie zoeken. Er is te veel aan de hand in deze stad. Iedereen verkeert in een hoge staat van alertheid.'

Bucky fronste. 'Ik ben er klaar voor. Ik wilde met u de locatie bespreken. Wat dacht u van een metrostation tijdens de spits? Of misschien een groot warenhuis?'

Clement gebaarde Bucky naar de verre muur te komen. Ze leunden er beiden met hun schouder tegen terwijl ze hun gesprek vervolgden.

'Luister,' zei Clement, 'je hebt goed werk verricht. En er moet nog veel gebeuren. Maar we moeten onze bezigheden verplaatsen, naar een stad waar we nog niet zijn geweest.'

Bucky kon zijn teleurstelling niet verbergen. Clement glimlachte hem meelevend toe. Hij wilde zijn hand niet schudden, maar een schouderklopje was hier op zijn plaats. Hij legde zijn hand op Bucky's schouder en zei: 'Als ik thuis ben vinden we wel een plek om te praten.'

'Oké, dat is een goed...'

'Ik wíst het,' klonk een stem.

Ze draaiden zich om. Estelle stond in de deuropening van het herentoilet.

'Jezus, néé,' zei Clement, die zijn hand van Bucky's schouder haalde. 'Je mag hier niet komen.'

Ze naderde hen met langzame stappen. Ze wierp een korte blik op zichzelf in de brede spiegel die over de muur doorliep. 'Dit verklaart alles,' zei ze. 'Ik heb het eigenlijk altijd al geweten. Of in elk geval al een tijd. Het... gebrek aan interesse. Je afstandelijkheid. Ik... Ik wilde de signalen niet zien.'

'Shit,' zei Bucky.

'Hoe lang?' vroeg Estelle, die haar echtgenoot aankeek. 'Hoe lang is dit al aan de gang? Is hij de eerste, of gewoon de laatste?'

Clement leek bijna te glimlachen toen hij zei: 'Wacht, waarom denk je dat ik...'

'Ik heb me gisteren verborgen gehouden in de hal,' zei ze. 'Deze man kwam vlak na jou het toilet uit. Dezelfde man die ik al eerder had gezien. Dat kan geen toeval meer zijn.' Ze schudde triest haar hoofd en keek haar echtgenoot medelijdend aan. 'Het is allemaal zo sneu. Je hebt een heel hotel tot je beschikking, en dan ontmoeten jullie elkaar hier. Geeft het zo'n kick dan? Vertel het me, ik wil het graag weten. God, het is zó stereotiep. Zó'n cliché.'

'Schat, dit is een misverstand,' zei Clement. 'Bucky hier...'

Toen zijn naam werd genoemd schraapte Bucky zijn keel en keek Clement woedend aan. Clement, die zich zijn fout realiseerde, zweeg en wilde opnieuw beginnen. Maar daar kreeg hij de kans niet toe.

'Ik vroeg me al af, waarom New York?' zei Estelle met trillende stem. 'Eerst dacht ik dat je er een punt mee wilde maken. Dat het weer zo'n bizar Flyovers-statement was, om het vijandelijke kamp in te lopen op zoek naar, weet ik veel, een dialoog of een confrontatie. Toen,' en ze stiet een hoog, hysterisch lachje uit, 'vroeg ik me af of jij er niet achter zat. Achter al die liftongelukken. Zou je een technisch genie hebben gevonden dat het voor je wilde doen?'

'Dat is absurd, Estelle,' zei Clement.

'Ja, dat weet ik nu ook! Maar ik zou bijna wensen dat het wel zo was.' Ze veegde een traan uit haar ooghoek. ‘Het zou tenminste niet zo vernederend zijn als dit.’ Haar lip begon te trillen. ‘God, ik voel me zo’n idioot. Hoe lang, Eugene? Hoeveel andere mannen?’

Achter haar wilde een man het toilet binnenlopen, hij was de rits van zijn gulp al aan het opentrekken. Maar hij schrok op toen hij Estelle zag, hij draaide zich om en verdween weer.

Clement begon te lachen. ‘O, dit is te erg.’ Zijn gelach sloeg om in gebulder. ‘Echt, dit is echt waanzinnig.’ Hij keek Bucky aan, gaf hem een klap op zijn schouder en bleef lachen.

Bucky kon er echter de humor niet van inzien. Hij duwde Eugenes hand weg en liep naar de deur.

Estelle deed een stap opzij om hem de weg te versperren. Toen hij probeerde om haar te ontwijken reageerde ze snel en stond alweer voor hem.

‘Bucky is het toch?’ zei ze. ‘Ben jij soms ook getrouwd? Weet je vrouw dat ze met een nicht is getrouwd?’

‘Allejezus,’ zei hij over zijn schouder tegen Clement. ‘Meneer Clement, met alle respect, maar u zult uw vrouw toch iets moeten zeggen.’

Clement knikte. ‘Estelle, ik kan je in alle eerlijkheid zeggen dat ik géén affaire met Bucky heb.’ Hij lachte kort. ‘Als ik naar de andere kant was overgelopen, zou ik in elk geval iemand nemen die er beter uitzag.’ Hij keek Bucky grinnikend aan. ‘Ik bedoel er niets mee, hoor.’

Bucky begon steeds donkerder te kijken.

‘Wat is er dan wél aan de hand?’ vroeg Estelle op hoge toon.

‘Bucky is een… zakenrelatie.’

‘O, alsjeblieft, Eugene. Behandel me nou niet als een idioot. Wat voor zaken zou iemand hiér moeten doen?’

‘Mevrouw Clement, ik geloof niet dat u zich met onze…’ begon Bucky.

‘Bucky is mijn nummer één… in het veld. Een agent, zeg maar. Hij…’

‘Is hij een van je volgelingen?’ zei Estelle. ‘Zo een die van alles opblaast?’

Clement zweeg en knipperde met zijn ogen.

‘Shit,’ zei Bucky.

‘Dacht je dat ik dat niet wist?’ zei Estelle, die haar echtgenoot aankeek. Haar stem steeg. ‘Ik zou eigenlijk niet weten wat erger is. Is hij je vriendje, of een van die bommenleggers?’

'Mens, mevrouw Clement, hou je stomme kop nou eens dicht,' zei Bucky.

Clement wierp hem een blik toe. 'Zo praat je niet tegen mijn vrouw, Bucky.'

Bucky keek naar Clement alsof het de eerste keer was dat hij hem ontmoette. Hij zag hem nu in een nieuw licht. Niet langer als mentor. Maar als een bedreiging.

'Of misschien is hij wel allebei,' zei Estelle, die haar mond niet kon houden en zeker niet rustiger werd. Ze keek haar echtgenoot woedend aan en krijste: 'Hij maakt zeker eerst een bom voor je, om daarna voor je neer te knielen en...'

Dat was het moment waarop Bucky haar neerschoot.

Hij had de Glock met geluiddemper – die hij tussen zijn broeksband en onderrug had gestoken, zijn jack viel eroverheen – getrokken, hem op Estelle gericht en de trekker overgehaald.

De kogel drong bij haar keel naar binnen, kwam er bij de achterkant van haar nek weer uit en raakte het dichtstbijzijnde urinoir, dat in scherven uit elkaar spatte en een geur van schoonmaakmiddel verspreidde.

Estelle zakte in elkaar.

'NEEEEE!' schreeuwde Clement, die na een moment van verlamming Bucky met open mond en opengesperde ogen aankeek. 'Wat heb je in godsnaam ge...'

Bucky schoot hem in zijn borst. Zijn baas wankelde achteruit en keek ongelovig naar de groeiende rode vlek in zijn overhemd. Hij zakte op één knie.

Bucky schoot nog een keer, de kogel raakte hem in zijn voorhoofd. Clement viel om.

'Het spijt me, meneer Clement,' zei Bucky. 'Vooral omdat het uw trouwdag was.' Hij stak het pistool weer achter zijn broeksband, trok zijn jack eroverheen en liep het herentoilet uit.

58

Barbara trok het dekbed van zich af en sloop zachtjes op haar blote voeten naar de keuken.

Het gebonk in haar hoofd schreeuwde om koffie, maar nog meer om pijnstillers. Ze trok een kastje open, tikte twee pillen uit het buisje, stopte ze in haar mond en spoelde ze weg met een glas kraanwater.

Ze vulde de filter met twee keer zo veel gemalen koffie als ze doorgaans deed. Nadat ze water in het koffiezetapparaat had gegoten drukte ze de knop in en wachtte tot de eerste druppels in de kan vielen. Het kon haar niet snel genoeg gaan. Ze wierp een blik op de vier lege wijnflessen op het aanrecht. Ze had, op zijn zachtst gezegd, een zware kater.

Toen de koffie klaar was vulde ze een mok en roerde er wat zoetjes doorheen. Toen sloop ze terug naar de slaapkamer en ging voorzichtig op de rand van het bed zitten.

'Hé,' fluisterde ze. 'Ik heb koffie voor je.'

Arla lag op haar buik te slapen, haar gezicht in het kussen begraven. Ze maakte een laag, grommend geluid dat nauwelijks hoorbaar was en rolde zich toen om, haar haren voor het gezicht.

Ze knipperde een paar keer met haar ogen om aan het binnenkomende licht te wennen en zei toen: 'Zo brak heb ik me nog nooit gevoeld.'

'Join the club,' zei Barbara. 'Wil je Tylenol of aspirine of zo? Ik heb het allemaal in huis.'

Arla richtte zich half op en leunde met haar rug tegen het hoofdbord. Ze strekte haar arm uit naar de mok koffie en zei: 'Eerst maar eens kijken of dit helpt.'

Ze wierp een blik op haar telefoon, die op het nachtkastje lag, en pakte hem. 'Hij is leeg. Hoe laat is het?'

'Bijna tien uur,' zei Barbara.

Ze snoof. 'Dan ben ik wel iets te laat voor mijn werk.'

Barbara zei niets. Arla gaf haar moeder met haar vrije hand een klopje op haar knie. 'Grapje.'

'Het spijt me.'

'Dat heb je nu wel genoeg gezegd.' Arla nam een slok koffie en kneep even haar ogen dicht. 'Heerlijk. Precies goed. Hoe laat zijn we uiteindelijk gaan slapen?'

'Rond vijven, geloof ik.'

'Mijn god.'

'Laat me ook koffie halen. Ik ben zo terug.'

Ze liep de keuken in, schonk een mok voor zichzelf vol en keerde terug in de slaapkamer. Arla lag er nog precies hetzelfde bij. Barbara liep om het bed heen en ging met haar rug tegen het hoofdbord naast haar dochter zitten.

'Ik heb niets voor het ontbijt in huis,' zei ze verontschuldigend. 'Bezorgt Uber Eats eigenlijk ook 's morgens?'

'Ik heb snel een katerontbijt nodig,' zei Arla. Ze keek omlaag en zag het blauwe T-shirt en de witte pyjamabroek die ze aanhad. 'Bedankt voor de pyjamabroek.'

'Geen dank.' Barbara's schouder raakte die van Arla aan, het was het heerlijkste gevoel in de wereld.

'Het is één grote puinhoop, hè?' zei Arla.

'Dat is nog zwak uitgedrukt.'

'De burgemeester van New York is mijn vader.'

'Ja.'

'En hij heeft nooit van mijn bestaan geweten.'

'Dat klopt.'

'En Glover is mijn halfbroer.'

'Yep.'

'En hij heeft óók nooit van mijn bestaan geweten.'

'Dat klopt.' Ze zweeg even. 'En dat komt allemaal door mij.'

Arla wreef met haar wijsvinger over de rand van haar mok. 'Ik vraag me af of ik daarom die... hoe moet je het noemen... aantrekkingskracht voelde. Naar Glover toe. Ik zag iets van mezelf in hem. We zijn op een genetisch broer-zusniveau met elkaar verbonden.'

'Dat zou kunnen, ja.'

Arla zette de mok op het nachtkastje en draaide zich half om zodat ze haar moeder kon aankijken. 'Maar heeft Headley er enig idee van?'

'Waarvan?'

'Dat jij, die Barbara Matheson die over hem schrijft, dezelfde bent met wie hij jaren geleden naar bed is geweest?'

Barbara schudde bedachtzaam haar hoofd. 'Nee. Dat weet ik zeker. Ik zie er niet meer zo uit als toen. Mijn haar heeft een andere kleur, en ja, ik ben iets voller geworden. En ik schreef onder een andere naam. Het is lang geleden, en we hebben elkaar maar twee keer ontmoet. De nacht waarop het gebeurde en daarna, toen ik het hem vertelde.'

'En hij ontkende het. Hij zei dat hij je zich niet kon herinneren, of het feest, of wat dan ook.'

Barbara knikte.

Het was niet de eerste keer dat Arla deze vraag had gesteld. Barbara had haar het verhaal – de naakte waarheid – al een paar keer verteld sinds ze gisteravond in haar appartement waren aangekomen. Nadat Barbara haar in Maxwell's het ongelooflijke nieuws over Glover had verteld, wist ze Arla over te halen om met haar mee naar huis te gaan. Met de belofte haar alles te vertellen wat ze al haar leven lang had willen weten.

Ze waren naar Barbara's appartement vertrokken – na al die trappen waren ze behoorlijk gesloopt toen ze boven waren – en hadden de eerste van vier flessen wijn opengetrokken. Barbara had Arla haar verhaal verteld, onderbroken door het zo eerlijk mogelijk beantwoorden van haar dochters vragen.

Arla had altijd gedacht dat Barbara echt niet wist wie haar vader was, en dat zijn naam daarom op haar geboorteakte ontbrak. 'Ik weet dat het nogal veroordelend klinkt, maar toen ik ouder was heb je me toch het idee gegeven dat je een beetje een slet was,' zei ze op een gegeven moment. 'Je zei dat mijn vader naar de andere kant van het land was vertrokken, en een nieuw leven was begonnen.'

'Ja. Ja, ik dacht dat dat je zou ontmoedigen om hem te gaan zoeken, om een connectie te leggen. Je was toen nog klein, en ik had net zo goed kunnen zeggen dat hij zich op een andere planeet bevond toen ik je vertelde dat hij ergens ver weg in het westen woonde. Ik had mijn ouders dezelfde leugen verteld, zo zouden ze hem niet gaan zoeken en hem vragen zijn verantwoordelijkheid te nemen. Het punt is dat het niets uitmaakt of hij ergens ver weg of hier in de stad was. Ik heb altijd gevonden dat je iemand niet kunt dwingen de zorg op zich te nemen. Ik was niet van plan om te bewijzen wat ik al wist, om achter Richard aan te gaan en hem tot een bloedtest te verplichten. Als hij geen vader wilde zijn, dan zou ik hem daar niet toe dwingen.'

'Maar je had in elk geval zijn steun kunnen vragen. Je had ervoor kunnen zorgen dat hij financieel bijsprong.'

'Dat had ik kunnen doen. Maar ik denk dat ik te trots was. Te koppig. Onafhankelijk tot in het bot. Rot maar op, ik heb je steun niet nodig, dacht ik.'

'Maar je accepteerde wel de hulp van je ouders. Ze hadden hun handen vol aan me, terwijl je die last voor hen had kunnen verlichten door Richard meer verantwoordelijkheid te laten nemen.'

'Je bent nóóit een last voor ze geweest,' zei Barbara. 'Ze hielden meer van je dan je ooit zult weten.'

'Maar voor jou was ik een last.'

Barbara keek van haar weg.

'Sorry,' zei Arla.

'Nee hoor, dat is goed. Het is mijn verdiende loon. Ik kan niet veranderen wat ik heb gedaan. Ik kan alleen maar proberen om in de toekomst betere besluiten te nemen.'

Arla zweeg een moment voordat ze zei: 'Denk je dat hij het nu zal willen weten?'

'Ik weet het niet.' Barbara dacht na. 'Hij zou je naam herkend kunnen hebben.'

'Hoe bedoel je?'

'Toen ik hem gisteren sprak wist hij alleen maar dat er een kind van mij voor hem werkte. Hij kende je naam niet. Toen ik zijn kantoor uit liep heb ik het hem gezegd. "Silbert."'

'Wat de naam is waaronder hij je kende. Als hij het zich kan herinneren.'

'Ja.' Barbara haalde haar schouders op. 'Ik zou het echt niet weten.'

Arla dronk haar mok leeg. 'Ik... zou hem graag willen spreken.'

'Dat begrijp ik. Maar ik weet niet of het wel zo'n goed idee is.'

'Die beslissing ligt niet bij jou.'

Barbara keek haar aan. 'Dat weet ik.' Ze keek naar haar mok. 'Ik wil nog wel koffie. Jij?'

Arla reikte haar mok aan. Toen Barbara naar de keuken liep riep Arla: 'Is het uit wraak?'

'Wát is uit wraak?'

'Je columns over de burgemeester. Dat je hem zo op de hielen zit. Is het om de rekening te vereffenen?'

Er viel een stilte toen Barbara de mokken volschonk. Toen ze weer in de slaapkamer verscheen zei ze: 'Nee. Ik bedoel, ik heb jarenlang niets over hem geschreven. Ik schreef al over de politieke arena van New York voordat hij ten tonele verscheen en zich kandidaat stelde voor het burgemeesterschap. Hij kreeg aanhangers en hij won. Ik zou over iedereen schrijven die zoiets voor elkaar krijgt.' Ze reikte Arla haar koffie aan.

'Ja, maar je zag dat niet als een kans om eindelijk met hem af te kunnen rekenen?'

'Nee,' zei Barbara korzelig. 'Ik geloof van niet.'

'Heb je het aan de redactie verteld? In elk geval niet aan de lezers.'

Barbara gaf niet meteen antwoord. 'Nee.'

'Wat denk je dat ze zouden zeggen als ze erachter kwamen, als ze het wisten?'

Een volgende stilte. 'Ze zouden waarschijnlijk zeggen dat ik een conflict had. Dat ik niet objectief kon zijn.'

'En zouden ze daar gelijk in hebben?'

'Ze zouden een punt hebben,' zei Barbara. 'Maar het is niet zo.'

'Dus als ik de burgemeester confronteer, en alles naar buiten komt, dan zou jij je baan ook wel eens kunnen verliezen. Eén-één.'

Terwijl Barbara weer op het bed ging zitten lette ze erop dat ze geen koffie morste.

'Weet je,' vervolgde Arla, 'als je geen baan meer hebt, zou je een boek moeten gaan schrijven.'

'Ik heb boeken geschreven.'

'Nee, je bent ghostwriter van die boeken geweest. Je zou je éígen verhaal moeten opschrijven. Je wordt in je tienertijd al journalist. Dan raak je zwanger, maar dat weerhoudt je er niet van om te blijven schrijven. Je ouders voeden het kind op. Oké, sommige mensen zouden dat kunnen afkeuren... Maar je vestigt je reputatie als journalist in de krankzinnigste stad ter wereld, en dan moet je aan je dochter opbiechten dat de burgemeester haar vader is. Dat is toch een boek dat zichzelf schrijft?'

'Hou op,' zei Barbara.

'Ik zou zo'n verhaal lezen. Ik bedoel, als ik iemand anders was.' Haar ogen lichtten op, alsof ze zich iets herinnerde. 'Weet je, er woont een vrouw in mijn gebouw die een bekend redacteur bij een grote uitgeverij is. Je zou eens met haar moeten gaan praten. Ik weet zeker dat ze je meteen een contract aanbiedt.' Arla's buik rommelde. 'Ik móét nu wat eten.'

Ze zwaaide haar benen over de rand van het bed en liep naar de keuken. Barbara hoorde dat de koelkast werd geopend.

'Nou, daar was inderdaad geen woord van overdreven,' riep Arla. 'Wat dacht je van een bevroren pizza als ontbijt? Of een... Hé, wat is dat?'

Barbara liep de keuken in en zag dat Arla een toegangskaart met het formaat van een ansicht bekeek. De tekst in een gesoigneerd lettertype op zwaar papier.

'Deze lag naast de broodrooster,' zei Arla.

'Het is een uitnodiging voor de officiële opening van Top of the Park. Vanavond worden de lintjes van die waanzinnige toren bij Central Park doorgeknipt. Misschien dat het niet eens doorgaat nu alle liften zijn afgesloten.' Hier dacht ze even over na. 'Hoewel, Rodney Coughlin kennende, die zal er wel iets op bedacht hebben.'

'Gaat de burgemeester ook?' vroeg Arla.

'Iederéén gaat,' antwoordde haar moeder.

'Ik zie hier twee uitnodigingen. Had je al iemand voor die andere?'

59

Aangezien de FBI Eugene Clement in de gaten hield zat er een agent in het restaurantgedeelte van het hotel.

Agent Renata Geller had Clement de zaal waar het echtpaar zou ontbijten zien verlaten, waarna hij via de gang achter de liften in het herentoilet verdween. Ze kon daar nu niet bepaald naar binnen, en ze was alleen op dit moment. Als er een partner bij haar was, hadden ze kunnen bespreken of hij daar ook niet naar binnen zou moeten gaan.

Niet lang daarna stond zijn vrouw Estelle ook op, en agent Geller zag al snel dat zij naar de toiletten liep. Dat vond ze vreemd. Dinerende stellen gingen meestal na elkaar, tenzij de maaltijd was afgelopen. De Clements hadden nog niet eens besteld.

Zo deden agent Geller en haar man het tenminste als ze uit eten gingen. Eén per keer. Je wilde niet dat de ober dacht dat je het restaurant had verlaten, want dan kon je je tafeltje wel eens kwijt zijn.

Nou, goed, dacht Geller. Misschien moesten ze alle twee wel heel nodig.

Er verstreken twee minuten. Toen drie. Noch Clement, noch zijn vrouw keerde terug.

Shit, dacht agent Geller. De Clements wisten natuurlijk dat ze geschaduwd werden en hadden hun het nakijken gegeven. Ze zouden helemaal niet terugkomen, want ze hadden de achteruitgang weten te vinden. Hoe moest ze dit aan haar baas...

Toen hoorde ze een schreeuw klinken.

De schreeuw van een man.

'NEEEEE!'

Ze rende naar de toiletten.

Een man liep haastig het herentoilet uit. Hij was ergens achter in de dertig, met onverzorgd haar. Hij stopte iets bij zijn onderrug weg. En agent Geller wist precies wat het was.

Ze keek hem aan, trok haar pistool en riep: 'Stop! FBI!'

De man keek haar verschrikt aan. Hij bracht een hand naar zijn onderrug om zijn pistool te pakken. Maar voordat hij kon richten vuurde agent Geller.

De man sloeg met een klap achterover en het pistool vloog uit zijn hand. Hij lag kronkelend op de vloer van de gang en zocht zijn pistool, dat zo'n drie meter van hem vandaan lag. Toen hij erheen begon te kruipen liet hij een bloederig spoor op de tegels achter.

Maar agent Geller stond binnen een seconde tussen hem en het pistool.

'Geen. Enkele. Beweging.'

'O, shit,' zei hij. 'Shit, shit.'

Bloed stroomde uit zijn lichaam. De kogel had zijn rechterschouder geraakt.

'De Clements,' zei ze. Het was een vraag.

'Ze had niet... in het herentoilet moeten komen,' wist de man met moeite uit te brengen. 'Zoiets... doe je niet.'

60

Burgemeester Richard Headley liep over de trappen naar de elfde etage van een appartementengebouw aan East Ninetieth Street met een boodschappenzak van Brew Who, een koffiehuis op Lexington. De zak bevatte een granola parfait, een roomboterbrioche en een americano.

Hij werd in de hal opgewacht door een cameraploeg van NY1. Ze hadden zich geposteerd voor het appartement van de tweeëntachtigjarige Dorothy Stinson, die in de deuropening op de komst van de burgemeester stond te wachten. Ze was zo opgewonden als een klein meisje dat wacht tot de Kerstman door de schoorsteen naar binnen komt.

Valerie Langdon en Chris Vallins stonden schouder aan schouder achter de cameraploeg. Valerie keek op haar telefoon toen ze hoorde dat er een appje was binnengekomen. Het was Glover, die met zijn vader mee naar boven liep.

Ze hadden de tiende etage bereikt.

'Ze zijn er bijna,' fluisterde Valerie de cameraman toe.

De verslaggever stond klaar met een microfoon in haar hand, ze had het voorbereidende werk al gedaan. Ze had Dorothy geïnterviewd, die haar vertelde hoe ze op elke gewóne ochtend de lift naar de lobby nam om daarna bij Brew Who haar dagelijkse traktatie op te halen. Ze deed dit al vijf jaar, sinds haar man was overleden om precies te zijn. Hij maakte altijd ontbijt voor haar, en na zijn dood had ze er geen zin in om het zelf te gaan doen.

Ze had de elf etages naar beneden kunnen lopen, hoewel er enige weifeling doorklonk omdat ze het afgelopen jaar een paar keer gevallen was. Maar zelfs als ze zonder ongelukken de begane grond zou bereiken, was het onmogelijk voor haar om weer naar boven te komen. Een van Dorothy's buren had haar situatie op de website van het stadhuis beschreven, en Glover had dit opgemerkt.

Ondanks zijn voortdurende tegenzin om op Glovers suggesties in te gaan dacht Headley dat het misschien nog niet zo'n gek idee was. 'We gaan ervoor.'

Terwijl Valerie en Chris bij elkaar stonden en op zijn aankomst wachtten fluisterde Valerie: 'Is hij de laatste tijd niet een beetje... uit zijn doen?'

Vanwege de cameraploeg boog Chris zich dichter naar haar toe. 'Een beetje, misschien.'

'Ik merkte het gisteren nadat Matheson was vertrokken,' zei ze. 'Hij leek me, ik weet niet, afwezig.'

'Er speelt een hoop,' zei Vallins. 'Het zou kunnen dat...'

Hij stopte met praten toen hij de deur van het trappenhuis aan het eind van de hal zag opengaan. Headley verscheen met een brede glimlach op zijn gezicht. Hij liep kwiek op Dorothy af, omhelsde haar en overhandigde haar toen de zak met het Brew Who-logo erop. Een paar seconden later verscheen Glover.

'Het gebeurt niet elke dag dat de burgemeester op bezoek komt,' zei Dorothy giechelend. 'Wilt u niet binnenkomen?'

'Graag,' zei Headley, die haar het appartement in volgde met de cameraploeg in zijn kielzog.

Dorothy's huis bestond eigenlijk uit één ruimte, met een deur naar de badkamer. Tegen de verre muur stond een bed, dan wat stoelen en een tv, en meteen naast de deur een kitchenette met een klein aanrecht, een kookplaat en kastjes. Ze ging de burgemeester voor naar een ietwat gebutst formicatafeltje waar twee gevoerde stoelen met een aluminium frame bij stonden. Ze gingen zitten.

'Dit is zó aardig van u,' zei ze.

Valerie, Chris en Glover bleven achter de camera's in de deuropening staan.

'Ik wou dat ik dit voor alle mensen zoals jij in de stad kon doen, Dorothy,' zei hij. 'En je moet weten dat alles binnenkort, zéér binnenkort weer normaal zal worden.'

Ze greep in de zak en haalde er de granola parfait en twee bekers uit. Uit één hing een koordje met een labeltje eraan.

'Ik heb de thee,' zei de burgemeester.

'Dit ziet er heerlijk uit,' zei ze. 'Hoeveel krijgt u van me?'

Hij grinnikte. 'Ik trakteer.'

Ze keek naar wat er nog verder in de zak zat. Het was de roomboterbrioche, die in waspapier was gewikkeld. 'Dat is mijn favoriet,' zei ze. 'Maar ik begin altijd met de parfait, want dan is de yoghurt nog koud.'

'Dat zou ik ook hebben gedaan,' zei Headley.

Er zat nog een plastic lepel in de zak. Hij reikte hem haar aan.

'En, Dorothy, hoe red je je verder in deze crisis?' Hij wist het antwoord al. Dorothy was van tevoren door iemand van zijn staf geïnterviewd, die hem haar antwoorden had laten lezen.

'Mijn huisbaas, Janos, is op het moment de liften aan het inspecteren. Als ze straks weer werken, ga ik buiten de deur lunchen.'

'Dat klinkt als een goede huisbaas,' zei Headley terwijl Dorothy aan haar parfait begon. Ze bracht een lepel met yoghurt, aardbei en granola naar haar mond.

De burgemeester nam de deksel van de beker, trok het zakje eruit, liet het tegen de rand van de beker uitlekken en legde het op de deksel. 'We denken dat bijna alle liften in de stad vanmiddag weer zullen werken. Iedereen werkt samen om...'

'O, mijn god!' zei Dorothy.

Ze had met haar lepel iets kleins en donkers uit de yoghurt gevist, het had kleine pootjes en een staart.

Het was een dode muis.

Dorothy begon kokhalzende geluiden te maken, draaide zich van de tafel weg en gaf over op de vloer.

'Reken maar dat we dit met Brew Who gaan opnemen,' zei Glover, die achter zijn vader aan het gebouw uit liep, op weg naar de limo. 'Dit is ongelooflijk. Ik zal de keuringsdienst van waren bellen, zodat ze die tent kunnen sluiten.'

Valerie zat al in de limo en keek op haar telefoon. De twee tv-zenders die het evenement versloegen hadden de filmbeelden binnen een paar minuten uitgezonden. Tegen de tijd dat de burgemeester beneden was gingen ze viraal.

'Hoe erg is het?' vroeg Headley toen hij in de wagen stapte.

'Het waait wel over,' zei Valerie. 'Je zult er later grappen over kunnen maken. Een andere keuze heb je eigenlijk niet.'

'Ze zullen het er vanavond in elke praatshow over hebben,' zei Headley.

Glover stond aan de andere kant en opende het portier.

'Nee,' zei zijn vader, die zijn hand ophief.

'Wát?'

'Zie zelf maar hoe je terugkomt. Deze stunt was weer een idee van jou. Ik leer het ook nooit.'

'Pa!' riep Glover uit. 'Het had gewerkt! Hoe kon ik nou weten dat er een muis in die yoghurt zat? Denk je soms dat ik hem erin heb gestopt?'

'Gooi dat portier dicht!'

'Richard,' zei Valerie zacht. 'Dit kun je niet...'

'Nu!' schreeuwde Headley.

Glover sloot het portier. Valerie knikte hem door het raam bemoedigend toe terwijl de limo wegreed. Ze draaide zich om en keek haar baas aan.

'Bemoei je er niet mee,' zei hij.

'Hij is je zoon.'

'Hij heeft het weer fijn voor elkaar gekregen. Verdomme, als er iets is waarin hij uitblinkt, dan is het wel zijn vader voor gek zetten.'

'Luister, als je...'

Valeries telefoon liet horen dat er een appje binnenkwam. Ze haalde hem snel uit haar handtas en keek erop. 'Er is iets gebeurd.'

'Wat?'

'Het is Chris. De details komen eraan.'

'Van wat? Jezus, toch niet wéér zo'n liftongeluk?'

'Nee, een schietpartij. In een hotel.' Ze wachtte terwijl er nieuwe woorden op haar telefoonscherm verschenen. 'Twee doden. De FBI heeft de schutter neergeschoten. Hij is... nog in leven.'

'Wie zijn er dood?'

‘Wacht even… O, hier is een link.’ Ze tikte op het scherm. ‘Het is die Flyovers-kerel. En een vrouw. Het is niet helemaal duidelijk. Wacht, Chris schrijft nog iets. De man die de FBI heeft neergeschoten zou de man kunnen zijn die de Flyovers-kerel heeft doodgeschoten.’

‘Nou, tamelijk onduidelijk allemaal,’ zei Headley.

‘Laat me even rondbellen. Maar Chris schrijft dat de schutter verdacht wordt van de taxi-explosie, en mogelijk ook van de liftongelukken. Je zult straks een persconferentie moeten beleggen. Die muis in de yoghurt zal het nieuws van zes uur niet meer halen.’

61

Jerry Bourque en Lois Delgado hadden de hele ochtend aan de telefoon gezeten. Ze trokken eerst na waar de auto's van de gemeente geparkeerd hadden gestaan, vervolgens maakten ze een lijst van voertuigen die niet alleen 'groen' reden, maar ook nog een nummerbord hadden dat op 13 eindigde. En als ze de bewuste auto eenmaal hadden gevonden, wilden ze weten wie erin naar Simpson Elevator was gereden om Otto Petrenko te spreken.

Maar toen verscheen de hoofdinspecteur om hun te zeggen dat ze als de bliksem naar het Westerly Motel in Fort Lee moesten vertrekken, een plaats die aan de andere kant van de George Washington Bridge in New Jersey lag. Er was een kans, zei de hoofdinspecteur, dat de bevindingen daar iets met hun zaak hadden te maken.

Bourque opperde dat het misschien beter zou zijn als een van hen daarheen ging. Dan kon de ander verder werken aan het opsporen van de auto.

'Tos er maar om,' zei de hoofdinspecteur.

Dat hoefde niet. Delgado zei dat ze graag met de auto verder wilde, dus Jerry vertrok richting New Jersey.

Onderweg ontdekte hij wat het Westerly tot zo'n interessant onderkomen maakte.

Een week geleden had een vierenveertigjarige man uit Tulsa, Oklahoma, die Garnet Wooler heette er een kamer op de eerste etage genomen. Deze zelfde Garnet Wooler was twee uur geleden in hartje Manhattan, in de lobby van het InterMajestic Hotel, door een FBI-agent in zijn schouder geschoten toen hij een pistool trok. Het was hoogstwaarschijnlijk hetzelfde pistool dat hij een moment eerder had gebruikt om Eugene Clement en zijn vrouw Estelle in het herentoilet bij de lobby te vermoorden.

Wooler werd in allerijl naar het ziekenhuis gereden, waar zijn toestand ernstig, maar stabiel werd bevonden. Hij was in staat om te praten, maar had besloten dat niet te doen. De politie had in een van zijn zakken een deurpasje van het Westerly Motel in Fort Lee gevonden.

Een snelle check wees uit dat meneer Wooler geen onbekende was van de politie, in elk geval van die in Tulsa, waar ze hem als Bucky kenden. Zijn strafblad bestond uit twee veroordelingen voor geweldpleging. Een van vijf jaar geleden, naar aanleiding van een aanklacht van een ex-vrouw, en een van acht jaar geleden, een barruzie met iemand die met het portier van zijn auto Woolers pick-uptruck had beschadigd.

Wooler was vier jaar geleden in het ziekenhuis behandeld voor brandwonden op zijn bovenlichaam nadat hij bij de boerderij van een vriend met explosieven had gerommeld. Hij had af en aan gewerkt voor een bedrijf dat boomstronken met dynamiet verwijderde. Gezien zijn verleden was het niet vergezocht om aan te nemen dat hij de knowhow had om in New York een taxi op te blazen.

Bourques baas had hem naar het motel gestuurd omdat de doodgeschoten Clement bekendstond als de leider van de Flyovers-groepering, die mogelijk iets met de taxi-explosie en de liftongelukken te maken had, en misschien zelfs ook wel met de moord op Otto Petrenko.

Hoewel de politie al zo'n anderhalf uur eerder was gearriveerd, hadden ze zich pas net toegang tot Woolers kamer verschaft. Aangezien deze man hun bommenlegger zou kunnen zijn waren ze uiterst voorzichtig te werk gegaan. Ten eerste wisten ze niet of Garnet Wooler in zijn eentje had gehandeld, of dat er ook nog handlangers in het motel aanwezig waren. Ten tweede moesten ze bepalen of er geen boobytraps in de kamer waren achtergelaten. Niemand wilde bij binnenkomst worden opgeblazen.

Er was een hoogwerker gekomen om de agenten voor het raam van de eerste etage te brengen zodat ze de plek goed konden inspecteren. Daarbij werd er ook nog eens een minuscule camera onder de deur geschoven om een compleet beeld van de kamer te krijgen.

Toen ze er uiteindelijk zeker van waren dat het veilig was, drongen de agenten de kamer binnen.

Dezelfde voorzorgsmaatregelen werden getroffen voor de Dodge-MPV op de parkeerplaats die op Woolers naam stond geregistreerd. Toen Bourque aan kwam rijden was hij net op een oplegger getakeld om naar het forensisch lab te worden vervoerd.

Met het aantal voertuigen van wetshandhavers op de parkeerplaats en de omliggende straten leek het wel alsof er complete invasie van de staat New Jersey op til was. Het stond er vol met patrouillewagens van de staatspolitie van New York en New Jersey, dan nog auto's met het wapen van het NYPD erop, brandweerwagens en genoeg Tahoe- en Suburban-SUV's om een riante showroom van een General Motors-dealer mee te vullen.

Bourque vond nog een plekje en zette de motor van zijn bescheiden anonieme auto uit.

Hij toonde zijn penning en bereikte de eerste etage van het motel. Het leek er wel een landelijke politieconferentie; zwaaiend met zijn pasje wist hij tot aan de deuropening van Woolers kamer te komen. Nadat hij de reden van zijn komst had gemeld liet een FBI-agent die zich als Ben Baskin voorstelde hem de kamer binnen.

'O ja,' zei Baskin. 'Ik herken je van die spoedbijeenkomst van de speciale eenheid.'

'Wat hebben jullie gevonden?'

'Nou, da's niet mis. Die gast ging goed uitgerust op pad. We hebben geweren en nog wat extra pistolen gevonden, en munitie. Ik denk dat er ook nog wapens in de bus zullen worden aangetroffen. En verder nog ammoniumnitraat, Tannerite, bedradingen en…'

'Kortom, alles om een bom in elkaar te zetten,' zei Bourque.

'Inderdaad.'

'Hetzelfde materiaal dat voor de taxibom is gebruikt?'

Baskin haalde zijn schouders op. 'Dat moet nog uitgezocht worden.'

'Is er elektronica aangetroffen?'

'Zeker. Twee laptops. Prepaidtelefoons en nog andere dingen.'

'Ook iets wat gebruikt zou kunnen worden om bijvoorbeeld een liftsysteem te hacken?'

'We zijn het aan het onderzoeken. En zoals ik al zei, de bus komt nog aan de beurt. We proberen er ook nog achter te komen of hij met anderen samenwerkte.'

'Wat is er precies in het InterMajestic gebeurd?'

Baskin schudde zijn hoofd. 'Wooler heeft Clement en zijn vrouw koud gemaakt, maar we weten niet waarom, want het heeft er alles van dat die gast en Clement in hetzelfde kamp zaten. Misschien dat Clement hem instructies gaf, of dat hij naar New York was afgereisd om er dichter op te zitten.'

'Maar waarom zou hij Clement en zijn vrouw doodschieten als ze samenwerkten?' vroeg Bourque.

'Goeie vraag. Wooler heeft nagenoeg niets losgelaten, maar hij maakte één opmerking, iets in de trant van dat Clements vrouw dacht dat ze gay waren. Hij liet ons ook nog weten dat dat niet het geval was, tenminste niet wat hem betrof.'

'Iemand die van terrorisme wordt beschuldigd en zich druk maakt over dat soort dingen.' Bourque schudde meewarig zijn hoofd. 'Zijn jullie iets tegengekomen wat Wooler in verband brengt met iemand die Otto Petrenko heet?'

'Nee. Als dat het geval is, zullen we het jou als eerste laten horen. Nog iets?' vroeg Baskin.

Bourque dacht even na. 'Ik geloof van niet.'

'Wil je niet weten of ik een partner heb die Robbins heet?'

Bourque grijnsde. 'Nee.'

'Je bent de eerste.'

Voordat hij over de brug terug zou rijden, stopte Bourque op Lemoine Avenue bij een McDonald's. Hij was uitgehongerd, en hij had geen tijd en zin om iets met een hogere voedingswaarde te zoeken.

Hij was net bezig een Big Mac en een Diet Coke naar binnen te werken toen zijn telefoon ging.

'Bourque,' zei hij met volle mond, waardoor het als *bourfque* klonk.

'Zou je je mond niet eerst eens leegeten?' zei Lois Delgado.

'Ik eet even een hapje.'

'Waar?'

'McDonald's.'

'Ik dacht al zoiets te ruiken. Heb je nog iets gevonden?'

Hij praatte haar bij. Toen hij klaar was zei ze: 'En raad eens waar ik ben?'

Bourque nam nog een slok cola. 'In een kamer van het Plaza met Ryan Gosling.'

'Ik bedoel waar ik nú ben, niet waar ik gisternacht was.'

'Vertel.'

'Ik sta in de garage van de gemeente New York naar een saaie vierdeurs met een nummerbord dat op 13 eindigt te kijken, een die een kras op de bumper heeft die identiek is aan die op de foto.'

'Wauw,' zei Bourque, die zijn hart sneller voelde kloppen. 'Nu moeten we alleen nog uitvinden wie hem die dag heeft gebruikt.'

'Heb ik al gedaan.'

'Moet ik je erom smeken?'

'Dat is precies wat Ryan ook zei.'

'Vertel.'

'Ik heb een vraag voor je. Waarom zou de zoon van de burgemeester Otto Petrenko willen ontmoeten?'

Hij zette de beker cola terug op het tafeltje. 'De zoon van de burgemeester?'

'Glover. Glover Headley. Hij zit in zijn stafteam, hij is een van zijn adviseurs of zoiets.'

'Hmm. Misschien moeten we hem dat dan maar eens gaan vragen.'

62

'Bedankt voor jullie komst.'

Richard Headley keek uit over de verzamelde pers. Hij kon zich niet herinneren dat de zaal ooit zo vol was geweest. Er waren zelfs meer vertegenwoordigers van tv, radio en kranten dan gisteren. Toen had hij geen goed nieuws voor ze gehad. Vandaag zag het er iets beter uit.

'Ik wil jullie een paar dingen zeggen voordat hoofdcommissaris Washington arriveert. Zij zal jullie vragen uitgebreid kunnen beantwoorden. De meesten van jullie zullen wel van de schietpartij in het InterMajestic hebben gehoord, en ik kan jullie melden dat er een arrestatie is verricht.'

Hij vertelde hun in het kort dat de gearresteerde man verdacht werd van de taxi-explosie.

'We kunnen op het moment nog niet zeggen of deze persoon iets met de liftongelukken te maken heeft, maar ik kan hierbij bevestigen dat hij daar ook van verdacht wordt. Er zijn sterke banden met de Flyovers-groepering, die de afgelopen maanden een patroon hebben ontwikkeld om chaos te creëren in kuststeden, en daar vallen we absoluut onder. Met dit mogelijk hoopvolle nieuws, en de berichten uit de hele stad over liften die weer in gebruik worden gesteld, lijkt het me redelijk om te concluderen dat het de goede kant op gaat.'

Er klonken verschillende vragen uit het zaaltje op, die Headley zo goed mogelijk probeerde te beantwoorden, maar in de meeste gevallen zei hij dat ze op de hoofdcommissaris moesten wachten. Tot zijn grote opluchting vroeg niemand naar het granola parfait-incident.

Onder het voorwendsel dat hij naar een vergadering moest excuseerde Headley zich en verliet de mediazaal. Toen hij zijn kantoor binnenliep was

Glover er. Hij zat op de bank met de afstandsbediening in zijn hand naar CNN te kijken op de nieuwe tv die men had geïnstalleerd nadat de burgemeester de vorige aan gruzelementen had gegooid.

Glover stond op.

'Ik zie dat je terug bent.'

Glover knikte. 'Ik ben gaan lopen.'

Headley trok zijn wenkbrauwen op. 'Vanaf Ninetieth Street?'

'Ik heb er tweeënhalf uur over gedaan. Maar zo had ik wat tijd om na te denken.' Hij greep in zijn binnenzak en haalde er een witte envelop uit, die hij zijn vader aanreikte. 'Hierover.'

'Wat is dit?' vroeg Headley. Op de envelop stond handgeschreven het woord *pa*.

'Ik wist niet goed wat ik moest opschrijven, of het nu "pa", "vader" of "burgemeester Headley" moest zijn.'

De envelop zat niet dicht. Headley haalde er een vel papier uit, vouwde het open en legde het op de salontafel. Hij liet zijn blik eroverheen gaan. Het kostte hem niet meer dan tien seconden om het te lezen. 'Wat is dit, verdomme?'

'Je ziet dat ik in de brief zelf je functie erbij heb gezet, "aan burgemeester Richard Headley". Verder staat alles erin.'

'Je neemt ontslag?'

Glover knikte. 'Ja, met ingang van morgen. Of eigenlijk vanavond om twaalf uur.'

'Waarom? Er staat geen reden in de brief.'

'Omdat ik het zat ben je altijd maar weer teleur te stellen. Ik kan er gewoonweg niet meer tegen.'

'Waar kun je niet meer tegen?'

'Het voortdurende gekleineer. De vernederingen. De opgetrokken wenkbrauwen. Iemand met een beetje zelfrespect zou allang ontslag hebben genomen en het niet zo lang hebben volgehouden. Misschien dat het me daarom nog zo lang is gelukt. Ik heb totaal geen zelfrespect meer.'

Headley schudde zijn hoofd. 'Dit is belachelijk.'

'Ik denk dat het eerder een opluchting voor je is. Nu hoef je me niet te ontslaan.' Hij haalde diep adem. 'Mam is al jaren dood, pa. Als je me vanuit schuldgevoel dit werk hebt gegeven, of dat je je aan haar verplicht voelde… Je bent er nu van verlost. Want nu wil ík ermee stoppen. Misschien dat mijn vertrek wel mijn enige kans is om je gelukkig te maken.'

'Jezus, Glover.'

'In de brief staat dat het ontslag vanaf middernacht ingaat. Maar ik zou vanavond nog wel naar het Top of the Park-evenement willen gaan, als het tenminste nog doorgang vindt.'

'Het gaat door,' zei Headley. 'Coughlin heeft me een bericht gestuurd. De liften werken. Natuurlijk kun je erheen.' Hij zweeg even, en zei toen: 'Die vrouw die je had aangenomen, Arla Silbert.'

'Die vrouw die jij hebt ontslagen. Omdat ze Barbara Mathesons dochter is.'

De burgemeester knikte snel, alsof hij daar liever niet aan wilde denken. 'Wat weet je verder nog van haar?'

'Niets. Hoezo?'

'O, gewoon. Ik… vroeg het me af.'

Glover draaide zich om en liep naar de deur. Toen hij op het punt stond om het kantoor te verlaten riep zijn vader zijn naam.

'Ja?' zei Glover, die zijn pas inhield en hem aankeek.

'Het spijt me dat ik je uit de limo heb gezet.' Hij slikte even. 'Dat was verkeerd. Het was niet jouw fout dat er een muis in die vrouw haar ontbijt zat.'

'Nou, dat was het wel. Ik heb hem er zelf in gestopt.'

De burgemeester stond verdoofd bij zijn bureau toen Valerie een paar minuten later zijn kantoor binnenliep.

'Wat wilde Glover?' vroeg ze. 'Ik zag hem net vertrekken en hij zag er nogal ontredderd uit.'

Hij reikte haar de ontslagbrief aan. Ze las hem snel door en zei toen: 'O. Heb je het geaccepteerd?'

Hij knikte. 'Hij vertelde me iets wat hij had gedaan… Ik zou eigenlijk kwaad moeten zijn. Furieus. Maar dat ben ik niet. Het voelt als mijn verdiende loon.'

'Wat zei hij dan?'

De burgemeester schudde zijn hoofd. 'Misschien heb je gelijk. Wat je me laatst zei, dat ik niet zo hard voor hem moest zijn. Ik zie nu hoe zoiets tegen je kan werken.'

'Richard, het zou fijn zijn als je me vertelde waar je het over hebt.'

'Glover zal misschien wel denken dat ik nog van gedachten zal veranderen over zijn aanwezigheid op Coughlins feestje, maar dat zal niet gebeuren.' Hij glimlachte grimmig. 'Ik wil namelijk dat hij daar is.'

Valerie wilde doorvragen over wat er nu precies tussen hen was voorgevallen, maar ze werd afgeleid door het geluid van een appje. 'Wat nu weer?' zei ze terwijl ze het las.

De burgemeester keek op en wachtte.

'Het is de receptie,' zei ze. 'De politie is hier.'

'Waarschijnlijk hoofdcommissaris Washington. Misschien weet ze al meer over die Wooler die ze hebben gearresteerd.'

Valerie schudde langzaam haar hoofd. 'Nee. Het zijn twee rechercheurs.' Ze keek op. 'Ze zijn op zoek naar Glover.'

De burgemeester trok wit weg. 'Hebben ze bij de keuringsdienst van waren nu ook al rechercheurs?'

'Wat?' zei Valerie. 'Waar heb je het over?'

'Laat maar.'

Valerie toetste een nummer in en hield de telefoon bij haar oor. 'Hoi, Valerie hier. Zijn die rechercheurs nog steeds bij je? Oké. Laat me met een van hen spreken.' Ze wachtte een paar seconden en zei toen: 'Ja, hallo? Wie? Delgado? Wat kan ik voor u doen, rechercheur Delgado?' Ze luisterde en zei toen: 'Het spijt me, maar Glover is er op dit moment niet. Maar misschien dat ik u ergens mee kan helpen?'

Ze luisterde weer en zei toen: 'O.'

'Wat is er?' vroeg Headley.

Ze legde haar hand over de telefoon en zei: 'Ze willen alleen met Glover spreken.'

'Dan zou ik hem maar bellen,' zei Headley zwakjes terwijl hij naar de vaste telefoon op zijn bureau knikte.

Valerie vroeg Delgado aan de lijn te blijven, nam de hoorn van de telefoon op en toetste Glovers mobiele nummer in.

Ze wachtte en zei uiteindelijk: 'Glover, Valerie hier. Kun je me meteen bellen als je dit hoort?'

Ze pakte haar mobieltje weer op en zei: 'Ik heb hem gebeld, maar hij neemt niet op. Sorry. Zijn huisadres? Ik...'

Headley was om zijn bureau heen gelopen en griste de telefoon uit Valeries hand. 'U spreekt met burgemeester Headley,' zei hij, beleefder dan hij gewoon was. 'Met wie spreek ik?' Hij luisterde even. 'Kunt u me vertellen waar dit over gaat?' Hij hield de telefoon nog een paar seconden bij zijn oor en zei: 'Oké.'

Hij gaf de telefoon zonder iets te zeggen aan Valerie terug, die hem tegen haar oor drukte. 'Hallo?'

'Ze heeft al opgehangen,' zei de burgemeester.

Ze liet de telefoon zakken. 'Wat zei ze?'

'Dat ze eraan komen. Om met mij te praten.'

63

Bourque en Delgado waren nog nooit eerder in het kantoor van de burgemeester van New York City geweest. Als ze geïmponeerd waren, deden ze goed hun best het niet te laten merken. Valerie had ze voor de deur opgewacht, en toen ze hen mee naar binnen nam ijsbeerde Headley door de ruimte. Hij had zijn colbert uitgetrokken en zijn stropdas losgemaakt.

'Hier zijn rechercheurs Bourque en Delgado,' zei Valerie.

De twee stelden zich aan de burgemeester voor zodat hij wist wie Bourque, en wie Delgado was.

'Waar gaat het over?' vroeg de burgemeester.

'We willen graag uw zoon spreken,' zei Delgado.

'Waarover?'

'Het houdt verband met een onderzoek waar we mee bezig zijn.'

'Dus dit heeft niets met die muis te maken.'

Bourque wierp een zijdelingse blik op zijn partner. *Wat zei hij nou?* leek hij haar te willen vragen. Maar in plaats daarvan zei hij: 'We onderzoeken een moord, sir.'

Headley leek bijna opgelucht. 'Voor zover ik het heb kunnen bijhouden zijn het er, wat, tien? Zeven doden bij de liftongelukken, en drie bij de taxi-explosie.'

'We onderzoeken de dood van Otto Petrenko,' zei Delgado. 'Zijn lichaam is op maandag op de High Line gevonden.'

'Petrenko?'

'Een liftmonteur,' zei Bourque.

Nu hadden ze Headleys aandacht. 'Een liftmonteur? Houdt zijn dood soms verband met deze hele toestand?'

'Mogelijk,' zei Delgado. 'Voordat hij stierf was Petrenko zeer bezorgd over zijn familieleden in de rest van het land. Het zou kunnen dat hij werd gedwongen om details over de werking van liften te onthullen, en dat hij bang was dat zijn naaste verwanten iets zou worden aangedaan als hij niet meewerkte. Het is nog een aanname op dit moment. Maar kort voordat hij werd vermoord had Petrenko bij zijn werk een ontmoeting met iemand. Niemand wist wie die man was, Petrenko heeft niet tegen zijn baas of collega's gezegd wie hij had gesproken. We proberen achter de identiteit van deze man te komen.'

'Waarom denken jullie dat Glover hierbij zou kunnen helpen?'

'Het is ons gelukt om de auto van deze man op te sporen,' zei Bourque. 'Hij bleek afkomstig uit het wagenpark van de gemeente.'

'O ja?' zei Valerie, die tijdens het gesprek bij de deur was blijven staan.

'Er zat zo'n sticker op de achterkant,' zei Delgado. 'Zo een van uw groene campagne, sir. We hadden de laatste twee cijfers van het nummerbord, en er zat een opvallende kras op de bumper. Met die gegevens hebben we de auto kunnen opsporen.'

'Wacht even,' zei de burgemeester. 'Wanneer was dit volgens jullie? Gezien de gebeurtenissen van deze week is het heel goed mogelijk dat iemand van de gemeente met een expert over de werking van liften heeft gesproken.'

'Zoals ik daarnet al heb gezegd is meneer Petrenko ergens tussen zondagnacht en maandagochtend overleden,' zei Delgado. 'Dat is dus vóór het eerste incident, het ongeluk in de Lansing Tower. Ze hadden elkaar toen al ontmoet.'

'Nou, het lijkt me niet zo moeilijk om uit te zoeken wie die auto op die dag heeft gebruikt. Daar hebben jullie Glover niet voor nodig. Die informatie kunnen wij ook wel vinden. Kunnen we dat voor de rechercheurs doen, Valerie?'

'Absoluut.'

'We hebben dat zelf al gedaan,' zei Bourque.

Er viel een stilte in het kantoor van de burgemeester.

Omdat hij niets zei was het Valerie die de vraag besloot te stellen. 'Op wiens naam stond hij?'

'Glover Headley,' zei Delgado.

De burgemeester en Valerie wisselden een blik.

'Dat is de reden waarom we Glover zouden willen spreken,' zei Bourque. 'We willen het helder krijgen, dat is wat je doet tijdens een onderzoek. Een spoor natrekken, en dan weer verder met het volgende ding.'

'Precies,' zei Delgado, 'dus als u ons kunt vertellen waar we hem zouden kunnen vinden, dan kunnen we hem van onze lijst schrappen.'

Headley draaide zich om en liep naar zijn bureau. Hij masseerde de achterkant van zijn nek, kneedde die alsof het brooddeeg was. 'Hij heeft... net ontslag genomen.'

'Waarom?' vroeg Bourque.

'Omdat ik een enorme hufter ben. Luister, ik denk dat er een simpele uitleg voor is. Ik zie Glover vanavond – hij komt naar de opening van Top of the Park – en ik zal hem vragen waar dit over gaat. Jullie horen het dan morgen van me.'

'We spreken hem liever zelf, sir,' zei Delgado. 'En liefst zo snel mogelijk.'

'Luister, we hebben hem net geprobeerd te bereiken en hij neemt niet op, dus ik weet niet wat ik jullie moet zeggen.'

'We hebben zijn nummer en adres nodig.'

Valerie keek haar baas aan, alsof ze op zijn toestemming wachtte. Hij knikte vermoeid, en ze zei: 'Ik zal het even opschrijven.'

Ze liep het kantoor uit.

Bourque en Delgado haalden beiden hun kaartje tevoorschijn en legden het op het bureau van de burgemeester. 'Bel ons als u hem eerder ziet,' zei Lois.

Headley keek naar de kaartjes, maar raakte ze niet aan.

Valerie kwam terug met een vel papier en overhandigde het aan Delgado. 'Ik heb zijn e-mailadres er ook bij geschreven.'

'Weet u waar hij zou kunnen uithangen als hij niet in het stadhuis of thuis is?' vroeg Bourque. 'Een lunchroom? Een bar?'

De burgemeester keek hem leeg aan. 'Ik zou het niet weten. Valerie?'

'Nee, ik ook niet.'

'Wat was Glovers werk eigenlijk, voordat hij ontslag nam?' vroeg Delgado.

‘Eh, data-analyse, opinieonderzoeken, technische dingen,’ zei Valerie.

‘Zou je hem een techneut kunnen noemen?’ wilde Bourque weten.

‘O, ja,’ zei Valerie. ‘Er is geen programma of apparaat in de wereld waar Glover geen raad mee weet.’

64

Je zou zomaar kunnen denken dat de uitreiking van de Academy Awards van Hollywood naar New York was verhuisd.

De officiële opening van Top of the Park had alle kenmerken van het Oscar-spektakel. In Central Park waren enorme schijnwerpers geplaatst, waarvan de lichtstrepen door de avondhemel dansten.

Central Park North was tussen Fifth Avenue en Central Park West afgesloten. Wie wél doorgang werd verleend waren de beroemdheden, politici en andere machtige New Yorkse persoonlijkheden, die in tientallen limo's arriveerden. De aanwezigheid van cameraploegen van CNN en *Access Hollywood* en *Extra* gaven aan dat dit zowel een nieuwsitem als een entertainmentevenement was.

Terwijl elke wagen langzaam verder rolde om uiteindelijk voor de rode loper te stoppen, schoot het in smoking geklede personeel toe om de portieren te openen. Fotografen en cameraploegen wachtten af wie eruit zouden komen. Bekende acteurs en actrices werden door opgepoetste tv-presentatoren aangeklampt om hun architectonische inzicht te tonen.

'Hij is zeker hoog!' zei een actrice.

'Dit kun je met recht een monsterproductie noemen!' grapte een acteur die onlangs genomineerd was voor een Oscar.

Als er prominente New Yorkers arriveerden die níét in de vele bioscopen van de stad vielen te bewonderen lieten de tv-ploegen hun camera's en microfoons zakken. Ook al waren het mensen met veel macht en invloed, zoals de baas van de New York Stock Exchange, of de directeurs van het Whitney Museum of American Art en Columbia University, om er eens drie te noemen – de media wachtten tot er weer een *knap* persoon uit een limo stapte.

De New Yorkers die niet belangrijk genoeg waren om uitgenodigd te worden stonden in drommen aan de kant om een glimp van de elite op te vangen. Fans smeekten om selfies, wat zo af en toe door een beroemdheid werd ingewilligd.

Barbara en Arla bevonden zich ook niet in de stoet van limo's. Hun taxi kwam niet verder dan de hoek van Fifth en Central Park North.

'Shit,' zei Barbara toen ze de dranghekken zag, 'als ik had geweten dat we zo'n eind moesten lopen, had ik platte schoenen aangetrokken.'

Als het metrostation 110th Street – dat zich op loopafstand van de gloednieuwe wolkenkrabber bevond – niet om veiligheidsredenen was afgesloten, hadden ze daar kunnen uitstappen. Maar Barbara was het met Arla eens geweest: was het nou wel zo leuk om zo uitgedost in de metro te zitten?

Ze hadden die ochtend besloten om niet iets te laten bezorgen en waren in plaats daarvan naar een cafetaria vertrokken voor een passend katerontbijt. Roerei, extra knapperige bacon, frites en nog meer koffie. Daarna waren ze naar Barbara's appartement teruggekeerd om in haar garderobe iets te zoeken wat genoeg klasse had voor het Top of the Park-feest.

'Jee, mam. Hoeveel spijkerbroeken heb je wel niet?' vroeg Arla. Uiteindelijk zag ze helemaal in de hoek van de kast een zwarte jurk hangen die de schouders bloot liet. Ze hield de jurk met gestrekte armen voor zich uit en zei: 'Wat denk je?'

'Hoeveel andere jurken ben je nog tegengekomen?'

'Geen een.'

'Hij heeft lange mouwen, dus niemand zal mijn beurse elleboog zien. Hij lijkt me prima.'

'Met de juiste accessoires zal het werken, ja.'

'Accessoires?' zei Barbara.

Arla vertrok vervolgens naar haar eigen appartement, maar ze nodigde haar moeder uit om twee uur voor de opening naar haar toe te komen. Toen het zover was kon Barbara kiezen uit de halskettingen, armbanden en setjes oorringen die ze had uitgezocht.

'Misschien is het een vergissing,' zei Arla terwijl ze van de taxi naar de ingang van Top of the Park liepen. 'Ik bedoel, een evenement als dit is misschien niet het juiste moment om iemand te vertellen dat je z'n dochter bent.'

Barbara knikte. 'Laten we afwachten en kijken of hij de eerste stap zet. Als hij je naam heeft herkend toen ik het hem zei, zal hij misschien wel iets ondernemen. Doet hij niets, dan weten we dat hij zich niets meer van die nacht kan herinneren, inclusief mijn achternaam. Maar wie weet? Het kan ook zijn dat Richard me op straat laat schoppen zodra hij me ziet op dat feest.'

'Dat is dan een heel eind naar beneden,' zei Arla. 'En trouwens, het is niet zíjn feest.'

Barbara glimlachte terwijl ze op de rode loper stapten. 'Nee, dat is waar.'

Ze stopten voor de entree en keken omhoog. Ze moesten hun nek strekken om zo ver mogelijk te kunnen kijken, en waren er zelfs toen nog niet zeker van of ze de top van het gebouw wel konden zien.

Barbara had een kleine handtas bij zich, waar ze de uitnodigingen uit nam, die nauwkeurig bekeken werden door een blondine in een oogverblindende rode avondjurk die tot aan haar enkels reikte. Haar 'accessoires' bestonden echter uit een oortje met een snoertje eraan. 'Veel plezier,' zei ze.

En ze waren binnen.

'Jezus,' zei Arla.

De lobby was een adembenemend amalgaam van hoog oprijzend staal, schitterend glas en lichtjes die boven hen door de lucht zweefden. Er hadden zich een paar honderd genodigden verzameld, tussen wie obers met dienbladen champagne liepen.

'O, mijn god,' zei Arla, die haar moeder een por gaf. 'Is dat niet hoe-heet-hij-ook-alweer? Van die ene film?'

Barbara knikte. 'Ja. Maar je maakt geen enkele kans. Hij is gay.'

'Nee, echt?'

'Dat zegt men tenminste.'

'O. En daar, op elf uur. Dat is...'

'Ja. Het gerucht is dat ze voor het presidentschap gaat. Ze blijft maar volhouden dat dat niet zo is, waardoor het dus waarschijnlijk wél zo is. O, kijk daar!'

De burgemeester bewoog zich door de menigte, hij was in smoking. Zijn brede glimlach was volgens Barbara nog gekunstelder dan anders. Politici waren er meesters in om net te doen alsof ze blij waren je te zien, terwijl het ze in werkelijkheid geen barst kon schelen. En niemand was daar zo goed in als Headley, maar Barbara dacht dat zijn jovialiteit deze keer wel erg geforceerd was. Er was iets met de lijnen bij zijn mondhoeken. Een gespannenheid die het elk moment leek te kunnen begeven.

In zijn kielzog volgden Chris Vallins, ook in smoking, maar wel met hardloopschoenen eronder en een klein rugzakje onopvallend in zijn hand, Valerie Langdon, in een kobaltblauwe avondjurk tot aan haar enkels, en Glover; ook hij was in smoking, met een strik erboven die onhandig scheef zat. Hij leek in een geagiteerd gesprek verwikkeld met Valerie.

'Ze zullen vlak langs ons lopen,' zei Arla.

'Maak je geen zorgen,' zei Barbara.

Arla ging half achter haar moeder staan. 'Ik wil niet dat Glover me ziet. Ik kan op het moment niet praten over... wat dan ook.'

Toen Valerie en Glover passeerden liepen ze net iets langzamer, en Barbara kon flarden van hun gesprek horen.

'Ik héb het hem gezegd,' zei Glover. 'Ik heb die auto niet genomen... wat die rechercheurs ook mogen zeggen. Ik weet er... niets van.'

'Ik weet niet wat... geloven moet,' zei Valerie. 'Hij vertelde me... die muis. Waar... mee bezig?'

Muis?

'Het verbaast me... überhaupt mocht komen vanavond,' zei Valerie.

'... zich schuldig, denk ik.'

Men ging voor hen opzij, waardoor ze doorliepen en Barbara hun gesprek niet meer kon opvangen. Toen Vallins haar passeerde raakte ze even zijn arm aan. Hij wierp haar een verraste blik toe.

'Leuke schoenen,' zei ze terwijl ze naar zijn hardloopschoenen keek.

Hij hield zijn rugzakje op. 'De Florsheims zitten hierin,' zei hij grinnikend. 'Hé, ik heb je een e-mail gestuurd.'

'Oké,' zei Barbara terwijl Vallins doorliep.

'Ken je die man?' vroeg Arla.

'Een beetje.'

'Het is wel een stuk.'

'Een beetje.'

Ze pakte haar telefoon en checkte haar e-mail. Er was geen bericht van Chris Vallins. Ze keek bij haar junkmail, maar daar zat ook niets tussen.

Iedereen werd naar de liften geleid, die zich aan de zijkant van de enorme lobby bevonden. Er waren twee naast elkaar liggende schachten met elk vijf liften. De etages waar ze heen gingen waren in het graniet boven de liftdeuren uitgesneden. De vijf liften links gingen tot aan de vijftigste etage, de vijf rechts gingen naar de eenenvijftigste tot en met de achtennegentigste etage, de bovenste, die het Observatorium werd genoemd.

De menigte verzamelde zich voor de vijf rechterliften. Alle vijf de deuren gleden tegelijkertijd open. Barbara en Arla stonden dichtbij genoeg om bij de eerste groep passagiers te horen.

Headley en zijn team stapten in de eerste lift, en Barbara zag dat Rodney Coughlin zich bij hen voegde.

Barbara en Arla stapten in een lift, gevolgd door een achttal anderen in smoking en avondjurk.

Toen de deuren dichtgleden hing er een bijna tastbaar gevoel van onbehaaglijkheid in de cabine.

'Ze hebben die vent toch gepakt, hè?' flapte een vrouw eruit.

'Ik heb het op het nieuws gezien,' zei een man. 'Ik geloof dat ze er vrijwel zeker van zijn.'

De lift begon aan zijn tocht omhoog.

65

Bourque en Delgado hadden de rest van de middag geprobeerd om Glover Headley op te sporen. Hun herhaaldelijke pogingen om hem op zijn telefoon te bereiken hadden niets opgeleverd. Ze troffen hem niet in zijn appartement aan. En een zoektocht langs bars en restaurants in de directe omgeving van het stadhuis bleek vooralsnog ook vruchteloos.

Bourque had de conciërge van het gebouw waar Glover woonde zijn kaartje gegeven, en hem gevraagd te bellen als Glover terugkeerde.

Het was iets voor zevenen toen Bourques telefoon ging.

'Hij is net teruggekomen,' zei de conciërge.

Hij en Delgado waren op dat moment nog restaurants aan het inspecteren. Ze renden terug naar hun auto en reden in noordelijke richting terug naar Glovers appartement in de Upper West Side. Maar zoals zo vaak was de rit een verkeerstechnische nachtmerrie. Tegen de tijd dat Delgado de auto met piepende banden tot stilstand bracht bleek Glover alweer vertrokken.

'Hij was er niet lang,' zei de conciërge. 'Ongeveer een kwartier. Waarschijnlijk heeft hij zich alleen maar even omgekleed, want hij vertrok in smoking.'

Toen Bourque weer in de auto zat wierp hij een blik op Delgado en zei: 'Hoe zien we eruit?'

'Waar heb je het over?'

'Het lijkt erop dat we naar een feestje gaan.'

'Hij was er niet?'

'Glover is onderweg naar de opening van Top of the Park. Hij is vertrokken in z'n pinguïnpak.'

Delgado wierp een blik op zichzelf. Een zwarte spijkerbroek, een simpele witte bloes met een colbert erop. 'Ja hoor, ik kan er zo wel heen.'

Terwijl ze erheen reden wierp ze om de zo veel tijd een blik op haar partner, die met een tevreden glimlach voor zich uit keek.

'Je ziet eruit als een kind op kerstochtend,' zei ze op een gegeven moment.

Hij grijnsde. 'Oké, ik verheug me erop. Ik heb de ontwikkeling van dit gebouw gevolgd sinds ze met de bouw zijn begonnen, maar ik ben er nog nooit in geweest. Ik heb er maandag nog een boek over gekocht, dat ik heb verslonden. Ik kan niet wachten om het te zien. Vraag me er maar iets over. Toe dan, vraag maar iets. Wil je weten wie de architecten zijn?'

'Nou, niet echt.'

'Svengali and Associates. Ik weet het. Svengali? Maar zo heet die man dus echt.'

'Eh, was Svengali niet zo'n enge man?' zei Delgado. 'Zo'n manipulatieve schurk?'

'Ja. Maar het is wel een naam die klinkt als een klok. Het ontwerp voor het gebouw is vijftien jaar geleden gemaakt, en het zou oorspronkelijk negentig verdiepingen tellen. Maar toen kwam 432 Park Avenue met zevenennegentig verdiepingen, dus Coughlin...'

'Coughlin?'

'Rodney Coughlin, de projectontwikkelaar?' zei Bourque. 'Maar toen werd er verleden jaar een nieuw project aangekondigd, het komt aan de onderkant van Central Park te liggen en het wordt hoger dan 432. Dus toen zei Coughlin: doe er nog acht verdiepingen bovenop, zodat het achtennegentig verdiepingen en een totale hoogte van vierhonderdvijfenzeventig meter heeft, wat hoger is dan alle andere, al gebouwd of niet. Dit alles maakt Top of the Park de hoogste woontoren van het westelijke gedeelte van New York, en na het One World Trade de hoogste wolkenkrabber van de stad.'

'Het zijn gewoon architectonische fallussen,' zei Delgado. 'Wie heeft de grootste pik van beton en staal?'

Ze reed over Central Park West tot ze Central Park North bereikten. Daar stuitten ze op een wegversperring van de politie, die alleen maar limo's van vips doorliet. Delgado toonde haar penning en mocht doorrijden.

Ze parkeerde de auto zo'n honderd meter van de wolkenkrabber af.

Bourque was meteen uit de auto om het bouwwerk te bewonderen. 'Ik ga hem maken,' zei hij.

Delgado stapte uit en gooide het portier dicht. 'Wat?'

'Een maquette ervan. Voor mijn verzameling.'

Ze had zijn creaties wel eens op zijn telefoon gezien. 'Dan heb je een groter appartement nodig.'

Hij haalde zijn schouders op. 'Een hóger appartement.'

'Klaar om te feesten?'

Bourque knikte. Ze liepen naar de ingang.

66

Er klonk een zachte gongslag toen de lift zijn bestemming – de achtennegentigste etage – had bereikt. De deuren gleden open.

Er klonk een collectieve zucht uit de cabine op. Voor hen strekte zich een enorme ruimte uit, die begrensd werd door een glazen wand, waarachter het oneindige luchtruim begon. In het westen was nog een oranje streep van het laatste zonlicht aan de horizon te zien.

Barbara, Arla en hun medepassagiers stapten vanuit de lift in wat wel een balzaal in de hemel leek. Ze bewogen zich aarzelend, bijna angstig voort en testten de stevigheid van de vloer, alsof ze zich ervan wilden vergewissen dat ze niet op een wolk liepen.

Er was een eerbiedige stilte gevallen over de gasten, die zonet nog gemoedelijk hadden staan kletsen in de beslotenheid van de liftcabine.

Het was alsof iedereen met stomheid was geslagen, overweldigd door het grandioze uitzicht dat ze vanaf de top van deze wolkenkrabber hadden.

'Hier zijn geen woorden voor,' fluisterde iemand.

Het was waar. Er waren niet genoeg superlatieven in de Engelse taal die konden beschrijven hoe dramatisch, hoe buitengewoon, hoe wonderbaarlijk deze ervaring was.

Arla begon de ruimte te verkennen. Ze kuierde langs buffettafels met elegante uitstallingen van hapjes en drankjes en een tafel met een schitterend, drie meter hoog model op schaal van Top of the Park, tot ze de zuidkant bereikte, die uitkeek over Central Park met de wolkenkrabbers van Midtown erachter, waaronder de grote rivaal 432 Park. Daarachter zag je het Rockefeller Center, het Chrysler Building, het Empire State Building en, helemaal in de verte, het One World Trade Center.

‘Het is alsof je aan boord van een vliegtuig bent dat stil hangt in de lucht,’ zei Arla, die de glaswand met haar vingertoppen aanraakte.

‘Sta niet zo dicht bij de rand,’ zei Barbara nerveus. Ze dacht niet dat ze iemand met hoogtevrees was, maar op dit moment voelde ze wel een duizeling door haar heen trekken. ‘Kom naar achteren,’ zei ze terwijl ze haar dochters arm pakte.

‘Er is niets aan de hand,’ zei Arla, die bleef staan waar ze stond. Ze keek naar beneden. ‘Er is niets in de wijde omgeving wat zelfs maar in de buurt komt van deze hoogte. We zijn hier helemaal alleen.’ Ze giechelde en draaide zich naar haar moeder toe. ‘Je kunt hier gewoon naakt rondlopen met de gordijnen open.’

‘Behalve dan dat er een vliegtuig vol passagiers voor LaGuardia voorbij kan komen.’

Dat bracht Arla ertoe om in oostelijke richting te kijken. ‘Je kunt ze zien. De vliegtuigen, ze landen en stijgen op.’ Ze schudde haar hoofd in verwondering. ‘Wat denk je dat een appartement in dit gebouw zal kosten?’

‘Ik denk niet dat wij tot de doelgroep behoren,’ zei Barbara.

‘Maar als het kon, als je miljoenen dollars had, zou jij dan hier willen wonen?’

Barbara dacht even na. ‘Nee. Het voelt… Het voelt bijna verkeerd. Het is net alsof dit gebouw de natuurwetten uitlacht. Het is te surrealistisch, het tart alles. Maar ik zou geen bezwaar hebben tegen een grote loft in SoHo.’

‘Nou, ik denk wel dat ik zou kunnen wennen in een…’

‘*Goedenavond!*’ Een stem bulderde uit de speakers die in de muren en het plafond waren gebouwd. ‘Welkom in Top of the Park!’

Arla keek om zich heen, net als haar moeder. ‘Daar,’ zei ze en ze wees met haar vinger.

Rodney Coughlin stond op een klein podium, met de nachthemel als achterdoek. Met zijn een meter tachtig, brede schouders, sterke kaaklijn en wenkbrauwen als gemuteerde rupsen was hij een indrukwekkende verschijning. Hij hield een glas champagne op en glimlachte breed, zijn tanden waren groot en wit genoeg dat het licht erop weerkaatste. De burgemeester stond rechts van hem en leek enigszins afwezig.

Barbara en Arla wurmden zich door de menigte naar de zijkant. Toen ze daar waren aangekomen keek Barbara rond. Ze zag Glover bij een van de liften staan, Valerie stond naast hem. Alleen Vallins kon ze niet vinden.

'O, wat is dit een geweldige avond!' riep Coughlin uit, en er barstte applaus los. Hij grijnsde. 'En, wat vinden jullie van het uitzicht?'

Hier en daar werd gelachen en er volgde nog meer applaus.

'Ik weet dat jullie er allemaal pas net zijn en graag bij de glaswand willen staan om,' hij grinnikte, 'neer te kijken op de rest van New York. Maar ik waarschuw jullie alvast dat er wat toespraken zullen komen, en er zijn een aantal personen die ik zou willen bedanken, onder wie... Mario! Waar ben je?'

Naast Barbara stond een kleine man met borstelig haar en een enorme zonnebril in een feloranje sportjack. Hij stak zijn hand op en zwaaide.

'Mario Svengali!' riep Coughlin en hij hief zijn glas nog hoger. 'De briljantste architect van het universum. Ik ga jullie straks wat over hem vertellen, en over anderen, en over mijn goede vriend de burgemeester, die hier naast me staat.' Hij gebaarde naar Headley. 'Dank je wel, Richard. Ik ben blij dat we vanavond de liften mogen gebruiken.'

Headley werd rood toen er een nerveus gegrinnik door de ruimte ging.

'Maak je geen zorgen!' vervolgde Coughlin. 'De mensen die vanavond het meest onze dankbaarheid verdienen zijn de wetshandhavers – het NYPD, de FBI, noem maar op, ze hebben vandaag een arrestatie verricht die verband houdt met de verschrikkelijke gebeurtenissen van deze week.'

Headley probeerde dit te preciseren en zei: 'Nou, eigenlijk is hij nu nog alleen maar een...'

Coughlin snoerde hem snel de mond. 'Ik heb jullie veel te zeggen vanavond, er zijn een hoop mensen die ik wil bedanken. Maar er zijn ook nog wat andere mensen die willen spreken.' Hij rolde met zijn ogen. 'Politici, natuurlijk. Nou, zolang ze maar goede dingen over me zeggen, krijgen ze alle tijd die ze willen hebben.'

Er volgde enig gelach.

'De meeste toespraken zullen later op de avond worden gehouden. En we beginnen zo met feesten. Maar voordat we gaan eten, drinken en plezier maken zou de burgemeester het woord tot jullie willen richten. Maar je maakt het niet te lang, toch, Richard?'

Coughlin fluisterde snel iets in de burgemeesters oor. Barbara, die altijd goed was geweest in liplezen, was er vrijwel zeker van dat hij 'Verkloot het niet' zei.

Headley ging met een geforceerde glimlach voor de microfoon staan. 'Ik wil iedereen hier nogmaals welkom heten op deze historische avond voor New York City, nu dit fantastische bouwwerk deel uitmaakt van de skyline van Manhattan. Alle mensen die geholpen hebben bij de realisatie van Top of the Park, bij dezen gefeliciteerd.'

Arla boog zich naar haar moeder toe en zei: 'Ik denk dat ik wel een beetje op hem lijk. Rond de ogen?'

Terwijl de burgemeester doorpraatte zei Barbara kalm: 'Ik weet het niet. Het zou kunnen.'

De waarheid was dat Barbara altijd wel iets van Headley in haar dochter had gezien. En niet alleen rond de ogen. Het was de manier waarop het puntje van haar neus enigszins omhoog wipte, de manier waarop ze haar hoofd scheef hield als ze iets aan het uitdokteren was, de scherpe bocht in haar kaakbeen onder haar oor.

'Zoals jullie allemaal weten,' vervolgde Headley, 'is het een tamelijk stressvolle week voor alle New Yorkers geweest, dus ik zou jullie dringend aanraden om vooral goed gebruik te maken van de catering.' Er volgde een geforceerd lachje. 'Ik zal vooraan staan.'

Een paar mensen lachten en iemand riep: 'Anders ik wel!'

'Goed dan!' zei de burgemeester. 'Later meer toespraken! Laat het feest beginnen! Laten we er een avond van maken die ons nog lang zal heugen!'

Headley stapte van het podium af, waar hij door Valerie werd opgewacht, die hem bijpraatte over iets. Terwijl ze zich naar elkaar toe bogen wierpen ze om beurten blikken op Glover, die bij de liften stond.

'Wat denk je?' fluisterde Arla. 'Zal ik naar hem toe lopen? Dat ik mezelf aan hem voorstel en dan zijn reactie afwacht?'

Barbara aarzelde. 'Ik weet niet of het wel het goede moment is. Deze hele ávond is misschien wel niet het goede moment.'

'Ik dacht dat dat het plan was. Ik zou vanávond met hem praten. Waarschijnlijk krijg ik nooit meer de kans om zo dicht bij hem te zijn. Ik ben mijn baan kwijt, weet je nog?'

‘Ik weet het, ik weet het.’

De laatste vierentwintig uur waren overweldigend geweest. Misschien dat Barbara’s besluit om Arla haar tweede uitnodiging voor de opening te geven vertroebeld was door de emotionele doorbraak die ze samen hadden doorgemaakt. Een doorbraak die over *eerlijkheid* ging. Uren eerder, tijdens de meest emotionele momenten van hun relatie, had Barbara haar dochter alles willen geven waar ze maar om vroeg. Een uitnodiging voor het belangrijkste evenement in de stad? Natuurlijk, waarom niet?

Nu vroeg ze zich af of het wel zo’n goed idee was.

Had Arla het recht te weten wie haar vader was? Zeker. Had Arla er gelijk in dat ze hem wilde ontmoeten? Ook dat.

Maar hier? Nu?

De burgemeester had zich van Valerie losgemaakt en liep hun richting op.

‘Ik ga het doen,’ zei Arla.

Maar voordat Headley verder naderde werd hij onderschept door een oudere vrouw in een avondjurk tot aan haar enkels en genoeg juwelen om een Cartier-winkel mee te openen. ‘Richard!’ riep ze uit.

‘Margaret!’ zei hij en hij omhelsde haar.

Barbara herkende de vrouw. Margaret Cambridge. Tijdens haar zoektochten op internet was ze haar tegengekomen.

‘Hoe vind je het uitzicht?’ vroeg hij haar.

‘Een miljoen dollar waard,’ zei ze. ‘Nou, eigenlijk wel een miljard!’

Ze lachten beiden. De burgemeester omhelsde haar nog eens en liep toen door. Barbara voelde dat Arla in actie wilde komen. Ze legde een hand op haar arm. ‘Wacht, wacht even. Misschien dat we beter…’

‘Burgemeester Headley?’ zei Arla.

Te laat.

De burgemeester stopte en draaide zich naar haar toe.

‘Ja?’ zei hij en hij keek haar aan.

Arla deed een stap naar voren, zodat ze bijna tegen elkaar aan stonden. Het begon Barbara te duizelen.

Nee. Niet hier. Niet nu. Later. Meer privé.

Arla stak haar hand uit. De burgemeester schudde die, glimlachte en zei: ‘Leuk je te ontmoeten.’

Toen merkte hij Barbara op, die achter haar stond. Ze ving zijn blik en hij zei: 'Mevrouw Matheson.'

Barbara glimlachte zenuwachtig. 'Burgemeester.'

'Ik vroeg me af,' zei Arla, 'is er niet een plek waar we even privé zouden kunnen praten met elkaar?'

'Daar moet je Valerie Langdon voor hebben. Ze staat daar. In die blauwe jurk? Je kunt haar zeggen waar het over gaat en dan regelt ze wel iets.'

Arla's gezicht betrok. 'Het gaat niet over politiek. Dit is iets persoonlijks. U moet weten, mijn naam is Arla...'

Ze kreeg niet de kans om haar zin af te maken. En al had ze die wel gekregen, dan had Headley het niet kunnen horen.

De explosie was namelijk oorverdovend.

En daar bleef het niet bij.

Er volgde er nog een.

En nog een.

En nog een.

67

Bourque en Delgado toonden hun penning aan de beveiliging en betraden de lobby van Top of the Park. Bourque stopte en keek met open mond om zich heen.

'Ongelooflijk,' zei hij.

'Inderdaad,' zei Delgado. 'Maar we moeten die jongen vinden.'

Bourque benaderde een beveiliger, liet nog een keer zijn penning zien en zei hem dat ze op zoek waren naar Glover Headley, de zoon van de burgemeester. De man zei dat iedereen naar de bovenste etage was vertrokken voor het openingsfeest. Hij had de burgemeester in de lobby zien arriveren, maar hij wist niet hoe zijn zoon eruitzag.

'Laten we naar boven gaan,' zei Bourque tegen zijn partner.

Delgado en hij waren de enigen die voor de vijf liften stonden. Er stonden drie touchscreens op granieten zuiltjes tussen, waar KIES UW ETAGE op stond.

'Hoe werkt dit?' vroeg Bourque.

Delgado bestudeerde het. 'Nou, voor de drieënvijftigste etage typ je dus een vijf en een drie in...'

'Maar voor de top?'

'Wacht even... O, hier. OB, van "Observatorium".' Ze tikte op OB. Er verscheen een mededeling op het scherm: LIFT 2.

Er stonden cijfers boven de liften, boven de tweede van links stond een 2.

'Die moeten we hebben,' zei Delgado. Ze liepen erheen.

'Wat verwacht jij ervan?' vroeg Bourque zijn partner terwijl ze op de lift wachtten.

‘Ik weet het niet. Glover heeft ervoor gezorgd dat we hem vandaag nog niet te spreken hebben gekregen. Hij heeft de auto gebruikt waar Petrenko’s gesprekspartner in reed. Petrenko wordt dood gevonden. Wat denk jij?’

‘Als iemand alles wil weten over het manipuleren van een lift, dan is Petrenko de vent die je moet hebben.’

‘Ja,’ zei Delgado.

‘En als je dreigt dat je anders zijn familieleden iets zal aandoen, dan zal hij je waarschijnlijk wel helpen daarmee.’

Een zachte gongslag attendeerde hen erop dat hun lift was gearriveerd. De deuren gleden open en na een korte aarzeling stapten ze de cabine in.

Bourque zocht het paneel met de knoppen voor de etages en voelde even paniek opkomen toen hij niets kon vinden.

‘Ik heb het net al gedaan, weet je nog?’ zei Delgado. ‘Dus geen knoppen in de lift.’

‘Het is alsof je in een auto zonder stuur zit.’

‘Je hebt in elk geval geen last meer van vervelende jochies die de lift in rennen, alle knoppen indrukken en er dan weer uit springen.’

‘Ja, alsof ik me dáár nu zorgen over maak.’

De lift kwam in beweging en won langzaam aan snelheid, het was nauwelijks merkbaar. Bourque drukte zijn oor dicht. ‘Ik voel dat de druk verandert,’ zei hij terwijl hij wat spuug in zijn mond verzamelde om te kunnen slikken.

‘Ik voel het ook,’ zei Delgado, die ook een vinger tegen haar oor aan drukte. ‘Ik had kauwgom mee moeten nemen.’ Ze keek hem bezorgd aan. ‘Gaat het?’

‘Ja hoor.’

‘Want… Nou ja, dat weet je wel. Gaat het goed met je ademhaling?’

‘Ja hoor,’ zei hij nog eens. Deze keer klonk het wat minder overtuigd.

Na een stilte zei Bourque: ‘Denk je dat het hem zou kunnen zijn?’

‘Glover?’

‘Ja. Die assistent van de burgemeester zei dat hij een techneut was.’

‘Waarom zou de burgemeesters eigen kind besluiten om liften te saboteren en mensen te vermoorden?’

'Hopelijk kunnen we hem dat straks vragen,' zei hij.

Ze voelden dat de lift vaart minderde.

'Wauw, dat was snel,' zei Delgado. 'Zijn we er al?'

Bourque keek naar de digitale display boven de deuren waar je op kon zien op welke etage je was. 'Eh, nee. We zijn net voorbij de vijftigste. Eenenvijftig, tweeënvijftig...'

'Maar we gaan langzamer, ik kan het voelen. Terwijl we nog meer dan veertig etages moeten.'

Ze zwegen beiden en richtten hun aandacht op de beweging van de lift.

Bourque keek nog eens naar de display. 'Vijfenzestig. Hij stopt op de vijfenzestigste etage.'

Delgado keek naar de smalle stroken aluminium aan weerszijden van de deuren. 'En nu vraag ík me af waarom er verdomme geen knoppen zijn. Hoe kunnen we straks ooit verder naar het observatorium?'

'Geen idee,' zei Bourque.

'Misschien dat hij op je stem reageert.' Ze keek op naar het plafond, alsof er een God der Liften was die naar haar luisterde, en zei luid: 'Het observatorium!'

Er gebeurde niets.

'Misschien had je er "alstublieft" bij moeten zeggen.'

'Kom op!' riep ze. 'Actie!'

Er kwam geen beweging in de lift.

'Ik wil eruit,' zei Delgado.

'Anders ik wel.'

Hij drukte op de knop met twee driehoekjes die met hun basis naar elkaar toe stonden. De knop om de deuren te openen.

De deuren gingen niet open.

'Probeer het nog eens,' zei Delgado.

Hij drukte nog een paar keer hard op de knop voordat hij zijn partner vragend aankeek.

Ze wees op de alarmknop. 'Laten we die eens proberen.'

Delgado stak haar arm uit en wilde hem net indrukken toen de liftdeuren opeens opengleden en ze de uitgestorven hal voor zich zagen liggen.

'Nou,' zei Bourque terwijl hij Delgado aankeek. 'De lift lijkt ons uit te nodigen om te vertrekken.'

Ze aarzelde. 'Dan zouden we dus de rest naar boven moeten lópen.'

'Of naar benéden moeten lopen,' zei hij. 'Ik ga liever naar beneden dan naar boven als die liften een doelwit zijn.'

'Laten we er in elk geval uit gaan,' zei Delgado, die de hal in stapte.

Bourque volgde haar.

Net toen hij eruit was hoorde hij de lift bewegen. Ze draaiden zich allebei om en zagen de cabine met open deuren langzaam naar beneden zakken.

'Jezus,' zei Delgado.

Ze keken recht in het gat van de schacht toen de lift was verdwenen en deden een stap achteruit.

'Wat gebeurt er allemaal in godsnaam?' zei Bourque.

Binnen een paar seconden gleden de meest linkse liftdeuren open, daarna die ernaast, toen de volgende en tot slot de laatste twee deuren.

Alle vijf paren deuren waren open, maar alle cabines waren verdwenen.

Ze zagen vijf liftschachten.

En keken er een moment lang sprakeloos naar.

Delgado kroop naar een van de schachten en tuurde over de rand. 'Nou, als ik hier nu in donder, hoef ik in elk geval geen druppel zweet meer te verspillen.'

Druppel.

'Al die trappen die we nog op moeten... Goed, wat nu?' vroeg ze. 'Jerry?'

Druppels.

'Hier ben ik, laat me even nadenken.'

Ze zwegen allebei.

'Wacht,' zei Delgado. 'Wat is dat geluid?'

'Wat?'

'Stil, luister.'

Ze luisterden. Delgado draaide zich langzaam om en keek Bourque aan. 'Jij bent het.'

Het was zijn piepende ademhaling. Hij legde een hand op zijn borst. 'O, shit,' zei hij. 'Shit, shit.'

'Praat tegen me.'

'Het is... weer naar boven gekomen.'

‘Kun je ademhalen?’

‘Nog wel.’

‘Heb je dat ding bij je?’

Hij knikte en klopte op de binnenzak van zijn jack. Hij haalde de inhaler tevoorschijn en wipte de dop eraf. ‘Eén haal is genoeg. Misschien twee.’

Delgado knikte meelevend. ‘Natuurlijk. Ga je gang.’

Net toen hij het apparaatje aan zijn mond wilde zetten klonk er een explosie.

De eerste knal, die vanaf een hogere etage moest komen, werd snel door drie andere gevolgd, allemaal krachtig genoeg om een lichte trilling door het gebouw te laten gaan.

De geschrokken Bourque liet al bij de eerste explosie de inhaler uit zijn vingers glippen, daar had hij de volgende drie niet voor nodig.

Hij viel op de neus van zijn schoen, stuiterde over de marmeren vloer en verdween in het gat van de middelste lift.

Hij schoot instinctief naar voren, in een poging de inhaler te pakken.

‘Jerry!’ gilde Delgado.

Ze wilde hem tegenhouden, maar hij was al in beweging. Hij was echter niet snel genoeg, want toen hij bij het gat was, een arm om de muur had geslagen en de schacht in tuurde, was zijn inhaler al voorbij de dertigste etage.

68

Barbara greep Arla instinctief vast en beschermde haar met haar lichaam. Ze wilde wegrennen, maar met al het geschreeuw om haar heen wist ze niet waarnaartoe.

De vier knallen – BOEM! BOEM! BOEM! BOEM! – leken overal vandaan te zijn gekomen. Veel van de chic geklede gasten huilden, anderen keken met van paniek vervulde gezichten om zich heen.

Toen het geschreeuw afnam liep Headley naar het provisorische podium, stapte erop en ging bij de microfoon staan. 'Bewaar je kalmte, iedereen!' riep hij. 'Blijf rustig!'

Dat was een zware opdracht, aangezien nu ook nog de scherpe geuren van rook en zwavel door de lucht sneden.

Sommige gasten waren naar de liften gelopen en drukten op de digitale display de L van 'Lobby' in.

'We moeten hier weg!' riep een man uitzinnig.

'De trappen!' gilde een vrouw.

Dat veroorzaakte een kleine stormloop. Gasten volgden de bordjes met EXIT erop, waar zich vier trappenhuizen achter bevonden met trappen die hen, uiteindelijk, naar de begane grond zouden brengen.

'Wat is er aan de hand?' vroeg Arla aan haar moeder.

'Ik weet het niet,' zei Barbara, die haar arm nog steeds beschermend om haar dochters schouders hield.

Ze keek rond in het observatorium. Veel van de gasten hielden elkaar vast om steun aan elkaar te hebben. Velen hadden hun telefoon gepakt, en Barbara hoorde hoe ze op opgewonden toon verschillende 911-telefonisten vertelden wat er gebeurd was. 'Ik denk,' zei ze, 'dat we hier weg moeten zien te komen.'

Arla knikte. 'Oké. Er staan al mensen op de liften te wachten.'

'Ja,' zei Barbara behoedzaam, 'maar ik weet niet zo zeker of ik wel in die rij zou willen staan.'

'*Jezus!*' De schrille uitroep klonk vanuit een van de trappenhuizen.

'Blijf hier,' zei Barbara, die Arla losliet en zich tussen de gasten door naar de trappen haastte. Arla deed niet wat Barbara haar had opgedragen, maar volgde haar moeder, die zich langs een groepje wrong dat bij de openstaande deur van het trappenhuis stond.

Er was een gedeelte van de eerste trap verdwenen.

Tussen elke etage zaten zo'n veertig treden van beton en staal, met halverwege een overloop, waarna de trap in de tegenovergestelde richting verder omlaag liep. Waar iedereen tussen de rook en het stof door naar keek was een gat dat na zeven treden begon. Er ontbraken vier treden, de brokstukken ervan lagen op de trap eronder.

Vier trappenhuizen, dacht Barbara. Vier explosies.

Toen ze zich omdraaide keek ze recht in het gezicht van haar dochter.

'Hoe erg is het?' fluisterde Arla.

'Erg,' zei Barbara terwijl ze terugliepen. 'Laten we maar hopen dat de liften werken.'

Ze geloofde geen moment dat dat het geval zou zijn.

Maar Barbara en Arla liepen er toch heen. Ze hoorden andere gasten in luide, geschrokken bewoordingen zeggen dat de andere drie trappen op dezelfde wijze waren gesaboteerd. Headley verzocht nog steeds om kalmte, maar hij kwam nauwelijks boven het tumult uit.

Het gongachtige geluid van de liften deed iedereen verstijven.

Er sprongen lichten bij de vijf deuren aan.

'Godzijdank!' riep een vrouw.

Barbara hoorde een vrouw die naast haar stond haar man geruststellen, die over zijn hele lichaam trilde. 'Het komt goed, Edmund,' zei ze. 'Het komt goed. De liften zijn er.'

De vijf paren liftdeuren gleden open, maar er bevonden zich geen cabines achter.

De gasten stonden oog in oog met vijf liftschachten van meer dan tweehonderd meter diep. De hoopvolle gasten die vooraan stonden deinsden achteruit. Een dappere vrouw in een glinsterende, zilverkleurige avondjurk kroop op haar buik naar de rand en tuurde naar beneden. 'Mijn god,' fluisterde ze. 'Je kunt de bodem niet eens zien.'

'Wie doet dit allemaal?' schreeuwde een man. 'Wat willen ze? Hoe komen we hier weg?'

'Luister, iedereen!'

Coughlin stond weer bij de microfoon, zijn gezicht was een masker van angst. 'Iedereen, alsjeblieft!'

De menigte verstomde langzaam, alle ogen waren op de projectontwikkelaar gericht.

'Oké, ik begrijp dat iedereen van de kaart is, maar ik heb al contact gehad met het onderhoudsmanagement en er is me verzekerd dat dit niet meer is dan een storing die...'

Hij kon zijn zin niet afmaken omdat hij door doodsbange gasten werd overschreeuwd.

'Er zijn explosies geweest!'

'Hoe komen we naar beneden?'

'Wie heeft dit gedaan?'

'Waarom is dit feest niet geannuleerd? Wat dacht je wel niet?'

Deze vraag bracht Coughlin ertoe zijn hand op te heffen om iedereen tot zwijgen te brengen. Hij draaide zich om en keek Headley aan. 'Misschien dat de burgemeester deze vraag wil beantwoorden.'

Een bezorgde Headley naderde de microfoon. 'Mensen, mensen. Luister.'

'Ssst!' zeiden enkele gasten die bang waren dat ze de burgemeester niet zouden horen.

'Dank jullie wel,' zei hij. 'Jullie moeten weten dat ik persoonlijk een van mijn beste mensen heb aangewezen om de supervisie te hebben over een grondige inspectie van alle liften in dit gebouw door gekwalificeerde liftmonteurs. Daar kwam uit dat ze alle vijf in prima staat verkeerden. Ik heb me gebaseerd op het resultaat van deze inspectie toen ik toestemming heb gegeven om deze liften weer in werking te stellen. Er was me gezegd dat er niets kon gebeuren. Waar is Chris? Chris Vallins?'

Barbara's blik schoot door de ruimte om hem te vinden. Uiteindelijk zag ze hem, hij stond vlak bij het open gat van de middelste lift. Naast hem stond Glover Headley.

Vallins stak zijn hand op. 'Hier.'

Net als iedereen in de zaal draaide Glover zich om en keek hem giftig aan. Dit is dus jóúw fout, leek men te denken.

'Wat had je gevonden?' vroeg Headley.

'Gevonden? Niets.'

'En je was hier dus gisteren?'

Vallins knikte. 'Dat klopt, burgemeester. En ook nog vandaag.'

Glover schudde zijn hoofd. Zijn blik ging van Chris naar zijn vader en hij zei: 'Ja hoor, pa neemt altijd de béste mensen.'

Het werd stil in het observatorium.

'Eh, dank je, Glover,' zei Headley. 'Maar wat ik wilde zeggen, dit gebouw is dus zéér recentelijk geïnspecteerd en...'

'... toch zitten we hier in de val, boven in dit monsterlijke gebouw,' zei Glover. 'En dat is allemaal onder jouw verantwoordelijkheid gebeurd.'

Valerie liep snel door de ruimte naar de zoon van de burgemeester toe. 'Dit is niet het moment,' zei ze zo zacht mogelijk, zodat slechts enkelen het konden horen.

Maar Glover liet zich niet weerhouden, zelfs niet toen ook Vallins dichter bij hem kwam staan. 'Trouwens, is er hier iemand die een vacature voor me heeft? Voor het geval jullie het nog niet weten, ik ben niet meer in dienst bij de burgemeester van New York City.'

Er steeg een gemompel op uit de menigte. Barbara voelde een groeiende onrust, alsof Glovers uitbarsting iets met hun huidige situatie te maken moest hebben.

'Vertel me eens, zoon,' zei Headley. 'Waarom had je afgesproken om die man te ontmoeten?'

'Welke man?' zei Glover.

'Die liftmonteur. Weken geleden.'

Iedereen hield nu zijn adem in.

'Daar weet ik helemaal niets van,' zei zijn zoon. 'Hoe vaak moet ik je dat nog zeggen?'

Headleys blik gleed langs de gasten tot hij Barbara zag. 'Jij probeerde het me te vertellen,' zei hij tegen haar. 'Dat het iets persoonlijks was. Ik wist alleen niet hóé persoonlijk.'

Barbara wist niet wat ze moest zeggen. Dit leek niet het goede moment om haar gelijk te halen.

En zelfs al had ze met een gepast antwoord willen komen, iemand anders was haar voor.

'Het ís persoonlijk.'

Het was Chris Vallins die sprak.

Hij stond één stap van Glover af en keek hem aan terwijl hij sprak.

'Iemand in deze ruimte verwijt de burgemeester de behandeling van zijn moeder. Hoe hij haar negeerde. Hoe haar lot hem geen zak kon schelen.' Vallins keek nu de burgemeester recht in de ogen. 'En die persoon ben ik,' zei hij. 'Burgemeester, u hebt mijn moeder vermoord.'

Nu snakte iedereen naar adem. Er klonk gefluister. Men vroeg zich af wat er hier in godsnaam aan de hand was.

Ook Glover. Hij keek Vallins aan en zei: 'Jij hebt die auto onder mijn naam gebruikt die dag.'

Vallins knikte. 'Het is allemaal vanwege de zonden van je vader. Sorry.'

En toen zette hij zijn vlakke hand tegen Glover Headleys borst en duwde hem met één beweging de liftschacht in.

69

Mam? Mam? Zeg iets, mam. Ga alsjeblieft niet dood. Mam? Mam. Open je ogen. Kijk me aan. Mam. Mam! Ik hou van je, mam. Ik hou van je. O, mam. Nee nee nee nee nee.

Chris denkt dat ze dood is, maar terwijl ze op de vloer van hun kleine appartement ligt opent ze haar ogen weer.

'Ik heb... Ik heb je vader nodig.'

Dit lijkt hem niet het moment om te zeggen dat zijn vader – haar man – dood is, en dat al een hele tijd.

Hij zit op zijn knieën naast haar en streelt haar voorhoofd. 'Ik ga een ambulance bellen,' zegt hij.

Hij springt op, loopt naar de telefoon en belt 911. Hij vertelt de telefonist snel hun adres in The Bronx, dat hij denkt dat zijn moeder een hartaanval heeft gehad, dat ze al weken over pijn in haar borst klaagt, dat ze net zes trappen heeft moeten beklimmen met volle boodschappentassen en dat ze snel moeten komen.

'Ze komen eraan,' zegt hij tegen zijn moeder terwijl de tranen over zijn wangen stromen. 'Het zal goed komen met je. Hou vol, de ambulance komt zo. Oké? Mam? Mam? Zeg iets. Zeg alsjeblieft iets.'

Ze maakt een laag, kreunend geluid.

'Ik ben even weg nu. Ik ren naar beneden en wacht tot de ambulance er is, dan kan ik ze laten zien waar ze moeten zijn.'

Chris stormt de kamer uit, loopt door het halletje langs de lift, waar met inmiddels vergeeld plakband een briefje met DEFECT *op is geplakt. Hij vliegt vanaf de zesde etage de trappen af, en als hij de woonkazerne uit rent komt de ambulance net de hoek om gescheurd.*

Chris komt tussen twee geparkeerde auto's tevoorschijn en zwaait met zijn armen in de lucht. De ambulance komt met piepende remmen tot stilstand en twee ambulante verpleegkundigen – een man en een vrouw – springen eruit.

'Deze kant op!' zegt Chris.

Maar ze willen eerst nog snel een bevestiging. 'Maude Vallins?'

'Ja! Nummer 703! Schiet op! Ze ademt nog!'

Ze pakken hun apparatuur en haasten zich achter de jongen aan. Als hij naar de deur van het trappenhuis loopt, zegt de vrouw: 'Waar ga je heen?' Ze wijst naar de twee liften in de hal. Ze heeft de briefjes met DEFECT *op de deuren nog niet gezien.*

'Ze doen het niet!' roept hij.

'Shit,' zegt de man.

Chris neemt de trappen met twee treden tegelijk, hij bereikt de zesde etage meer dan een minuut eerder dan zij. De twee verpleegkundigen verschijnen buiten adem in het halletje, het zweet loopt langs hun slapen. Chris staat bij de deur van het appartement en gebaart ze binnen te komen.

Als de twee bij zijn moeder neerknielen, praat Chris aan één stuk door. 'De dokter zegt altijd dat ze een slecht hart heeft en het is echt zwaar voor haar om al die trappen te beklimmen en ik zei haar dat ik de boodschappen wel zou doen, die hoef je niet te doen, of als je het wel doet, dan kan ik ze naar boven dragen, weet je, want het is te zwaar voor je, maar ze zegt altijd dat ze het wel aankan, dat het mijn taak niet is, dat het mijn taak is om naar school te gaan, maar ik kan het toch na school doen, en dan zegt ze nee, en ik heb met die man gepraat, die man die voor de huur komt, en ik vroeg hem of hij alsjeblieft de liften wilde repareren, dat de trappen te zwaar zijn voor mijn moeder, dat ze op een dag een verschrikkelijke hartaanval zal krijgen, maar hij is een enorme klootzak en ik zei tegen mijn moeder dat ze de huur niet meer moest betalen tot hij ze had laten repareren, maar ze zei dat ze dat niet kon doen omdat...'

De vrouw staat op, draait zich om en vraagt: 'Hoe heet je, jongen?'

'Christopher.'

Ze knikt in de richting van de hal.

'Ik kan mijn moeder niet alleen laten,' zegt hij.

'We moeten even praten, Christopher.'

Als ze in de hal zijn leidt ze hem een paar stappen weg van de open voordeur. 'Heb je familie? Broers, zussen? Waar is je vader?'

'Ik ben alleen met mijn moeder. Mijn vader is dood. Ik heb geen broers of zussen.'

Er valt iets triests over het gezicht van de vrouw. 'Ooms? Tantes?'

Hij knikt. 'Fran. De zus van mijn moeder. Ze woont in Albany.'

'Heb je een telefoonnummer van haar?'

'Gaat mijn moeder nu naar het ziekenhuis?'

De vrouw slikt. 'Hoe oud ben je, Chris?'

'Twaalf.'

'We brengen je moeder niet naar het ziekenhuis, Christopher. Als we hier nu iets eerder hadden kunnen zijn...'

'Als de lift bijvoorbeeld werkte.'

'Dat zullen we nooit weten,' zegt de vrouw. 'We gaan je tante bellen, je moet haar zeggen dat...'

Ze draait zich om. De deur van het trappenhuis wordt geopend en weer gesloten. Een jonge man van in de twintig, in een pak met stropdas, loopt op hen af.

'Wat is er aan de hand?' vraagt hij op een toon die gewend is antwoorden te krijgen.

'Dat is hem,' fluistert Chris.

'Wie?' vroeg de vrouw.

'Die klootzak.'

De man staat oog in oog met de ambulante verpleegkundige. 'Ik zei, wat is hier aan de hand?'

'Een noodoproep. Hartaanval. Wie bent u?'

'Richard Headley,' zegt hij. 'Dit gebouw is in het bezit van mijn vader, net als vele andere. Ik ben de beheerder van dit pand.'

'Woont u hier ook?' vraagt de vrouw.

Headley trekt een gezicht alsof hij voor de gek wordt gehouden. 'Echt niet. Ik kom hier twee keer per maand. Voor onderhoud en de huur.'

'Mijn moeder is dood,' zegt Chris.

Headley werpt een blik op de jongen, hij had hem nog niet eerder opge-

merkt. 'Het spijt me dat te horen, jongen.'

'Als ze hier eerder waren geweest,' zegt Chris, die zijn tranen inhoudt, 'dan hadden ze haar kunnen redden. Als u die liften had gerepareerd. Al die trappen af en op hebben voor haar dood gezorgd. Het is uw schuld.'

Headley buigt zich voorover, zodat hij de jongen in de ogen kan kijken. 'Er is één ding dat je zult leren als je ouder wordt, en dat is dat je anderen niet de schuld kan geven van je problemen. Als het je moeder hier niet beviel, had ze moeten verhuizen.'

Hij geeft de jongen een schouderklopje en richt zich weer op. Maar hij is nog niet klaar met zijn levenslessen voor de gebroken jongen van twaalf.

'We hebben allemaal onze tegenslagen, maar we moeten verder. Als je iets wil in het leven, dan ga je ervoor; hoe moeilijk het ook is, of hoe lang het ook zal duren.'

Het zijn woorden die Chris zich altijd zal blijven herinneren.

70

De burgemeester schreeuwde, het was een rauwe kreet vol pijn, verdriet en verbijstering. 'Glover!'

De naam echode na in de glazen ruimte. De gasten waren verlamd van afgrijzen, het was alsof ze een korte, collectieve hartaanval hadden gekregen en nog niet konden accepteren wat er was gebeurd. Ze konden het niet bevatten. Het ene moment was Glover er nog, het volgende moment was hij verdwenen.

De zoon van de burgemeester had eigenlijk niet de kans gehad om zelf een kreet te slaken, en zijn val in de schacht duurde zo lang dat niemand iets hoorde toen hij de bodem raakte.

Headley wrong zich met een wilde, moordzuchtige blik in zijn ogen langs de gasten om Vallins te bereiken. Maar Vallins had opeens een pistool in zijn hand, dat hij recht op de burgemeester richtte.

'Stop, Richard,' zei hij. Volledig kalm, volledig koud.

Headley stopte en stond nu vlak bij Barbara. Nog geen seconde eerder had hij eruitgezien alsof hij Vallins wilde vermoorden, maar nu werd hij overweldigd door de omvang en de gruwelijkheid van wat er net gebeurd was. De burgemeester stond op het punt om in tranen uit te barsten, maar hij was te verbijsterd, te overweldigd om ook werkelijk te huilen.

'Toe maar, gooi het er maar uit,' zei Vallins, die zijn pistool op Headley gericht hield terwijl hij neerhurkte en met zijn vrije hand iets uit een open rugzakje pakte dat tegen het stukje muur tussen twee liften lag. Hij kwam langzaam omhoog, zwaaide de rugzak over zijn schouder en hield het pistool in zijn andere hand vast.

Er verscheen een traan in Headleys rechteroog, hij liep over zijn wang naar beneden terwijl hij Vallins verbijsterd aanstaarde.

'Het doet pijn, hè?' zei Chris. 'Het doet ontzettend veel pijn.'

'Waarom... Waarom heb je...'

'Je weet het echt niet meer, hè? Je hebt geen idee.'

'Ik... Ik weet niet... Ik weet niet wat...'

'Ik zal je een hint geven. Een twaalfjarige jongen. Zijn moeder dood aan een hartaanval. Je gaf geen cent uit aan dat gebouw. De verwarming deed het de helft van de tijd niet. Er kwam troebel water uit de kranen. Muizen, ratten en kakkerlakken. Lekken in het plafond vanwege het slechte sanitair van de bovenliggende etages. Maar het belangrijkste, die kloteliften waren kapot. Alles wat je er ooit aan had vervangen waren de briefjes met DEFECT erop. Jij hebt haar vermoord, Richard.'

Er begon iets te dagen in Headleys blik.

'Vallins...' fluisterde hij. 'Je moeder heette... Maude.'

'Ik vroeg me af of je de naam herkende toen je me aannam.' Chris glimlachte. 'Maar het was zo lang geleden, en je hebt me er nooit naar gevraagd.'

'Het... Het spijt me,' zei de burgemeester. 'Maar... Glover... Je had hem niet hoeven te...'

'Ik had niets hóéven te doen,' zei Chris, die het rugzakje voor zijn borst schoof zodat hij erin kon kijken. 'Ik hóéfde niet te klooien met de lift in het gebouw van je goeie vriend Morris Lansing. Ik hóéfde niet te spelen met de lift in de Sycamores, waarin een van je grootste donateurs woont. Ik zag Margaret vanavond nog hier. En ik hóéfde niet te rotzooien met de lift in het Gormley Building, waar je ouwe maatje Arnett Steel woont. Maar ik had er gewoon zin in. Ik wilde een boodschap overbrengen aan degenen die jou hebben geholpen. Een boodschap die jij nooit hebt overgebracht. Ik wilde een boodschap overbrengen aan de mensen die je in een positie hebben geholpen die je niet hebt verdiend.'

Maar niet de taxi-explosie, dacht Barbara. Die past niet in het rijtje. Dat heeft hij nooit gedaan.

Vallins keek in het rugzakje en glimlachte. 'Goed, daar gaan we dan.'

Hij haalde er een apparaat uit dat eruitzag als een overmaatse afstandsbediening. Barbara moest terugdenken aan die ene persconferentie, toen die man van de gemeente zei dat er apparaten waren, precies als deze, waarmee iemand de controle over een lift in een willekeurig gebouw kon overnemen. Hij liet het rugzakje op de vloer vallen.

'Kijk,' zei Chris, en hij hield het apparaat op ooghoogte zodat iedereen het kon zien, 'dit is mijn kleine vriend, en jullie enige redding om hier weg te komen. Met dit kastje kan ik de liften weer normaal laten werken. En dan kunnen jullie allemaal veilig naar huis. Denk er vooral niet aan om me te fokken, of om me te verrassen, want dan gooi ik het zo in de schacht. Is dat duidelijk?'

Sommige gasten knikten instemmend.

'Mooi zo. Maar er is een *maar*. Een groot *maar*.'

'Alsjeblieft,' zei Headley. 'Doe deze mensen niets aan. Wil je me ook in dat gat gooien? Net als mijn zoon? Oké. Ik spring er zo in als je hen laat gaan.'

'Wat we gaan doen is...' zei Vallins, 'ik laat jóú gaan.'

'Wat?' zei Headley schor.

'Je hebt me goed gehoord. Ik laat een lift hierheen komen, en daar stap jij in. En ik stuur hem veilig terug naar de begane grond.'

'Ik begrijp het niet. Waarom zou je me...'

Vallins stak de wijsvinger op van de hand die het pistool vasthield. 'Laat me uitpraten.'

De burgemeester zweeg.

'Je stapt in de lobby uit en ik laat de lift weer omhoogkomen. Je neemt de trappen en voegt je weer bij ons.'

'Ik... Wat?'

Vallins glimlachte en knikte. 'Je gaat hiernaartoe teruglopen. Nou ja, bijna.' Hij zweeg even. 'Ik ben benieuwd hoe je het ervan af gaat brengen. Je bent in een behoorlijk goede conditie voor iemand van jouw leeftijd, hoewel ik niet weet hoe vaak je de trappen naar de top van een wolkenkrabber neemt. En we gaan het interessant maken, er komt een tijdslimiet op. Ik ga je twintig minuten geven.'

'Twintig...'

'Dat lijkt me meer dan genoeg. Toen ze een wedstrijd hielden om naar de top van de Freedom Tower te lopen waren er mensen die onder de vijftien zaten. Dus ik ben zeer coulant. Maar de klok begint al te tikken zodra je in de lift bent gestapt.'

'Dit is… En wat als ik te laat ben?'

'Je hebt de vier explosies gehoord die de trappen onklaar hebben gemaakt. Er is nog een vijfde bom, en die zal zo'n beetje het complete dak eraf blazen. Iedereen hier zal sterven, ik ook. Dus dat zal er gebeuren als je besluit te vluchten en niet terug te komen.'

De burgemeester was sprakeloos.

Barbara boog zich naar hem toe, zodat ze dichtbij genoeg was om hem iets toe te fluisteren. 'Je moet het doen.'

Richard Headleys ogen keken in de hare. 'Sorry,' zei hij. 'Voor alles.'

Barbara had het gevoel dat het observatorium begon te draaien.

Toen keek de burgemeester Arla aan. Hij nam haar handen in de zijne en kneep erin. 'Wat ben je een prachtige jonge vrouw geworden. Ik heb alleen niet veel tijd gehad om trots op je te kunnen zijn.'

Arla leek elk moment te kunnen flauwvallen. 'Dank u,' fluisterde ze.

'Genoeg tijd verspild,' zei Vallins.

Headley liet Arla's handen los.

Vallins keek naar Barbara en zei: 'Doe me een plezier en zet de timer van je telefoon op twintig minuten.'

'Oké,' zei ze met gespeelde kalmte. Ze nam de telefoon uit haar handtas. Op dat moment klonk er een *ping*. Ze had een e-mail gekregen.

'Die zal van mij zijn,' zei Vallins. 'Ik heb hem met vertraging gezonden. Je kunt hem later lezen, als je daar de kans toe krijgt. Is de timer al ingesteld?'

Ze toetste het getal in en zei: 'Klaar.'

'Hou je telefoon op zodat ik het kan zien.' Barbara deed wat haar werd opgedragen. Vallins keek de burgemeester aan. 'En jij? Klaar om te gaan?'

Headley slikte en zei: 'Ik ben klaar.'

'We zitten hier op de achtennegentigste etage, bel me als je de zevenennegentigste hebt bereikt.' Vallins glimlachte. 'Je hebt mijn nummer. Ik zal een lift sturen om je naar het observatorium terug te brengen.'

Headley knikte ten teken dat hij het had begrepen. Hij voelde in zijn binnenzak om er zeker van te zijn dat hij zijn telefoon bij zich had. Hij haalde hem eruit, zocht Vallins' nummer op en stak de telefoon weer terug.

Vallins, die zijn pistool op Headley gericht hield, toetste met zijn duim enkele commando's in de afstandsbediening van de lift. Even later verscheen er een cabine. Met een zwierig gebaar nodigde Chris de burgemeester uit in te stappen.

Headley liep naar voren, stapte in de lift en draaide zich om. Hij keek de menigte aan, zijn kin trilde.

Vallins gaf een volgend commando en de deuren gleden dicht. Toen keek hij Barbara aan en zei: 'Nu.'

Ze toetste op de startknop van de timer in en hield haar telefoon op om het Vallins te laten zien.

Hij glimlachte. 'En nu niet "Pause" indrukken, want dan word ik heel boos.'

'Oké.'

'We hebben wat tijd met elkaar voordat Richard er weer is,' riep hij tegen de gasten. 'Vermaak je en geniet van het lekkere eten.' Hij perste zijn lippen op elkaar. 'Nu we het er toch over hebben; als iemand zo vriendelijk zou willen zijn, ik heb wel trek in zo'n gamba.'

71

Jerry Bourque had zijn handen op zijn knieën geplaatst en boog voorzichtig voorover om in de schacht te kijken waar zijn inhaler net in was verdwenen.

'Shit,' zei hij. Maar toen strekte hij zijn nek en keek omhoog in plaats van naar beneden. 'Wat was dát in godsnaam?'

'Ik heb vier explosies gehoord,' zei Delgado, die achter hem stond en haar hand even bemoedigend op zijn rug legde. Ze voelde hoe die synchroon met zijn piepende ademhaling rees en daalde.

Ze wierp een blik op de vier voordeuren die op de hal uitkwamen. 'Ongelooflijk dat er niemand naar buiten komt om te kijken wat er aan de hand is.'

Bourque richtte zich weer op en zei: 'Ik heb ergens gelezen dat de bewoners er pas na de officiële opening konden intrekken. En als iemand dat al heeft gedaan, dan is hij waarschijnlijk op het feest. Ik denk dat het gebouw op het observatorium na leeg is.'

Ze schudde langzaam haar hoofd. 'Er zullen mensen zijn die hun geld terug willen hebben.' Ze haalde haar telefoon uit haar handtas en toetste iets in. 'U spreekt met rechercheur Lois Delgado, ik ben hier met rechercheur Jerry Bourque. We bevinden ons op de vijfenzestigste etage van Top of the Park. De liften zijn gesaboteerd en we hebben explosies gehoord die vanuit het observatorium leken te komen. Stuur alles wat je hebt hierheen.' Ze luisterde naar de persoon aan de andere kant van de lijn, zei 'Begrepen,' en hing op.

'Wat?'

'Ze weten het al. Het heeft telefoontjes geregend bij 911. Maar hoe gaat het nu? Je klinkt als een fluitketel.'

Hij ademde een paar keer diep in en hoorde hoe moeizaam de zuurstof door zijn luchtpijp ging.

'Het gaat wel. Kom op, we moeten naar boven.'

Delgado schudde resoluut haar hoofd. 'Nee, geen sprake van. Het is nog meer dan dertig etages. Jij neemt de trap naar beneden, ik ga naar boven.'

'Je gaat niet alleen naar boven. God mag weten wat daar is gebeurd.'

'Het wordt je dood als je al die trappen op moet.'

'Nee,' zei hij tussen twee piepen door. 'Het lukt me wel.'

'Er komen hulptroepen. Je hoeft niet...'

'Ja, maar wij hebben meer dan zestig etages voorsprong op hen.' Hij legde een hand op zijn partners schouder. 'Het zit in mijn hoofd. Er is...' hij stopte om weer diep in te ademen, '... eigenlijk niets mis met me. Ik moet... Ik moet me alleen maar even focussen, en dan krijg ik wel weer genoeg lucht.'

'Nee, je moet...'

'Vraag me iets,' zei hij.

'Wat?'

'Verzin maar een categorie.'

'Ik weet niet waar je het in godsnaam over hebt.'

'Het is een truc die mijn huisarts me heeft geleerd. Ik moet aan iets anders proberen te denken, niet aan mijn ademhaling. Me op een onderwerp concentreren, zoals de hoogste gebouwen in de stad, bijvoorbeeld – hoewel dat op dit moment niet zo'n goede keuze is. Maar, je weet wel, zoiets als vijf films van Steven Spielberg. Noem alle verschillende *Star Trek*-episodes, of noem de jaren waarin de Yankees de World Series hebben gewonnen, of...'

'Ik heb er een,' zei ze.

Bourque keek op. 'Oké. Mooi. Kom maar op.'

'Noem vijf films met Ryan Gosling.'

Zijn mondhoek krulde op. 'Da's een goeie.'

Piep.

'Oké. Eh, de opvolger van *Blade Runner*, hoe die ook mag heten.'

'Dat is een.' Ze stak één vinger op.

'En *La La Land*,' zei hij.

Piep.

'Dat is twee. Nog drie te gaan.'

'Eh… die ene waarin hij in die auto reed.'

'Ik wil een titel hebben,' zei Delgado. 'En ik heb al door de vingers gezien dat je die van de opvolger van *Blade Runner* niet wist. Maar van deze wil ik de titel hebben.'

Bourque sloot even zijn ogen. 'O, wacht, natuurlijk, *Drive*.'

'Dat is drie.'

'Oké,' zei hij.

Piep.

'Dan die ene waarin hij die komische rechercheur speelt, met Russell Crowe. *Good Guys*, nee, *The Nice Guys*.'

'Heel goed,' zei Delgado. 'Nog één.'

'God, dat valt niet mee. Misschien als ik elke nacht van hem droomde, zoals jij, dat ik dan…'

'Geen uitvluchten.'

'O!' zei hij terwijl hij met zijn vingers knipte. 'Die grappige superheld. *Deadpool*.'

Piep.

'Sorry,' zei ze. 'Maar dat was Ryan Reynolds.'

'Is dat niet dezelfde acteur dan?'

Ze keek meelevend. 'Je kunt nog steeds geen adem krijgen. Ik kan het horen. Het klinkt alsof het alleen maar slechter wordt. Jerry, hoe erg kan dit worden? Zonder je inhaler?'

'Erg,' zei hij. Hij was met zijn rug tegen het stukje muur tussen twee liftschachten gaan zitten.

'We moeten hulp voor je gaan halen. We hebben hier een ambulanceteam nodig.'

'Dat duurt te lang,' zei hij piepend. 'We zitten te hoog.'

'Shit, wat kunnen we doen? Heb je mond-op-mondbeademing nodig?'

Hij had nog net genoeg lucht om te grinniken. 'Dat klinkt heerlijk, maar ik denk niet dat het veel zal helpen.'

'Er moet iets zijn. Luister, ik wil je hier niet achterlaten, maar ik moet naar boven. Als je niet beweegt, als je je niet inspant, kun je dan genoeg lucht krijgen? Zodat je verdomme niet de pijp uit gaat in deze…'

Ze hoorden een schreeuw.

Hij kwam uit een van de liftschachten.

Toen Bourque zijn hoofd omdraaide was hij net op tijd om te zien hoe een man in smoking in de schacht hem passeerde.

De man viel naar beneden. En het ging razendsnel.

Bourque en Delgado hapten naar adem, en staarden enkele seconden naar de schacht waar de man zonet in een fractie van een seconde voorbij was gekomen. Als ze met hun ogen hadden geknipperd, hadden ze hem gemist.

Samen bewogen ze zich voorzichtig naar het gat toe om over de rand te kijken, Delgado stond en Bourque was op handen en voeten. Lois keek omhoog, alsof ze zich ervan wilde vergewissen of er niet nog meer gasten naar beneden stortten.

Ze bewogen zich weer achteruit en keken elkaar aan; ze haalden diep adem en probeerden kalm te worden.

'Hé,' zei Delgado.

'Wat?'

'Luister.'

Dat hebben we net toch al gedaan? dacht Bourque. Hij hield zijn hoofd scheef en hief zijn kin, alsof hij zijn oor in de wind legde. 'Ik hoor niets.'

'Ik ook niet.'

Hij keek haar verward aan, toen drong het tot hem door. 'Het piepen.' Hij haalde een paar keer diep adem, er klonken geen bijgeluiden meer. 'Jezus.'

Wat had zijn dokter hem ook alweer gezegd? Dat een plotselinge shock de psychosomatische aandoening kon opheffen? Om er helemaal zeker van te zijn haalde hij nog zes keer diep adem, maar er waren geen verkrampingen in zijn luchtwegen meer.

'Ik weet waar de trappen zijn,' zei hij. 'Ik heb het boek thuis.'

72

Toen de liftdeuren opengleden bij de lobby van Top of the Park stond een menigte Richard Headley op te wachten. Hij was omringd door agenten, brandweerlieden en ambulancepersoneel.

'Uit de weg!' riep hij. 'Ga uit de weg!'

Terwijl sommige hulpverleners ruimte voor hem maakten, stapten anderen de lift in.

'Nee!' zei hij. 'Hij heeft die lift onder controle! Je gaat je dood tegemoet als je die lift in stapt!'

Toen niemand zich meer in de lift bevond, sloten de deuren zich en ging hij terug omhoog.

Headley lette er al niet meer op, hij was op zoek naar de deur van het trappenhuis.

'Burgemeester.' De stem van een vrouw. Hij negeerde het en zag een bordje met een pijl en het symbool van een trap.

'Burgemeester!' De toon was scherper deze keer, maar hij reageerde nog steeds niet en maakte aanstalten de pijl te volgen.

'Richard.'

Hij stopte, draaide zich om en zag hoofdcommissaris Annette Washington voor hem staan.

Ze legde een hand op zijn schouder en zei zacht: 'Weet je het al?'

Het duurde een tel voordat hij begreep waar ze op doelde. Iedereen in de lobby die in de buurt van de open liftschachten stond had zijn zoon langs zien komen. Daarna had hij nog een paar ondergrondse niveaus hoeven te gaan. Headley knikte ernstig en zei: 'Glover.'

Ze knikte terug.

‘Kan ik… Kan ik hem zien?’

‘Er zijn vier niveaus onder de begane grond. Hij ligt daarbeneden. We zullen hem daar weghalen, Richard.’ Ze zweeg even. ‘Ik denk niet dat je het wilt zien.’

‘Dat wil ik wel. Maar niet nu. Ik moet terug naar boven. Er is niet veel tijd.’

‘Wat is er precies aan de hand? Wat waren die explosies?’

Hij zag de deur van het trappenhuis. ‘Ik moet rennen en praten,’ zei hij terwijl hij van haar wegliep.

Ze rende hem achterna. Op de eerste trap, die hij met twee treden tegelijk nam, vertelde hij haar in telegramstijl wat er was gebeurd. Dat zijn staflid Chris Vallins achter de liftongelukken zat. Dat Chris hem luttele minuten had gegeven om de trappen naar de achtennegentigste etage te beklimmen. En dat er een volgende bom zou afgaan die alle feestgangers zou doden als hij het niet haalde.

‘Waarom?’ vroeg Washington, die een paar traptreden achter hem liep. ‘Waarom doet hij dit allemaal?’

Headley stopte op de overloop van de derde etage, draaide zich om en keek haar aan. ‘Ik heb verschrikkelijke dingen gedaan,’ zei hij.

‘Dit kun je niet doen. We sturen een eenheid naar boven. We bedenken wel een manier om…’

Hij greep Washington bij beide onderarmen en dwong haar hem aan te kijken. ‘Annette, *er is geen tijd*. Vaarwel.’

Hij draaide zich om en begon aan de volgende trap.

‘Let op rechercheurs Bourque en Delgado!’ riep ze hem na. ‘Ze zijn ergens daarboven.’

Niets wees erop dat Headley het had gehoord.

Hij bleef rennen en beklom de trappen.

Toen hij een deur passeerde waar een 4 op stond begon hij te rekenen. Hij moest eerst weten hoeveel tijd het hem kostte om van de vierde naar de vijfde etage te komen. Hij telde.

Vijftien seconden.

Oké. Nog zo’n negentig etages te gaan. Negentig keer vijftien was dertienhonderdvijftig.

En hoeveel was dat in minuten?

Headley was altijd goed in hoofdrekenen geweest, hij had geen calculator nodig. Hij kon een gemeentelijk projectvoorstel inzien en het net zo snel berekenen als de jongens van de financiële administratie.

Dertienhonderdvijftig seconden gedeeld door, natuurlijk, zestig, was...

Tweeëntwintigenhalve minuut.

'O, nee,' zei hij in zichzelf terwijl hij de overloop tussen de zevende en achtste etage afrondde.

Vallins had hem twintig minuten gegeven, maar de klok was gaan tikken vanaf het moment dat hij in de lift naar beneden was gestapt. Waarschijnlijk had hij niet meer dan veertien of vijftien minuten over.

Dit zou hij nooit halen.

Hij probeerde nog sneller te gaan. De tiende etage... Zijn kuiten en dijen stonden al in brand. Hij nam nog steeds twee treden tegelijk, waarbij hij de leuning greep en zichzelf optrok. Zijn rechterschouder begon nu ook ongenadig te zeuren, net als de rest van zijn lichaam.

Hij had het gevoel dat zijn borst op springen stond.

Dit is wat hij wil. Hij wil dat ik een hartaanval krijg. Ik zal op dezelfde manier aan mijn einde komen als zijn moeder.

Wat was ook alweer het laatste wat Washington hem had toegeroepen? Bourque en Delgado? Waren dat niet die rechercheurs die in het stadhuis naar Glover op zoek waren geweest? En zij waren ergens in dit gebouw?

Glover.

Headley dacht dat déze pijn hem eerder een hartaanval zou bezorgen. Hij dacht aan de laatste beschuldigende woorden die hij zijn zoon had toegeworpen voordat Vallins hem in de liftschacht had geduwd. Hij had geloofd dat Glover er iets mee te maken had.

En daar zou hij voor altijd mee moeten leven.

Hoe lang 'voor altijd' ook zou zijn.

Toen hij de deur passeerde waar 14 op stond, begreep hij wat voor vloek hij voor zijn omgeving was geweest.

Alle huurders in de gebouwen van zijn vader.

Zijn vrouw.

Zijn zoon.

Alle ellende die hij hun had bezorgd.

Het was misschien wel een gepast moment om daaraan te denken, nu hij bij de veertiende etage was aangekomen. Want vanwege de bijgelovige aard van de mensen bevond hij zich nu eigenlijk op de dertiende etage.

73

Vallins kloof een van de gamba's op die Barbara voor hem op een bord had gelegd dat ze hem had toegeschoven. 'Ze zijn verrukkelijk,' zei hij terwijl hij de staart in de liftschacht gooide. 'Luister, iedereen!' riep hij. 'Het eten is heerlijk! Geniet ervan!'

Nu het nog kan, dacht Barbara.

Niemand van de gasten leek honger te hebben, maar bij de bar was het drukker. De meeste feestgangers stonden echter zwijgend bij elkaar, ze hielden hun blik strak op Vallins gericht en vroegen zich af wat zijn volgende stap zou zijn. Ze waren doodsbang.

Chris haalde zijn schouders op toen niemand zijn advies leek op te volgen, hij wierp een blik op Barbara en Arla, die het dichtst bij hem stonden.

'Sorry,' zei hij tegen Barbara, die haar ogen maar niet kon afhouden van het apparaat in zijn linker- en het pistool in zijn rechterhand. 'Je had gelijk natuurlijk. Ik volgde je toen je bijna onder dat busje liep. En ik had jullie samen in dat café gezien. Toen ik Arla daarna in het stadhuis tegenkwam maakte ik het sommetje en meldde het aan mijn baas.' Hij keek Arla berouwvol aan.

'Toch begrijp ik het niet,' zei Barbara. 'Je wilt de burgemeester kapotmaken, en tegelijkertijd knap je het vuile werk voor hem op.'

Hij knikte. 'Ik knapte al een tijd het vuile werk voor hem op. Zo kon ik dicht bij hem komen. Het staat allemaal in die e-mail, trouwens.'

'Waarom liet je me niet gewoon onder die bus komen?'

'Zoals ik al zei, ik mag je graag.'

'Genoeg om mij en mijn dochter te laten gaan?'

'Ik denk niet dat de anderen je dat in dank zouden afnemen. Maar mocht iemand het overleven, dan hoop ik dat jij het bent. Anders zou die e-mail ook geen zin hebben gehad. Ik heb je altijd een goede schrijver gevonden. Jij bent de beste om dit verhaal op te schrijven.'

'Chris, alsjeblieft. Laat iedereen gaan.'

Hij schudde zijn hoofd. 'Vaak moeten onschuldigen het ontgelden voor een hoger doel. Als er hier trouwens iemand werkelijk onschuldig is.'

Ze keek op. 'Jij was het. Dat commentaar op mijn column. Jij was het die zich GoingDown noemde.'

Hij glimlachte. 'Het was misschien iets te bijdehand, ik weet het.'

'Ik begrijp het niet, Chris. Heb je niet al genoeg onschuldigen opgeofferd? Zoals mijn vriendin Paula? Was je moeder geen onschuldige? Wat er met deze mensen gaat gebeuren is toch net zo oneerlijk als wat haar is overkomen? Wat wil je bereiken met deze daden? Welk doel dient het om al deze mensen iets aan te doen vanavond? Je hebt hem al zijn zoon ontnomen. Is dat niet genoeg?'

Hij gaf geen krimp. 'Hoe staat het met de tijd?'

Barbara keek op het scherm van haar telefoon. 'Hij heeft nog zeven minuten en twintig seconden.'

Vallins knikte. 'Denk je dat hij het zal gaan halen?'

'Ik weet het niet.'

'Denk je dat hij het zal proberen? Misschien dat hij rechtstreeks vanuit de lobby naar huis is vertrokken.'

Hij zal het proberen, dacht ze. Het is een klootzak, maar niet zó'n grote klootzak.

'Dus gaat het zo voor je eindigen?' vroeg ze. 'Ik bedoel, je gelooft toch niet dat je hier nog wegkomt?'

Hij keek bedachtzaam. 'Neem die zelfmoordterroristen, die moslimextremisten die "Allahoe akbar" roepen en hun machinegeweren leegschieten in een volle concertzaal, en die geen schijn van kans hebben om het te overleven... Ik dacht altijd, wat mankeert die lui toch in godsnaam? Maar tegelijkertijd begrijp ik het ook wel, weet je? Want als je al zo lang zó kwaad bent, als gerechtigheid het enige is wat nog voor je telt, dan heeft je leven verder geen betekenis meer. Hoe ver zijn we nu?'

Ze keek. 'Nog zes minuten en vijfentwintig seconden.'

‘Mijn moeder was een geweldige vrouw. Sterk en trots en goed. Niet… confronterend. Ze wilde nooit stampij maken.’

‘Zou je moeder nu trots op je zijn? Zou ze gewild hebben dat je op deze manier de rekening vereffent?’

Hij glimlachte alleen maar. ‘Bespaar je de moeite.’

Barbara zuchtte. ‘Ik neem aan dat je altijd al een soort van techneut bent geweest.’

‘Klopt. Ik was altijd met computers bezig. Het meeste heb ik mezelf geleerd. Hetzelfde gold voor liften. Ik bestudeerde elke handleiding die ik te pakken kon krijgen en leerde ze uit mijn hoofd. Toch had ik nog steeds iemand nodig die me erbij kon helpen. Die mijn vaardigheden kon finetunen. Die de beveiligingssystemen goed kende. Maar we kregen ruzie, die zondagavond. Ik had het gevoel dat hij van plan was om met de politie te gaan praten. Hij begon eraan te twijfelen of ik zijn familieleden écht wel in de gaten liet houden. Daar had hij overigens gelijk in. Er was verder niemand anders dan ik.’

Hij zweeg, en overzag de gijzelaars. Bij de glaswand stond iemand zacht te huilen.

‘Hoeveel hebben we nog?’ vroeg hij aan Barbara.

Ze keek op haar telefoon, de tiende-seconden vlogen voorbij. ‘Vier minuten en vijfenvijftig seconden.’

Vallins knikte. ‘Dat ziet er niet goed uit.’ Hij wierp een blik op de bar en riep: ‘Tijd voor de laatste ronde, mensen.’

74

Er werd goed tempo gemaakt.

Ze waren buiten adem, hun harten bonsden en het voelde alsof ze lood in hun benen hadden, maar Bourque en Delgado naderden de top.

Delgado had haar beklimming even vertraagd toen ze vanaf de begane grond gebeld werd door iemand die zei dat ze mogelijk de burgemeester zouden tegenkomen. Headley bevond zich in een van de vier trappenhuizen en was op weg naar boven. Ze werd snel bijgepraat. Nadat ze had opgehangen zei ze tegen Bourque, die drie treden boven haar liep: 'Het is een vreselijke toestand daarboven.'

Ze vertelde hem dat het lichaam dat ze voorbij hadden zien komen de man was die ze hadden willen spreken, en dat hij door een ander staflid van de burgemeester in de schacht was geduwd, en dat dit staflid de man achter de liftongelukken bleek te zijn.

En dat deze man, ene Chris Vallins, hof hield op de achtennegentigste etage en klaarstond om de hele boel op te blazen als Headley niet op tijd terug was.

'Waarom?' vroeg Bourque hijgend.

'Al sla je me dood. Maar ik heb begrepen dat het er niets meer toe doet als we er niet binnen tien minuten zijn.'

Bourque stopte toen ze de overloop tussen de vijf- en zesennegentigste etage bereikten. In een hoek stonden wat spullen die door een schilder waren achtergelaten, iets wat ze vaker hadden gezien tijdens hun lange tocht naar boven. Overal in het gebouw moesten nog laatste schilderwerkzaamheden worden verricht, maar voor de grote opening was alles uit het zicht gezet. Hij steunde met zijn handen op een lage ladder om op adem te komen.

'Gaat het?'

'Ik heb even een momentje nodig.'

'Piep je weer?'

Hij schudde zijn hoofd. 'Nee. Ik ben alleen maar uitgeput.'

'Je bent een medisch wonder, weet je dat? Of een psychologisch wonder, ik weet niet precies welke van de twee.'

'Oké,' zei Bourque. 'Het gaat wel weer.'

Ze vervolgden hun beklimming.

Hij kon het nog steeds niet geloven. Zijn dokter, Bert, had het bij het rechte eind gehad toen hij hem zei hoe hij van zijn ademhalingsproblemen kon afkomen. Maar er was mogelijk ook nog een andere verklaring. Het kon ook met zijn plichtsgevoel te maken hebben. Naar zijn werk toe. En naar Lois toe.

Zijn loyaliteit aan Lois.

Want hij wilde haar niet in de steek laten. Hij wilde niet dat ze in haar eentje naar de top van dit gebouw moest klimmen voor een onbekende confrontatie. En misschien dat die overtuiging, die vastbeslotenheid sterker was dan de mentale stoornis die ervoor zorgde dat zijn luchtpijp zich vernauwde in een stresssituatie.

Maar goed, wat deed het er verder toe? Hij kon weer ademhalen en hij klom naar boven.

Eén ding wist hij zeker. Als hij hier levend uit kwam zou hij géén maquette van dit klotegebouw maken.

Delgado liep vlak achter hem en zei: 'Wat is dit?'

De traptreden waren opeens bezaaid met kleine brokjes beton.

'Het heeft vast iets te maken met die explosies die we hebben gehoord. We zijn er bijna.' Hij zweeg een moment en zei toen: 'O...'

Ze waren net voorbij een deur waar 97 op stond. Nog één etage. Maar er was een probleem.

Er ontbraken vier treden.

'Holy shit,' zei Delgado.

'Er zijn nog drie trappenhuizen,' zei Bourque, die naar de deurklink greep.

'Hoe weet je dat?'

'Dat zei ik toch. Ik heb dat boek thuis.'

Ze knikte en was onder de indruk. Maar toch bleef ze moeilijk kijken. 'Er zouden toch allang feestgasten naar beneden zijn gekomen als de andere trappen nog intact waren?'

'Blijf hier. Ik ga kijken. Als ze ook zijn opgeblazen, weet ik iets wat ons misschien zou kunnen helpen.'

'Nee, we moeten bij elkaar...'

'Twee minuten,' zei hij en hij was weg. Even later kwam hij terug met een aluminium ladder op zijn schouder, het was de ladder die in de hoek had gestaan.

'O, nee. Dat meen je niet.'

'De andere trappen zijn ook opgeblazen. Hier moeten we het maar mee doen.'

Hij liep langs Delgado de bocht om en gaf haar bijna een optater met het ding.

'Is hij wel lang genoeg?'

'Ik hoop het maar.'

Hij stond op de laatste tree voor het gat en plaatste er de ladder overheen. Hij was lang genoeg, maar er was niets waartegen hij kon steunen. Hij zou wegglijden en in het gat vallen als er iemand op stond.

'Ik hou hem wel vast,' zei Delgado.

'Wat?'

'Ik hou hem aan de onderkant tegen terwijl je erop klimt. Daarna doe jij hetzelfde met de bovenkant als het mijn beurt is.'

Hij keek bedenkelijk. 'Weet je het zeker? Ik ben niet meer die ranke atleet van vroeger.'

'Ja, alsof je die ooit was. Kom, we gaan het doen.'

Ze plantte haar voeten op een tree, zette haar knieën op de volgende en greep de onderste sport van de ladder – die in een hoek van vijfenveertig graden over het gat lag – stevig met beide handen vast. Bourque greep voorzichtig een hogere sport; hij lette erop dat hij zijn partners hoofd niet raakte en zette zijn voet op een sport die zich vlak boven haar bevond.

Nu drukte al zijn gewicht op de ladder.

'Gaat het?' vroeg hij.

Ze kreunde. 'Opschieten, dikzak.'

Hij maakte voorzichtig de oversteek en zorgde ervoor dat hij vooruitkeek; niet naar de trap eronder of het kiertje tussen de trappen dat rechtstreeks naar de diepten van de hel leek te leiden. Hij stapte behoedzaam op het bovenste stuk van de trap en trok zichzelf van de ladder af.

'Oké,' zei hij.

Delgado stapte net zo voorzichtig op de ladder als haar partner. Ze maakte de oversteek langzaam. Toen ze boven was boog Bourque opzij zodat ze haar handen op een betonnen tree kon zetten.

Toen ze haar voet op de onderste tree wilde zetten, gleed die weg en belandde hard op de bovenste sport van de ladder. Bourque verloor zijn greep op de ladder, die naar beneden viel en met een holle knal op de trap eronder kletterde.

Delgado hield de treden vast terwijl haar benen in het gat bungelden.

Bourque zette zijn handen in haar oksels en trok. Ze wrong zich over de volgende tree heen, ze kon zich nu optrekken omdat haar middel ver genoeg op de trap was.

'Laten we maar hopen dat er daarboven nog een ladder is zodat we ook weer naar beneden kunnen,' zei ze.

Ze stonden op en namen een moment om op adem te komen. Daarna liepen ze door naar de achtennegentigste etage.

Ze trokken beiden hun wapen. Bourque greep naar de deurklink.

'Had ik nou maar een kogelvrij vest aangetrokken,' zei Delgado.

Bourque opende langzaam de deur.

75

Richard Headley wist dat hij het met geen mogelijkheid zou halen. Hij gebruikte niet zoiets accuraats als de timer op zijn telefoon, maar hij wierp regelmatig een blik op de Rolex die om zijn pols zat, en zijn twintig minuten waren bijna om. Terwijl hij nog zo'n dertig etages voor de boeg had.

Dit. Gaat. Niet. Lukken.

Al die mensen zullen sterven. Allemaal vanwege mij.

Maar ook al wist hij dat het hopeloos was, hij bleef doorgaan. Op de twintigste etage had hij zijn vlinderdas eraf gerukt zodat hij de bovenste knoopjes van zijn overhemd kon losknopen. Het was doorweekt van het zweet. En op de dertigste etage had hij zijn smokingjasje uitgetrokken en op de vloer geworpen nadat hij eerst nog had gecheckt waar zijn telefoon was.

Zijn witte overhemd was door het zweet haast transparant geworden. Het liep langs zijn nek en voorhoofd, het prikte in zijn ogen.

Ga door. Ga door.

Hij wierp nog een blik op zijn horloge. De twintig minuten waren om.

Wat kan ik in godsnaam…

En toen viel het hem in.

Tijdrekken.

Zijn WhatsApp stond open, en de naam VALLINS stond bovenaan. Hij stopte lang genoeg om twee woorden te typen.

Ben er.

Hij bleef doorklimmen en keek om de zo veel seconden of hij antwoord had gekregen. Het kwam na tien seconden.

Wauw. En je hebt nog drie seconden over.

Headley klom verder.

Indrukwekkend. Ik stuur de lift naar 97.

De lift was dus onderweg. Maar de cabine zou daar op hem wachten terwijl hij er nog lang niet was.

Hoe lang zou het duren voordat de lift vanuit de lobby – of waar Vallins hem dan ook had gestald – de zevenennegentigste etage had bereikt? Een minuut?

Headley bleef doorklimmen.

Zijn telefoon pingde.

Ben je al ingestapt?

Hij stopte en typte een antwoord met zijn bezwete duim.

Nee.

Er verstreken een aantal seconden. Hij bereikte een volgende etage.

Schiet op.

Headley stopte.

Lift is er niet.

Hij wist dat het een leugen was waarmee hij niet veel tijd zou winnen. Vallins hoefde alleen maar in de schacht te kijken of de lift zijn bestemming had bereikt. Het was maar één verdieping lager. Hij zou het dak kunnen zien.

En toen, precies waar hij bang voor was:

Hij is er.

Denk na, denk na, denk na.

Was er iets wat Vallins níét kon zien?

Headley zette zijn duimen op het toetsenbord.

Deuren zijn dicht. Laat ze opengaan.

Laat hem daar maar even over nadenken.

Headley passeerde de tweeënzeventigste etage.

Hij moest nog zo lang.

Zijn telefoon pingde.

Ze zouden open moeten zijn.

De burgemeester schreef terug:

Dat zijn ze niet.

En toen ging zijn telefoon.

Vallins.

Headley stopte en nam op.

'Hoe bedoel je dat de deuren niet open zijn?' riep Vallins in de telefoon.

'Ik sta er recht voor. De andere vier deuren staan wijd open, maar die waar de lift is zijn gesloten.'

'Dat is verdomme onmogelijk!' riep Vallins kwaad uit.

'Luister, jij bent de man met de afstandsbediening in zijn knuisten, niet ik. Stuur een andere lift. En als je dan zo'n verdomd genie bent, zorg er dan voor dat de deuren opengaan.' Hij zweeg even. 'Vergeet niet dat we een deal hadden. Ik zou er op tijd zijn, en jij zou iedereen vrijlaten. Nou, ik heb het gehaald. De enige reden dat ik er nog niet ben is omdat jij het verknald hebt. Dat is jouw fout. Niet de mijne.'

Vallins bleef even stil. 'Ik geloof je niet.'

'Bestel anders een lift voor jezelf en ga één etage naar beneden, dan kun je het toch met je eigen ogen zien?'

Headley wachtte op antwoord van Vallins en bereikte de zesenzeventigste etage.

'Oké,' zei Vallins uiteindelijk. 'Ik stuur een tweede lift. Ik wil je namelijk echt, maar dan ook écht weer hierboven hebben.'

76

Rechercheur Jerry Bourque opende zo geruisloos mogelijk de deur naar de achtennegentigste etage en glipte naar binnen.

Hij had verwacht kreten en andere paniekgeluiden te horen, maar in plaats daarvan hoorde hij zacht gejammer, gesnik en één man die er hard overheen praatte.

Bourque hield al een vinger voor zijn lippen voor het geval een van de gijzelaars hem zou opmerken, wat ook meteen gebeurde. Hoewel sommigen nauwelijks hoorbaar naar adem hapten was er niemand die iets als 'De politie is er!' riep.

Iedereen begreep instinctief dat de komst van Bourque en Delgado hun enige kans was om Top of the Park levend te verlaten.

De deur van het trappenhuis bevond zich om de hoek van de liften, maar ze hoorden de man hard doorpraten.

'Dat is verdomme onmogelijk!' riep hij uit.

Bourque stak zijn hoofd om de hoek, ver genoeg om met één oog de situatie in zich op te nemen.

Vallins stond bij de liften met een pistool in zijn ene, en een telefoon in zijn andere hand.

Bourques eerste gedachte was vreemd genoeg: *die man is kaal.* De man die bij de auto met Otto Petrenko had gepraat had haar. Maar, oké, ze hadden al gedacht dat het een pruik was.

Bij Vallins' voeten stond een zwart kastje op de vloer. Een soort van apparaat.

Bourque vroeg zich af of het een bom kon zijn. Het zag er niet zo uit, maar ja, hoeveel bommen had Bourque in zijn carrière gezien? Nee, het leek eerder een elektronisch apparaat te zijn. Het goede nieuws was dat Vallins het op dit moment in elk geval niet in zijn hand hield.

Net als zijn partner hield Bourque de loop van zijn pistool op de vloer gericht, maar ze zouden in de schiethouding staan als ze eenmaal de hoek om waren. Zou hij het schot kunnen wagen? Stond er iemand dicht bij Vallins? Stond er iemand direct achter hem?

Er stonden een paar mensen rechts van hem, een paar stappen verder van de open liftschacht waar hij bij stond. Maar er stond niemand achter hem.

Vallins keek op een gegeven moment in de liftschacht naar beneden, dit terwijl hij nog steeds op woedende toon een telefoongesprek voerde.

Er zal niemand komen, dacht Bourque. Lois en ik staan er alleen voor. De hulptroepen bevinden zich achtennegentig etages lager. We hadden net zo goed op de maan kunnen zijn.

Zijn vingers klemden zich strakker om zijn pistool.

Nu of nooit.

Het gebeurde allemaal in minder dan tien seconden.

Bourque stapte met zijn pistool in de aanslag de hoek om. 'Laat je wapen vallen!' schreeuwde hij.

Hij wist dat Delgado achter hem was en dekking gaf.

Vallins draaide zich vliegensvlug om. Hij liet zijn telefoon vallen en richtte zijn pistool.

Lois is recht achter me, dacht Jerry Bourque. Blijf staan. Duik niet weg. Maak nu niet dezelfde fout.

Bourque bleef staan en schoot op hetzelfde moment als Vallins.

Vallins struikelde achteruit, hij was in zijn rechterschouder geraakt.

Bourque was in zijn buik geraakt en zakte in elkaar.

Er klonk gegil.

Nu haar partner op de grond lag had Delgado vrij schot op Vallins, die nog steeds overeind stond.

Ze vuurde.

Vier keer.

Pang. Pang. Pang. Pang.

Vallins maakte wilde stuiptrekkingen toen kogels zijn dij, borst en nek binnendrongen.

Eén kogel miste hem en zorgde voor een spinnenweb van barsten in een van de ramen van het observatorium.

Hij zakte in elkaar, maar hij wist nog wel het zwarte kastje weg te duwen.

Het gleed over de vloer in de richting van de open liftschacht.

Een vrouw met een telefoon in haar hand dook naar voren, ze was degene die het dichtst bij Vallins stond. Ze vloog door de lucht en landde half op zijn bebloede lichaam. Toen haar ellebogen de marmeren vloer raakten, krabbelde ze verder om het apparaat te kunnen pakken voordat het in de schacht zou verdwijnen.

Het kastje lag al half over de rand toen ze het met haar rechterhand weggriste. Ze drukte het met beide handen tegen haar borst alsof het een rugbybal was.

'Touchdown,' fluisterde ze in zichzelf.

5 VRIJDAG

4

3

2

1

77

Horror in Top of the Park

door Barbara Matheson

Het is een cliché, maar daarom niet minder waar: de nachtmerrie is voorbij.

Die van onze stad, in elk geval. Voor degenen die direct te maken hebben gehad met de verschrikkingen van deze week zal de nachtmerrie waarschijnlijk nooit voorbijgaan. De naweeën van deze gebeurtenissen zullen nog jarenlang voelbaar zijn.

Vertel mij wat.

Iedereen die erbij was op de achtennegentigste etage van Top of the Park zal nooit vergeten wat er gisteravond gebeurd is, onder wie ondergetekende. We hadden eigenlijk niet verwacht dat we het zouden overleven. Wie weet hoe het zou zijn afgelopen als NYPD-rechercheurs Jerry Bourque en Lois Delgado niet zo heldhaftig hadden ingegrepen. We wensen rechercheur Bourque, die ernstig gewond naar het ziekenhuis is vervoerd, een spoedig herstel toe; zijn toestand is inmiddels stabiel.

En terwijl het steeds duidelijker wordt dat de oorsprong van deze tragische week teruggeleid kan worden naar de beslissingen van een jonge Richard Headley, hebben zijn daden van gisteravond er waarschijnlijk voor gezorgd dat de twee rechercheurs op tijd waren om de terrorist die achter de liftongelukken zat uit te schakelen. Hoewel Headley geen tijd had gekregen om het verlies een paar minuten eerder van zijn eigen zoon, Glover, te betreuren, speelde hij het spel van de terrorist mee in een poging de gijzelaars te redden.

Zoals iedereen inmiddels zal weten is burgemeester Headley vlak bij de vijfennegentigste etage in het trappenhuis overleden aan een hartaanval. Ik heb hem, zoals de vaste lezers van deze column wel zullen weten, geregeld met zware kritiek overladen, maar ik moet toegeven dat ik sommige van mijn gevoelens over hem ga heroverwegen. Er zijn dingen die ik, en in elk geval ook nog iemand anders die ik ken, hem graag had willen zeggen als daar de kans toe was geweest.

Wie we ook veel dank zijn verschuldigd is de gemeentelijke liftinspecteur die de bovenste etage wist te bereiken, en die met het apparaat waarmee de terrorist de liften manipuleerde diezelfde liften weer normaal kon laten werken zodat iedereen het gebouw veilig kon verlaten.

Iets wat gezien de dreiging van een mogelijke vijfde bom in Top of the Park snel moest gebeuren. Maar tot nu toe zijn er geen explosieven meer gevonden in het gebouw, hoewel de zoektocht nog steeds bezig is en de omliggende straten uit voorzorg zijn afgesloten.

Goed, en dan nu de terrorist. Ik aarzel om zijn naam hier te noemen, want personen die dit soort daden op hun geweten hebben weten zich altijd een soort van perverse roem te verwerven. Maar toch moet ik iets kwijt over Chris Vallins.

Ik heb hem deze week een beetje leren kennen, dat was voordat ik wist dat hij de 'Liftbeul' was, zoals de tabloids hem al hadden gedoopt. Ik mocht hem. Het leek me een aardige man. Ik heb hem nog zijn handschoenen aan een dakloze zien weggeven.

Maar we weten nu dat hij een liftmonteur afperste om te leren hoe je een lift kon manipuleren. Hij had deze man gedreigd zijn familieleden te vermoorden als hij niet meewerkte. We weten dat hij deze man heeft vermoord – hij had zijn gezicht onherkenbaar tot moes geslagen en zijn vingertoppen afgesneden om identificatie te voorkomen – toen hij bang werd dat deze hem zou aangeven bij de politie. We weten dat hij al jarenlang met de voorbereidingen van dit plan bezig was. Dat hij het vertrouwen van de burgemeester won om zijn wraak te verwezenlijken. Dat hij de afgelopen maanden gebouwen heeft bezocht om de liften te preparen voor zijn sabotageacties.

En we weten dat hij veel onschuldige mensen heeft vermoord door drie verschillende liften te manipuleren.

De vraag is, waarom?

Hij heeft het me allemaal verteld in een e-mail die ik pas net heb kunnen lezen. Hij heeft het uit liefde gedaan. Uit liefde voor zijn moeder, die jaren geleden kapot was gemaakt door een jonge Richard Headley. Daar heeft iedereen nu waarschijnlijk al over gelezen of over gehoord, dus dat verhaal hoef ik hier niet te herhalen.

Valt hier een les uit te leren? Ik ga er niet van uit dat ik de wijsheid in pacht heb, maar ik kan het volgende zeggen.

Acties hebben consequenties. Misschien niet direct. Misschien niet binnen een week, of een maand, of zelfs tien jaar.

Maar de dingen die we doen, de beslissingen die we maken, de manier waarop we met andere mensen omgaan, het heeft allemaal invloed. Uiteindelijk worden al deze dingen tegen elkaar afgestreept.

Of misschien dat dit allemaal bullshit is. Eerlijk gezegd, ik weet het niet meer. En daarom is dit mijn laatste column, in elk geval voor de naaste toekomst, voor *Manhattan Today.*

Barbara wierp nog een laatste blik op haar stuk en drukte toen op 'Send'. Tijdens de hele schrijfsessie had ze haar elleboog op een pak ijsblokjes laten rusten. Toen ze na haar duik om het controlekastje voor de liften te bemachtigen op haar elleboog terechtkwam, had dat haar eerdere verstuiking geen goed gedaan. Het pak was inmiddels gesmolten. Ze strekte haar armen uit, leunde toen achterover in haar stoel aan de keukentafel en nam nog een slok koffie.

Ze had nog niet geslapen. Ze hadden met de politie gepraat en verklaringen afgelegd. Het was vier uur 's morgens toen ze met Arla in haar appartement aankwam. Arla was te gesloopt om naar haar eigen huis terug te gaan. Het goede nieuws was dat ze meteen in Barbara's bed in slaap was gevallen nadat ze binnen waren.

Barbara had haar met bloed doorweekte jurk verruild voor een trainingsbroek. Niet lang daarna had ze haar laptop geopend om te gaan schrijven.

Rond elf uur hoorde Barbara geluiden uit de slaapkamer komen. Ze keek op toen de deur openging en Arla met verwarde haren verscheen.

'Hoi,' zei Barbara.

'Ben je je bed wel in geweest?' vroeg Arla.

Barbara schudde haar hoofd. 'Er is altijd nog tijd om te slapen. Hoe gaat het?'

'Wel goed, geloof ik. Een beetje duf. Ik... Ik kan nog steeds niet geloven wat er allemaal is gebeurd.' Ze streek een haarlok voor haar ogen weg. 'En dat we het hebben overleefd.'

'Ja, dat is wel iets, ja.'

'Is er nog koffie?'

Barbara wees naar het koffiezetapparaat. Arla pakte een mok en schonk in. Ze ging aan tafel zitten en zei: 'Ik heb net ontdekt dat ik een broer heb, en wie mijn vader is, en nu ben ik ze allebei kwijtgeraakt.'

Barbara stak haar hand naar haar uit. Arla pakte hem vast. 'Misschien zou je er eens met iemand over moeten praten. Ik weet dat je al eerder iemand hebt gehad.'

Arla keek haar moeder aan. 'Ik kan met jou praten.'

Barbara gaf haar een kneepje in haar hand.

'Ik moet terug naar huis,' zei Arla.

'Weet je het zeker? Je kunt ook hier blijven, hoor.'

'Nee. Ik moet terug.' Ze glimlachte triest. 'Ik moet mijn cv bijwerken.'

'Ja.' Barbara zweeg even. 'Ik breng je wel.'

'Kun je wel zo lang wakker blijven?'

Barbara wist dat ze uiteindelijk zou instorten, en goed ook. Maar nu nog niet. Terwijl Arla een douche nam trok Barbara iets representatievers aan dan haar trainingsbroek – een spijkerbroek en een sweater. Toen Arla uit de badkamer kwam gaf Barbara haar wat kleren waarvan ze dacht dat ze zouden passen.

Ze namen een taxi naar Arla's appartement. Arla liet tijdens de rit haar hoofd op haar moeders schouder rusten. Ze zeiden niets.

Barbara betaalde de chauffeur en ze liepen samen het gebouw in. Bij de lift stond een vrouw te wachten. Ze was goedgekleed, had zilverkleurig haar en droeg oorbellen met parels erop. Bij haar voeten stond een tas met boodschappen.

Arla knikte haar toe. 'Goeiemorgen.'

De vrouw glimlachte beleefd terug.

Arla keek haar moeder aan. 'Dit is de vrouw over wie ik je vertelde.'

Barbara knipperde verbaasd met haar ogen terwijl de vrouw Arla aankeek. 'U bent toch die redacteur?' vroeg haar dochter.

De vrouw knikte. 'Dat klopt.'

De liftdeuren gleden open en ze stapten alle drie in. De vrouw drukte op de knop voor de tiende etage, Arla op die van de twaalfde.

'Mijn moeder heeft een idee voor een boek,' zei Arla glimlachend. 'Misschien wel een paar boeken.'

'O,' zei de vrouw, die haar interesse goed wist te verbergen.

'Vertel het haar,' moedigde Arla haar aan.

'U moet snel zijn,' zei de redacteur. 'Ik moet eruit op de tiende.'

Barbara glimlachte vermoeid. 'Ik denk niet dat we zoveel tijd nodig hebben.'

Dankwoord

Er zijn veel mensen, aan beide kanten van de Atlantische Oceaan, die me enorm hebben geholpen met het schrijven van dit boek.

Bij HarperCollins UK gaat mijn dank uit naar Charlie Redmayne, Lisa Milton, Kate Mills, Alvar Jover, Joe Thomas, Sophie Calder, Anna Derkacz, Georgina Green, Fliss Porter en Jo Rose.

Bij William Morrow/HarperCollins US ben ik dank verschuldigd aan Liate Stehlik, Jennifer Brehl, Gena Lanzi, Nate Lanman, Ryan Shepherd, Andrea Molitor, Mumtaz Mustafa, Andy LeCount en Brian Grogan.

En bij Doubleday Canada ben ik dankbaar voor de steun van Kristin Cochrane, Amy Black, Ashley Dunn en de rest van het team.

Zoals altijd wil ik mijn agent Helen Heller en iedereen bij The Helen Heller Agency bedanken, alsmede Enrique Galo, Phil Gillin, Marcie Sherwood en Steve Fisher.

En aan alle boekverkopers, waar dan ook: dank jullie wel.